DER TOTE IM ZOO

Susanne Fletemeyer, geboren 1967 in Bad Pyrmont, erschafft sich mit dem Erfinden von Geschichten den perfekten Gegenpol zu ihrem Beruf als Technische Redakteurin. Wenn sie nicht gerade Bedienungsanleitungen schreibt, erweckt sie leidenschaftlich gern skurrile Charaktere auf dem Papier zum Leben. Sie lebt mit ihrer Familie in der Region Hannover.
www.fletemeyer.net

SUSANNE FLETEMEYER

DER TOTE IM ZOO

Kriminalroman

emons:

Bibliografische Information der Deutschen Nationalbibliothek
Die Deutsche Nationalbibliothek verzeichnet diese Publikation
in der Deutschen Nationalbibliografie; detaillierte bibliografische
Daten sind im Internet über http://dnb.d-nb.de abrufbar.

© Emons Verlag GmbH
Alle Rechte vorbehalten
Umschlagmotiv: suze/photocase.de
Umschlaggestaltung: Nina Schäfer, nach einem Konzept
von Leonardo Magrelli und Nina Schäfer
Umsetzung: Tobias Doetsch
Gestaltung Innenteil: DÜDE Satz und Grafik, Odenthal
Lektorat: Marit Obsen
Druck und Bindung: CPI – Clausen & Bosse, Leck
Printed in Germany 2022
ISBN 978-3-7408-1566-0
Originalausgabe

Unser Newsletter informiert Sie
regelmäßig über Neues von emons:
Kostenlos bestellen unter
www.emons-verlag.de

Die Wahrheit ist zu schlau,
um gefangen zu werden.

Wilhelm Busch

Prolog

Frankreich, Périgord, drei Jahre zuvor

Er schob beide Arme unter die Achseln des betäubten Bauern und hob ihn mit einem Ruck an. Gebückt schleifte er ihn rückwärts durch den schmalen Gang tiefer ins Innere der Höhle. Bertrands Beine hüpften wie Puppenglieder über den unebenen Felsboden, der allmählich abwärtsführte. Auf halber Strecke löste sich ein Schuh vom Fuß des Bewusstlosen und blieb liegen.

Am Eingang zur großen Kammer schienen die Wände zurückzuweichen und im Dunkeln zu verschwinden. Tropfsteine ragten von der Decke, der Schein seiner Stirnlampe verlor sich in der Düsternis. Er legte den schlaffen, schweren Körper auf dem Plateau am Rand der Höhle ab, wischte sich mit zitternden Händen den Schweiß aus den Augen. Bertrand kilometerweit auf seinen Schultern durch den Wald zu tragen, hatte seine Kräfte aufgezehrt.

Etwa zweieinhalb Meter unter der Felskante, an der er kniete, erfasste das Licht der Stirnlampe bleiche Knochen auf dem Höhlenboden. Das Skelett eines Hundes oder eines Fuchses vielleicht. In tieferen Lagen musste es Risse im Fels geben, aus denen ein Gas strömte, das schwerer als Luft war. Man konnte es weder sehen noch riechen, doch eine Kerze erlosch, sobald man sie mehr als einen Meter weit unter das Plateau absenkte. Tiere, die sich dort unten aufhielten, erstickten.

Vor Jahren hatte sein Freund die Höhle auf der Suche nach seinem Hund entdeckt. Indem er Hectors leisem Bellen gefolgt war, war er auf den engen, überwucherten Eingang gestoßen. Den Hund hatte er damals nur noch leblos bergen können.

Mit den Füßen schob er Bertrand Stück für Stück zum Rand des Plateaus. Gesteinsbrocken prasselten in die Tiefe. Das Glasauge des Bauern starrte ihn blicklos an, als wäre er längst tot, doch noch atmete er. Speichel rann ihm aus dem Mund, der zu einem grotesken Grinsen verzogen war. Genau so sah er aus, wenn er die tägliche Schnapsration intus hatte.

»Der Einäugige ist noch immer ein ganzer Mann«, prahlte er gern, wenn er als letzter Gast das »Le Coq Rouge« verließ und nach Hause torkelte.

Jeder im Dorf wusste, was Jeanne, seiner Frau, in diesem Zustand blühte. Abschaum war er, noch dazu so dumm, sich mit dem Boss anzulegen.

»Lasst den Bastard diskret verschwinden«, hatte der Boss schließlich gefordert, doch das war nur der letzte Anstoß gewesen. Den Plan, seine Sandkastenfreundin und heimliche Liebe von dem Tyrannen zu befreien, hatte sein Freund schon lange gefasst. Nur konnte er es nicht selbst tun, die Krankheit fraß ihn langsam auf, und so hatte er ihm versprechen müssen, die Sache für ihn zu erledigen.

Noch zögerte er, sein Werk zu vollenden. Dann spannte er entschlossen die Muskeln an und rollte den Körper über die Kante. Der dumpfe Aufprall hallte von den Wänden wider.

Zehn Minuten, dann würde es mit Bertrand vorbei sein.

1

Kriminalhauptkommissarin Inga Haarmann kannte den Weg zu Meyers Hof noch von ihrem letzten Zoobesuch. Fröstelnd schloss sie den Reißverschluss ihrer Jacke. Zu dieser frühen Stunde zeigte sich die Sonne nur als blasser Streifen am Horizont, und nach dem Unwetter letzte Nacht hatte es sich empfindlich abgekühlt. Bewusst atmete sie tief ein und aus. Ihr war immer noch latent übel, aber die Kopfschmerztabletten hatten zu wirken begonnen. Hoffentlich hatte sie sich nicht ebenfalls das Virus eingefangen, das die Kollegen vom Bereitschaftsdienst flachgelegt hatte, weswegen man sie an ihrem freien Wochenende aus dem Bett geklingelt hatte.

Vor der Box mit den künstlichen Kühen blieb Inga stehen. Sie dachte daran, wie ihre Nichte beim letzten Zoobesuch imaginäre Milch aus einem der Plastikeuter in den Eimer gemolken hatte. Angesichts dessen, was sie im Schweinestall der Themenwelt erwartete, fiel es ihr schwer, sich die heitere Atmosphäre jenes Sommernachmittags ins Gedächtnis zu rufen. Sie strich über ihr kinnlanges Haar, das sich in der feuchten Luft schon wieder kräuselte, und straffte die Schultern. Dann ging sie weiter bis zum Stall, wo der Transporter der KTU neben dem Eingang parkte. Unter der offenen Klappe stand ein Streifenpolizist und nippte abwesend an einer Kaffeetasse.

»Moin«, grüßte sie, aber er reagierte nicht. Erst als sie ihn erneut ansprach und ihren Dienstausweis vorzeigte, nahm der junge Kollege sie wahr.

»Entschuldigung. Bin etwas durch den Wind. Meine erste Leiche.«

Inga nickte ihm mitfühlend zu. Sie nahm sich einen der verpackten Einweganzüge, riss die Folie auf, entfaltete den Overall und stieg hinein. Nachdem sie sich Schutzhüllen über die Schuhe gestülpt und Latexhandschuhe angezogen hatte, duckte sie sich unter dem Absperrband hindurch, das man um den Stalleingang gespannt hatte.

Eine Seite der zweiflügeligen Tür des Schweinestalls stand offen. Noch einmal tief durchatmend trat Inga ein. Der typische Geruch nach Tierleibern, Dung und Stroh schlug ihr entgegen. Sie wartete, bis sich ihre Augen an das matte Licht der Stallbeleuchtung gewöhnt hatten.

Vor ihr erstreckte sich ein langer gefliester Gang, beidseitig gesäumt von Tierboxen, die von brusthohen Backsteinsäulen und Holzgattern begrenzt wurden. Ein Dachstuhl aus Holzbalken überspannte das lang gestreckte Gebäude. Hier und da tauchte ein borstiger Rücken oder ein Rüssel hinter den Gattern auf, war ein Grunzen oder Scharren zu hören.

Scheinwerfer, die man um den Fundort der Leiche aufgestellt hatte, flammten auf. Geblendet kniff Inga die Augen zusammen und ignorierte das Pochen in ihren Schläfen.

Auf halber Strecke, wo sich der Gang verbreiterte, gab es einen Abzweig, der nach rechts zum Außengehege führte. Etwa zwei Meter weiter lag das Opfer bäuchlings auf dem Steinboden des Ganges, halb begraben unter einem wuchtigen Gerät, dessen hölzerne Griffe wie Hörner über ihm aufragten. Ein Pflug, erkannte Inga. Eins dieser altertümlichen Modelle, vor die man früher einen Ochsen oder Ackergaul gespannt hatte. Die eiserne Pflugschar hatte dem Mann gleichsam den Schädel gespalten. In der Blutlache, die sich gebildet hatte, lagen ein Kehrblech und ein Handfeger. Das Gesicht des Mannes steckte in dem Dreck, den er wohl hatte aufkehren wollen.

Es blitzte. Ein Kriminaltechniker umrundete den Toten und schoss Fotos. Forensik-Stefan? Der hochgewachsenen Statur nach konnte er es sein. Aber als Inga einen Blick auf sein Gesicht erhaschte, war er es doch nicht. Sie atmete auf. Nach gestern Abend wollte sie ihm so schnell lieber nicht über den Weg laufen.

Einer der Männer im weißen Overall kam auf sie zu. Unter der Kapuze erkannte Inga die buschigen Augenbrauen ihres Kollegen Sahin Yilmaz. »Dachte eigentlich, du wärst schneller hier als ich«, sagte er anstelle einer Begrüßung. »Wohnst du nicht quasi um die Ecke?«

»Hat halt ein bisschen gedauert, bis ich auf Betriebstemperatur war nach gestern Abend. Außerdem bin ich mit dem Fahrrad da.«

Sahins müde Augen musterten sie. »Von der Party bist du jedenfalls eher weg als ich.«

»Solche Feiern sind einfach nicht meins.« Inga zuckte mit den Schultern. Tatsächlich hatte sie schnell genug davon gehabt, sich neben den in Grüppchen stehenden Kollegen herumzudrücken. Vor allem aber hatte sie Dezernatsleiter Vollbert entrinnen wollen, ehe er sie erneut zur Bar lotsen konnte, um dröhnend »noch zwei Klare« zu ordern und mit ihr zum wiederholten Mal auf sein dreißigjähriges Dienstjubiläum anzustoßen. Allein bei dem Gedanken an Alkohol zog sich ihr Magen schon wieder zusammen.

Sie unterdrückte die aufkeimende Übelkeit und konzentrierte sich. »Was wissen wir über den Toten?«

Sahin blätterte in seinen Notizen. »Er heißt Albert Jakubeit. Hat hier als Tierpfleger gearbeitet. Sein Kollege hat ihn heute Morgen gefunden. Anhand der Leichenstarre schätzt die Ärztin, dass der Tod zwischen neunzehn Uhr gestern Abend und heute Früh um drei eingetreten ist.«

»Unfall? Oder hat jemand nachgeholfen?«

»Wissen wir noch nicht. Dieses Ding, das den Mann erschlagen hat …« Sahin unterdrückte ein Niesen. »Verdammte Tierhaarallergie.«

»Das Ding ist ein Pflug«, bemerkte Inga. »Historisch vermutlich.«

Sahin nickte. Er öffnete den Reißverschluss des Overalls, pulte ein zerknautschtes Taschentuch aus seiner Jeans und schnäuzte sich. »Ob an der Hängevorrichtung manipuliert wurde oder ob das Teil von allein abgestürzt ist, untersuchen die Kollegen jedenfalls noch.«

Inga richtete den Blick auf die Aufhängung. An dem Pflug war eine Kette befestigt, die zur Decke strebte. Sie führte in eine Umlenkrolle, die an einen Balken geschraubt war, ihr Ende baumelte ins Leere. »Wer bitte hängt so ein schweres Teil mitten über dem Besuchergang auf, ohne es doppelt und dreifach zu sichern?«

Sahin versenkte das Taschentuch wieder in seiner Hosentasche. »Der Stall wird zurzeit umgestaltet und ist für Besucher geschlossen. Der Handwerker hat den Pflug wohl gestern erst dort aufgehängt und die Kette provisorisch an dem alten Traktor dahinten festgemacht. – Moment.« Er angelte sein klingelndes Handy aus der anderen Tasche, warf ihr einen entschuldigenden Blick zu und ging ran. »Iremgül, was gibt's?« Er drehte ihr den Rücken zu. »Kann gerade nicht. Bin im Dienst«, hörte Inga ihn sagen. Dann folgte ein Schwall türkischer Worte. Seine Ex, konstatierte Inga. Das konnte dauern.

Der Anzug raschelte, als sie zu dem Traktor hinüberging, an dem sich einer der Kriminaltechniker zu schaffen machte. Inga konnte sich nicht erinnern, diesen blau lackierten Lanz Bulldog bei ihrem letzten Zoobesuch im Schweinestall gesehen zu haben. Man hatte ihn neben dem Seitenausgang zum Freigehege aufgestellt und den Durchgang dafür anscheinend extra verbreitert.

»Moin.« Sie trat neben den Kriminaltechniker, der die Kupplung an der Front des Traktors mit Pinsel und Rußpulver auf Spuren untersuchte. Er grüßte zurück. Als Landkind hatte Inga oft genug auf einem Traktor gesessen, um zu wissen, dass man solche Maulkupplungen vornehmlich zum Rangieren von Anhängern nutzte.

»Der Handwerker hatte die Kette nur mit einem einfachen Ringbolzen arretiert«, sagte Sahin, der sein Telefonat wohl beendet hatte und ihr gefolgt war.

Inga drehte sich zu ihm um. »Also brauchte den nur jemand rausziehen, und der Pflug krachte nach unten?«

Sahin nickte, war jedoch immer noch nicht vollkommen bei der Sache. Sein Blick klebte am Handy, während sein Daumen über das Display wanderte. Selbst im Angesicht einer Leiche ließ er sich von seiner Familie gängeln. Er zog eine Grimasse und steckte das Handy endlich weg. »Wie gesagt, es war ein Provisorium. So hat es mir jedenfalls der Kollege des Toten erklärt.«

»Den Bolzen suchen wir übrigens noch«, bemerkte der Kriminaltechniker. »Und es sieht nicht so aus, als wäre die Kette irgendwo gerissen. Die Halterung am Pflug scheint ebenfalls intakt zu sein.«

Nachdenklich blickte Inga zu dem Toten hinüber. »Wenn es kein Unfall war, handelt es sich auf alle Fälle um Maßarbeit. Darf ich kurz was ausprobieren?«

Der Kriminaltechniker nickte und machte ihr Platz. Sie bückte sich und streckte probehalber eine Hand nach der Kupplung aus, dann ging sie neben dem Traktor in die Hocke. In beiden Positionen versperrte ihr sowohl der Traktor als auch eine halbhohe Holzwand den Blick auf die Leiche.

»Was machst du denn da?«, wollte Sahin wissen.

»Dachte nur, der Täter könnte hier unten am Traktor auf den richtigen Moment gelauert haben.« Inga richtete sich wieder auf und ging zur Seite. »Aber so hätte er nicht gesehen, wann sich das Opfer an der richtigen Stelle befand.«

»Den Bolzen zum passenden Zeitpunkt zu ziehen, stelle ich mir insgesamt schwierig vor«, sagte der Kollege von der KTU und wandte sich wieder seiner Arbeit zu.

»Ich glaube ohnehin nicht, dass sich der Täter versteckt und dem Opfer aufgelauert hat«, meinte Sahin. »Für mich sieht das eher nach einer spontanen Tat aus. Die Eingangstür ist nicht beschädigt. Es kann also gut sein, dass das Opfer den Täter selbst hereingelassen hat. Davon abgesehen hat jemand dahinten eine Art Drohbrief hinterlassen. Ganz traditionell aus Schnipseln.« Er deutete auf einen Balken, an den mit Reißzwecken ein Zettel gepinnt war.

»ZOOBESUCH TOT GUT! FREIHEIT ALLEN TIEREN!«, las Inga und trat näher.

Die aufgeklebten Buchstaben der bizarren Botschaft bestanden nicht aus dem üblichen dünnen Zeitungspapier, sondern aus hochwertigem Glanzpapier, wie es für Prospekte verwendet wurde. Genauer für Prospekte des Zoos. Von den Flyern, die am Eingang für die Besucher bereitstanden, hatte Inga selbst schon einige in der Hand gehabt. Das ebenfalls aus einem solchen ausgeschnittene Bild eines pummeligen Hängebauchschweins klebte unter der schiefen Buchstaben-reihe.

»Da hat einer den Zooplan mal ganz kreativ verarbeitet«, murmelte Inga, während sie vergeblich nach ihrem Handy tastete. Warum vergaß sie immer wieder, es herauszunehmen, ehe sie den Overall anzog? Notgedrungen öffnete sie den Reiß-verschluss ein Stück, angelte das Gerät aus der Jackentasche und fotografierte den Brief.

Die Aufnahmen von der Leiche hatte der Fotograf anschei-nend auch im Kasten, denn er packte seine Ausrüstung bereits zusammen. Inga achtete darauf, den Pfad nicht zu verlassen, den die Kollegen von der KTU angelegt hatten, und ging so nah an den Toten heran, wie sie durfte. Die Techniker hatten blutige Schuhabdrücke markiert. Jemand schien den Leichnam umrundet zu haben. Sie ging in die Hocke und betrachtete die Spuren genauer. Derjenige war nur mit der Schuhspitze in die Blutlache getreten, sodass keine kompletten Abdrücke zu sehen waren.

Sahin trat neben sie. »Spuren des Täters?«

»Möglicherweise.« Inga, deren angeschlagener Magen beim Anblick der Leiche und dem Blutgeruch rebellierte, erhob sich wieder. Wenigstens wehte etwas Frischluft durch den Stall. Woher eigentlich?

Inga folgte dem Luftstrom und blieb vor einer der Tier-boxen stehen. Eine Luke, durch die die Schweine ins Außen-gehege gelangen konnten, stand offen.

»Gibt es neben dem Haupteingang noch weitere Ein- oder Ausgänge?«, fragte sie Sahin.

»Hinten links kommt man durch eine Tür nach draußen auf den Besucherweg«, sagte er. »Die war aber im Gegensatz zum Haupteingang abgeschlossen.«

»Und wohin führt diese da?« Inga zeigte auf eine schmale Pforte an der hinteren Stirnseite des Gebäudes.

»Keine Ahnung. Die ist ebenfalls zu. Aber der Tierpfleger, der den Toten gefunden hat, kann uns sicher Auskunft geben.«

Inga nickte. »Den können wir auch gleich fragen, ob die Schuhabdrücke eventuell von ihm stammen.«

Der Kollege des Toten hockte mit gesenktem Kopf auf einem Strohballen am hintersten Ende des Stalls und starrte auf seine Schuhe. Er trug die khakifarbene Tierpflegerkleidung, sein Gesicht lag im Schatten einer Schirmmütze. Als Inga ihn ansprach, sprang er auf, nahm die Kappe ab und drehte sie nervös in den Händen.

»Kriminalhauptkommissarin Haarmann«, stellte sie sich vor. »Meinen Kollegen, Kriminaloberkommissar Yilmaz«, sie zeigte auf Sahin, »kennen Sie ja schon.«

Der Tierpfleger reichte ihr seine schwielige Rechte. »Sven Meinhardt.« Ein durchdringender Zigarettengeruch ging von ihm aus. Die Leiche, das Stallaroma und jetzt auch noch das. Inga brauchte dringend frische Luft.

»Wie wär's, wenn wir uns draußen unterhalten?«

»Gute Idee«, näselte Sahin, dem seine Allergie zu schaffen machte, und auch Sven Meinhardt wirkte erleichtert, der beklemmenden Atmosphäre im Stall zu entkommen.

Kaum saß der Tierpfleger an einem der Tische vor Meyers Gasthof, kramte er eine zerknautschte Tabakpackung aus der Hosentasche. »Nee, was für 'n Schreck aber auch. Und das auf nüchternen Magen. So einen Tod wünscht man nicht mal seinem ärgsten Feind.« Mit bebenden Fingern drehte er sich eine Zigarette.

Sahin setzte sich ihm gegenüber und klappte sein Notizbuch auf. Inga zog sich einen Stuhl heran und nahm neben ihrem Kollegen Platz. Ihr war noch immer flau, aber die frische Luft tat gut. Sie war dankbar, dass Sahin protokollierte. So konnte sie sich ganz auf den Zeugen konzentrieren.

Sven Meinhardt zündete die etwas schief geratene Zigarette

an, inhalierte tief und blies den Rauch in die Luft. Bei Tageslicht wirkte er deutlich älter. Struppige Koteletten verliehen seinem Gesicht etwas Wölfisches. Sein schütteres Haar trug er nach hinten gekämmt und zu einem dünnen Zopf gebunden. Tiefe Krähenfüße rund um seine Augen ließen vermuten, dass er sonst gern lächelte. »Oh Mann, das ganze Blut.« Er saugte heftig an seiner Zigarette. »Und Daphne ist auch noch weg.«

»Wer ist Daphne?«, fragten Inga und Sahin wie aus einem Mund.

»Unser Zwergschwein. Ist abgehauen. Rennt jetzt irgendwo im Zoo rum und frisst sich durch.«

Sahin winkte ab. »Wenigstens müssen wir wegen eines entlaufenen Schweins keine Warnung rausgeben. Wenn es, sagen wir mal, ein Tiger wäre …«

Mit den Fingerspitzen massierte Inga sich die Schläfen. »Lassen wir das Schwein mal beiseite. Wann haben Sie Ihren Kollegen zum letzten Mal lebend gesehen?«

»Gestern Abend, so gegen halb sieben. Er und ich, wir haben dem Hannes, das ist einer der Handwerker hier, sogar noch geholfen, diesen elenden Pflug da hochzuhieven.« Er sah Inga an. »Ganz schön makaber, was? Danach hat der Albert Feierabend gemacht. Viertelstunde später bin ich auch gegangen.«

»Und der Handwerker, dieser Hannes …«

»Hannes Sänger.«

»Ist Herr Sänger noch dageblieben?«

»Nee, der ist noch 'n paar Minuten eher los als der Albert und ich.«

»Und sind Sie Ihrem Kollegen, also Herrn Jakubeit, anschließend noch irgendwo begegnet? In der Umkleide oder so?«

Meinhardt schüttelte den Kopf. »Hab schnell geduscht und mich umgezogen, weil ich direkt nach der Arbeit verabredet war.«

»Mit wem?«

»Mit der Janin. Janin Mull. Arbeitet im Shop am Eingang.

Hab sie da abgeholt, und dann sind wir essen gegangen. Indisch, die Janin steht da drauf. Danach waren wir im Kino und noch was trinken.« Sven Meinhardt senkte die Stimme. »Erstes Date, Sie verstehen?«

Inga nickte. »Aus irgendeinem Grund ist Ihr Kollege später noch mal zurück in den Stall. Können Sie sich erklären, warum?«

»Kann sein, dass er noch mal nach dem Rechten sehen wollte. Er hatte es nie besonders eilig, nach Hause zu gehen.« Nachdenklich zog er an seiner Zigarette. »Allerdings war er gestern irgendwie aufgekratzt. Hat mir sogar viel Spaß bei meinem Date gewünscht. War mal richtig nett, der Albert.«

»Sonst etwa nicht?«

»Na ja …« Er drückte die Kippe aus. »Franzose halt. Von wegen, bei uns in Frankreich ist alles besser und so. Hat gemeckert, dass ich seinen Namen falsch ausspreche. ›Allbär‹ würde er heißen.« Er zuckte mit den Schultern. »Hab mir manchmal 'n Spaß draus gemacht, ihn damit auf die Palme zu bringen. Aber sonst fand ich ihn okay. Weiß man denn schon, wann er … Todeszeitpunkt und so?«

Inga verneinte. »So schnell lässt sich das nicht feststellen, jedenfalls nicht genau.« Sie atmete tief durch, doch das half nur bedingt gegen die Übelkeit. Sie zog ihr Handy hervor, suchte das Foto, das sie von dem Drohbrief gemacht hatte, und zeigte es ihm. »Das hier hat jemand im Stall aufgehängt. Hing der Wisch gestern Abend auch schon da?«

Sven Meinhardt kniff die Augen zusammen und beugte sich vor, um besser lesen zu können. »Nee. Also das … das wär mir aufgefallen.«

Inga steckte das Handy wieder ein und rieb sich die Stelle über der Nasenwurzel. »In Ordnung, Herr Meinhardt. Dann erzählen Sie uns doch bitte, wann und wie Sie Ihren Kollegen gefunden haben. Um wie viel Uhr fängt Ihre Schicht an?«

»Normalerweise um halb acht. Aber ich bin heute schon 'ne Stunde früher zur Arbeit«, sprudelte es aus ihm heraus. »Konnte eh nicht mehr schlafen, und außerdem war ich unruhig wegen der Elfie, ob die schon gekalbt hatte. Hab also drüben im Kuhstall nachgesehen, war aber noch nix. Dann bin ich rüber zum Schweinestall und sehe, dass die Tür 'n Spalt offen steht. Kam mir gleich komisch vor, denn ich hatte abends natürlich abgeschlossen, und die anderen sind eigentlich nie so früh da. Und als ich reingehe, na ja, da seh ich auch gleich die Bescherung. War 'n Riesenschreck, kann ich Ihnen sagen. Das viele Blut …« Er schauderte. »Handy war natürlich alle, hatte ich mal wieder vergessen aufzuladen. Also bin ich losgerannt, zum Gemeinschaftsgebäude …«

Inga versuchte, sich auf den Zeugen zu konzentrieren, doch Sven Meinhardts Stimme klang auf einmal wie durch Watte gedämpft.

»Alles in Ordnung?« Sahin blickte sie besorgt an.

Mechanisch nickte Inga, doch dann erfasste sie eine Welle der Übelkeit. »'tschuldigung«, stammelte sie, presste sich die Hand vor den Mund und rannte heftig würgend los. Wohin? In dem Gebäude neben dem Spielplatz war ein WC, das wusste sie, doch bis dorthin schaffte sie es nie und nimmer.

In ihrer Not erbrach sie sich in ein Gebüsch.

Aus dem Augenwinkel nahm sie eine Bewegung wahr. Es raschelte, und sie meinte, zwischen den Zweigen ein leises Grunzen zu hören. Doch als sie genauer hinsah, bewegte sich dort nichts mehr.

**

Angespannt schob sich Petru Bernard auf den Rücksitz des Taxis. »Zum Flughafen bitte«, wies er den Fahrer an, woraufhin dieser die Limousine in den Verkehr einreihte.

Der Mann musterte ihn im Rückspiegel. »Sie sind nicht aus Deutschland, oder? Darf ich fragen, woher Sie kommen?«

Petru ignorierte die Frage. Nervös sah er auf die Uhr. Bestimmt war Alberts Leiche längst gefunden worden.

»English? Français?« Der Fahrer ließ nicht locker.

Petru hätte besser die S-Bahn genommen, das wäre anonymer gewesen. Demonstrativ faltete er die Zeitung auf, die er am Bahnhof gekauft hatte. Das brachte den Fahrer zum Schweigen. Er starrte auf die Buchstaben, ohne den Inhalt zu erfassen. Hoffentlich hatte gestern Abend im Zoo niemand gesehen, wie er den Schweinestall verließ. Zwar war ihm kein Mensch begegnet, aber was, wenn man ihn aus dem Restaurant heraus beobachtet hatte?

Er atmete tief durch. Unwahrscheinlich. Dafür war es zu dunkel gewesen. Außerdem halfen ihm Spekulationen dieser Art nicht weiter. Besser, er konzentrierte sich auf die Probleme, die vor ihm lagen. Wie etwa auf die Frage, ob Albert wirklich die Beweise gegen ihn besessen oder ob er geblufft hatte.

Sein Handy vibrierte. Er zog es aus der Manteltasche, sah auf das Display. »Zut«, fluchte er leise, dann ging er ran.

Le Baron kam direkt zur Sache. »Hast du die Probe?« Wie immer klang seine Stimme samtweich und ein wenig gelangweilt. In einem alten James-Bond-Film wären jetzt Blofelds Hände mit dem Siegelring am kleinen Finger zu sehen, die seine schneeweiße Katze kraulten, so Petrus Eindruck. In Wirklichkeit zierte kein Ring die Finger seines Chefs, der ihn mit seinen schwarzen Klamotten und den spitzen Zügen an eine Krähe erinnerte. Zudem würde Le Baron vermutlich eher auf Katzen schießen, anstatt sie zu streicheln.

»Bien sûr.« Er registrierte zufrieden, wie emotionslos er klang. Er hatte alles im Griff. Sich selbst und die Situation sowieso! »Es läuft alles nach Plan, keine Sorge.«

Ein Lachen, das mehr wie ein Husten anmutete, drang aus dem Lautsprecher. Petrus imaginäre Bond-Kamera wanderte nach oben und zeigte eine Nahaufnahme von Le Barons Lippen, die ein spöttisches Lächeln umspielte. »Wenn das Zeug etwas taugt, will ich aber endlich wissen, wer dein geheimnisvoller Lieferant ist.«

Petru brach der Schweiß aus. Er konnte nur hoffen, dass Le Baron nicht von Alberts Tod erfuhr und die entsprechenden Schlüsse zog. »Warten wir ab, was die Tests ergeben«, sagte er ruhig, obwohl sein Herz raste.

»Gut. Ich erwarte dich heute Abend.« Damit legte Le Baron auf.

Petru ließ das Handy sinken. Dieser verdammte Albert! Sogar jetzt, wo er tot war, machte er nur Probleme. Hätte der Idiot ihm auch nur einen Hauch vertraut und sich an die Verabredung gehalten, wäre er jetzt nicht in der Bredouille.

Die Stimme des Fahrers riss ihn aus seinen Gedanken. »Also doch. Vous êtes français.«

»Deutscher Klugscheißer«, murmelte Petru auf Korsisch und war froh, als das Taxi vor dem Abflugterminal hielt. Er drückte dem Mann einen Schein in die Hand. »Rest für Sie.«

Ein kalter Wind fegte beim Aussteigen unter seinen Mantel. Petru zog den Griff seines Handgepäckkoffers heraus und ging auf den Eingang des Terminals zu. Die automatischen Türen öffneten sich, zwei Uniformierte traten ins Freie. Flughafenpolizei. Reflexartig änderte Petru die Richtung. Suchten sie bereits nach ihm? Was, wenn er sich getäuscht und Albert doch die Wahrheit gesagt hatte?

Ruckartig blieb Petru stehen. Panik machte sich in ihm breit. Er sollte den Flug sausen lassen und lieber nach den Unterlagen suchen, die Albert angeblich besessen hatte. Nervös schaute er sich um. Die Polizisten waren in ihren Streifenwagen gestiegen, der nun langsam vom Parkplatz auf die Straße rollte. Petru schüttelte den Kopf. Albert hatte niemandem vertraut, nicht einmal seiner Frau. Wenn es die Beweise wirklich gab, dann lagen sie in irgendeinem Versteck – das die Polizei möglicherweise aufstöbern würde, sollten sie wegen Alberts Tod ermitteln. *Falls* sie ermittelten. Dass dieses Gerät ihn erschlagen hatte, sah doch eher wie ein Unfall aus.

Petru fasste den Koffergriff fester. Verdammte Kreisgedanken. Er hatte die Szenarien letzte Nacht oft genug durchgespielt und am Ende beschlossen, alles auf eine Karte zu setzen. Würde er die Sache eben ohne Albert durchziehen. Mit festem Schritt ging er durch die Schiebetüren.

Während er in der Schlange an der Sicherheitskontrolle stand, zog er aus der Innentasche seines Mantels den gepolsterten Umschlag, den er dem toten Albert abgenommen hatte. Er hatte die Leiche seitlich anheben müssen, um ihn aus der Jackentasche zu ziehen. Zum Glück trug er immer Handschuhe bei sich. Alberts Smartphone hatte er gleich mit eingesackt, später die SD-Karte rausgenommen und das Gerät entsorgt. Diese Dinger verrieten der Polizei schließlich mehr, als einem lieb sein konnte. Er nahm das Fläschchen mit der Probe aus dem Umschlag und packte es in den Klarsichtbeutel zu seinem Nasenspray und dem Shampoo. Die Seiten mit Alberts Anweisungen steckte er wieder ein.

Am Transportband zog er den Mantel aus und legte ihn in eine der Plastikwannen. Als er den Beutel und sein Handy daneben platzierte, wies ein Kontrolleur auf die Sachen und holte eine zweite Wanne heran. »Separat bitte.«

Rasch packte er Handy und Beutel in die andere Wanne. Die bräunliche Flüssigkeit in dem Fläschchen schlug winzige Blasen. Sie konnte gut als Rasierwasser durchgehen.

Erst als die Wanne mit dem Beutel in den Röntgenapparat fuhr, merkte Petru, dass er die Luft angehalten hatte. Lächerlich. Als würde irgendjemand ahnen, wie brisant der Inhalt war.

»Bitte die Schuhe ausziehen.« Der Kontrolleur hatte eine steile Falte auf der Stirn. Petru schlüpfte aus seinen Slippern und legte sie ebenfalls auf das Band.

Der Gang durch die Schleuse verlief reibungslos. Petru sammelte seine Sachen ein, zog Schuhe und Mantel wieder an und nahm den Hindernisparcours durch die Duty-free-Shops.

Die Maschine nach Toulouse war pünktlich. Er musste nicht lange warten, bis die Fluggäste zum Einsteigen aufgefordert wurden.

Auf der Gangway zum Flugzeug brummte sein Handy. Vivien hatte ein Foto geschickt. Sie hielt die Wange gegen eine Pferdeschnauze gedrückt und lächelte unbeschwert.

Seine Tochter durfte nie erfahren, in welcher Funktion er wirklich für Le Baron tätig war, dass er nicht nur als sein Sekretär fungierte, sondern auch die speziellen Aufgaben erledigte.

Das vor ihr geheim zu halten, wurde immer schwieriger, je älter sie wurde.

***

Im Waschraum roch es nach Reinigungsmitteln. Inga spülte sich den Mund aus und ließ warmes Wasser über ihre Hände laufen. Sie blickte in den Spiegel. Ihre Wangen bekamen langsam wieder etwas Farbe. Nachdem sie sich nun endlich erbrochen hatte, ging es ihr direkt wieder besser. Mit beiden Händen glättete sie ihre Haare und straffte die Schultern.

Sie beeilte sich, zum Biergarten zurückzukehren, doch auf dem Weg dorthin kam ihr bereits der Tierpfleger mit Schubkarre und Rechen entgegen. »Geht's wieder?«, fragte er sie.

»Alles gut«, erwiderte Inga. »Aber was ist mit Ihnen? Sollten Sie sich heute nicht lieber freinehmen?«

»Schon in Ordnung. Außer mir ist ja keiner mehr da. Die Rieke, unsere Revierleiterin, hat heute noch Urlaub. Und die Tiere füttern sich ja nicht von allein. Außerdem würde ich zu Hause nur vor mich hin grübeln.«

»Dann will ich Sie nicht länger von der Arbeit abhalten«, sagte Inga. Sie nickte ihm noch einmal zu und eilte weiter.

In ihrer Tasche, die noch immer auf dem Stuhl im Biergarten lag, fand sie einen zerknickten Streifen Kaugummi. Das Minze-Aroma vertrieb den schalen Geschmack aus ihrem Mund; sie fühlte sich nahezu wiederhergestellt.

Sahin stand etwas entfernt vor dem Gasthof und unterhielt sich mit einem hochgewachsenen Mann in mittleren Jahren. Beim Näherkommen erkannte sie ihn. Sie hatte das Foto des Zoodirektors erst kürzlich in der Zeitung gesehen. Neben ihm war eine blonde Frau, die ihre Hände tief in ihrer Daunenjacke vergraben hatte und immer wieder nervös in Richtung Stall blickte.

»Furchtbare Sache.« Der Zoodirektor wirkte geschockt. Er hatte einen kräftigen Händedruck, zu dem seine polternde Stimme passte. Mit den groben Stiefeln und dem karierten

Hemd, das aus seinem Parka ragte, sah er aus, als wollte er gerade zu einer Wanderung aufbrechen. »Wir sind hier so etwas wie eine große Zoofamilie. Dass einer von uns auf diese Weise aus dem Leben gerissen wurde … Ich kann es noch gar nicht fassen.« Er fuhr sich mit der Hand übers Gesicht. »Meinen Sie, wir müssen die Themenwelt komplett schließen?«

»Ich denke, das wird nicht nötig sein«, erwiderte Inga.

Er nickte. »Bald soll der Winterzoo aufgebaut werden, wissen Sie. Dann wird gerade Meyers Hof zum Besuchermagnet.«

»Verstehe.« Inga hatte den Winterzoo im letzten Jahr besucht und wusste, dass man die zentrale Wiese zur Eislauffläche umfunktionieren und daneben Weihnachtsmarktbuden aufbauen würde. »In erster Linie müssen wir dafür sorgen, dass die Kollegen von der Kriminaltechnik ungestört arbeiten können«, sagte sie.

»Den Zugang zum Schweinestall kann man problemlos beschränken, weil er etwas abseits liegt.« Die Frau befreite ihre Rechte aus der Daunenjacke und reichte sie Inga. »Fiona Meyer, Presseabteilung.«

»Wenn die Presse erst einmal Wind davon bekommt, wird es hier vor Reportern nur so wimmeln«, meinte Sahin düster.

»Dass wir diese schlimme Sache so diskret wie möglich angehen werden, versteht sich von selbst«, beteuerte der Direktor.

»Das ist gut«, sagte Inga. »Ich muss Sie sowieso darum bitten, alles, was wir hier besprechen, vertraulich zu behandeln. Es ist wichtig, dass keine Informationen nach außen dringen, die unsere Ermittlungen gefährden könnten. Ein Pressesprecher der Polizei wird sich mit Ihnen in Verbindung setzen, damit Sie sich abstimmen können.«

»Natürlich.« Die Pressefrau reichte Inga ihre Visitenkarte. »Am besten verweisen Sie ihn gleich an mich.« Sie verschränkte fröstelnd die Arme vor der Brust. »Kann ich sonst irgendetwas tun?«

»Eine Sache wäre da«, meldete sich Sahin. »Im Stall hing

ein Brief, ausgeschnittene Buchstaben, auf ein Blatt Papier geklebt. Vielleicht eine Art Bekennerschreiben.«

»Der Täter hat eine Nachricht hinterlassen?« Fiona Meyers Blick wanderte zwischen Inga und Sahin hin und her.

»Ob der Brief vom Täter ist, wissen wir nicht.« Inga suchte das Foto auf ihrem Handy und zeigte es ihr und dem Direktor.

»Möglicherweise stammt die Nachricht von Tierrechtlern«, meinte Sahin. »Ihr Tierpfleger Sven Meinhardt sagte, Sie hätten einen ganzen Ordner mit Drohbriefen von solchen Leuten?«

Fiona Meyer nickte ernst. »Das kann man wohl sagen.«

»Unsere Tierpfleger werden von solchen Leuten auch schon mal beschimpft«, ergänzte der Zoodirektor. »Aber Mord? Das wäre ja eine ganz neue Dimension.«

Inga steckte ihr Handy weg. »Können wir den Ordner mal sehen?«

»Natürlich.« Der Direktor wandte sich an seine Pressesprecherin. »Begleiten Sie die Herrschaften bitte in die Verwaltung und kümmern sich darum? Ich sorge derweil dafür, dass der Zugang zum Stall für Besucher abgeriegelt wird.«

Das Gemeinschaftsgebäude, ein dreistöckiger, wuchtiger Klinkerbau, befand sich am südwestlichen Rand des Zoos. Neben der Verwaltung und Presseabteilung seien darin außerdem Personalräume, eine Tierklinik und die Kantine untergebracht, erklärte Fiona Meyer.

Sie folgten der Pressesprecherin in ihr Büro, wo sie einen prall gefüllten Aktenordner aus einem Regal zog. »Das sind alle Drohbriefe aus den letzten zehn Jahren.«

Inga schlug den Ordner auf und blätterte durch die Seiten. Manche Briefe bestanden aus aufgeklebten Zeitungsschnipseln, andere waren ausgedruckt, einige sogar handgeschrieben. Die Absender drohten, Tiere freizulassen, Gehege abzubrennen, den Zoo wegen Freiheitsberaubung oder Tierquälerei zu verklagen. Die meisten Schreiben waren wirr formuliert, einige strotzten zudem vor Rechtschreibfehlern.

»Alles Spinner«, meinte die Pressesprecherin. »Wir nehmen so was schon gar nicht mehr ernst.«

»Gab es denn schon mal den Fall, dass jemand seine Drohung wahr gemacht hat?«, fragte Sahin.

»Bestimmte Personen haben bei uns Hausverbot, weil sie tatsächlich versucht haben, Tiere freizulassen, oder weil sie Mitarbeiter beschimpft haben. Einen Zusammenhang mit einem der Drohbriefe konnten wir allerdings bisher bei keinem feststellen. Ich glaube, die Briefeschreiber wollen sich auf diese Weise einfach nur Luft machen, ohne ihre Identität preisgeben zu müssen. In dieser Hinsicht spielt sich inzwischen immer mehr in den sozialen Netzwerken ab. Aber Hunde, die bellen, beißen ja bekanntlich nicht.«

Inga nickte. »Trotzdem nehmen wir den Ordner mal mit. Vielleicht ergibt sich doch irgendein Zusammenhang.«

»Kann ich mir wie gesagt nicht vorstellen. Die meisten Briefe sind außerdem schon älter. Wobei …« Die Pressefrau überlegte. »Überprüfen Sie doch mal die Tieranwälte Hannover. Die versuchen regelmäßig, den Zoo schlechtzumachen. Schleichen sich rein, machen heimlich Aufnahmen und schneiden sie dann so zurecht, dass der Eindruck entsteht, wir würden unsere Tiere misshandeln. Oder sie rufen zu Protestkundgebungen auf. Deren Ziel ist es schlicht, den Zoo zu ruinieren und zur Schließung zu bewegen.«

»Ist das eine deutschlandweite Organisation?«, fragte Sahin.

Fiona Meyer lachte auf. »Die sind so speziell, die gibt's bloß hier bei uns. Im Kern besteht der Verein nur aus wenigen Leuten. Dem ersten Vorsitzenden, seiner Frau und noch ein, zwei anderen. Walter Fenrath ist der Kopf des Ganzen, Frührentner, hat irgendwann mal ein paar Semester Jura studiert, aber sein Studium nicht abgeschlossen. Jetzt hat er sich selbst zum Tieranwalt ernannt.«

»Ich sehe schon, Sie haben sich ausgiebig mit diesen Leuten auseinandergesetzt«, meinte Inga.

»Darauf hätte ich liebend gern verzichtet, das können Sie mir glauben. Aber wenn uns dieser dubiose Verein öffentlich beschuldigt, ist es nun mal mein Job, mich um die Gegendarstellung zu kümmern. Und da muss man natürlich wissen, mit wem man es zu tun hat.« Fiona Meyer schrieb die Adresse des Vereins auf einen Zettel und schob ihn Inga zu. »Kann ich sonst noch irgendetwas für Sie tun?«

Sahin blätterte in seinen Aufzeichnungen. »Diesen Handwerker sollten wir auf jeden Fall noch befragen, Hannes Sänger.«

»Richtig. Ich nehme an, der wird heute, am Sonntag, nicht arbeiten.« Inga nahm eine Visitenkarte aus ihrer Tasche und reichte sie der Pressespecherin. »Wir bräuchten also die Adresse.«

Fiona Meyer nickte. »Ich kümmere mich drum. Und sicher wollen Sie auch Herrn Jakubeits Angehörige …«

»Die Adresse haben wir bereits«, sagte Sahin. »Er wohnt mit seiner Frau in Kleefeld. Laut seinem Kollegen hat er wohl keine Kinder.«

2

Routiniert steuerte Sahin den Dienstwagen am Pferdeturm vorbei, ließ eine Stadtbahn passieren und überquerte die Gleise. Er warf Inga einen Seitenblick zu. »Du siehst immer noch aus wie Schafskäse. Willst du nicht doch lieber nach Hause?«

Energisch schüttelte sie den Kopf. »Mir geht es gut.« Seit sie sich im Zoo übergeben hatte, fühlte sie sich tatsächlich stetig besser, und auch die Kopfschmerzen waren abgeklungen. Kein Grund also zu schwächeln. Außerdem konnte sie Sahin nicht mit der unangenehmen Aufgabe allein lassen, Albert Jakubeits Frau über den Tod ihres Mannes zu unterrichten. »Klär mich lieber darüber auf, was ich bei der Befragung von dem Meinhardt noch alles verpasst habe.«

»Na ja, die Sache mit den Drohbriefen halt. Sonst haben wir bloß noch darüber geredet, wie er den Stall vorgefunden hat und ob er sich der Leiche genähert oder sie sogar angefasst hat.«

»Und, hat er? Stammen die Schuhabdrücke von ihm?«

»Nein. Er sagte, so nah sei er nicht an ihm dran gewesen. Und es war auch kein Blut unter seinen Schuhsohlen. Nach dem ersten Schock sei er in Panik rausgerannt, meinte er.«

»Das habe ich noch mitgekriegt, sein Handy war nicht aufgeladen. Deshalb musste er zum nächsten Telefon, um die Kollegen von der Schupo anzurufen, nehme ich an.«

»Genau«, antwortete Sahin. »Bevor die eintrafen, ging er zurück in den Stall, um nach dem entlaufenen Schwein zu suchen. Das Gatter der Box stand offen. Das Vorhängeschloss, mit dem es gesichert war, damit Besucher es nicht öffnen können, war nicht mehr da. Im Reflex hat er die Box wohl wieder verriegelt. Aber seine Fingerabdrücke dürften sowieso überall zu finden sein, nicht nur auf dem Gatter. Jedenfalls war er heilfroh, dass die anderen Schweine auf diesem Weg nicht auch noch stiften gehen konnten.«

»Wieso eigentlich nicht?«, fragte Inga. »Die hätten da vom Außengehege doch einfach durchmarschieren können.«

»Eben nicht«, sagte Sahin. »Die Luke dieser Box wurde extra verkleinert, damit die größeren Tiere da nicht durchpassen. Das Zwergschwein ist wohl das einzige seiner Art im Zoo, und Daphne, so heißt das Tier, sollte einen Rückzugsort für sich haben.« Er bremste und fuhr im Schritttempo hinter einem Radfahrer her, bis er eine Möglichkeit zum Überholen fand. »Zum Glück. Wenn die gesamte Rotte ausgebüxt und im Stall auf Entdeckungstour gegangen wäre, hätten die von der Leiche wahrscheinlich nicht viel übrig gelassen, hat der Meinhardt gesagt. Wie bei diesem amerikanischen Farmer vor ein paar Jahren.«

Inga schauderte. Sie erinnerte sich an die Artikel in der Presse. Der herzkranke Mann hatte im Schweinestall seiner Farm vermutlich einen Infarkt erlitten und war von seinen Schweinen nahezu vollständig aufgefressen worden. »Du hast recht. Gut, dass die Viecher nicht rauskonnten. Das Szenario möchte ich mir gar nicht ausmalen.«

»Ich mir auch nicht.« Sahin zog eine Grimasse.

Nachdenklich schaute Inga aus dem Fenster. »Dass die Klappe verkleinert wurde, wissen aber bestimmt die wenigsten. Es kann also gut sein, dass Albert Jakubeit einen vermeintlichen Tierschützer dabei erwischt hat, wie er die Schweine freilassen wollte. Angenommen, er hatte irgendetwas vergessen, kam deswegen noch einmal zurück und sah, dass die Tür offen stand, oder hörte, wie sich jemand im Stall am Gatter zu schaffen machte …«

»Aber warum fegt er dann erst mal in aller Ruhe irgendwelchen Dreck zusammen?«, wandte Sahin ein. »Außerdem hatte der Meinhardt den Stall abgeschlossen. Etwaige Tierschützer hätten also die Tür aufbrechen müssen, um reinzukommen. Die war aber unbeschädigt.«

»Es sei denn, der Täter ist nicht durch die Tür, sondern durch das Außengehege rein. Er kriecht durch eine der Schweineluken in eine Box, klettert über die Brüstung und ist drin.«

»Ich meine aber, dass die Suhle von vorne für Besucher überhaupt nicht zu erreichen ist«, gab Sahin zu bedenken.

»Da könntest du recht haben. Und auf das Gelände hinter dem Außengehege kommen wahrscheinlich nur Zoomitarbeiter«, meinte Inga. »Ach ja. Hast du Meinhardt gefragt, wohin die Tür am Ende des Stalls führt?«

»In einen kleinen Raum, in dem die Tierpfleger das Futter vorbereiten.«

Sahin bog in eine Seitenstraße ab und hielt vor einem der Genossenschaftshäuser aus den zwanziger Jahren, die sich hier nahtlos aneinanderreihten.

Im Gegensatz zu den benachbarten Häusern hatte Nummer neun schon länger keinen neuen Anstrich mehr bekommen. Der schmutzgraue Putz bröckelte, und auch das Mäuerchen aus dunkelroten Ziegeln, das den Vorgarten vom Bürgersteig trennte, sah aus, als würde es einem kräftigen Tritt kaum standhalten.

»Scheint keiner da zu sein«, meinte Inga, nachdem sie bereits zum dritten Mal geklingelt hatte.

»Oder Frau Jakubeit schläft sonntags aus, und wir haben sie gerade aus dem Bett geworfen.«

»Das will ich nicht hoffen«, murmelte Inga, als doch noch der Summer ertönte.

Im Treppenhaus roch es nach Putzmitteln, und als sie im ersten Stock ankamen, erblickten sie eine Frau mittleren Alters in der geöffneten Wohnungstür. Anscheinend war sie gerade dabei gewesen, die Treppe zu wischen. Die Frau trug einen verwaschenen Jogginganzug, der so ausgeleiert war, dass er sich wellte. Eine schulterlange Achtziger-Jahre-Dauerwelle umrahmte ihr teigiges Gesicht.

»Entschuldigung, ich hätte Sie fast nicht gehört.« Sie wickelte das Kabel der Kopfhörer um ihren iPod.

»Sind Sie Mirza Jakubeit?«

Die Frau nickte.

Inga betrat vorsichtig die noch feuchten oberen Stufen, hielt ihren Dienstausweis hoch und stellte sich und Sahin vor.

»Ist was passiert? Etwa mit meinem Mann?« Mirza Jakubeit riss die Augen auf.

»Das sollten wir besser in der Wohnung besprechen«, sagte Inga.

»Entschuldigen Sie, dass es hier so rutschig ist.« Mirza Jakubeit schob den Wischeimer beiseite und lehnte den Mopp an die Wand. »Ich arbeite Schicht und komme oft erst sonntags zum Saubermachen.«

Sie folgten ihr in einen engen Flur, an dessen Wänden eine Galerie aus großformatigen Tierfotos hing. Auch in der kleinen, penibel aufgeräumten Küche hingen entsprechende Aufnahmen.

»Ein Hobby meines Mannes.« Mirza Jakubeit hatte Ingas Blick bemerkt.

Sie nahmen ihr gegenüber am Küchentisch Platz.

Inga behielt sie genau im Auge, als sie ihr mitteilte, dass man ihren Mann im Zoo tot aufgefunden hatte.

Mirza Jakubeits Schultern sackten nach vorne. »Jetzt weiß ich auch, warum er letzte Nacht nicht nach Hause gekommen ist.« Es lag ein Zittern in ihrer Stimme. »Und ich hab gedacht … also, ich dachte, im Zoo wär wieder was, dass er dableiben muss.«

»Zuletzt gesehen haben Sie Ihren Mann demnach wann?«

Die Frau zuckte mit den Achseln. Sie wirkte abwesend, ganz so, als realisierte sie erst nach und nach, was passiert war. »Das muss gestern früh gewesen sein. Als er zur Arbeit ging.« Sie schluckte. »Ermordet, sagen Sie?«

»Es deutet einiges darauf hin, dass Ihr Mann einem Gewaltverbrechen zum Opfer fiel«, erwiderte Inga.

»Genaueres werden die Ermittlungen ergeben«, fügte Sahin hinzu. »Sie sagten eben, dass Sie dachten, Ihr Mann wäre über Nacht im Zoo geblieben. Kam das oft vor?«

Mirza Jakubeit senkte den Kopf. »Manchmal. Also … wenn im Zoo was los ist. Wenn ein Tier krank ist oder eine Kuh kalbt. Dann übernachtet er schon mal da. Er hat mir gestern auch tatsächlich eine Nachricht geschickt, dass er später kommt.«

Sie angelte ein Handy vom Küchentisch und tippte auf dem Display herum. »Das war um zwanzig nach sieben. Aber dann kam und kam er nicht. Ich hab ihn ein paarmal angerufen. Er ging nicht ran. Da bin ich dann irgendwann ins Bett. Wenn es hektisch wird, vergisst er schon mal, sich zu melden, wissen Sie?«

Sahin nickte und überließ Inga wieder die Gesprächsführung.

Nein, ihr Mann habe keine Feinde gehabt, jedenfalls nicht dass sie wüsste, erzählte Mirza Jakubeit auf Ingas Frage nach verdächtigen Personen. Aber er sei sowieso ein eher verschlossener Mensch gewesen. Sie habe ihn vor drei Jahren über eine Kontaktanzeige kennengelernt. Und als er sie nach nur vier Wochen gefragt habe, ob sie ihn heiraten wolle, habe sie Ja gesagt. »In meinem Alter und mit meinem Aussehen, wissen Sie, da hat man nicht so viele Optionen.«

Über Alberts Vergangenheit konnte sie nicht viel sagen. »Er stammt aus Südfrankreich, aus einem Ort knapp hundert Kilometer nördlich von Toulouse. Dort hat er im großen Stil Schweine gezüchtet. Aber dann kam die Schweinegrippe. Er musste seinen Hof verkaufen, hat keine Arbeit mehr gefunden und ist auf der Suche nach Alternativen in Deutschland gelandet. Am Anfang hat er in der Gastronomie gearbeitet, bis er dann den Job im Zoo bekam.«

»Warum Deutschland?«, fragte Inga.

»Er wollte halt weg aus Frankreich, hat dort keine Perspektiven für sich gesehen. Außerdem konnte er einigermaßen gut Deutsch, weil er bis zu seinem vierzehnten Lebensjahr im Elsass aufgewachsen ist.«

»Wird man denn als Landwirt so einfach im Zoo eingestellt?«, wollte Sahin wissen.

»Nein, vermutlich nicht. Aber Albert hatte eine Ausbildung als Tierpfleger. In Frankreich war er auch zunächst in einem Tierpark angestellt. Bis sein Vater starb und er den Hof geerbt hat. Da musste er seinen Traumjob wohl erst mal an den Nagel hängen.«

»Hatte Ihr Mann noch Verwandte in Frankreich?«, fragte Sahin.

Mirza Jakubeit schüttelte den Kopf. »Seine Eltern leben beide nicht mehr, und Geschwister hatte er keine. Mehr weiß ich nicht. Ich war nie dort. Er … er wurde immer gleich wütend, wenn ich vorschlug, mal hinzufahren. Er hatte mit seinem alten Leben abgeschlossen, glaube ich. Irgendwann hab ich nicht weiter nachgebohrt.« Mit leerem Blick sah sie aus dem Fenster. »Mein Mann war ein einsamer Mensch, genau wie ich. Wir haben uns gut verstanden, uns in unserem Leben miteinander eingerichtet. Da ist alles andere nicht so wichtig, verstehen Sie?«

Inga nickte. Sie selbst konnte sich kaum vorstellen, sich derart zu arrangieren. Doch nach vielen Nächten allein in ihrer Wohnung brachte sie zumindest Verständnis für die Frau auf. Sie erhob sich. »Sollen wir jemanden für Sie benachrichtigen? Eine Freundin vielleicht?«

Mirza Jakubeit lachte freudlos auf. »Wenn ich eins gewohnt bin, dann allein klarzukommen.«

Auf Sahins Bitte hin nahm sie ihr Handy und schickte ein aktuelles Foto ihres Mannes an die E-Mail-Adresse des Präsidiums.

»Wie kam er eigentlich zu dem Namen Jakubeit? Typisch französisch klingt der ja nicht gerade, oder?«, erkundigte sich Sahin, als sie schon in der Tür standen.

»Jakubeit ist ein polnischer Name. Meine Familie stammt ursprünglich aus einem Dorf nahe Danzig. Wir leben allerdings schon in dritter Generation in Deutschland.«

»Ach, dann hat Ihr Mann also Ihren Namen angenommen«, stellte Inga fest.

Mirza Jakubeit nickte. »Dabei hätte ich eigentlich ganz gern Chevrier heißen wollen. Aber er hat darauf bestanden. Jakubeit können die Deutschen besser aussprechen, hat er gesagt.«

Sahin startete den Dienstwagen und scherte aus der Parkbucht aus. »Merkwürdig. Laut seinem Kollegen hat Albert Jakubeit ziemlich auf seine Herkunft gepocht. In Frankreich sei alles besser und so. Aber seinen Namen wollte er partout nicht behalten?«

»Hab ich auch schon gedacht«, meinte Inga. »Und das mit der schnellen Heirat finde ich ebenfalls verdächtig. Im Grunde weiß seine Frau so gut wie nichts über ihn. Wir sollten mal prüfen, ob er in Frankreich Dreck am Stecken hatte.«

Sahin nickte. »Neues Land, neuer Name, neues Glück.« Er bog in eine Seitenstraße ab.

»He – geht's da neuerdings zum Präsidium?«

»Muss nur kurz was erledigen.«

Inga stöhnte auf. Immer dasselbe. Ständig spannte seine Sippe ihn für irgendwelche Gefallen ein. Normalerweise hätte sie vehement widersprochen, doch gerade besaß sie nicht genügend Energie, um sich mit ihm zu streiten. »Na meinetwegen«, murmelte sie, lehnte sich zurück und schloss die Augen. Er lenkte den Wagen in eine Parklücke und schaltete den Motor aus.

»Geht ganz schnell.« Die Tür schnappte zu.

Wenig später schrak Inga aus einem Sekundenschlaf und drehte sich um. Sahin schob einen Kindersitz auf den Teil der Rückbank, der noch Sitzfläche war. Die andere Hälfte hatte er am Zoo umgeklappt, um Ingas Fahrrad zu transportieren.

»Hallo, Inga.« Sahins Tochter kletterte ins Auto und grinste Inga an, während ihr Vater sie anschnallte.

»Hallo, Yasmin«, erwiderte Inga matt.

»Ist dein Fahrrad kaputt?« Die Kleine zeigte auf die leere Gabel von Ingas Rennrad.

»Nein.« Inga lächelte. »Ich habe das Vorderrad nur ausgebaut, damit es ins Auto passt.«

»Warum?«

»Weil ich es brauche, um nachher nach Hause zu fahren.«

Die Kleine zog die Nase kraus. »Warum?«

Inga seufzte. »Weil …«

»Lass die Fragerei, Yasmin.« Mit rotem Kopf richtete Sahin sich auf, nachdem der Gurt eingeschnappt war, und schloss die Tür.

»Du kannst nicht während der Dienstzeit deine Tochter herumkutschieren – das geht einfach nicht«, zischte Inga ihm zu, als er sich wieder hinters Steuer klemmte.

»Was soll ich denn machen?«, raunte er zurück. »Ich habe die Kleine dieses Wochenende, meine Ex ist mit ihrem Neuen verreist, und die Nachbarin kann nicht den ganzen Tag auf sie aufpassen.«

Er warf einen Blick über die Schulter nach hinten und lächelte seiner Tochter zu. »Jetzt bringen wir dich zur Oma, okay?«

Inga sagte nichts mehr. Sie schämte sich ein bisschen. Weder er noch die kleine Yasmin konnten schließlich etwas dafür, dass ihr Vater-Tochter-Wochenende von einer Zooleiche durchkreuzt wurde.

Nachdem sie Sahins Tochter bei seiner Mutter abgeliefert hatten, rutschte Inga tiefer in das Polster. Ihr leerer Magen knurrte. Sie fühlte sich matt.

»Nein, nicht abbiegen«, protestierte sie, als Sahin sich Richtung Präsidium einordnen wollte. Er warf ihr einen irritierten Seitenblick zu, fuhr aber geradeaus weiter. »Wohin dann?«

»Na, was denkst du wohl?« Inga zeigte mit dem Kinn auf ein Dönerschild.

»Wieder ganz die Alte«, tönte Sahin und steuerte grinsend eine Parklücke an.

Kurz darauf saßen sie einander im Imbiss gegenüber.

»Dachte schon, der Bazillus Commissarius hätte dich jetzt auch erwischt, so schlecht wie dir vorhin war«, meinte Sahin.

»Vollberts Schnäpse sind schuld.« Inga zog eine Grimasse. »Wenn ich gewusst hätte, dass wir heute früh zum Einsatz müssen, hätte ich wenigstens eine Ausrede gehabt, das Zeug nicht anzurühren.«

Sahin winkte ab. »Konnte ja keiner ahnen, dass dieses Magen-Darm-Virus die Kollegen inzwischen komplett außer Gefecht gesetzt hat.« Er nahm das Glas mit der scharfen Soße und verteilte sie großzügig auf seinem Dönerteller. »Aber Vollbert, der ist gestern ja mal so richtig aufgetaut. Was wahrscheinlich auch an den Schnäpsen lag.« Er machte eine Armbewegung, als wollte er Ingas Hüfte umfassen. »Mädel, komm, wir trinken noch einen. Auf einem Bein kann man schließlich nicht stehen«, imitierte er den Dezernatsleiter. »Der ist dir ganz schön auf die Pelle gerückt.«

»Das kannst du laut sagen.«

»Wie gut, dass Forensik-Stefan zur Stelle war, um dich zu retten.« Er grinste breit. »Und dann wart ihr beiden ja auf einmal verschwunden.«

»Wir haben uns ein Taxi geteilt«, sagte Inga frostig. »Das ist alles.«

»Bleib locker. Hab bloß Spaß gemacht«, nuschelte Sahin mit vollen Backen. Er zeigte mit der Gabel auf ihren Teller. »Iss endlich, sonst wird dir gleich vor lauter Hunger noch mal schlecht.«

Während Inga ihre türkische Pizza von der Alufolie befreite, schaufelte Sahin ein wenig beleidigt seinen Döner in sich hinein. Länger als zwei Minuten hielt sein Stimmungstief jedoch nicht an.

»So wie du vorhin gereihert hast, dachte ich im ersten Augenblick, du wärst schwanger.«

»Unsinn. Da müsste es schon zu einer unbefleckten Empfängnis gekommen sein.« Inga rollte das Lahmacun enger zusammen und biss hinein.

»Was nicht ist, kann ja noch …«

Sie feuerte einen Blick auf ihn ab, der ihn augenblicklich verstummen ließ.

»Autsch«, murmelte er, senkte den Kopf und blieb die nächsten Minuten still.

Während Inga mechanisch kaute und schluckte, hing sie ihren Gedanken nach. In ihrem Kopf erklang Bernds höhnisches Lachen: »Du und Kinder? Dann müsstest du ja deine Karriere aufgeben!«

Als sie damals zur Kripo wechselte, war ihr nicht klar gewesen, dass ihr Aufstieg und die Tatsache, dass sie mehr verdiente als er, an seinem Ego kratzen könnten. Bis heute fragte sie sich, warum ihr erst nach zehn Jahren aufgegangen war, dass ihre Vorstellung einer Partnerschaft sich nicht mit seiner deckte. Immer öfter war es zu hässlichen Auseinandersetzungen mit ihm gekommen, ehe sie sich schließlich von ihm getrennt hatte. Seither lebte sie allein. Und jetzt, mit fast vierzig, war der Zug für eigene Kinder bald abgefahren.

Inga trank ihre Cola in einem Zug aus. Sie rupfte gleich mehrere Servietten aus dem Spender, mit denen sie energisch die Krümel fortwischte.

3

Sie betraten das lang gestreckte Gebäude des zentralen Kriminaldienstes. Der moderne Bau sah aus, als wäre er vom Himmel gefallen und nur zufällig neben dem historischen Hauptgebäude der Polizeidirektion gelandet, das mit dicken Sandsteinmauern, Türmchen und Erkern wirkte wie ein Bollwerk. Vor knapp acht Monaten hatte Inga hier ihren Dienst beim Dezernat für Straftaten gegen das Leben angetreten.

»Ich suche nach einer neuen Herausforderung«, hatte sie Dezernatsleiter Fred Vollbert zuvor beim Bewerbungsgespräch weisgemacht, und dass sie in ihrer derzeitigen Position keine Aufstiegsmöglichkeiten mehr sähe. In Wahrheit war eine vernünftige Zusammenarbeit mit ihrem damaligen Chef schlicht unmöglich geworden, nachdem sie seine Annäherungsversuche zurückgewiesen hatte. Zudem hatte sie dringend einen Tapetenwechsel gebraucht. Und nicht zuletzt musste sie hier nicht ständig damit rechnen, ihrem Ex-Freund über den Weg zu laufen.

Inga und Sahin waren noch nicht in ihrem gemeinsamen Büro angekommen, als der Dezernatsleiter auch schon über den Flur gestakst kam. Der Anblick seiner Hochwasserhosen erinnerte Inga an eine Figur von Wilhelm Busch, deren Name ihr nicht mehr einfiel. Doch der Dreiundfünfzigjährige wirkte nur auf den ersten Blick weltfremd und unbeholfen. Hinter seiner hohen Denkerstirn verbarg sich ein wacher Geist, und selbst in stressigen Situationen behielt er stets den Überblick. Er hatte seine Leute im Griff und Inga gegenüber bislang eine professionelle Distanz gewahrt. Bis gestern jedenfalls. Unwillkürlich legte sich ein altbekannter Druck auf ihre Brust.

»Besprechung in einer halben Stunde«, verkündete Vollbert. Seine Stimme klang kratzig, und seine Gesichtshaut wirkte grauer als sonst. Als Gastgeber war er sicher bis zuletzt auf der Feier gewesen. Wie alle Kollegen war er an Schlafmangel allerdings gewöhnt. Er nickte ihr freundlich zu, bevor er in sein Büro am Flurende verschwand.

Bestimmt war es dem Alkohol geschuldet gewesen, dass er ihr gestern den Arm um die Schultern gelegt und sie an sich gezogen hatte. Er hatte sie ja auch gleich wieder losgelassen.

Entspann dich. Vollbert ist schließlich nicht Peterjahn, dachte sie und atmete tief durch.

Inga hatte gehofft, die Erste im Konferenzraum zu sein, damit sie die Fakten noch einmal in Ruhe durchgehen konnte. Doch als sie eintrat, saß Kriminaloberkommissarin Franca Becker bereits am Tisch. Wie so oft fläzte sie mit vor der Brust verschränkten Armen auf ihrem Stuhl und streckte die langen Beine aus. »Hallo, Inga.«

»Moin«, antwortete Inga automatisch und ärgerte sich, als sie sah, wie Franca den Mund zu einem spöttischen Lächeln verzog. Gleich am ersten Arbeitstag hatte die Kollegin sie als »Emsländer Landpomeranze« betitelt, was wohl scherzhaft gemeint gewesen war. Wobei Inga ihre sarkastischen Bemerkungen nie auf Anhieb einordnen konnte.

Während sie Laptop und Kaffeetasse zum anderen Tischende balancierte, spürte Inga, wie die Kollegin sie aus ihren irritierend hellen Augen musterte. Nichts als das leise Surren der Klimaanlage war zu hören, dennoch hing Inga Francas raues Lachen von gestern Abend im Ohr. Ihre dunkle Stimme war das Erste gewesen, was Inga auf Vollberts Feier entgegengebrandet war. Gleich darauf hatte sie Franca, von Kollegen umringt, am Tresen entdeckt, wo sie einen rüden Witz nach dem anderen zum Besten gab. Sie war für ihre scharfe Zunge berüchtigt und verteilte gern Spitznamen, die von mehr oder minder humorvollen Kollegen bereitwillig aufgegriffen wurden. Und ehe die so »Geadelten« sich versahen, wurden sie den Namen nie wieder los.

Franca fuhr sich mit den Fingern durch die raspelkurzen Haare und gähnte laut. »Du sahst aber auch schon mal frischer aus.«

»Dito«, erwiderte Inga knapp und klappte ihren Laptop auf.

Franca sah sie lauernd an. »War bestimmt eine wilde Nacht, wo du doch mit Prince Charming den Ball verlassen hast.« Sie hob die Arme und räkelte sich halb liegend auf ihrem Stuhl. »Obwohl bei Forensik-Stefan trotz Knackarsch ja auch nicht alles Gold ist …«

Ehe Inga noch etwas erwidern konnte, betrat Vollbert, dicht gefolgt von Sahin und Ziekowsky, den Raum, was Franca sofort dazu brachte, ihre Beine einzuziehen und sich aufrecht hinzusetzen.

Ziekowsky nahm Inga gegenüber neben Vollbert Platz und nickte ihr knapp zu. Der Mann war ein kriminalistisches Urgestein und wirkte mit seinem stahlgrauen Bürstenhaarschnitt, den wachen Augen im narbigen Gesicht und dem akkurat gebügelten Hemd das der Stereotyp eines U.S. Marshals aus einer amerikanischen Polizeiserie. Er hatte nur noch wenige Jahre bis zur Pensionierung und galt als besonders erfahrener Kollege. Sicher würde er auch diesmal die Teamleitung übernehmen. Inga wartete darauf, dass Vollbert ihr langsam mehr Verantwortung übertrug, aber anscheinend sah er sie immer noch als Abteilungsküken. Diesen Eindruck hatte er ihr gestern in bierseligem Zustand durch die Blume bestätigt. Und vielleicht hatte er sie wirklich nur eingestellt, um die Frauenquote des Dezernats zu erfüllen, wie ihr Franca neulich gesteckt hatte.

Sahin ließ sich neben Inga auf einen Stuhl fallen. »Alles klar?«, raunte er ihr zu. Inga nickte nervös, angelte das Kabel des Beamers aus dem Schacht in der Tischmitte und schloss ihren Laptop an.

Kurz darauf knallten Schritte über den Linoleumboden im Flur. Noch ehe er die Tür aufriss, wusste Inga, dass es sich um Staatsanwalt Wolf handelte. Wie immer wirkte der glatzköpfige Jurist gehetzt, und nicht zum ersten Mal fragte sich Inga insgeheim, was ohne die markante Hornbrille von seinem Gesicht übrig bleiben würde. Wolf warf einen kurzen Gruß in die Runde und checkte sogleich die Zeit auf seinem Handy, was Vollbert zum Anlass nahm, sofort zu beginnen.

»Inga, was haben wir bisher? Kannst du uns …?« Er verstummte und sah zur Tür. Marlene März, die Pressesprecherin, huschte in den Raum. Eine Entschuldigung murmelnd, umrundete sie den Konferenztisch und setzte sich neben Sahin.

Inga nutzte die Unterbrechung, stand auf und schaltete den Beamer ein. Doch es erschien nur ein blaues Rechteck an der Wand, kein Bild. »Einen Moment.« Sie beugte sich vor und drückte das Übertragungskabel tiefer in den Anschluss, jedoch ohne Erfolg.

»Warte, warte nur ein Weilchen …«, kam es von Franca. Demonstrativ lehnte sie sich zurück und spielte mit ihrem Kugelschreiber.

Inga spürte, wie ihr die Röte in die Wangen schoss. Wie ging noch diese Tastenkombination, damit das Bild über den Beamer angezeigt wurde? Beim dritten Versuch klappte es. Sie setzte sich und öffnete ein Foto des Opfers.

»Albert Jakubeit, geborener Chevrier, fünfundvierzig Jahre«, begann sie und beobachtete, wie Vollbert sich zu Ziekowsky beugte und ihm etwas zuraunte. »Das Opfer …« Sie brach ab und nahm einen Schluck aus ihrer Kaffeetasse. Dann holte sie tief Luft, erhob sich erneut und umriss mit fester Stimme die Sachlage, wobei sie mehrere Bilder des Tatorts zeigte. »Morgen sollte dieses Provisorium durch eine Kurbelwinde ersetzt werden, mit der man den Pflug hochziehen und runterlassen kann, um ihn je nach Jahreszeit bequem dekorieren oder sauber machen zu können«, schloss sie ihren Bericht.

»Erzähl mir nicht, dass das kein Unfall war«, bemerkte Franca.

»Das habe ich im ersten Augenblick auch gedacht. Nur dass die Hängevorrichtung tadellos in Ordnung ist«, antwortete Inga. Sie blendete ein Detailfoto der Traktorkupplung ein. »Daran war die Kette befestigt. Im normalen Betrieb würde man beim Ankuppeln einen Sicherheitsbolzen mit Splint verwenden, aber in diesem Fall war es bloß ein einfacher Ringbolzen.«

»Kann der sich nicht von selbst gelöst haben?«, fragte Franca.

»Unwahrscheinlich. Da hätte es schon ein Erdbeben geben müssen. Aber der Traktor wurde weder bewegt, noch gab es irgendwelche Erschütterungen. Ich wüsste nicht, wie da ein massiver, senkrecht eingesteckter Bolzen von allein aus der Kupplung heraushüpfen soll. Und selbst wenn, hätten wir das Teil auf dem Boden vorfinden müssen.«

Sahin schaltete sich ein. »Fakt ist, dass der Bolzen verschwunden ist. Jemand muss ihn mitgenommen haben, und das vermutlich nicht ohne Grund.«

»Was auf ein Tötungsdelikt hindeutet«, stellte der Staatsanwalt fest.

Inga nickte. »Außerdem hing das hier am Tatort.« Sie blendete das Foto des Zettels mit den aufgeklebten Buchstaben ein.

»Ein Bekennerschreiben?«, fragte Wolf.

»Möglich. Der Text klingt jedenfalls nicht so, als wäre jemand gut auf den Zoo zu sprechen.«

Sahin räusperte sich. »Und der Kollege, der den Toten gefunden hat, meinte, dass der Zettel noch nicht dort hing, als er Feierabend gemacht hat. Übrigens erhält der Zoo häufiger solche Drohungen.« Er schob den Ordner, den sie von der Pressesprecherin bekommen hatten, in die Tischmitte, von wo ihn sich Franca als Erste schnappte.

»Na, super. Jetzt müssen wir nur noch herausfinden, welcher dieser Bekloppten dahintersteckt«, erklärte sie mit sarkastischem Unterton, während sie blätterte. »Einige der Briefe sind schon mehrere Jahre alt. Ich glaube kaum, dass es einer von denen war.« Sie reichte den Ordner an Vollbert weiter.

»Daher sollten wir mit den Kandidaten beginnen, die im Zoo aktuell auffällig geworden sind«, erwiderte Inga, der Francas Tonfall und die zur Schau getragene Skepsis allmählich auf die Nerven gingen. Sie wandte sich an Vollbert. »Hinten im Ordner sind Infos über Personen, gegen die der Zoo ein Hausverbot erwirkt hat, weil sie zum Beispiel Tiere freilassen wollten. Insbesondere ein selbst ernannter Tierschutzverein ist da wohl ziemlich aktiv, am besten fangen wir mit denen an. Die Tieranwälte.«

»Die Tieranwälte …« Franca blickte grübelnd zur Decke. »Stand über die nicht neulich erst ein Artikel in der Hannoverschen Allgemeinen Zeitung?«

»Stimmt!«, rief Marlene März. »Ein paar von denen hatten sich am Eingangstor eines Schlachthofs angekettet. Und ich meine, mich auch an eine Protestkundgebung vor dem Zoo zu erinnern.«

Inga nickte. »Diese Spur sollten wir als Erstes angehen. Vielleicht finden sich auch Hinweise in den sozialen Netzwerken. Jemand sollte sich durch die Fanseiten des Zoos wühlen, ob da jemand rumstänkert.«

»Also jetzt mal ehrlich«, warf Franca ein. »Solche Leute ketten sich an Tore von Tierversuchslaboren, lassen Tiere frei und so was. Aber Mord? Höchstens im Affekt, weil der Jakubeit sie vielleicht bei irgendeiner Aktion erwischt hat. Außerdem muss man es erst mal hinkriegen, so genau zu treffen.«

»Wie der Täter den Pflug so auf den Punkt zum Absturz gebracht hat, würde mich auch interessieren.« Der Staatsanwalt rückte seine Brille zurecht. »Wo genau liegt dieser Schweinestall eigentlich? Und wie hat der Täter Zugang zu dem Gebäude erlangt?«

Inga öffnete eine Datei. Der Übersichtsplan, den der Zoo an seine Besucher verteilte, erschien an der Wand.

»Wie niedlich«, murmelte Franca. »Und so schön bunt.«

Inga ignorierte die Bemerkung. Sie nahm einen Laserpointer und erklärte kurz, wo und in welcher Umgebung sich der Tatort befand. »Nach Zooschluss ist Meyers Hof teilweise noch für Besucher zugänglich, die das gastronomische Angebot dort nutzen. Der Bereich wird durch Gitter vom übrigen Gelände abgesperrt.«

»Und die Ställe sind um diese Zeit normalerweise geschlossen, oder?«, fragte der Staatsanwalt. »Man kann nur in den Gasthof, den Biergarten und auf den Spielplatz.«

Inga bejahte.

Marlene März meldete sich zu Wort. »Hat denn im Gasthof keiner etwas mitbekommen? Vorausgesetzt natürlich, der Mann kam während der Öffnungszeiten des Lokals zu Tode.«

»Was nicht unwahrscheinlich ist, denn sein letztes Lebenszeichen scheint eine Nachricht an seine Frau um neunzehn Uhr zwanzig gewesen zu sein«, erwiderte Inga. »Allerdings glaube ich nicht, dass im Lokal jemand etwas gehört hat. Der Stall liegt mindestens hundert Meter entfernt. Und draußen im Biergarten hat sich gestern Abend bestimmt keiner lange aufgehalten, so wie es geschüttet hat.«

»Das klingt zwar logisch, ist aber reine Spekulation, solange die Rechtsmedizin den Todeszeitpunkt nicht weiter eingrenzt«, wandte Vollbert ein.

»Richtig«, sagte Inga. »Bis es so weit ist, sollte ermittelt werden, wer sich nach Zooschluss noch auf dem Gelände aufgehalten hat. Jemand könnte gesehen haben, wie und damit wann Albert Jakubeit in den Stall zurückgekehrt ist. Und das private Umfeld des Opfers muss natürlich durchleuchtet werden.«

»Für die Laufarbeit werden noch drei weitere Kollegen für uns abgestellt«, sagte Vollbert. »Und gibt es im Zoo eigentlich Überwachungskameras?«

»Ja. Die Aufnahmen sind schon in der Prüfung. Außerdem sollten wir Kontakt zum Wachdienst aufnehmen, der nach Zooschluss auf dem Gelände patrouilliert. Vielleicht haben die etwas bemerkt, das uns weiterhilft.«

Inga übergab das Wort an Sahin und setzte sich. Während er vom Besuch bei Mirza Jakubeit berichtete, spürte sie, wie Vollbert sie nachdenklich musterte. »Du hast einiges mehr auf dem Kasten, als du zeigst«, hatte er auf der Feier zu ihr gesagt. »Du solltest ruhig mehr aus dir rausgehen.« Wie oft sie sich diesen Spruch in ihrem Leben wohl noch würde anhören müssen? Sie war halt introvertiert. Dass sie sich nicht gern in den Vordergrund drängte, hieß aber noch lange nicht, dass sie nicht das Zeug zur Ermittlungsleiterin hatte.

Ingas Blick wanderte zu Ziekowsky hinüber. Erst jetzt fiel

ihr auf, dass er sich mit keinem Wort an der Diskussion beteiligte, was äußerst ungewöhnlich für ihn war. Außerdem wirkte er seltsam abwesend. Schweißtropfen sammelten sich auf seiner Stirn, und er fuhr sich mit dem Finger unter den Hemdkragen, als müsste er ihn weiten.

»Geht es dir nicht gut, Karl-Heinz?«, fragte Inga.

»Nur ein bisschen verkatert.«

»Wirklich? Du siehst irgendwie …«

Ziekowsky winkte unwirsch ab. »Ich hab nichts.«

»Oje, hat dich das Virus erwischt?«, meinte Sahin, der seinen Bericht unterbrochen hatte.

»Unsinn.« Ziekowsky zerrte an seinem Kragen. »Diese verdammte Klimaanlage …« Er stemmte sich hoch. »Ich muss bloß mal an die frische Luft.«

»Das sehe ich aber anders, Karl-Heinz.« Vollbert folgte ihm auf den Flur. »Ich möchte, dass du zum Arzt gehst. Darüber hatten wir doch schon gesprochen. Solche Dinge darf man nicht auf die leichte Schulter nehmen, schon gar nicht in deinem Alter«, sagte er, bevor sich die Tür hinter ihm schloss. Betroffenes Schweigen breitete sich im Raum aus.

»Mist«, murmelte Franca und sprach damit aus, was wahrscheinlich alle dachten. Dieses Virus schien das gesamte Präsidium außer Gefecht setzen zu wollen.

Vollbert kehrte allein zurück und bedeutete Sahin, mit seinem Bericht fortzufahren. Doch kaum hatte der Luft geholt, ertönten vom Flur Hilfeschreie.

Inga stürzte hinter den anderen her aus dem Konferenzraum. »Ach du Scheiße«, hörte sie Franca sagen, und als sie um die Ecke bog, sah sie Ziekowsky auf dem Boden liegen. Henriette Färber, die Sekretärin des Dezernats, kniete neben ihm. Das Haar fiel ihr wirr ins Gesicht, während sie mit den Handballen rhythmisch auf seinen Brustkorb drückte.

Es war schon lange dunkel, als Inga das Präsidium verließ und über den Parkplatz zu den Fahrradständern ging. Vollbert hatte ihr die Leitung der Ermittlungen im Zoofall übertragen, doch wirklich freuen konnte sie sich darüber nicht. Ziekowsky hatte sein Bewusstsein nicht wiedererlangt, bis der Notarzt eingetroffen war. Nicht das Virus hatte ihn erwischt, sondern ein Infarkt. Niemand wusste, ob er sich wieder davon erholen würde.

Mit fahrigen Bewegungen schloss Inga ihr Fahrrad los und schwang sich auf den Sattel. Eigentlich war sie hundemüde, aber zu aufgewühlt, um direkt nach Hause zu fahren. Sie beschloss, noch eine Runde durch die Eilenriede zu drehen.

Um diese Zeit war in dem Stadtwald kaum noch etwas los. Keine Spaziergänger, Kinderwagen oder Inlineskater, denen sie ausweichen musste. Keine quer über den Weg gespannten Hundeleinen. Perfekt. Inga trat kräftig in die Pedale, den Blick konzentriert auf das Stück Weg gerichtet, das ihre Fahrradlampe ausleuchtete. Schemen von Bäumen und Unterholz flogen an ihr vorbei. Bis auf ihren Atem und das Knirschen von Kies unter den Reifen hörte sie nur fernes Verkehrsrauschen.

In Gedanken versunken, merkte sie kaum, welchen Weg sie eingeschlagen hatte. Erst als ihr scharfer Tiergeruch in die Nase stieg und sie vereinzelte Pfauenrufe hörte, wurde ihr klar, dass sie an der östlichen Grenze des Zoos gelandet war. Sie bog ab und fuhr weiter an dem Gelände entlang bis zum Parkplatz. Ihr Magen knurrte. Sie bremste und zog ihr Handy aus der Tasche. Schon zwanzig nach neun. Eigentlich hatte sie noch einkaufen wollen. In ihrem Kühlschrank zu Hause herrschte gähnende Leere, und irgendwie hatte es sich eingebürgert, dass sie ihren Wocheneinkauf sonntags im Supermarkt unter dem Bahnhof erledigte, dem einzigen Laden, der selbst am Wochenende bis zweiundzwanzig Uhr geöffnet hatte. Doch das würde sie jetzt nicht mehr schaffen. Ein Regentropfen traf sie, dann noch einer. Kurz entschlossen fuhr sie über den Parkplatz und stoppte an den Fahrradständern vor dem Tor, das zum Gasthaus Meyer führte.

Als sie ihr Rad anschloss, ging das Tröpfeln in einen Schauer über. Inga zog den Kopf ein und rannte zum Eingang.

Die Gaststube war pickepackevoll und summte nur so vor

Geschäftigkeit. Es roch nach Braten und Sauerkraut. Inga blieb im Gang zwischen den Tischen stehen und strich sich die feuchten Haare aus der Stirn. Auf der Suche nach einem freien Platz ließ sie ihren Blick durch den Raum schweifen, als ihr jemand auf die Schulter tippte.

»Hallo, Frau Kommissarin.«

Inga fuhr herum. Zerwühlte Haare, Silberfäden an den Schläfen, Dreitagebart, unverschämt charmantes Grinsen: Stefan Berger, weithin als Forensik-Stefan bekannt. Dank seiner Bücher über forensische Kriminaltechnik sowie diverser Auftritte in Talkshows und einer reißerischen Pseudo-Fernsehdoku über seinen Berufsstand hatte der Leiter der Kriminaltechnik in der gesamten Republik eine zweifelhafte Berühmtheit erlangt. Inga stieg die Röte ins Gesicht. »Was … was machst du denn hier?«, stammelte sie. »Warst du bis jetzt am Tatort?«

Stefan nickte. »Endlich Feierabend. Und du? Immer noch im Dienst, oder was treibt dich hierher?«

»Bloß der profane Wunsch nach Nahrungsaufnahme.« Inga ließ eine Kellnerin durch, die ein voll beladenes Tablett zu einem der Tische balancierte. »Hätte nur nicht gedacht, dass hier so viel los ist.«

»Sensationsgier füllt die Stube«, meinte Stefan trocken. »Ich wette, mindestens die Hälfte der Leute ist gekommen, um einen Blick durch den Absperrzaun auf den Tatort zu werfen.« Er deutete mit dem Kinn in Richtung eines Tisches, auf dem neben Tellern und Gläsern eine professionell wirkende Fotoausrüstung lag. »Besonders die Herrschaften dahinten.«

Reporter! Unwillkürlich zog Inga den Kopf ein. Das hatte ihr gerade noch gefehlt.

»Besser, wir verschwinden«, raunte Stefan ihr zu und stülpte sich die Kapuze seines Hoodies über den Kopf.

Inga warf einen bedauernden Blick auf die Bratkartoffeln mit Speck, die soeben an ihrer Nase vorbeigetragen wurden, und trat den Rückzug an.

Heftiger Wind drückte gegen die Wirtshaustür. Kaum hatte

Inga sie aufgestemmt, prasselte ihr Starkregen entgegen. »Verdammter Mist.«

Stefan trat neben sie. »McDrive?«

Prompt meldete sich wieder Ingas Magen mit einem noch durchdringenderen Knurren als zuvor. »Immer noch besser als gar nichts«, hörte sie sich sagen.

Die Laternen neben dem Fast-Food-Restaurant sahen im Regen wie Duschen aus, die orangefarbene Limonade auf den Parkplatz prasseln ließen. Inga saß auf dem Beifahrersitz, balancierte Schachteln mit Pommes und Chicken-Nuggets auf den Knien und beobachtete missmutig, wie das Wasser die Frontscheibe von Forensik-Stefans Kombi hinunterlief. Wäre nicht so ein Sauwetter und ihr Urteilsvermögen vor lauter Hunger getrübt gewesen, würde sie jetzt sicher nicht neben ihm sitzen und Junkfood essen.

»Wie immer?«, hatte ihn die Bedienung am McDrive-Schalter gefragt und Inga neugierig aus ihrer Luke heraus gemustert. Offensichtlich war er hier Stammgast, was auch die Sammlung an leeren Pappschachteln im Fußraum vor der Rücksitzbank eindrucksvoll belegte. Und es schien ihm nicht im Geringsten peinlich zu sein.

»Schöner Mist«, meinte er, nachdem sie ihm von Ziekowskys Infarkt erzählt hatte. Er klaubte einen Burger aus der Pappschachtel. »Dann leitest du also jetzt den Fall?«

»Jep.« Sie zog die Folie von einem Dipschälchen, woraufhin sich der Inhalt explosionsartig auf ihrer Jacke verteilte.

Stefan reichte ihr eine Serviette. »Das ist das erste Mal, oder?«

»Dass ich bei McDonald's esse?« Inga versuchte vergeblich, die klebrige Soße abzuwischen.

»Dass Vollbert dir die Leitung der Ermittlungen überträgt. Sicher ungewohnt, die ganze Verantwortung und so.«

Verärgert knüllte sie die Serviette zusammen. »Klar ist das ein neues Maß an Verantwortung, aber ich kriege das schon hin. Man muss mehr koordinieren, den Überblick behalten und auch die Außenwirkung im Blick haben. Und es gibt eben mehr Leute, die was von einem wollen. Reporter zum Beispiel. Heute ruft mich doch glatt einer an, um zu fragen, wann der Schweinestall denn wieder für Besucher freigegeben wird. Und ob er Fotos vom Leichenfundort machen darf, bevor das Blut weggeputzt wird.«

»Aasgeier«, urteilte Stefan knapp. Er saugte am Trinkhalm in seiner Cola und biss in seinen Burger. »Übrigens«, sagte er mit vollem Mund. »Das Letzte, was das Opfer eingeatmet hat, war vermutlich Schweinekot. Mit dem Gesicht in Exkrementen – wahrlich kein schöner Tod.«

Inga zog eine Grimasse. »Ich bezweifle, dass der Mann nach dem Schlag, der ihn getroffen hat, überhaupt noch geatmet hat. Habt ihr sonst noch was? Fingerspuren, Fasern, Blutspuren? Irgendwas Aufschlussreiches?«

Stefan schluckte den Bissen hinunter. »Die blutigen Schuhabdrücke hast du ja bestimmt gesehen. Und wir haben jede Menge Fingerspuren an dem Traktor gesichert.«

»Interessanter wären Spuren auf dem Bolzen, an dem die Kette befestigt war.«

»Dafür müssten wir das Ding aber erst mal haben.« Er wischte sich die Finger ab und verstaute die Serviette in der leeren Burgerschachtel. »Morgen früh landet das alles im Kriminaltechnischen Institut. Aber jetzt ist erst mal Feierabend.«

Schweigen breitete sich zwischen ihnen aus. Sie spürte, wie er sie von der Seite musterte, was sie irgendwie nervös machte. Stell dich nicht so an, Inga, sagte sie sich. Es ist bloß Forensik-Stefan. Der Typ mit dem Pinsel und Rußpulver, der Flusen eintütet und im weißen Overall und Kapuze aussieht wie eine der Spermazellen aus diesem Siebziger-Jahre-Woody-Allen-Film. Also reiß dich zusammen!

»Sag mal, gestern im Taxi …« Er räusperte sich. »Ich hatte wohl ein paar Biere zu viel.«

Inga schnaubte abschätzig. »Was du nicht sagst!« Er war so betrunken gewesen, dass er mit dem Kopf auf ihrer Schulter eingeschlafen war und später unbedingt auf einen Kaffee mit in ihre Wohnung hatte kommen wollen. Nur mit Mühe konnte sie ihn überreden, im Taxi sitzen zu bleiben und nach Hause zu fahren. ·

»Oje, ich hab's gewusst. Sie ist sauer.« Er duckte sich und tat so, als würde er sich hinter seiner Hand verstecken wollen. »Wie kann ich das bloß wiedergutmachen?« Er grübelte einen Moment lang betont angestrengt. »Kaffee bei mir? Ich wohne nicht weit von hier.«

Inga hielt unwillkürlich die Luft an. Sie mochte ihn, hatte aber nicht vor, noch einmal etwas mit einem Kollegen anzufangen. Das gab nur Ärger. »Du bist nett – wirklich. Und wir arbeiten gut zusammen – belassen wir es doch einfach dabei«, sagte sie gepresst. »Am besten, du fährst mich zurück zu meinem Fahrrad, okay?«

»Okay.« Er startete den Wagen, fuhr aber nicht los, sondern starrte aus dem Fenster. »Warte, warte nur ein Weilchen …«

Inga verdrehte die Augen. »Den Spruch durfte ich mir heute schon mal anhören. – Und nein, später überlege ich es mir auch nicht anders.«

Stefan betätigte den Scheibenwischer und zeigte lachend nach draußen. »Was kann ich denn dafür, dass dein Namensvetter momentan jede Plakatwand ziert?«

Jetzt sah Inga es auch. Auf der gegenüberliegenden Mauer, beleuchtet von einer der Duschlaternen, klebte das Plakat einer Kunstausstellung. Es zeigte das bekannte Schwarz-Weiß-Polizeifoto von Fritz Haarmann mit stoischem Blick und sauber gezogenem Scheitel. Daneben stand in blutroten Lettern:

Warte, warte nur ein Weilchen,
bald kommt Haarmann auch zu dir,
mit dem kleinen Hackebeilchen,
macht er Schabefleisch aus dir.

»Hannover-Folklore vom Feinsten«, spottete Stefan. »Der Typ hat in den zwanziger Jahren zwei Dutzend junge Männer totgebissen, zu Wurst verarbeitet und ihre Knochen in der

Leine versenkt. Und heute erhebt ihn so ein durchgeknallter Pseudokünstler zum Kunstobjekt. Echt makaber.« Er legte den ersten Gang ein und fuhr los. »Dein Pech, dass du denselben Nachnamen trägst wie der bekannteste Serienmörder der Stadt.«

Inga zog eine Grimasse. Dem war wirklich nichts mehr hinzuzufügen.

Er lenkte den Kombi über die Hildesheimer Straße zum Aegi und bog in den Schiffgraben ein. Am Emmichplatz ordnete er sich links ein.

»He!«, protestierte Inga. »Zum Zoo geht's aber geradeaus.«

Ungerührt bog Stefan ab und fuhr weiter an der Eilenriede entlang über die Hohenzollernstraße. »Glaubst du, ich lasse dich im Dunkeln und bei dem Wetter mit dem Rad durch die Gegend fahren?«

»Das kann ich ja wohl immer noch selbst entscheiden.« Inga wusste nicht, was sie mehr ärgerte, dass er sie gegen ihren Willen nach Hause brachte oder dass ihr geliebtes Retrorennrad die Nacht am Zoogasthaus verbringen sollte.

»Dein Rad kannst du morgen holen«, meinte Stefan, der offenbar Gedanken lesen konnte. »Aber wenn du unbedingt nass werden willst, bringe ich dich auch noch zum Zoo.« Er bog in die Kleine Pfahlstraße ein und hielt vor ihrem Haus. »Nur gib mir nachher nicht die Schuld, wenn dich der böse Wolf erwischt.«

»Sehr witzig.« Inga stieg aus und knallte die Tür zu. Regen wehte ihr ins Gesicht. Sie drückte das Tor zum Vorgarten auf, suchte Schutz unter der Kastanie und kramte in ihrer Tasche nach dem Hausschlüssel.

Stefan ließ das Fenster herunter und beugte sich über den Beifahrersitz. »Gute Nacht, Frau Kommissarin, hat mich sehr gefreut.« Er winkte ihr noch einmal zu und brachte es tatsächlich fertig, mit quietschenden Reifen loszufahren.

Inga blickte seinem Kombi mit gemischten Gefühlen nach. Dass sie ihn hatte abblitzen lassen, tat ihr fast leid. Aber so schnell würde sie sich nicht von ihrem Vorsatz abbringen lassen, da konnte er noch so charmant und witzig sein. Sie fand den Schlüssel, schloss die Haustür auf und stieg fröstelnd zu ihrer Wohnung hinauf. Sie brauchte dringend ein warmes Bad und einen Ingwertee. Doch bereits im Treppenhaus hörte sie das Telefon klingeln.

Ihre Mutter war dran – natürlich. Wer sonst rief sie überhaupt noch auf dem Festnetz an?

»Was gibt's? Alles gut bei euch?«, fragte Inga, die genau wusste, dass Brigitte Haarmann nie einfach nur plaudern wollte.

»Ich will morgen die Gans für das Weihnachtsessen bestellen. Du kommst doch an Heiligabend, oder? Dein Bruder hat sich mit seiner Familie schon angemeldet.«

»Ehrlich gesagt habe ich darüber noch gar nicht nachgedacht«, erwiderte Inga. »Ist ja noch 'n End hin.«

»Noch 'n End hin? Du bist mir lustig. Ich möchte einmal erleben, dass ich zeitig planen kann.«

Inga überlegte kurz. »Wahrscheinlich habe ich an Heiligabend Dienst, zumindest bis Mittag. Ich kläre das und sag dir Bescheid, okay? Und sonst, wie habt ihr's?«

»Sind alle gut zufrieden. Dein Bruder war gestern hier. Hat Papa geholfen, den Mähdrescher flottzumachen.« Ihre Mutter senkte die Stimme. »Er war letzte Woche in Lingen, und da hat er wohl Bernd getroffen.«

»Aha«, sagte Inga, die ahnte, was nun kommen würde.

»Du, er war allein unterwegs. Mit dem jungen Ding, das er nach dir hatte, ist es wohl aus. Meinst du nicht, ihr könntet es noch mal miteinander …«

Inga fuhr dazwischen. »Mama, lass es.«

»Ich mein ja bloß. So einen wie den Bernd findest du so schnell nicht wieder. Einen, der versteht, was auf deiner Arbeit so los ist.« Sie atmete geräuschvoll aus. »Dass du gleich mit ihm Schluss machen musstest, nur wegen ein paar Meinungsverschiedenheiten.«

Inga spürte, wie sie sich versteifte. Dass Bernd aus heiterem Himmel zum Hausmütterchen-an-den-Herd-Macho mutiert war, war in den Augen ihrer Mutter natürlich kein Grund, sich zu trennen. »Meine Güte, was ist denn schon dabei? Für uns war es damals überhaupt keine Frage, dass wir Mütter mit dem Kind zu Hause bleiben«, hatte sie Bernd damals beigepflichtet. »Wenn das Lütte alt genug ist, kannst du ja wieder in deinen Beruf einsteigen.« Ingas Geständnis, dass sie sich nicht wirklich bereit für ein Kind fühlte, hatte sie mit einem »Papperlapapp« beiseitegewischt: »In deinem Alter war ich längst damit durch.«

Brigitte Haarmann legte ungerührt nach. »Ich hätt ihn wirklich gern als Schwiegersohn gehabt.«

»Mama, können wir das Thema nicht endlich lassen?«

»Ich sag ja schon nichts mehr. Am Ende musst du selbst wissen, was du mit deinem Leben anstellst.«

»Wegen Weihnachten melde ich mich dann«, sagte Inga, obwohl sie gerade nicht übel Lust hatte, den ganzen Familienfeiertrubel abzusagen. »Grüß Papa von mir. Tschüss.« Damit legte sie auf.

Sie schloss die Augen und atmete ein paarmal tief durch, aber der Druck auf ihrer Brust blieb. In der Küche zerrte sie die Teekanne so schwungvoll aus dem Regal, dass der Deckel absprang und auf den Fliesen zerschellte.

»Verdammter Schiet.« Sie riss Kehrblech und Handfeger vom Haken und ging in die Hocke, um die Scherben aufzukehren.

***

Petru bremste ab und lenkte seinen Wagen über eine steinerne Brücke, die so schmal war, dass zwei Autos nicht aneinander vorbeikamen. Zwar gab es hier reichlich Bodenwellen, aber die Dämpfung seines Citroën C5 verwandelte sie in ein sanftes Schaukeln, als befände er sich an Bord eines Schiffes auf dem Canal du Midi und nicht auf einer Landstraße mitten im Périgord.

Das Licht der Scheinwerfer streifte Bruchsteinmauern, die von Efeu und Wildem Wein überwuchert waren. Petru bog in einen schmalen Weg ein. Nach einer weiteren Kurve tat sich eine von Platanen gesäumte Allee vor ihm auf, die schnurgerade auf Le Barons Landhaus zuführte.

Petru hielt vor dem Tor und nickte zu einer Kamera hoch. Kurz darauf öffneten sich die Torflügel. Langsam ließ er den C5 über die Auffahrt rollen. Kies knirschte unter den Reifen. Er parkte den Wagen an einer der Laternen, die den runden Platz vor dem Haus erhellten, und stieg aus.

Le Barons Anwesen war aus dem für die Gegend typischen gelben Sandstein gebaut, der bei Nacht durch die Fassadenbeleuchtung nahezu orange wirkte. Bordeauxrote Fensterläden zierten die Sprossenfenster. Den Westflügel des zweigeschossigen Kastens begrenzte ein Turm, der dem Gebäude etwas Trutziges verlieh. Petru erklomm die Freitreppe und fuhr dabei mit den Fingern über den steinernen Engel, der auf dem Geländer hockte. Ein Glücksritual.

Nicht Claude öffnete ihm die Tür, natürlich nicht, sondern einer der Gorillas, die Le Baron vor Kurzem eingestellt hatte. Ein Typ mit breiten Schultern, kantigem Gesicht und einer Nase, die aussah, als wäre sie mehrfach gebrochen. Das reinste Klischee, fand Petru. Es hätte ihn nicht gewundert, wenn Le Baron den Mann allein deswegen engagiert hatte, weil er perfekt in die Kulisse passte. Er selbst verkörperte die Rolle des Paten schließlich auch immer vollendeter.

Petru folgte dem Neuen ins Haus und ertappte sich dabei, dass er es vermisste, von Claude mit einem Schulterklopfen begrüßt zu werden.

»Er erwartet dich im Wellnessbereich.« Der Gorilla wollte vorausgehen, aber Petru hielt ihn zurück.

»Danke, den finde ich schon noch allein.«

Le Baron lag rücklings ausgestreckt auf einer Futonmatratze, die den halben Raum einnahm. Sein hagerer Körper steckte in einem weißen Anzug aus dünnem Baumwollstoff. Den gleichen Anzug in Orange trug der Thaimasseur, welcher neben ihm kniete und sein linkes Bein bearbeitete.

»Petru, mein Freund. Komm herein.« Er hob den Kopf von seinem Kissen.

Petru schlüpfte aus seinen Schuhen, trat ein und zog die Schiebetür hinter sich zu. Umständlich ließ er sich auf eins der runden Kissen sinken und schob seine Beine in den Schneidersitz.

Le Baron lachte trocken. »Seit Phil mich einmal täglich so richtig durchknetet, fühle ich mich wie neugeboren. Solltest du auch mal probieren.«

Der Masseur, ein drahtiger Asiate mit geschorenem Kopf, hob Le Barons Fuß und drückte das angewinkelte Bein des alten Mannes sanft gegen dessen Brust. Le Baron stöhnte.

»Nein danke«, sagte Petru und rutschte auf seinem Kissen etwas näher. Er hielt das Fläschchen mit der Probe so, dass Le Baron es sehen konnte.

»Ah – das ist also die Wunderessenz. Recht unspektakulär, wie mir scheint.«

»Auf den Inhalt kommt es an.« Petru zog den Pfropfen aus der Öffnung, hielt Le Baron das Behältnis unter die Nase und beobachtete gespannt seine Reaktion.

Der Alte schnupperte. »Oh. Das ist …« Er richtete sich etwas auf und nahm Petru das Fläschchen aus der Hand. Mit geschlossenen Augen roch er noch einmal daran. »Erstaunlich«, murmelte er. »Und was macht man jetzt damit?«

Petru nahm das Fläschchen entgegen und drückte den Pfropfen wieder fest. »Ich habe eine Anleitung bekommen. In etwa vierundzwanzig Stunden sollten wir damit eine Kostprobe fertig haben.«

Le Baron nickte bedächtig. »Heute ist frische chinesische Ware eingetroffen. Titus weiß Bescheid. Lass dir von ihm alles geben, was du brauchst. Aber sieh zu, dass der Koch nichts davon mitbekommt.« Damit ließ sein Chef sich auf die Matte zurücksinken, und der Masseur nahm seine Arbeit wieder auf. Die Audienz war beendet.

Als Petru die Tür aufschob, meldete sich Le Baron noch einmal zu Wort. »Willst du mir nicht doch verraten, wer dein geheimnisvoller Lieferant ist? Vielleicht kenne ich ihn ja sogar?« Etwas Lauerndes lag in dieser Frage.

Petru erstarrte. War die Nachricht von Alberts Tod zu ihm durchgedrungen, und er hatte womöglich eins und eins zusammengezählt? Le Baron hatte jede Menge Online-Nachrichtendienste abonniert. Vielleicht stand im Netz bereits etwas über Alberts Tod zu lesen? Nonsens, beruhigte er sich. Le Baron war an französischen Tagesmeldungen und dem Welthandel interessiert. Ganz sicher nicht an Nachrichten aus Hannover. Schließlich konnte er nicht einmal Deutsch. Und selbst wenn, würde ihm der Name Jakubeit nichts sagen. Albert war für Le Baron schon seit Jahren tot. Mit einer Hand umklammerte er den Rand der Schiebetür. »Er will anonym bleiben. Ich kenne selbst auch nur seinen Spitznamen«, sagte er, ohne sich umzudrehen. »Er nennt sich … Dalai Lama.«

Le Baron schnaufte ungehalten. »Dalai Lama? Will er uns verarschen?«

Aus dem Augenwinkel sah Petru, wie der Alte sich hochstemmte und aufsprang. Für seine sechzig Jahre war er noch gut in Form.

Mit einer unwirschen Handbewegung scheuchte Le Baron den Masseur aus dem Zimmer. »Vorausgesetzt, das Zeug taugt etwas, will ich das Rezept exklusiv«, sagte er, während er ein japanisches Samuraischwert von der Wand nahm, das dort als Dekoration hing. »Wie stellen wir also sicher, dass der Mann nicht bloß mein Geld einstreicht und dann selbst den Trüffelmarkt aufmischt oder das Rezept womöglich auch noch an die chinesische Mafia verscherbelt?« Er zog das Schwert aus der Scheide, machte einen Ausfallschritt und stieß die Waffe gegen einen imaginären Gegner.

»Er will sich mit dem Geld zur Ruhe setzen«, sagte Petru. »Er war jahrelang in Tibet und hat dort Gurkhas ausgebildet. Da oben im Hochland hat er auch die Zutaten für die Essenz entdeckt.«

Le Baron hielt inne. »Der Mann war in der Legion?«

Petru nickte. Er war sich bewusst, dass er sich auf dünnes

Eis begab, aber er musste Le Baron davon überzeugen, dass der Lieferant vertrauenswürdig war. Und jemand, der sich dem Ehrenkodex der Légion Étrangère verpflichtet hatte, genau wie Le Baron selbst, war in den Augen des Alten über jeden Zweifel erhaben.

»Verstehe«, sagte Le Baron. Er sah ihm forschend in die Augen. Petru hielt dem Blick stand, ohne zu zwinkern. Der Alte trat einen Schritt zurück und richtete die Spitze des Samuraischwerts auf ihn. »Eins muss man dir lassen, Petru. Dein Pokerface ist wie immer perfekt.«

Petru rührte sich nicht. Le Baron verharrte noch einige Sekunden mit dem Schwert in der Hand, dann steckte er es in die Scheide zurück.

»Wir sprechen über ungelegte Eier. Titus soll das Zeug gründlich testen. Danach werden wir sehen, ob es überhaupt etwas taugt und vor allem, ob es das Geld wert ist, das dein Lieferant verlangt.«

Der alte Titus hatte mit seiner Familie schon auf dem Grundstück des Anwesens gewohnt, als es noch der alteingesessenen Familie gehörte, die über Generationen die örtliche Papierfabrik betrieben hatte. Er hatte dort im Labor gearbeitet und neue Rezepturen für hochwertige Spezialpapiere entwickelt. Schwerer Zellstoff, aus dem edles Briefpapier mit geprägten Wappen hergestellt wurde. Nachdem die Fabrik geschlossen, die Familie fortgezogen und das Herrenhaus dem langsamen Verfall überlassen worden war, war er als Einziger geblieben.

Dann hatte Le Baron das Grundstück erworben und Titus zunächst als Gärtner eingestellt. Es dauerte nicht lange, bis er erkannte, dass der alte Mann nicht nur den sprichwörtlichen grünen Daumen, sondern zudem ein Wissen besaß, das ihm in vielerlei Hinsicht nützlich sein konnte. Titus war ein Unikum, ein Alleskönner. Gärtner, Laborant, Ratgeber in allen Lebenslagen – und Le Baron treu ergeben.

Petru fand ihn im Gewächshaus, wo in einer Ecke ein Labor eingerichtet war. Titus stand über ein Mikroskop gebeugt.

»Die Trüffel ist eine Diva«, sagte er, ohne aufzublicken. »Ich erforsche sie bereits mein halbes Leben. Und trotzdem bin ich immer noch nicht zu ihrem Kern vorgedrungen. Der Stein der Weisen – wer weiß? Vielleicht liegt er im Inneren einer Trüffel?« Ächzend richtete er sich auf und begrüßte Petru mit einer Umarmung.

»Wie geht es dir? Was machen die Knie?«, fragte Petru.

»Der Lack ist ab, und die Knochen sind morsch. So ist das, wenn man alt wird.« Er deutete auf das Fläschchen in Petrus Hand. »Das Wunderserum?«

Petru nickte und reichte es ihm.

Behutsam zog Titus den Stopfen heraus und schnupperte daran. Mit einer Pipette zapfte er ein wenig von der Flüssigkeit ab und füllte sie in ein Reagenzglas, bevor er das Fläschchen sorgfältig wieder verschloss.

»Was hältst du davon?«, fragte Petru.

Der Alte wiegte den Kopf. »Ich forsche schon sehr lange an einer Möglichkeit, die Chinesen zu veredeln. Le Baron ist ja wie besessen davon. Bisher habe ich nichts gefunden, was auch nur ansatzweise das Aroma der echten Périgord-Trüffeln erzeugen konnte. Ich kann mir nicht vorstellen, dass dein dubioses Serum den Durchbruch bringen wird.«

»Warten wir's ab.« Petru breitete die Anleitung, die Albert dem Serum beigelegt hatte, auf der Arbeitsplatte aus. »Wie es aussieht, brauchen wir nur ein paar Trüffeln und eine Spritze.«

Titus winkte ab. »Erst mal wird das Zeug untersucht. Nicht dass uns dein Lieferant vergiften will.« Mit einem Ruck zog er sich die Gummihandschuhe aus und warf sie in einen Mülleimer. »Schluss für heute. Ich mache uns Abendessen. Wenn du direkt vom Flughafen kommst, wie ich vermute, hast du außer dem furchtbaren Kabinenfraß sicher noch nichts Vernünftiges bekommen.«

Petru grinste. »Das ist wohl wahr.«

Titus tauschte seinen Laborkittel gegen eine leichte Flanelljacke und setzte seine Baskenmütze auf, womit die Metamorphose vom Laboranten zum Gärtner vollzogen war. Er humpelte vor Petru her durch das Gewächshaus und wies auf die dicht mit Setzlingen bestückten Pflanztische. »Steineichen, die Wurzeln geimpft mit den Sporen des Tuber melanosporum, dem echten schwarzen Périgord-Trüffel. Zwei Jahre lang päppele ich sie hier auf und hoffe, dass sich eine Verbindung zwischen Pilz und Wurzel bildet. Erst wenn sich das unter dem Mikroskop bestätigt, pflanze ich sie aus. Und eines schönen Tages kann man vielleicht ein paar schwarze Diamanten ernten. Ganz ohne Tricks.«

»Wie lange dauert das?«

»Sechs bis acht Jahre, vielleicht länger. Wer weiß das schon so genau?« Er drückte die Gewächshaustür auf und warf einen Blick zurück ins Innere. »Bei diesen da werde ich es vermutlich nicht mehr erleben.«

»Aber auf dem bestehenden Hain gab es doch schon eine Ernte, oder?«

Titus lachte auf. »Seit Jahren wartet Le Baron darauf, dass sich *le brûlé* unter seinen Eichen bildet oder dass sich irgendwo Trüffelfliegen aufscheuchen lassen. Aber die Diva lässt sich Zeit.«

»Le brûlé«, das immerhin wusste Petru, nannte man die Stellen, an denen die Vegetation durch den unterirdisch wachsenden Pilz verdorrte. Ansonsten kannte er sich mit Trüffeln nicht besonders aus.

Sie verließen das Gewächshaus, und Titus bedeutete Petru, ihm zu folgen. »Wir gehen zu mir. Ich habe einen ausgezeichneten Pastis. Den musst du probieren.«

Seit seine Frau gestorben war und vor Kurzem auch sein Sohn, wohnte Titus allein in dem Gärtnerhäuschen am Rande des Anwesens. Wie das Herrenhaus war es aus gelbem Sandstein gebaut und hatte die gleichen Fensterläden, nur dass diese blau gestrichen waren. Petru musste den Kopf einziehen, als er über die Schwelle trat.

»Ich werde nie verstehen, warum um diese Pilze ein solcher Aufstand gemacht wird«, sagte er. »Ist da wirklich so ein großer Unterschied zwischen den Sorten?«

Titus sah ihn kopfschüttelnd an. »Wie lange lebst du eigentlich schon hier?«

»Vivien ist jetzt sechzehn.« Petru folgte ihm in die Küche. »Achtzehn Jahre sind es also.«

»Die Zeit rast. Ich kann mich noch genau erinnern, wie sie im Garten herumgekrabbelt ist. Wie macht sich die Kleine? Sie ist doch noch in diesem Genfer Internat, nicht wahr?«

Petru zog sein Handy aus der Tasche und zeigte Titus das Bild, das Vivien ihm geschickt hatte. »Sie liebt Pferde, trainiert fleißig das Voltigieren.«

»Ein hübsches Mädchen, deine Tochter. Du musst gut auf sie aufpassen.«

»Keine Angst, das tue ich.« Petru steckte das Handy wieder ein.

»Um auf deine Frage zurückzukommen …« Titus nahm ein Schraubglas, in dem einige walnussgroße Knollen lagen, öffnete es und hielt es Petru unter die Nase. Die verschrumpelten schwarzen Kugeln verströmten einen schwachen torfigen Geruch. »Das sind chinesische Trüffeln. Sie sehen den echten Périgords zwar zum Verwechseln ähnlich, aber sie haben so gut wie kein Aroma. Taube Nüsse, wenn du so willst.« Titus stellte das Glas zur Seite und angelte ein anderes von einem Regal. »Das hier sind die echten. Ich habe sie gestern ausgegraben. Bestens geeignet zum Verfeinern von Soßen und für Trüffelomelette – ein Gedicht, sage ich dir.« Er schraubte den Deckel auf und reichte Petru das Glas. Petru atmete das intensive erdige Aroma ein.

»Gar kein Vergleich.« Noch einmal roch er am Glas mit den Chinatrüffeln. »Die duften nicht nur wesentlich schwächer, sondern auch irgendwie … muffig.«

Titus lachte. »Solltest du dich doch noch zum Trüffelgourmet entwickeln, hinterlasse ich dir meine geheime Karte mit Orten, wo du welche finden kannst, wenn ich mal abtrete. Aber dann brauchst du einen guten Trüffelhund.«

»Sind Schweine nicht besser?«

Der Alte wiegte den Kopf hin und her. »Wo ein Schwein nach Trüffeln gewühlt hat, muss sich das sensible System erst wieder erholen. Das ist bei Hunden nicht so. Außerdem finden sie einen Fundort immer wieder.«

Noch während er redete, band Titus sich eine Schürze um und holte eine mit einem Handtuch abgedeckte Schüssel aus dem Kühlschrank. Als er das Tuch entfernte, stieg Petru Trüffelgeruch in die Nase.

»Omelettemasse, heute Morgen frisch zubereitet«, erklärte Titus. »Man muss die Trüffelscheiben ein paar Stunden darin ziehen lassen, damit die Eier das Aroma annehmen.« Er entfachte den Gasherd, erhitzte Öl in einer schweren Pfanne und goss die Hälfte der Masse hinein. Bald darauf brutzelte das Omelette in der Pfanne, und ein betörender Duft breitete sich in der kleinen Küche aus. Petru knurrte prompt der Magen. Er war wohl hungriger, als er gedacht hatte. Fasziniert beobachtete er, wie Titus das Omelette vorsichtig auf einen Teller gleiten ließ. Geschickt stülpte der Alte die Pfanne darüber und wendete das Ganze mit Schwung. Wenig später stellte er ein goldgelb gebratenes »Omelette aux truffes« vor Petru ab. »Voilà. Bon appétit.«

Nachdem er ein weiteres Omelette für sich selbst zubereitet und verspeist hatte, schenkte Titus je einen Fingerbreit Pastis in zwei Gläser und füllte sie mit Wasser auf. Sofort schlug die Farbe der Flüssigkeit in ein milchiges Weiß um.

Mit seinem Glas in der Hand stand Petru auf und griff nach einem gerahmten Bild, das neben anderen Familienfotos auf der Anrichte stand. Titus' Sohn Claude saß mit einem Glas Wein an einem Tisch und blickte verschmitzt in die Kamera. Als das Bild aufgenommen worden war, hatte man Claude die Krankheit noch nicht angesehen. Sein rundes Gesicht wirkte auch mit Anfang vierzig noch weich und kindlich. Trotz seiner Körpergröße von eins neunzig hatte Claude mit diesen sanften Zügen und den tapsigen Bewegungen immer den Eindruck erweckt, als könnte er nicht einmal eine Fliege zerquetschen –

und wenn, dann höchstes aus Versehen. Doch Petru wusste es besser. Ihm hingegen schienen die Leute allein schon wegen seines Aussehens alles zuzutrauen. Claude hatte ihn oft damit aufgezogen. »Sieh dich an, Korse. Diese Verbrechervisage. – Wie soll man so jemandem vertrauen?« Er konnte fast hören, wie es durch Claudes Schneidezahnlücke sirrte, wenn er seinen Spitznamen *le Corse* aussprach.

Wortlos rückte er den Trauerflor an einer Ecke des Rahmens zurecht und stellte das Bild wieder an seinen Platz. Dieser Bastard mit seinem Babyface fehlte ihm. Drei Jahre lang hatte sein Freund gekämpft, doch am Ende hatte der Krebs gesiegt. Petru sog den scharfen Anisduft des Pastis ein, bevor er sein Glas hob. »Auf Claude.«

»Auf Claude«, antwortete Titus und wischte sich verstohlen über die Augen. Sie tranken schweigend.

»Ich muss los«, sagte Petru schließlich und stellte das leere Glas in die Spüle.

Titus nickte abwesend, dann schien er sich an etwas zu erinnern. »Einen Moment noch.«

Er ging nach nebenan und kam mit einem kleinen gepolsterten Umschlag zurück.

»Der ist von Claude. Ich wollte ihn dir schon längst gegeben haben, aber irgendwie hat sich nie die Gelegenheit ergeben.«

Verwundert nahm Petru den Brief entgegen. Er machte Anstalten, das Kuvert aufzureißen, aber Titus legte ihm eine Hand auf den Arm.

»Lies ihn besser nachher in Ruhe.«

Petru drückte dem alten Mann die Schulter und verabschiedete sich. Als er schon in der Tür stand, klingelte das Telefon. Titus ging ran.

»Bien sûr. Pas de problème«, sagte er knapp und legte auf.

»Le Baron?«, fragte Petru.

Titus nickte. »Er will die Ergebnisse der toxikologischen Untersuchung morgen früh vorliegen haben.«

»Und? Schaffst du das?«

Der Alte zuckte mit den Schultern. »Ich bin sowieso die halbe Nacht wach.«

Plötzlich kam Petru ein Gedanke. Was, wenn sich herausstellte, dass das Serum giftig war? Vielleicht hatte Albert ganz andere Pläne verfolgt, als er ihm weisgemacht hatte? »Tu mir den Gefallen und ruf mich als Erstes an, sobald du die Ergebnisse hast, ja?«

Als Petru die Tür zu seiner Wohnung aufschloss, schlug ihm der vertraute Geruch nach Putzmitteln entgegen. Madame Fauberge, seine Zugehfrau, hatte ein Faible für Zitrusduft. Sie putzte zweimal die Woche, selbst dann, wenn er nicht zu Hause war und eigentlich nichts schmutzig machte. »Staub gibt es immer, und die Spinnen weben trotzdem«, lautete ihr Motto. Und der Betrag, den er ihr regelmäßig überwies, musste schließlich abgearbeitet werden. Petru war es recht, solange sie ihn nicht mit ihrem Geschwätz behelligte.

Madame Fauberge hatte schon für Petru geputzt, als er noch mit seiner Tochter in einem der Gästehäuser auf Le Barons Anwesen gewohnt hatte. Doch nachdem Vivien die Schule gewechselt hatte und nur noch in den Ferien vom Internat nach Hause kam, war er in die kleine Maisonettewohnung am Ortsrand gezogen. Hier hatten die Wände keine Augen und Ohren. Man musste nicht ständig darauf achten, was man sagte und tat, wollte man nicht versehentlich Le Barons Missfallen erregen – oder auch nur seine Aufmerksamkeit. Und das war, was Vivien betraf, schon mehr als genug. Petru hatte beschlossen, seine Tochter aus Le Barons Einflussbereich herauszuhalten. Allerdings war ihm das trotz Viviens Schulwechsel bislang nur bedingt gelungen, was vor allem an Le Barons nichtsnutzigem Sohn lag, der seit Kurzem ausgerechnet auf dieselbe Schule ging!

Petru räumte seine Einkäufe, die er bei einem Zwischenstopp auf dem Heimweg im Supermarkt erstanden hatte, in den Kühlschrank. Dann setzte er sich mit einem Glas Wein ins Wohnzimmer und lehnte sich auf dem Sofa zurück. Sein Blick fiel auf das gerahmte Foto seiner Frau, das neben dem

Fernseher auf der Anrichte stand. Mit windzerzaustem Haar lachte sie so unbekümmert in die Kamera wie ein Kind.

Marianne war in dieser Gegend aufgewachsen und mit Claude zur Schule gegangen. Nachdem Petru bei Le Baron angefangen hatte, hatte er sie gleich in der zweiten Woche auf Claudes Geburtstagsfeier kennengelernt und sich Hals über Kopf in sie verliebt. Mit ihrer warmherzigen Art hatte sie ihn vom ersten Augenblick an in ihren Bann gezogen, und er konnte sein Glück lange nicht fassen. Dass sie seine Gefühle erwidert hatte, kam ihm selbst heute noch wie ein Wunder vor. Ihretwegen war er geblieben. Ihr Tod, nur wenige Jahre später, hatte ihm den Boden unter den Füßen weggezogen. Claude, Titus und ja, auch Le Baron hatten ihn damals aufgefangen.

Claudes Brief fiel ihm ein. Er zog ihn aus der Innentasche seiner Jacke, betrachtete und befühlte den gepolsterten Umschlag von allen Seiten. Der Freund hatte zwei runde Stempel mit seinen Initialen auf den Rand der Verschlussklappe gesetzt, wie man es früher mit Siegeln aus Wachs gemacht hatte. Wahrscheinlich um zu verhindern, dass jemand Unbefugtes den Umschlag öffnete. Wie es sich anfühlte, steckte nicht nur Papier darin.

Petru holte ein schmales Messer aus der Küche, schlitzte den Umschlag damit auf und förderte einen Brief zutage, einen flachen Schlüssel und eine Plastikkarte, die auf den ersten Blick wie eine Kreditkarte aussah. Doch das aufgedruckte Logo schien nicht zu einer Bank zu gehören. Er faltete das Blatt mit Claudes krakeliger Schrift auseinander und strich es auf der Tischplatte glatt. Claude hatte nie viele Worte gemacht, und auch seine letzte Nachricht an ihn, die auf die Adresse einer privaten Schließfachfirma in Genf folgte, bestand nur aus wenigen Zeilen.

Mach was draus, mein Freund. Auf die Freiheit.
Honneur et Fidélité!
Claude

Ehre und Treue. Das Motto der Legion. Petrus Finger krallten sich in das Papier. Nur dass sie ihre Ehre schon lange verspielt hatten, und das *gerade weil* sie Le Baron die Treue gehalten hatten. Sie hatten ihm blind vertraut, ihm bedingungslose Loyalität entgegengebracht, genauso wie damals, als er ihr Kommandant gewesen war. Dass Claude und er dadurch in den Sumpf von Le Barons kriminellen Machenschaften geraten waren, hatte Petru erst realisiert, als es zu spät gewesen war und sie längst darin feststeckten. Er schluckte. Petru Bernard, Sohn eines korsischen Olivenbauern, ehemaliger Fremdenlegionär mit Ehre und Anstand – diesen Mann gab es schon lange nicht mehr. Wenn er jetzt in den Spiegel sah, blickte er in das Gesicht von Le Barons Schergen. Ein Verbrecher und Mörder war er, und er konnte nicht das Geringste tun, um das rückgängig zu machen. Aber wenn er es klug anstellte, konnte er dieses Leben bald hinter sich lassen.

Aufgewühlt schob Petru die Magnetkarte und den Schlüssel auf dem Tisch hin und her. Hatte Claude geahnt, dass er aussteigen wollte? Bei seinem letzten Besuch im Krankenhaus war der Freund ungewohnt aufgekratzt gewesen, daran erinnerte er sich nun wieder. Als Titus das Zimmer verlassen hatte, um Kaffee aus dem Automaten zu holen, hatte sich Claude im Bett aufgerichtet und etwas von privaten Wertfächern gefaselt, von einer Fernsehsendung, die er darüber gesehen haben wollte.

»Man mietet sich so ein Ding und hat jederzeit Zugriff. Nicht wie bei einer Bank, wo immer ein Aufpasser mit in den Tresorraum muss. Um reinzukommen, braucht man bloß eine Zugangskarte, den Code dafür und natürlich den Schließfachschlüssel.«

»Was willst du denn wegschließen? Deine Kronjuwelen?«, hatte Petru den Freund geneckt.

»Wer weiß?« Claude hatte mit den inzwischen erschreckend mageren Schultern gezuckt und ihm direkt in die Augen gesehen. Petru konnte sich des Eindrucks nicht erwehren, dass er noch etwas sagen wollte, aber dann war Titus zurückgekommen. Als hätte jemand die Luft aus ihm herausgelassen, war Claude zurück in die Kissen gesunken. »Der Code ist wichtig, den braucht man unbedingt, hörst du?«, hatte er mit glasigem Blick geflüstert.

»Na, redet er wieder wirres Zeug?« Titus war näher getreten und hatte Petru einen Kaffeebecher in die Hand gedrückt. »Die Medikamente, du verstehst?«, hatte er ihm zugeraunt, ehe er sich zu seinem Sohn hinuntergebeugt und ihm das Kissen gerichtet hatte.

Petru hatte stumm genickt und Claudes Worten keine Bedeutung beigemessen. Aber jetzt erschienen sie ihm auf einmal in einem anderen Licht.

»Der Code«, murmelte Petru. Er drehte und wendete Claudes Brief, tastete gründlich im Inneren des Umschlags, schüttelte ihn, fand aber nichts. Dann bemerkte er auf einmal ein winziges Kreuz, das Claude seitlich auf den Umschlag gemalt hatte. Erneut nahm er das Messer und ritzte das Kuvert an dieser Stelle auf. Zwischen Papier und Luftpolsterfolie fand er einen Streifen mit einer vierstelligen Zahlenkombination.

Petru pfiff leise durch die Zähne. Was auch immer Claude in dem Genfer Schließfach deponiert hatte, es waren sicher nicht die Juwelen seiner Großmutter.

Er griff nach seinem Glas und stürzte den Wein in einem Zug hinunter. Der Alkohol brannte in seiner Kehle und trieb ihm Tränen in die Augen.

4

Sie hätte es wissen müssen. Fassungslos beäugte Inga die leere Gabel an ihrem Rennrad. Ein Vorderrad mit Schnellspanner war zwar praktisch für den Transport oder Reifenwechsel, aber auch leicht zu klauen. Wie hatte sie nur vergessen können, es mit anzuketten?

Sahin trat neben sie. »Oje. Ist das etwa deins? Hatten wir das gestern nicht mit zum Präsidium genommen?«

Inga murmelte etwas von Runde drehen, Regen und S-Bahn. Zum Glück fragte Sahin nicht weiter nach, denn er wurde von einem Niesanfall geschüttelt. Sie sah ihn besorgt an. »Deine Augen sehen jetzt schon aus, als würdest du dich gleich in ein weißes Kaninchen verwandeln. Dabei sind wir eben erst angekommen.«

»Halb so wild.« Er wühlte eine Packung Antihistaminika und eine Wasserflasche aus seinem Rucksack, drückte eine Tablette aus dem Blister und spülte sie hinunter. »Also dann – Tatortbesichtigung? Oder laden wir erst die Reste von deinem Rad ins Auto?«

»Das machen wir nachher.« Inga löste den Blick von ihrem verstümmelten Fahrrad. »In einer halben Stunde sind wir mit der Revierleiterin der Bauernhofwelt verabredet. Bis dahin will ich mir den Stall noch mal ansehen.«

Der Zoodirektor hatte den Bereich vor dem Stalleingang mit hohen Bauzäunen abriegeln lassen. Stoffbahnen mit Tierfotos waren daran befestigt, die nicht nur den Tatort vor neugierigen Blicken schützen, sondern dem Ganzen auch einen eher harmlosen Anstrich geben sollten. Man hätte eine Zoobaustelle dahinter vermuten können, wenn nicht zwei Uniformierte am Eingang Wache gestanden hätten. Inga und Sahin zeigten ihre Ausweise vor, woraufhin einer der Kollegen eins der Zaunelemente öffnete und sie durchließ.

Der weiße Kastenwagen der KTU parkte vor dem Stall. Forensik-Stefan und einer seiner Kollegen standen unter der geöffneten Heckklappe und verstauten silberne Asservaten-kisten.

»Hey, Frau Kommissarin. Ich hoffe, du hattest eine geruhsame Nacht.« Die Hand, die Stefan ihr reichte, war schwitzig und roch nach Gummihandschuhen. Er hielt ihre einen Moment zu lange fest. Inga entzog sie ihm mit grimmigem Blick. Er grinste. »Immer noch sauer?«

»Hätte mich ein gewisser Jemand gestern nicht entmündigt, würde meinem Bike jetzt nicht das Vorderrad fehlen«, zischte sie ihm zu.

»Geklaut?« Stefan wirkte ehrlich zerknirscht.

Sahin trat zu ihnen. »So 'n Teil mit Schnellspanner sollte man halt festschließen.«

Inga wechselte lieber das Thema. »Seid ihr hier fertig? Oder müssen wir uns noch in Ganzkörperkondome werfen?«

»Wir sind so weit durch.« Stefan machte eine einladende Geste zum Stalleingang.

Im Inneren herrschte auf den ersten Blick eine friedliche Atmosphäre. Sonnenlicht fiel durch die geöffneten Luken in die Tierboxen, Schwalbennester klebten dicht unter den Dach-balken an den Wänden. Erst auf den zweiten Blick sah man, dass dieses Idyll trügerisch war. Zwar war die Leiche längst in die Rechtsmedizin überführt und der Pflug zur Untersuchung ins Kriminaltechnische Institut transportiert worden, doch ein dunkler Blutfleck und Kreidelinien auf den Fliesen markierten die Stelle, an der Albert Jakubeit gelegen hatte. Darüber baumelte die Kette, an der das Mordwerkzeug auf-gehängt gewesen war.

»Habt ihr den Bolzen inzwischen gefunden?«, fragte Inga.

Forensik-Stefan schüttelte den Kopf. »Wir haben nicht nur den Stall, sondern auch sämtliche Müllbehälter im Umkreis untersucht – Fehlanzeige.«

Sahin schniefte. »Ich kapier's immer noch nicht«, näselte er. »Wie hat der Täter es hingekriegt, das Opfer nicht nur an die passende Stelle zu locken, sondern den Pflug auch noch wie geplant genau im richtigen Moment zum Absturz zu bringen?«

»Weil er es eben nicht geplant hat«, meinte Inga. »Ich denke, jemand hat schlicht die Gelegenheit ergriffen, als sie sich bot.«

»Oder Albert Jakubeit wurde ganz woanders erschlagen. Der Täter hat ihn in den Stall geschafft und den Pflug auf ihn runterkrachen lassen, um seine Tat zu verschleiern«, mutmaßte Sahin.

Stefan schüttelte den Kopf. »Dann wär da nicht so viel Blut gewesen. Und auf den ersten Blick gab es keine anderen Verletzungen als die von dem Pflug. Allerdings würde ich schon noch das Ergebnis der Obduktion abwarten.«

»Und wenn man ihn betäubt oder bewusstlos geschlagen hat? Das hätte dem Täter ausreichend Zeit verschafft, Jakubeit mit Kehrblech und Handfeger an der richtigen Stelle so zu drapieren, dass es wie ein Unfall aussieht.«

»Dann hätte er besser dafür gesorgt, dass es glaubhaft aussieht. Zum Beispiel als wäre die Kette gerissen«, meinte Inga.

Sie nahmen den seitlichen Ausgang und blieben vor dem brusthohen Zaun zum Außengehege der Schweine stehen, das zum Großteil aus einer matschigen Suhle bestand. Sie war von einem mit dichtem Gestrüpp überwucherten Wall eingefasst, der von Betonplatten abgestützt wurde. Zwischen Suhle und Stallgebäude befand sich eine gepflasterte Fläche, über die gerade eins der Rotbunten Protestschweine durch eine der Luken ins Innere trottete. Die Pflasterung endete an einem hölzernen Gatter. Sahin hatte recht. Hier hinten kam kein Unbefugter durch. Wenn Besucher sich die Suhle ansehen wollten, mussten sie durch den Stall gehen. Der Bereich auf der anderen Seite des Gatters schien nur für Tierpfleger zugänglich zu sein. Inga konnte auf dem Gelände eine Art Scheune ausmachen, an der eine Reihe Schubkarren lehnte. Unwahrscheinlich also, dass der Täter über das Gehege in den Stall gelangt war. Trotzdem fragte sie Stefan: »Habt ihr die Luken untersucht? Irgendwelche Fußspuren oder Fasern, die darauf hindeuten, dass jemand da durchgekrochen sein könnte?«

Stefan verneinte. »Jede Menge Schweineborsten, sonst nichts. Und draußen nach Fußspuren zu suchen, erübrigt sich. Nach den Wassermassen, die in der Mordnacht runtergekommen sind, ist da nichts mehr zu finden.«

Draußen sprang ein Motor an, kurz darauf ertönte ein Hupen.

Stefan hob eilig ein Paar vergessene Gummihandschuhe vom Boden auf und wandte sich in Richtung Ausgang. »Ich muss los.«

Inga und Sahin folgten ihm nach draußen, wo seine Kollegen im Transporter auf ihn warteten.

»Was haben wir also bisher?«, resümierte Inga. »Blutige Teilschuhabdrücke, jeweils nur von der Fußspitze. Die solltet ihr als Erstes mit den Schuhen der Mitarbeiter abgleichen. Eine offene Box, an der das Vorhängeschloss fehlt. Keine Gewalteinwirkung an den Türen. Sonst noch was?«

Stefan nickte. »Jede Menge Fingerabdrücke und Haare, die aber wahrscheinlich zu harmlosen Besuchern gehören. Ich halte euch auf dem Laufenden.« Damit stieg er in den Transporter. »Ach ja …« Er steckte den Kopf durch die noch offene Tür. »Das geklaute Vorderrad: achtundzwanzig Zoll?«

»Ja, wieso?«

Statt einer Antwort tippte er sich grinsend an eine imaginäre Hutkrempe und knallte die Tür zu. Inga sah dem Fahrzeug nach, das langsam über den ebenfalls gesperrten Weg Richtung Parkplatz davonfuhr.

»Was sollte das denn jetzt?«, fragte Sahin neben ihr.

»Keine Ahnung«, murmelte Inga und spürte zu ihrem Ärger, dass sie rot wurde.

Wie verabredet wartete die Revierleiterin vor der Absperrung auf sie. Die Frau war kleiner und zierlicher, als Inga sich eine Tierpflegerin vorgestellt hätte. Sie trug Khakihosen und das senfgelbe Hemd mit dem Zoologo, hatte die brünetten Haare zum Zopf gebunden und blickte Inga aus wachen Augen an. »Rieke Daubner.«

Inga schüttelte ihr die Hand. »Inga Haarmann. Das ist mein Kollege Sahin Yilmaz. Danke, dass Sie sich Zeit für uns nehmen.«

»Selbstredend. Wir sind alle noch ganz erschüttert. Wer macht so was bloß?«

»Das versuchen wir herauszufinden«, sagte Inga. »Wir haben uns den Schweinestall eben noch einmal angesehen und würden uns jetzt gern noch die Bereiche anschauen, die für Besucher gesperrt sind.«

Die Revierleiterin nickte. Mit offensichtlichem Unbehagen führte sie Inga und Sahin zurück in den Stall, den sie seit Albert Jakubeits Tod zum ersten Mal wieder betreten durfte. Während die Techniker mit der Spurensicherung beschäftigt waren, hatte Sven Meinhardt die Schweine über das Außengehege mit Futter versorgen müssen. »Ich bin heilfroh, dass ich im Urlaub war. Sonst hätte womöglich ich den armen Albert gefunden. Das Bild kriegt man sicher nie wieder aus dem Kopf.«

»Waren Sie verreist?«, fragte Sahin.

Sie nickte. »Teneriffa. Wir sind gestern Mittag zurückgeflogen. Das Flugzeug war gerade gelandet, als Sven mich anrief. Ich bin buchstäblich aus allen Wolken gefallen. Und in der Haut von Hannes möchte ich auch nicht stecken.«

Hannes Sänger, der Handwerker, war heute gleich als Erstes von ihnen befragt worden. Er war schreckensbleich geworden, als er erfuhr, dass Albert Jakubeit von dem Dekopflug erschlagen worden war, den er am Nachmittag zuvor provisorisch aufgehängt hatte. Laut seiner Aussage hatte er sich nach getaner Arbeit von Sven Meinhardt und Albert Jakubeit verabschiedet und einen Imbiss in Meyers Gasthof eingenommen. Dann habe er sich umgezogen und sei direkt nach Hause gefahren. Jakubeit sei ihm sogar noch im Umkleideraum begegnet.

Inga deutete auf die Außenwand am Ende der Tierboxen. »Diese Luken, die zur Suhle führen, sind die über Nacht geöffnet?«

Rieke Daubner nickte. »Dadurch ist der Stall immer gut

belüftet. Außerdem müssen die Tiere Tag und Nacht raus-
können, weil sie draußen ihr Klo haben.«

»Das macht Sinn.« Inga sah nach draußen. »Könnten Sie
uns bitte den Bereich hinter der Suhle zeigen? Wie kommt
man da eigentlich hin?«

»Durch die Futterküche, und dann gibt es von außen noch
einen direkten Zugang.« Rieke Daubner ging auf die schmale
Holztür an der hinteren Stirnseite des Gebäudes zu. Als sie den
Blutfleck passierte, beschleunigte sie, das letzte Stück rannte
sie fast. An der Tür angelangt, warf sie einen nervösen Blick
zurück. »Ich kann mir nicht vorstellen, dass ich hier je wieder
unbefangen durchgehen werde.« Sie griff nach dem Schlüsselbund an ihrem Gürtel und sperrte auf.

Die Futterküche war eng und besaß einen trapezförmigen
Grundriss. Man hatte sie geschickt in den hintersten Winkel
des Stallgebäudes integriert. Sah man von den Arbeitsflächen
aus Edelstahl ab, wirkte alles wie aus dem letzten Jahrhundert.
Zaumzeug hing an der Wand, daneben eine kleine Schultafel,
auf die jemand mit Kreide Anweisungen geschrieben hatte.
Neben altertümlichen Weidenkörben standen weiß emaillierte
Eimer, randvoll gefüllt mit altem Brot.

»Das Brot brauchen wir nur für die Show«, erklärte Rieke
Daubner, die Ingas Blick wohl bemerkt hatte. »Hauptsächlich
ernähren wir die Schweine mit Gras. Wir wollen ja, dass sie
so lange wie möglich leben und fit bleiben.« Sie öffnete eine
Seitentür und führte sie nach draußen. »Das ist unser Heulager.« Sie zeigte auf die kleine Scheune, die Inga schon von
der anderen Seite des Schweinegeheges gesehen hatte. Hinter
dem Gebäude öffnete sich ein kreisförmiges Gelände. Ähnlich
wie die Schweinesuhle war es von Wällen eingefasst, auf denen
dichtes Buschwerk wucherte. Die Revierleiterin machte eine
ausladende Armbewegung, die den gesamten Bereich hinter
der Scheune einbezog. »Hier befand sich früher mal die alte
Robbenanlage.«

Die Robben und Seebären tummelten sich inzwischen zusammen mit Pinguinen, Eisbären und Wölfen in der Kanada-

Themenwelt Yukon Bay, wusste Inga. Die alte Anlage hatte sie nie besucht, doch Sahin erinnerte sich.

»Dann war hier die Arena mit dem Becken? Der Ort, wo man die Robbenshow sehen konnte?«

Rieke Daubner nickte. »Das wurde alles komplett abgerissen.«

Inga schaute sich um. In einer Ecke stand ein offener Verschlag mit Wellblechdach. Darunter lagerten Holzteile auf Paletten, die zu den Weihnachtsmarktbuden des Winterzoos gehören mochten. Auch Leuchtsterne und Rentiere waren dort auf Paletten gestapelt. Ein Stück weiter entdeckte sie eine Schweinefigur, die aus dem Kinderland stammen musste. Offenbar wurde auf dem Gelände nicht nur Material dieses Reviers aufbewahrt. Inga deutete auf einen grauen Bauwagen. »Wofür wird der genutzt?«

»Der steht hier rum, seit sie die Baustelle zugemacht haben.« Rieke Daubner zuckte mit den Schultern. Sie nahm eine der Schubkarren, die an der Wand der Scheune lehnten. »Was meinen Sie, ob ich mal eben zu den Pferden …?«

Inga nickte. »Machen Sie ruhig. Wir sehen uns inzwischen ein wenig um.«

Sichtlich erleichtert griff sich die Revierleiterin Schaufel und Rechen. »Ich hole Sie gleich wieder hier ab.«

Inga schaute ihr hinterher, bis sie durch eine Tür neben dem Stallgebäude verschwand, die in den Besucherbereich des Zoos führte. Warum waren ihr diese Durchgänge, von denen es in jeder Themenwelt etliche geben musste, eigentlich nie aufgefallen? Sie sah sich nach ihrem Kollegen um, doch der war auf einmal wie vom Erdboden verschluckt. »Sahin?«

Er tauchte zwischen den Büschen am anderen Ende des Geländes auf, klopfte sich Schmutz von der Hose. »Alles eingezäunt. Da kommt man nirgendwo durch«, rief er und joggte auf sie zu. »Jenseits des Zauns sind weitere Tiergehege. In diesen Bereich gelangt man also tatsächlich nur, wenn man einen Schlüssel hat. Deine Theorie, der Täter könnte über die Schweineluken in den Stall eingedrungen sein, ist demnach widerlegt.«

»Stimmt«, gab Inga zu. Sie zog den Zoo-Übersichtsplan und einen Kugelschreiber aus der Tasche. Damit malte sie einen Kringel um die grüne Leerfläche zwischen den Themenwelten. Langsam bekam sie ein besseres Gefühl dafür, wo sie sich befanden. Hinter dem Wall, der das brachliegende Gelände umgab, waren linker Hand die Kängurus zu Hause, daneben musste der Elefantenpalast sein, und rechts davon erhob sich der Gorillaberg.

Neben dem Stallgebäude verengte sich das Gelände und machte eine Biegung nach links. Inga gelangte an ein breites Absperrgitter. Dahinter, kaum fünfzig Meter entfernt, stand das Tor zum Kinderland. Das rote Dach auf dem Turm über dem bogenförmigen Durchgang leuchtete in der Sonne. Eine Familie zog einen mit Kleinkind und Proviant beladenen Bollerwagen vorbei.

Im Gebüsch neben dem Eingang bewegte sich etwas. Inga kniff die Augen zusammen. Für einen Sekundenbruchteil meinte sie zu sehen, wie ein zottiges, rundes Etwas sich den Weg durch struppige Äste bahnte. Ein Hund?

»Kommst du?«, fragte Sahin hinter ihr. »Die Revierleiterin ist wieder da.« Inga nickte und wandte sich um.

Sie folgten Rieke Daubner durch die Futterküche zurück in den Stall.

Als sie die Tür wieder absperrte, deutete Sahin auf den Schlüsselbund. »So einen hatte Herr Jakubeit auch dabei. Wenn ich Herrn Meinhardt richtig verstanden habe, hat jeder Tierpfleger die Schlüssel für das Revier, in dem er arbeitet, stimmt das? Und die Handwerker haben sicher auch einen, nehme ich an?«

»Genau«, bestätigte die Revierleiterin.

»Gilt das auch für die Vorhängeschlösser an den Tierboxen?«, fragte Inga. »Die sind doch sicher immer abgeschlossen.«

Rieke Daubner bejahte. »In die passt der Dreiundvierziger.«

»Dann sind das keine normalen Schlösser, wie man sie im Baumarkt bekommt? Es passt in alle derselbe Schlüssel?«

»Richtig. Aber in der Regel bleiben die Schlösser zu. Wer in eine der Boxen muss, springt mal eben übers Gatter. Das geht schneller.«

Inga nickte nachdenklich. »Es sei denn, man will eins der Tiere rauslassen. Ist das ausgebüxte Zwergschwein eigentlich wieder da?«

»Bisher noch nicht. Wir hatten schon Sorge, dass Daphne womöglich den Durchgang zum Parkplatz genommen hat und komplett auf und davon ist. Aber unsere Gärtner haben Spuren in den Beeten entdeckt. Anscheinend ist sie noch im Zoo. Das clevere Biest versteckt sich bloß vor uns.« Sie lachte. »Die taucht bestimmt bald wieder auf – spätestens wenn sie die Leckereien wittert, die Sven heute für sie ausgelegt hat.«

»Na, dann viel Erfolg.« Inga schmunzelte. »Aber zurück zur Tatnacht. Könnte Herr Jakubeit die Box des Zwergschweins aus irgendeinem Grund selbst geöffnet haben?«

Rieke Daubner wurde auf Anhieb wieder ernst. »Tatsächlich hat Albert Daphne manchmal laufen lassen, aber nur hier im Stall oder auf dem Gelände hinter dem Heulager. Da hat er ihr kleine Kunststücke beigebracht. Das Tier war regelrecht auf ihn fixiert. Und bevor Sie fragen: Nein, das ist eigentlich keine gängige Praxis in einem Zoo. Doch Albert war in der Hinsicht ziemlich stur. Und irgendwann habe ich ihn einfach machen lassen. Es hatte ja auch sein Gutes. Daphne ist quasi der Star in unserer Bauernweltshow.« Sie seufzte. »Mal sehen, ob das ohne Albert demnächst auch noch so ist.«

»Dann könnte er das Zwergschwein also rausgelassen haben, um mit ihm etwas einzustudieren?«, fragte Sahin.

Rieke Daubner schüttelte den Kopf. »Nach Feierabend? Das kann ich mir nicht vorstellen. Eher hat einer von diesen Zoogegnern versucht, die Tiere freizulassen. Sie glauben gar nicht, was wir hier schon alles erlebt haben. Immer wieder versuchen Verrückte, die Absperrungen zu überwinden, Leute werfen Müll in die Gehege und was weiß ich noch alles. Da zweifelt man echt am gesunden Menschenverstand. Neulich erst hat jemand mit einer Drahtschere versucht, ein Loch in die

Vogelvoliere zu schneiden. Manche zahlen ganz brav den Eintritt, nur um uns als Tierquäler zu beschimpfen. Zum Beispiel dieser Verein, diese selbst ernannten Tieranwälte, die würden Zoos am liebsten generell abschaffen. Dass viele Tierarten ohne die Zuchtprogramme und Artenschutzprojekte der Zoos längst ausgestorben wären, interessiert diese Leute ja nicht.« Die Revierleiterin hatte sich so sehr in Rage geredet, dass ihr Gesicht rotfleckig geworden war.

Könnte Albert Jakubeit also wirklich Zoogegner bei einer Aktion überrascht und dafür mit seinem Leben bezahlt haben? Inga suchte das Foto des Drohbriefs auf ihrem Handy und zeigte es Rieke Daubner. Die gab einen überraschten Laut von sich.

»So einen Brief hatten wir doch neulich erst!«, rief sie und tippte aufgebracht auf das Display. »Genau so! Da hatte einer unseren Zooplan zerschnippelt und zu einer Botschaft zusammengesetzt. ›Zoobesuch tot gut‹, das stand da auch. Und irgendwas mit Sternenstaub. Wirres Zeug. Ein Zebra war draufgeklebt und zum Einhorn umgemünzt. Wir dachten, dass sich jemand einen schlechten Scherz erlaubt hat.«

Inga war wie elektrisiert. »Wo ist der Brief jetzt?«

Die Revierleiterin zuckte mit den Schultern. »Zuletzt hab ich ihn im Besprechungsraum gesehen. Sven hatte ihn gefunden und ans Schwarze Brett gepinnt – wir haben da eine Sammlung von kuriosen Sprüchen, Postkarten und so was.« Sie blickte auf ihre Uhr. »Kommen Sie mit, wahrscheinlich ist Sven gerade dort. Um diese Zeit macht er immer seine Kaffeepause.«

Das Fachwerkhaus, in dem sich die Tierpfleger besprechen und zur Pause aufhalten konnten, befand sich direkt neben dem Stall. Sven Meinhardt saß mit Thermoskanne und Brotdose an einem Tisch. Tiefe Schatten unter seinen Augen deuteten darauf hin, dass er nicht viel geschlafen hatte. Inga reichte ihm zur Begrüßung die Hand. »Wie geht es Ihnen?«

Der Tierpfleger zog eine Grimasse. »Diese Sache geht mir

gehörig an die Nieren, wie Sie sich denken können. Kaum mach ich die Augen zu, sehe ich den Albert wieder da liegen.« Er warf Rieke Daubner einen Blick zu. »Aber Krankfeiern kommt nicht in Frage, jetzt, wo wir eh schon unterbesetzt sind.«

Die Revierleiterin legte ihm kurz die Hand auf die Schulter. »Wenn du Zeit brauchst ... Wir kriegen das schon irgendwie hin.«

Sven Meinhardt schüttelte den Kopf. »Zu Hause fällt mir bloß die Decke auf den Kopf. Die Arbeit lenkt mich ab. Und ich brauch meine Tiere.«

Sahin, der bereits die Pinnwand an der gegenüberliegenden Wand inspizierte, sah Inga an und zuckte mit den Schultern.

»Wir suchen den Brief mit dem Zebra-Einhorn. Der hing vor meinem Urlaub doch noch hier, oder?« Rieke Daubner durchforstete einen Stapel Handzettel, der zwischen Notizen auf einem der Tische lag und wühlte schließlich sogar im Papierkorb. »Na also.« Triumphierend hielt sie einen zusammengefalteten Zettel hoch. »Da ist er ja.«

Die krude Botschaft sah dem Exemplar, das sie im Schweinestall gesichert hatten, tatsächlich sehr ähnlich. Weißes A4-Papier, aufgeklebte Buchstaben und Worte aus dem Zooprospekt. Das Einhorn-Zebra und einige Buchstaben hatten sich an den Faltstellen teilweise gelöst. Inga tütete den Brief mit spitzen Fingern in einen Klarsichtbeutel ein.

»Das können Sie sich sparen«, bemerkte Meinhardt. »Den Zettel haben schon so viele angefasst ...«

»Warum haben Sie uns gestern eigentlich nicht davon erzählt?«, fragte Sahin. »Ich meine: Dieser Brief sieht dem Exemplar, das am Tatort hing, schließlich zum Verwechseln ähnlich. Ich möchte wetten, die beiden Bastelarbeiten stammen von ein und derselben Person.«

Der Tierpfleger war rot angelaufen. »Hab halt nicht mehr dran gedacht. Wahrscheinlich war ich einfach zu geschockt.«

»Wissen Sie noch, wann und wo Sie diesen Brief gefunden haben?«, fragte Inga.

»Ist drei, vier Wochen her oder so. Da hing das Blatt im Schweinestall an der Tür zur Futterküche. Wir fanden das Ding eher lustig als bedrohlich.«

»Zoobesuch tot gut! Fresst unseren Sternenstaub, ihr Tierquäler. Der Tag der Abrechnung wird kommen!«, las Inga vor.

»Das hätte ich vermutlich auch eher in die Kuriositätenecke gehängt.«

»Genau«, ereiferte sich Meinhardt. »Wer das geschrieben hat, ist einfach nur ein Spinner. So einer würde doch nicht kaltblütig einen Mord planen, oder? Also vorausgesetzt die Briefe stammen tatsächlich beide von demselben Typen.«

Dass zwei Personen den Slogan »Zoobesuch tut gut« unabhängig voneinander auf dieselbe Weise verunglimpft haben könnten, kam Inga mehr als unwahrscheinlich vor. »Möglicherweise war es eine Kurzschlusshandlung. Herr Jakubeit könnte den Briefeschreiber im Stall dabei erwischt haben, wie er den zweiten Drohbrief platzierte und das Zwergschwein freiließ.«

»Mag sein. Trotzdem kann ich mir nicht vorstellen, dass derjenige was mit Alberts Tod zu tun hat«, beharrte Meinhardt. Er leerte seinen Kaffeebecher und stand eilig auf. »Ich muss dann mal weiterarbeiten.«

Nachdenklich sah Inga ihm hinterher. Dass er sich nicht mehr an den Einhornbrief erinnert hatte, kaufte sie ihm nicht ab. Vielleicht tat sie ihm unrecht, immerhin hatte er bei seiner Befragung unter Schock gestanden, aber ihr Bauchgefühl sagte ihr, dass hier etwas nicht stimmte.

Am späten Nachmittag stand auf Ingas Schreibtisch im Dezernat ein Karton, der Albert Jakubeits persönliche Sachen aus seinem Spind enthielt. Neben Duschgel, Handtüchern und Gummischlappen fand sie darin mehrere ordentlich gefaltete T-Shirts und saubere Unterwäsche sowie einen breitkrempigen Hut. Solche braunen Hüte trugen die Scouts, die man für eine Zoosafari buchen konnte. Wahrscheinich hatte Albert Jakubeit ihn bei der Show aufgehabt. Seitlich in der Kiste klemmte eine

Plastiktüte, die mehrmals um etwas Eckiges gewickelt war. Der Gegenstand entpuppte sich als Notizbuch. Eine schwarze Kladde mit festem Pappdeckel, an den Ecken rot abgesetzt, innen kariertes Papier. Inga blätterte durch die Seiten.

»Sieht aus, als hätte Albert Jakubeit irgendwelche Listen geführt«, sagte sie zu Sahin, der gerade mit Kaffee hereinkam. Er stellte die Tassen ab und sah ihr über die Schulter. »Was könnte das wohl sein?« Inga zeigte auf eine freihändig gezeichnete Tabelle.

»Keine Ahnung. Dafür müsste ich zuerst Französisch lernen. Frag doch mal seinen Kollegen.«

»Gute Idee.« Inga griff zum Telefon.

Kurz darauf hatte sie Sven Meinhardt in der Leitung. Der Tierpfleger wusste sofort, welches Heft Inga meinte. Doch was die Notizen bedeuteten, konnte er ihr auch nicht sagen.

»Der Albert hat da immer mal was reingekritzelt, meistens in der Pause. Ich dachte eigentlich, er führt Tagebuch oder so. ›Geht dich nichts an‹, hat er jedenfalls gesagt, als ich ihn danach gefragt habe, und ein Geheimnis draus gemacht.« Er räusperte sich. »Übrigens habe ich noch mal über die Sache mit dem Drohbrief nachgedacht.« Er holte hörbar Luft, als müsste er verbal Anlauf nehmen. »Also, inzwischen bin ich mir gar nicht mehr so sicher, ob der Brief da nicht vielleicht doch schon hing, als ich Feierabend gemacht habe«, presste er schließlich hervor. Danach hatte er es eilig, das Gespräch zu beenden.

Nachdenklich legte Inga auf und berichtete Sahin von Sven Meinhardts Sinneswandel. »Irgendwas ist hier faul.«

»Du meinst, der Meinhardt verschweigt uns was?«

»Nur so ein Gefühl.« Inga griff wieder zu der Kladde. »Vielleicht irre ich mich auch. Dass sich jemand später nicht mehr sicher ist, dieses oder jenes wirklich gesehen zu haben, kommt schließlich häufig vor. Aber trotzdem …«

Sahin pustete in seine dampfende Kaffeetasse. »Wenn der Brief wirklich schon vor dem Mord da hing, können wir es uns wahrscheinlich sparen, die Spur mit den Tieraktivisten zu verfolgen.«

»Was? Das glaube ich jetzt nicht!«, tönte es so unvermittelt hinter Inga, dass sie zusammenfuhr. Anscheinend hatte Franca schon eine Weile in der Tür gestanden. Jetzt ließ sie sich auf einen der Besucherstühle plumpsen und streckte ihre Beine aus. »Sagt bloß, ich habe mir heute umsonst die Hacken abgelaufen und all die Freaks befragt.« Sie hatte es übernommen, die drei Kandidaten abzuklappern, die wegen verschiedener Vergehen Hausverbot im Zoo aufgebrummt bekommen hatten. Franca fuhr sich durch die stacheligen Haare. »Alter Schwede, da waren vielleicht Vögel dabei. Nummer eins wohnt mit über vierzig noch bei Mutti, die natürlich bezeugt, dass ihr Söhnchen brav zu Hause war. Nummer zwei sitzt gerade wegen Raub und Körperverletzung ein. Der Dritte ist Frührentner und lebt mit seiner invaliden Frau in einer Messiewohnung vom Feinsten. Ihr macht euch kein Bild.«

»Und dieser Verein? Die Tieranwälte?«

Franca winkte ab. »Die haben das beste Alibi von allen.« Sie tippte auf ihrem Handy und rief den Videokanal eines nordrhein-westfälischen Lokalfernsehsenders auf. Reporter hatten die Tieranwälte vor Ort bei deren heimlicher Recherche auf einer Pelztierfarm begleitet. Walter Fenrath und seine Gattin wiesen die Öffentlichkeit darauf hin, dass Tausende Nerze in viel zu kleinen, verdreckten Käfigen vor sich hin vegetieren mussten.

Sahin verzog das Gesicht. »Schande. Diese Bilder sollte man als Erstes mal den Nerzmantelträgerinnen zeigen.«

»Das ist solchen Leuten doch egal. Die interessiert doch auch nicht, dass für einen einzigen Pelzmantel an die fünfzig Tiere krepieren müssen«, meinte Franca. Sie stoppte das Video. »Den Rest der Zeit berichtet die Fenrath noch über ihre Arbeit als schamanische Tierheilerin.« Sie verdrehte die Augen. »Jedenfalls wurde die Sendung am Samstag aufgezeichnet. Die Fenraths und ihre Getreuen waren noch bis Sonntag in Düsseldorf.«

Es klopfte an der Tür, und Zoe Michaelsen trat ein. Inga hatte die IT-Spezialistin gebeten, sie unter anderem bei der

Social-Media-Recherche zu unterstützen. Den aufgeklappten Laptop, ohne den sie nirgendwo hinzugehen schien, auf ihrem Unterarm balancierend, setzte sich Zoe auf die Kante von Ingas Schreibtisch.

»Die Fenraths und ihre Tieraktivisten können wir ad acta legen«, meinte Franca. Sie wies mit dem Kinn auf Zoe. »Aber vielleicht hat unser IT-Kobold ja neue Erkenntnisse? Handy-auswertung und so was.«

»Was man nicht hat, kann man nicht auswerten.« Zoe klemmte sich eine Haarsträhne hinters Ohr und platzierte den Laptop auf ihrem Schoß. Den Spitznamen schien sie gewohnt zu sein, und Inga kam nicht umhin zu bemerken, dass Franca damit mal wieder den Nagel auf den Kopf getroffen hatte. Zoe war klein und zierlich, ihr blasses Gesicht bestand quasi nur aus Augen. Und die etwas groß geratenen Ohren, die zwischen ihren dünnen Haaren hervorragten, verliehen ihr erst recht etwas Koboldhaftes.

»Dann war das Handy nicht bei den Sachen?« Franca deutete auf den Karton auf Ingas Schreibtisch.

»Negativ«, antwortete Zoe, ohne den Blick vom Laptop zu nehmen, auf dem sie unablässig tippte. Ihre Kommunikation, das hatte Inga schnell gelernt, beschränkte sich oft auf solche Ein-Wort-Statusmeldungen.

»Er hat seiner Frau kurz vor seinem Tod noch eine Nachricht geschrieben. Also muss er es bei sich gehabt haben«, warf Inga ein. »Aber wir haben es weder bei seiner Leiche noch irgendwo anders in dem Stall gefunden.«

»Der Täter könnte es ihm aus irgendeinem Grund abgenommen haben«, mutmaßte Sahin.

»Möglich. Jedenfalls konnten die Kollegen es auch nicht orten. Wahrscheinlich ist es ausgeschaltet. Aber die Verbindungsnachweise …«

»… sind angefordert«, beendete Zoe Ingas Satz. »In der Zwischenzeit habe ich im Internet einen Bildabgleich mit den Fotos der Drohbriefe laufen lassen und das hier gefunden.« Sie drehte den Laptop so, dass alle den Bildschirm sehen konnten.

Sahin beugte sich vor. »Ist das Instagram?«

»Korrekt. Das ist der Account von Bosse Helmbrecht, fünfzehn Jahre alt. Vor etwa drei Wochen hat der Junge mit seiner Schulklasse einen Ausflug in den Zoo unternommen. Neben Bildern von Klassenkameraden und Tieren veröffentlichte er danach dieses Foto des Drohbriefs mit dem Zebra-Einhorn. Aber das ist noch nicht alles.« Zoe stellte den Laptop auf dem Schreibtisch ab, hockte sich davor und rief ein weiteres Foto auf.

»Heilige Sch…«, entfuhr es Franca. Der Jugendliche hatte ein Selfie gepostet. Er stand auf dem Bild vor dem Schweinestall und hielt grinsend den zweiten Drohbrief in die Kamera. »Wieder was gegen Langeweile im Zoo gebastelt« lautete der Kommentar, den er dazugeschrieben hatte. Wie bei allen Postings fanden sich darunter zahlreiche Likes und Kommentare, vermutlich von Freunden und Klassenkameraden.

»Das Bild hat er am Freitagabend, also einen Tag vor Albert Jakubeits Tod, hochgeladen«, sagte Zoe.

»Entweder hing der Brief also wirklich schon länger im Stall, oder …«, murmelte Sahin.

Inga nickte. »Wir sollten den Jungen schleunigst befragen.«

Als sie Franca ansah, hob diese abwehrend die Hände. »Ich muss noch Papierkram erledigen, und dann mache ich Feierabend. Aber morgen kann ich das übernehmen.«

Inga sah auf die Uhr und konnte sich ein Gähnen nicht verkneifen. »Okay, dann Schluss für heute.« Sie nickte Sahin zu. »Wir beide treffen uns morgen früh mit Staatsanwalt Wolf im Zoo. Er möchte sich ein Bild von den Örtlichkeiten machen.«

»Alles klar.« Er angelte seine Jacke von der Garderobe. »Übrigens: Bei der Gelegenheit kannst du gleich eine mutmaßliche Tatzeugin befragen.« Er grinste. »Das entlaufene Zwergschwein ist nämlich wieder aufgetaucht.«

5

»Unsere Gärtner haben mich immer angerufen, wenn sie wieder eine Stelle entdeckt hatten, wo Daphne in den Grünanlagen herumgewühlt hat. Aber gefunden haben wir sie dort nie«, berichtete Sven Meinhardt am nächsten Morgen, während er Inga zum Stall begleitete. »Im Sambesi hat sie Bambusschösslinge ausgebuddelt, die fand sie wohl besonders lecker. Und neben dem Lamagehege hatte sie sich ein schönes Nest aus Laub gebaut. Schätze mal, sie war eher nachts auf Nahrungssuche und hat sich während des Zoobetriebs versteckt gehalten.«

»Und wie haben Sie das Tier dann einfangen können?«

Er grinste. »Auf Dauer muss ihr wohl doch langweilig geworden sein in ihrem Versteck. Besucher haben sie nämlich auf dem Gorillaberg gesehen. Ganz ruhig hat sie vor der großen Scheibe gestanden, Auge in Auge mit dem Silberrücken. Als hätten sich die beiden stumm unterhalten, haben die Leute gesagt. Als Daphne die Besucher bemerkt hat, ist sie wie der Blitz losgerannt und war direkt wieder verschwunden. Erwischt wurde sie am Ende auf dem Spielplatz, als sie den Picknickkorb von Besuchern geplündert hat.«

Das Schwein sah anders aus, als Inga es sich vorgestellt hatte. Es war mit schwarz-weiß geschecktem Fell behaart – wohl eher Borsten, korrigierte sie sich. Die aufgestellten Ohren trugen Pinsel an den Enden, und unter dem Kinn hingen zwei Troddeln, ähnlich wie bei einer Ziege. »Was ist das für eine Rasse?«, fragte sie Sven Meinhardt.

Der Tierpfleger streckte den Arm durch das Gatter und tätschelte Daphne die Flanke. »Kune Kune. Das ist Maori und bedeutet so viel wie pummelig und rund«, erklärte er.

Ziemlich treffend, fand Inga. Alles an dem Tier war kurz und rund, sogar die Beine.

»Es gibt auf der ganzen Welt nur noch wenige Exemplare.

Deshalb hat der Direktor auch zugestimmt, sie im Zoo aufzunehmen. Er zog sein Handy aus der Brusttasche seiner Latzhose. »Der Albert ist mit Daphne in der Show aufgetreten.« Er scrollte durch die Fotos, bis er fand, was er suchte. »Das ist er mit ihr bei der Vorstellung. Er hat sie darauf trainiert, Gegenstände zu klauen, meistens etwas Fressbares. Sie ist ein echter Publikumsmagnet.«

»Frau Daubner hat auch schon erwähnt, dass Albert Jakubeit das Tier trainiert hat«, sagte Inga. »Darf ich?« Sie beugte sich über das Smartphone-Display und zog das Foto mit Daumen und Zeigefinger größer. »Das ist also Herr Jakubeit. Man erkennt ihn kaum unter dem Schlapphut.«

»War 'n bisschen kamerascheu, der Albert. Ohne den Hut hat er die Show nicht machen wollen. Na ja, ist auch eher Daphnes als seine Idee gewesen.«

»Wie das?«, frage Inga.

»Sie war kaum zwei Monate bei uns, da ist sie mir entwischt und hat draußen auf der Wiese die Show aufgemischt. Albert ist hinterher, um sie einzufangen, und das wirkte dann so, als gehörten die beiden dazu. Der Direktor hat davon Wind gekriegt und ihn gefragt, ob er sie trainieren will. Dem Albert hat das eigentlich gar nicht gepasst, aber wie hätte er Nein sagen können, wenn der Direx ihn darum bittet? Also hat er's gemacht. Nur ins Mikro sprechen wollte er partout nicht, das musste die Rieke übernehmen. War auch besser, bei dem Akzent, den er hatte.«

»Interessant«, murmelte Inga. »Können Sie mir das Bild schicken?« Sie reichte ihm ihre Visitenkarte.

Meinhardt tippte auf seinem Handy herum. »Schon erledigt.« Er steckte das Gerät wieder ein.

»Sicher hatten die beiden ein ganz besonderes Verhältnis – Herr Jakubeit und das Schwein, meine ich.«

Meinhardt nickte. »Wenn er im Stall zu tun hatte, hat er Daphne manchmal frei rumlaufen lassen. Sie ist ihm gefolgt wie ein Hund.« Er lachte. »Wahrscheinlich, weil er immer was Leckeres für sie in der Tasche hatte. Und dann hatte sie in letzter Zeit diese komische Angewohnheit, mitten auf den Besuchergang zu machen. Der Albert konnte das nie haben. Hat's immer gleich weggefegt. Er war da echt …« Auf einmal wurde er ernst. »Oh Gott.« Jegliche Farbe wich aus seinem Gesicht. Aufgeregt ging er zu der Stelle, an der nur noch ein dunkler Fleck und eine Kreidelinie daran erinnerten, dass Albert Jakubeit hier sein Leben ausgehaucht hatte. »Genau da hat sie hingemacht – wirklich jedes Mal. Irgendwie war das wie ein Spiel für sie. Als wollte sie den Albert ärgern.«

Sichtlich schaudernd blickte er nach oben zu dem Balken, an dem nur noch der leere Flaschenzug hing.

Inga trat neben ihn. »Wer außer Ihnen wusste noch von dieser Angewohnheit?«

Sven Meinhardt brauchte einen Moment, bis er antwortete. »Hier im Zoo? So ziemlich jeder, würd ich mal sagen. Buschfunk, Sie verstehen? Wir haben uns alle darüber amüsiert, wie zwanghaft der Albert drauf war.«

»Okay …«, sagte Inga gedehnt. Dann reichte sie ihm die Hand. »Vielen Dank, Herr Meinhardt. Sie haben mir sehr geholfen. Aber jetzt will ich Sie nicht länger von der Arbeit abhalten.«

Er tippte grüßend an seine Kappe. »Wenn Sie noch Fragen haben, rufen Sie mich einfach an.«

»Mache ich.« Inga schaute ihm nach. Als die Stalltür hinter ihm zuklappte, fiel ihr ein, dass sie ja eigentlich noch einmal wegen des Drohbriefs hatte nachbohren wollen. Vielleicht hatte Meinhardt ebenfalls herausgefunden, dass ein Jugendlicher den Brief aufgehängt hatte, und war deshalb zurückgerudert? Gleich darauf verwarf sie den Gedanken wieder. Unwahrscheinlich. Reine Spekulation. Sie würde abwarten, was Francas Befragung des Jungen ergab. Jetzt galt es, ein Gefühl für den mutmaßlichen Tathergang zu entwickeln. Die Angewohnheit des Zwergschweins, immer an dieselbe Stelle zu scheißen, könnte darauf hindeuten, dass die Tat womöglich doch geplant gewesen war. War es Zufall, dass der Pflug genau über der Stelle aufgehängt worden war, an der das Schwein seinen Haufen absetzte? Möglich. Davon abgesehen – warum hatte das Tier genau hier hingemacht?

Mit der Fußspitze malte Inga einen Halbkreis auf die Fliesen. Unwillkürlich folgte sie dabei dem vagen Umriss eines Lichtflecks. Sie blickte nach oben. Am Querbalken über ihr hing ein Spot, vermutlich dazu gedacht, den Pflug in Szene zu setzen, der auf halber Höhe im Lichtstrahl hängen sollte. Inga ging in die Hocke und betrachtete die Stelle genauer, aber sie konnte nichts Außergewöhnliches an den Fliesen erkennen. Vielleicht gab es unterirdisch eine Wasserader oder Erdstrahlung, die auf Schweine abführend wirkte? Der Gedanke brachte sie zum Schmunzeln.

Als sie den Kopf hob, blickte sie direkt in zwei glänzende Schweinsaugen. Sie näherte sich im Watschelgang der Box, in der man das Tier vorübergehend in Einzelhaft genommen hatte.

»Na du?«

Das Zwergschwein sah sie unverwandt an. Daphnes Rüssel und die Troddeln unter dem Kinn vibrierten, als würde sie Ingas Witterung aufnehmen.

Schweine sind nasengesteuert, fiel Inga ein. Das hatte sie als Kind oft von ihrem Vater gehört, wenn sie ihm half, die Tiere zu füttern. »Mit den richtigen Futtertricks sind sie gelehriger als Hunde. Und sie vergessen nie etwas«, hatte er erklärt.

»Was du mir wohl erzählen könntest«, sagte Inga leise zu dem Schwein.

»Na, Kontakt zu einer Zeugin aufgenommen?« Staatsanwalt Wolfs blank polierte Schuhe schoben sich neben sie.

Inga richtete sich auf. »Eine direkte Tatzeugin, wie ich inzwischen annehme. Nur dass sie uns leider nicht mitteilen kann, wer's war.«

»Ich dachte, wir wollten uns am Eingang treffen.« Sahins vorwurfsvolles Gesicht tauchte hinter Wolf auf.

»Sorry. Ich war früher da, um mich vorher noch mit Herrn Meinhardt zu unterhalten – hatte ich dir das gestern nicht gesagt?«

»Du könntest wenigstens mal dein Handy checken«, murrte er.

Wolf reichte Inga zur Begrüßung die Hand. »Der Fall ist schon zur Presse durchgesickert. Die Meute hat uns auf dem Parkplatz aufgelauert.«

Inga seufzte. Sie hatte sich mit Meinhardt bewusst vor Öffnung des Zoos getroffen, um sich nicht durch Kameras und Mikrofone zum Tatort kämpfen zu müssen. Sie konnte nur hoffen, dass der Staatsanwalt es übernehmen würde, sich mit ein paar Worten an die Reporter zu wenden.

»Ist das die Ausreißerin?«, fragte Wolf und deutete auf das Zwergschwein.

Inga nickte. »Übrigens hatte das Tier in letzter Zeit eine interessante Angewohnheit.« Sie berichtete, was sie soeben erfahren hatte.

»Mit dem Wissen konnte der Täter das Opfer leicht unter den Pflug locken«, meinte Wolf.

»Dann hätte er das Schwein am Tatabend quasi als Gehilfin benutzt«, konstatierte Sahin.

»Was vom Timing her allerdings schwierig gewesen wäre«, widersprach Inga. »Er konnte ja nicht wissen, wann es wieder so weit sein würde. Aber das musste er eigentlich auch gar nicht. Er brauchte nur dafür zu sorgen, dass der Pflug direkt über der Stelle hing, die sich das Schwein zum Hinmachen ausgesucht hat. Den Kot konnte er dann zum gewünschten Zeitpunkt selbst dort platzieren.«

Einen Moment lang wirkte Wolf verwirrt. »Aber … das lässt sich ja rausfinden. Also, ob der Haufen von einem Schwein oder von …« Er brach ab. Eine feine Röte überzog seine Wangen.

Angesichts des Szenarios, das der Staatsanwalt soeben ernsthaft skizziert hatte, prustete Sahin los und erlitt einen Niesanfall. Auch Inga konnte sich ein Grinsen nicht verkneifen.

»Ich wollte damit bloß sagen, dass der Täter einen Haufen Schweinekot mitgebracht und dorthin gelegt haben könnte.« Beiläufig zog sie ein Papiertaschentuch aus der Jackentasche und reichte es Sahin.

»Warum mitbringen?«, fragte der, nachdem er sich geräuschvoll geschnäuzt hatte. »In den Boxen gibt's doch sicher genug von dem Zeug.« Immer noch grinsend wischte er sich die Lachtränen aus den Augen.

»Nein. In den Boxen schlafen und fressen die Tiere. Das Klo befindet sich draußen in einer Ecke der Suhle«, entgegnete Inga.

»Im Gegensatz zum Volksglauben vom dreckigen Schwein sind diese Tiere extrem sauber«, ergänzte Wolf, der augenscheinlich froh war, dass sein Fauxpas nicht länger für Erheiterung sorgte. »Und das Zwergschwein hat der Täter wahrscheinlich nur laufen lassen, damit es so aussieht, als wäre es der Übeltäter gewesen. Vorausgesetzt natürlich, es handelte sich tatsächlich um Vorsatz.«

Inga öffnete Daphnes Box. »Der Mörder lässt also das Schwein frei.« Sie bückte sich und tat so, als würde sie ein Tier herausscheuchen. »Vielleicht setzt Daphne den Haufen danach wirklich selbst ab – wobei ich bezweifle, dass sie das sofort machen würde. Nehmen wir also an, der Täter hat etwas dabei und legt es gezielt dort ab.«

Wolf nickte zustimmend. »Dann muss er nur noch warten.« Ein Brummen ertönte. Er zog sein vibrierendes Handy aus dem Jackett, entschuldigte sich und sonderte sich telefonierend Richtung Suhle ab.

Sahin blickte ihm nach. »Wenn die Theorie stimmt, dass der Täter dem Jakubeit im Stall aufgelauert hat, kann es im Grunde nur jemand gewesen sein, der einen Schlüssel hatte, also ein Zoomitarbeiter. Zum Beispiel der Handwerker, der passenderweise auch den Pflug aufgehängt hat.«

»Frau Haarmann?«, rief Wolf. Er stand am Freigehege und winkte sie zu sich. »Der Zoodirektor ist dran. Die Presse wird unruhig. Ich denke, wir sollten sie kurz über den Stand der Ermittlungen informieren. Im Grunde sind wir hier ja durch, oder?«

Inga hatte nicht die geringste Lust, sich jetzt vor die Mikrofone zu stellen. Zerknirscht sah sie auf die Uhr. »Herr Yilmaz und ich haben gleich noch eine Zeugenbefragung. Können Sie das eventuell übernehmen?«

Wolf zog irritiert die Augenbrauen hoch, verkniff sich aber eine Bemerkung. »Ich bin gleich da«, informierte er seinen Gesprächspartner. Als er sich schon umdrehen wollte, hielt Sahin ihn zurück.

»Sie haben da was.« Er zeigte auf Wolfs linken Schuh. Ein Dreckspritzer prangte auf dem polierten Lack.

»Oh.« Die Schnallen seiner Aktentasche schnalzten auf. Wolf förderte ein ledernes Etui zutage, dem er ein weiches Tuch und eine Tube Schuhpolitur entnahm, womit er den Makel auf der Stelle behob.

Kaum war die Tür hinter ihm zugefallen, prustete Sahin los. »Das war ja zu schön, um wahr zu sein.«

Inga grinste. »Übertreib's nicht.« Sie drehte sich zur Suhle um. Dicht an der Hauswand döste der Eber. Zwei Sauen senkten leise grunzend ihre Rüssel immer wieder in die weiche Erde. Sie schienen sich vorgenommen zu haben, jeden Quadratzentimeter zu durchwühlen. Als eine der Sauen sich weiter vorarbeitete, hob sich für einen Sekundenbruchteil etwas aus dem Matsch. Inga verengte die Augen. War das etwa …? Sie sah auf ihre Füße. Die hellen Wildlederstiefel würden das nicht überleben. Kurz entschlossen zog sie Schuhe und Socken aus und rollte die Hosenbeine hoch.

»Was hast du vor?«, rief Sahin.

Ohne zu antworten, kletterte Inga auf die Brüstung und schwang sich auf die andere Seite. Nach wenigen Schritten versank sie bis zu den Knöcheln im Morast.

Auge in Auge wirkte die Sau gleich viel größer. Inga wedelte abwehrend mit den Armen. Die Rotbunte wich zurück und trabte zu ihrer Artgenossin.

Während sie zu der Stelle watete, wo das Tier eben noch gewühlt hatte, fummelte Inga Gummihandschuhe und einen Klarsichtbeutel aus der Gesäßtasche ihrer Jeans. Sie zog die Handschuhe an. Dann tastete sie im trüben Wasser, bis sich ihre Finger um den erhofften Gegenstand schlossen.

»Hab ich dich.« Sie ließ den schlammverschmierten Bolzen in den Beutel fallen.

»Was machen Sie denn da?« Mit rot angelaufenem Gesicht stürzte Sven Meinhardt auf das Gatter am anderen Ende des Geheges zu.

Aus dem Augenwinkel sah sie, wie der massige Eber sich schwerfällig erhob.

»Raus da! Sofort!«, brüllte Meinhardt.

Inga drehte sich um und watete zurück. Es schmatzte unter ihren Füßen, schwarzes Wasser spritzte an ihren Waden hoch. Der Eber schnaubte, trabte an. Langsam wurde ihr mulmig. Was, wenn das Viech aggressiv war? Auf der gepflasterten Fläche glitt sie aus, fing sich aber wieder.

»Los, los, los.« Sahin beugte sich über die Brüstung. Sie ergriff seine Hand, und er zog sie nach oben. Inga spürte, wie etwas ihren nackten Fuß streifte. Der Eber?

Dann war sie oben, schwang sich auf sicheres Terrain.

»Bist du bescheuert?«, ranzte Sahin sie an.

Sie reichte ihm die Asservatentüte. »Fürs KTI.«

Das Wasser, das aus dem Schlauch spritzte, war eiskalt. Inga sog scharf die Luft ein, doch dann spülte sie sich beherzt den Matsch von den Beinen und rieb sich Erdpartikel aus den Zehenzwischenräumen.

»Was zum Teufel haben Sie sich bloß dabei gedacht?«, schimpfte Meinhardt. »Das sind immer noch Wildtiere. Wenn Sie Ihre Füße behalten wollen, machen Sie das nicht noch mal.« Er reichte ihr ein Handtuch und drehte mit wütenden Bewegungen den Wasserhahn zu, der neben der Außentür zur Futterküche aus der Wand ragte. Das schmutzig graue Wasser lief über die Pflastersteine ab und versickerte dahinter im Boden.

»Genau«, stimmte Sahin zu. »Schweine sind immerhin Allesfresser. Und Herr Meinhardt hätte dir sicher wenigstens Gummistiefel leihen können.« Er hob die Asservatentüte und betrachtete kopfschüttelnd das schlammverschmierte Objekt darin.

»Aber das hätte gedauert, und ich hätte womöglich nicht mehr gewusst, wo genau ich den Bolzen gesehen hatte.« Inga stützte sich mit der Hand an der Wand ab, rieb sich die Füße trocken und streifte ihre Socken über.

»Und wenn der Eber dich erwischt hätte?«

»Ach, der war sicher nur neugierig.« Mit je einem Ruck zog Inga die Stiefel an. Ihre Füße kribbelten. Sie zeigte mit dem Kinn auf die Suhle. »Würde mich übrigens nicht wundern, wenn irgendwo im Morast auch noch das Vorhängeschloss zu finden ist.«

In ihrer Jacke, die Sahin für sie hielt, läutete ihr Handy. »Soll ich?«, fragte er, und als sie nickte, fischte er es aus der Jackentasche und reichte es ihr.

Fiona Meier, die Pressesprecherin, war dran. »Die Frau, die im Kiosk am Spielplatz arbeitet, will etwas beobachtet haben und möchte mit Ihnen sprechen.«

Hinter Zuckerwatte, Popcorn und Fruchtgummi thronte Mareike Grün. Sie war eine stämmige Frau in den Fünfzigern mit rotem Gesicht und wulstigen Armen. »Schrecklich, das mit Albert. Ich bin immer noch ganz aufgewühlt«, sagte sie zu Inga und Sahin, als sie die kleine Holzhütte durch eine Tür an der Rückseite verließ.

Sie setzten sich am angrenzenden Spielplatz auf eine Bank.

Normalerweise sei der Kiosk auch nach Zooschluss noch eine Weile geöffnet, erzählte Mareike Grün. »Es gibt ja noch genug Leute, die über den Gasthof mit ihren Kindern auf den Spielplatz kommen.« Auch an dem Abend, als der arme Albert zu Tode kam, habe sie sich noch eine Zeit lang im Kiosk aufgehalten. Bis das Unwetter aufgezogen war. Im Nullkommanichts sei der Spielplatz wie leer gefegt gewesen. Und vielleicht wären ihr die beiden sonst auch gar nicht aufgefallen … Sie machte ein geheimnisvolles Gesicht.

»Welche beiden?«, hakte Inga nach.

Die Frau zögerte. »Aber das haben Sie nicht von mir. Ich meine, das bleibt doch unter uns, oder?«

»Frau Grün. Dies ist eine polizeiliche Ermittlung«, sagte Inga ernst und ließ Raum für Interpretationen.

»Natürlich, klar«, sagte Mareike Grün schnell.

»Wen haben Sie denn nun gesehen?«

»Also, ich hatte gerade Kassensturz gemacht und war dabei aufzuräumen, da sah ich, wie Hannes in dem großen Stallgebäude verschwand, wo die Schafe und Ponys stehen.«

»Hannes Sänger, der Handwerker, der den Schweinestall umgebaut hat?«

Mareike Grün nickte. »Vorne rechts gibt es eine kleine Strohkammer, da ist er rein.«

Inga wechselte einen Blick mit Sahin. Hatte der Mann nicht ausgesagt, nach Feierabend etwas im Gasthaus gegessen und danach direkt nach Hause gefahren zu sein?

»Und wer war der andere?«, fragte Sahin.

»*Die* andere«, betonte Mareike Grün verschwörerisch. »Kaum eine Minute danach kam die Sabine hinterher. Schaute sich nach allen Seiten um, ob sie auch keiner sieht, und ging dann auch in die Kammer. Guck mal an, hab ich gedacht. Die feine Dame und der Hannes. Sabine, müssen Sie wissen, ist nämlich die Frau vom Chef. Gregor Timm. Er ist für die Gastronomie hier im Zoo zuständig.«

»Sabine Timm heißt die Dame also?« Sahin notierte den Namen.

Mareike Grün nickte. »Seit Kurzem geht das Gerücht, dass sie und Hannes was miteinander haben. Ich hab's ja erst nicht geglaubt, aber als die beiden so kurz nacheinander in die Strohkammer sind, da …«

Inga unterbrach den Redefluss der Frau, die sich anscheinend nur wichtigmachen wollte. »Gut und schön, Frau Grün. Aber ich sehe da gerade keinen Zusammenhang mit der Tat. Die Strohkammer befindet sich schließlich in dem großen Gebäude links neben dem Schweinestall, nicht wahr?«

»Ja, schon. Ich will auch gar nicht sagen, dass die beiden was mit dem Mord zu tun haben. Ich hab mir bloß gedacht, dass sie ja später … Ich meine, weit ist es nicht von da bis zum

Schweinestall.« Ohne Luft zu holen, ereiferte sich die Frau und schnaufte, als hätte sie einen Hundert-Meter-Lauf absolviert. »Albert und Hannes haben sich in letzter Zeit oft gestritten, müssen Sie wissen.«

Jetzt horchte Inga doch auf. »Worum ging es bei dem Streit?«

»Hannes hatte wohl Filme im Internet hochgeladen. Der hat da so einen eigenen Videochannel oder wie man das nennt. Jedenfalls war Albert nicht damit einverstanden, dass er auf einigen Filmen zu sehen war. Er wollte, dass Hannes die Videos löscht.«

»Um was für eine Art Video handelte es sich dabei?«, fragte Sahin.

»Hauptsächlich um Aufnahmen aus dem Zoo. Blick hinter die Kulissen und so was.« Sie zuckte mit den Schultern. »Genaueres weiß ich auch nicht, aber Albert hat es extrem gestört. Das sei ein Eingriff in seine Persönlichkeitsrechte, soll er gesagt haben, und dass er Hannes anzeigen will.«

Sahin pfiff leise durch die Zähne. »Hab ich's nicht eben noch gesagt? Er hatte Zugang, er hat den Pflug aufgehängt, und jetzt hat er auch noch ein Motiv.«

***

»Die Probe ist sauber!« Titus brüllte ins Telefon, als wäre das Gerät ein Trichter und Petru stünde auf der anderen Seite einer Schlucht. »Le Baron will, dass ich umgehend ein paar Chinesen mit dem Zeug präpariere.«

Schlagartig war Petru wach. »Bin gleich bei dir.« Stöhnend richtete er sich auf. Nachdem er Claudes Brief gelesen hatte, hatte er sich einige Gläser Wein genehmigt. Offenbar war er auf dem Sofa eingenickt, und jetzt hatte er sich den Rücken verlegt.

»Ich weiß nicht, wieso du deswegen unbedingt vorbeikommen willst – es ist eigentlich kein Hexenwerk«, schrie Titus.

»Ich will aber wissen, wie das Ganze genau vonstattengeht.«

»Na meinetwegen, dann warte ich auf dich.«

Im Aufstehen stolperte Petru über die beiden leeren Flaschen zu seinen Füßen. Obwohl sein Schädel sich anfühlte wie kurz vor dem Zerspringen, absolvierte er seine allmorgendlichen fünfzig Liegestütze. Danach zwang er sich, einen Liter Wasser zu trinken, und aß zwei saure Gurken. Die Kombination half immer, wenn er über die Stränge geschlagen hatte – so auch heute.

Frisch geduscht kehrte er ins Wohnzimmer zurück, raffte Claudes Brief, die Karte und den Schlüssel zusammen und verstaute alles sorgfältig in dem Umschlag.

Eine Weile saß er kerzengerade auf dem Sofa, starrte Mariannes Foto an und hielt eine stumme Zwiesprache mit ihr. Dann erhob er sich und machte sich auf den Weg zu Le Barons Anwesen.

Die Sonne stand bereits hoch am Himmel, als Petru das Gewächshaus betrat. Warme Luft umfing ihn wie ein feuchtes Tuch. Es roch nach Moder und Torf. Titus stand mit dem Rücken zur Tür zwischen den Pflanztischen und wässerte die Setzlinge. Zum ersten Mal fragte sich Petru, was der Alte über die Spezialaufgaben wusste, die sein Sohn neben seiner offiziellen Tätigkeit als Vertriebsleiter für Le Baron erledigt hatte. Bislang war er immer davon ausgegangen, dass er ihm bedingungslos vertrauen konnte, aber seit Claudes Brief war er sich da nicht mehr sicher. Schließlich war Titus Le Baron vollkommen ergeben. Kannte er die Wahrheit? Hatte er sie womöglich die ganze Zeit gekannt?

Als hätte der Alte seinen Blick im Rücken gespürt, drehte er sich zu ihm um. »Da bist du ja endlich.«

Petru rang sich ein Lächeln ab. »Tut mir leid. Ich wurde aufgehalten.« Er durfte sich nicht anmerken lassen, wie sehr ihn Claudes Brief erschüttert hatte.

Titus musterte ihn nachdenklich. Nach einer Weile nickte er. »Dann wollen wir mal versuchen, aus einem ›Tuber indicum‹ einen ›Tuber melanosporum‹ zu zaubern.«

Sie gingen ins Labor, wo Titus eine Handvoll Chinatrüffel auf einem Tablett ausbreitete und sich über Alberts Anleitung beugte, die er danebengelegt hatte. Er nahm das Fläschchen mit der Tinktur und zog die Flüssigkeit in eine Spritze.

»Glaubst du, dass es klappt?«, fragte Petru.

Titus zuckte mit den Schultern. »Trüffeln sind Röhrenpilze. Sie sind von winzigen Kanälen durchzogen, mag sein, dass sie das Zeug aufsaugen wie ein Schwamm.« Vorsichtig injizierte er etwas von der Flüssigkeit in jede der schrumpeligen Kugeln. Dann breitete er ein sauberes Handtuch über den Trüffeln aus. »Das war's schon. Laut deiner Anleitung muss das jetzt achtundvierzig Stunden einwirken, nach der Hälfte der Zeit einmal wenden. Ich bezweifle es zwar, aber falls sie danach nicht nur riechen wie die echten, sondern auch so schmecken, haben wir den Jackpot geknackt.«

6

Verärgert starrte Inga auf den Rücken des Kollegen vor sich am Automaten. Hatte der allen Ernstes vor, seine gesamte Abteilung mit Kaffee zu versorgen?

Als hätte er ihre Gedanken gespürt, drehte er sich um und lächelte entschuldigend. »Nur noch zwei, dann sind Sie dran, versprochen.«

Mühsam erwiderte Inga das Lächeln. Sie überlegte, einfach ohne Kaffee in den Befragungsraum zu gehen, wo Sahin nun schon seit geraumer Zeit mit Hannes Sänger wartete, doch ihr Drang nach Koffein war stärker. Während sie dem Brummen der Maschine lauschte und dabei zusah, wie der Kollege eine Tasse nach der anderen auf ein Tablett schob, rekapitulierte sie im Geiste die bisherigen Ermittlungsergebnisse. Die Tieraktivisten waren abgehakt, sie konnten mit den Drohbriefen ohnehin nicht in Zusammenhang gebracht werden. Und Francas Befragung von Bosse Helmbrecht hatte lediglich weitere Fragen aufgeworfen. Angesichts seiner Instagram-Posts hatte der Jugendliche gar nicht erst geleugnet, dass er für die Drohbrief-Klebekunstwerke verantwortlich war. Brief Nummer eins, der mit dem Einhorn, war als Gemeinschaftswerk entstanden. Bosse und drei seiner Klassenkameraden hatten den Prospekt bei ihrem Zoobesuch mittels Schere und Kleber zweckentfremdet. Am Freitagabend war er dann mit seinen Eltern in Meyers Gasthof zum Essen gewesen und hatte sich dort nach eigener Aussage zu Tode gelangweilt. Als er am Nachbartisch einen verwaisten Zooplan fand, erinnerte er sich daran, dass in seinem Rucksack immer noch Papier, Schere und Kleber steckten. Nur hatte Bosse Helmbrecht sein Kunstwerk nicht an den besagten Balken im Stall, sondern von außen an die Hintertür des Schweinestalls gepinnt, denn der Stall war um diese Zeit längst geschlossen gewesen. Jemand musste den Brief also später dort abgenommen und an den Balken gehängt haben. Da Sven Meinhardt aber nicht sicher sagen konnte, ob der Zettel erst nach dem Mord dort gehangen hatte, konnte das jeder gewesen sein, der während der Bauarbeiten Zutritt zum Stall gehabt hatte. Womöglich der Mörder – aber wozu? Um von seinem eigentlichen Motiv abzulenken? Inga seufzte verhalten. Vielleicht brachte die Analyse der Fingerspuren ja Licht ins Dunkel.

Endlich zog der Kollege mit dem vollen Tablett ab. Inga traf ihre Auswahl und sah zu, wie der Automat erst Milchschaum und dann Kaffee in die Tasse spuckte. Möglicherweise, so überlegte sie, hatte der Brief überhaupt nichts mit dem Mord zu tun, und sie ermittelten schlicht in die falsche Richtung. Blieb nur zu hoffen, dass sich bei der Befragung von Hannes Sänger und seiner heimlichen Freundin neue Erkenntnisse ergaben.

Franca saß im anderen Besprechungsraum, um Sabine Timm getrennt von dem Handwerker zu vernehmen. Inga hatte die Frau vorhin kurz begrüßt. Zwar hatte sie versucht, ihren Gemütszustand hinter einem maskenhaften Dauerlächeln zu verbergen, aber ihr kaltschweißiger Händedruck und das Zittern in der Stimme verrieten mehr, als ihr wahrscheinlich lieb war. Unwillkürlich hatte Inga sich gefragt, ob sie diese labil wirkende Frau tatsächlich Francas Röntgenblick aussetzen sollte.

Hannes Sänger war bereits von Sahin belehrt worden und rutschte mit brennenden Wangen auf seinem Stuhl im Vernehmungsraum hin und her. Laut Ausweis war er Ende zwanzig. Mit seiner schlaksigen Statur und einem Gesicht, das Inga an den Kinderschokoladen-Jungen erinnerte, wirkte er aber deutlich jünger.

»Albert wollte, dass ich auf meinem YouTube-Kanal alle Videos lösche, in denen er auch nur ansatzweise zu sehen war«, sagte er. »Der spinnt doch. Ich meine: Im Zoo wird ständig gefilmt und fotografiert, besonders bei der Show. Jeder, der dort arbeitet, muss damit rechnen, dass er auf Fotos oder Filmen von Besuchern zu sehen ist. Ich hab's echt nicht eingesehen. Mein Videokanal ist voll erfolgreich, ich hab über tausend Abonnenten. Und jetzt soll ich, nur weil so ein paranoider …« Hannes Sänger stockte. »Moment mal. Sie glauben doch nicht, dass ich ihn …? Wegen so was? So 'n Schwachsinn!«

»Ich glaube gar nichts«, sagte Inga. »Aber Fakt ist, dass Sie sich mit Sabine Timm zur möglichen Tatzeit im Gebäude neben dem Schweinestall aufgehalten haben und eben nicht nach Hause gefahren sind, wie Sie uns weismachen wollten. Fakt ist auch, dass Sie die Aufhängung des Pflugs montiert haben, von dem Albert Jakubeit dann erschlagen wurde.«

Hannes Sänger war rot angelaufen. »Albert ist doch selbst schuld! Ich hätte diesen bescheuerten Pflug einfach noch länger da liegen lassen. Aber nein, er wollte den ja unbedingt aus dem Weg haben, damit er mit der Schubkarre durchkam! Außerdem konnte ich ja nicht ahnen, dass er sich von dem Ding gleich erschlagen lässt.«

Inga und Sahin wechselten einen Blick.

»Jetzt gucken Sie nicht so. Ich bin kein Mörder.«

»Sie haben uns schon mal angelogen.« Sahin beugte sich vor. »Wieso sollten wir Ihnen also jetzt glauben?«

Hannes Sänger duckte sich, als erwartete er, einen Schlag versetzt zu bekommen. »Okay, ich hab gelogen. Aber nur wegen Sabine! Dass ich mich an dem Abend von Albert und Sven verabschiedet und danach den Stall nicht mehr betreten hab, ist wahr.«

»Mag sein«, gab Inga zu. »Aber was haben Sie uns in dem Zusammenhang noch verschwiegen? Da Sie sich gleich nebenan aufhielten, könnten Sie etwas gehört oder gesehen haben, das für den Fall von Belang ist.«

Fahrig strich sich der junge Mann die Haare aus der Stirn. »Es gab vielleicht einen lauten Rums. Achten Sie etwa so genau auf irgendwelche Geräusche, wenn Sie gerade voll dabei sind?«

Inga konterte ungerührt: »Kam Ihnen nicht der Gedanke, dass der Pflug abgestürzt sein könnte?«

»Ich dachte, irgendein Viech hätte was umgeworfen«,

wehrte er ab. »Bin ich Tierpfleger oder was? Außerdem hatte ich ganz andere Probleme. Kurz nach dem Knall klingelte nämlich Sabines Handy. Ihr Alter war dran, hat Stress gemacht, wo sie bleibt und so.« Er zog eine Grimasse. »Sabine hat sich angezogen und ist abgehauen. Hatte wohl Schiss, dass er uns erwischt. Sie ist zuerst aus der Kammer und ich fünf Minuten später.«

»Wie lange hat es ungefähr gedauert von dem Knall bis dahin?«, fragte Inga.

Er verdrehte die Augen. »Ewig. Zehn Minuten mindestens, bis Sabine ihre Klamotten wieder in Ordnung hatte. Frauen, echt! Und dann hatte die blöde Kuh auch noch ihren Armreif verloren. Nach dem haben wir bestimmt noch mal zehn Minuten gesucht. Am Ende war mein Akku leer, weil ich mit dem Handy danach leuchten musste.«

»Insgesamt also zwanzig Minuten«, stellte Inga fest. »Und haben Sie im Stall nachgesehen, was das Krachen, das Sie gehört haben, ausgelöst hat?«

»Nein.« Hannes Sänger sah sie an, als hätte sie ihm vorgeschlagen, sich vom VW-Tower zu stürzen. »Was geht mich das an, was die Viecher machen?«

»Aber später, ist Ihnen da nicht in den Sinn gekommen, dass Sie die Tat quasi mit angehört haben könnten?«, fragte Sahin mit deutlich schärferer Stimme.

»Schon. Ich wollt aber meinen Job nicht verlieren.«

»Wieso glauben Sie, dass das geschehen könnte?«, fragte Inga.

Hannes Sänger druckste herum. »Ich bin 'n paarmal heimlich nachts in den Zoo, um einer Freundin was zu zeigen – na ja. Zwei Abmahnungen hab ich deswegen schon kassiert.« Er sah auf. »Der Zoo will mich doch sowieso lieber heute als morgen loswerden.«

»Weshalb glauben Sie das?«, hakte Inga nach.

»Ach, wegen Pillepalle. Was kann ich dafür, dass ich so einen festen Schlaf habe, dass ich den Wecker nicht höre? Deswegen muss ich mich jedenfalls nicht schikanieren lassen, von wegen:

Wenn das nicht klappt mit der Pünktlichkeit, dann müssen wir andere Saiten aufziehen. Das ist Mobbing, würd ich mal sagen.« Während er das Wort Mobbing aussprach, konnte er sich ein Grinsen kaum verkneifen.

»Verstehe. Bei der dritten Abmahnung müssten Sie mit einer Kündigung rechnen«, erwiderte Sahin.

Jetzt kam Hannes Sänger erst richtig in Fahrt. »Und dann behaupten die auch noch, ich würd nicht sorgfältig arbeiten und solche Scherze. Vollkommen grundlos natürlich. Reinstes Mobbing, ich sag es ja. Genau wie mit den Videos. Aber die drehe ich außerhalb meiner Arbeitszeit, da können die mir nix.«

Du hast keine Ahnung, was echtes Mobbing bedeutet, dachte Inga. Sie war drauf und dran, ihren Unmut laut auszusprechen, riss sich aber zusammen. Sie musste professionell bleiben, egal, ob sie ihr Gegenüber mochte oder nicht. »Kommen wir noch mal auf den Kern der Sache zurück«, sagte sie. »Sie haben die Strohkammer also kurz nach Frau Timm verlassen. Was haben Sie dann gemacht?«

»Ich bin direkt nach Hause.«

»Kann das jemand bestätigen? Ist Ihnen noch jemand begegnet?«

Hannes Sänger schüttelte den Kopf. »Draußen war keiner. Es war ja auch heftig windig, und ich hab noch gedacht, dass ich schnell zum Auto muss, weil's sicher gleich schifft wie aus Eimern.« Auf einmal richtete er sich kerzengerade auf. »Nee, gar nicht wahr. Da war ja dieser Typ. Der kam aus Richtung Schweinestall und ist auch zum Parkplatz rüber. Ich hatte den Eindruck, der wollte schnell weg. Fast gerannt ist der!«

»Können Sie den Mann beschreiben?«, fragte Sahin.

Hannes Sänger legte die Stirn in Falten. »Ich hab ihn nur kurz gesehen, und dunkel war es ja auch.«

»Versuchen Sie es. Größe? Statur? Alter?«

»Kleiner als ich, schmächtig, eher älter. Fünfzig war der mindestens. Er hatte dunkle Sachen an und so 'ne Strickmütze.«

Womit wir beim Einbrecherstereotyp par excellence wären, dachte Inga, während Sahin gleichermaßen skeptisch seine Augenbrauen hob.

»Typen wie der tragen eine Mitschuld daran, dass die Gesellschaft Leute, die wirklich gemobbt werden, nicht ernst nimmt.« Inga knallte das Vernehmungsprotokoll auf den Tisch und ließ sich auf ihren Stuhl fallen. »Der Zoo erfährt aber nichts davon, oder?«, hatte Hannes Sänger gefragt, als er das Protokoll unterschrieb. Wahrscheinlich war ihm erst in diesem Augenblick klar geworden, dass er sich um Kopf und Kragen geredet hatte, sollte sein Arbeitgeber von seinen Mobbingvorwürfen und dem erneuten Regelverstoß erfahren.

»Unangenehmer Zeitgenosse. Kriegt nichts auf die Reihe, aber schuld sind immer die anderen«, gab Sahin ihr recht. »Würde mich nicht wundern, wenn seine Geschichte von vorne bis hinten gelogen wäre und er doch der Täter ist.«

Inga wiegte zweifelnd den Kopf.

»Warum nicht? Er hatte ein Motiv, er hatte die Gelegenheit. Und nicht zu vergessen: Er hat den Pflug aufgehängt. Vielleicht war das von Anfang an geplant. Ich schätze, seine saubere Freundin bestätigt die Story. Dann hängt sie vielleicht mit drin.«

»Aber warum sollte sie? Die Videosache war doch nicht ihr Problem«, meinte Inga.

Sahin sprang auf und ging vor seinem Schreibtisch auf und ab. »Nehmen wir mal Folgendes an: Die beiden werden von Albert Jakubeit in flagranti erwischt. Sie geraten in Streit. Er droht damit, das Verhältnis der beiden publik zu machen, wenn Sänger die Videos nicht löscht, was weiß ich. Es gibt ein Handgemenge, einer der beiden schlägt zu, und Albert Jakubeit ist tot. Um das zu vertuschen, legen sie das Opfer unter den Pflug und lassen das Ding auf ihn drauffallen, damit es aussieht wie ein Unfall.«

»Das hatten wir doch schon. Es besteht kein Zweifel, dass Albert Jakubeit erst im Stall gestorben ist. Und wie hätten sie die Leiche unbemerkt von einem Gebäude zum anderen schaffen sollen?«

»Kann ja sein, dass sie zu dritt rüber in den Schweinestall sind und der Streit erst dort eskaliert ist. Als Jakubeit dann den Haufen wegfegen will, ergreift einer der beiden die Gelegenheit.«

Bei Sahins letzten Worten kam Franca ins Büro und legte das Befragungsprotokoll von Sabine Timm vor Inga ab. »Also wenn ihr mich fragt: Die Timm hat mit dem Tod von dem Jakubeit nichts zu tun. Die Frau ist ein komplettes Nervenbündel. Scheint eine Heidenangst zu haben, dass ihr Verhältnis zu dem Milchbubi rauskommt. Die hätte die Vernehmung nie und nimmer überstanden, ohne einzuknicken.«

Inga blätterte im Protokoll. »In den wesentlichen Punkten stimmt ihre Aussage mit der von Hannes Sänger überein.«

»Kein Wunder, die beiden hatten ja auch genug Zeit, um sich abzusprechen.« Sahin gab seine Wanderung auf. Er blickte zwischen Inga und Franca hin und her. »Und am Ende erfindet er schnell noch einen Mister X, um von seiner Fährte abzulenken. Das stinkt doch zum Himmel.«

Inga hob beschwichtigend die Hände. »Wir können aber nicht ausschließen, dass er den Mann wirklich gesehen hat.«

»Was für einen Mann?«, fragte Franca. Wie üblich fläzte sie sich halb liegend auf dem Besucherstuhl. Inga umriss in knappen Worten Hannes Sängers Aussage, woraufhin Franca urteilte: »Klingt wirklich etwas an den Haaren herbeigezogen. Und immerhin hatte Milchbubi Streit mit dem Opfer.«

Jetzt war es an Inga, auf und ab zu gehen. »Mit einer Sache hatte Sänger allerdings recht: Warum war Albert Jakubeit wegen der YouTube-Videos so sauer? Besucher haben die Show doch sicher dauernd gefilmt. Dass so ein Video im Internet landet, damit musste er doch rechnen.«

»Keine Ahnung. Vielleicht wollte er dem Sänger schlicht einen reinwürgen. Kann ja sein, dass die sich grundsätzlich nicht besonders mochten.« Franca zog ihr Handy aus der Hosentasche und warf einen Blick darauf. »Zeit für Mittag.

Ich brauche dringend was zwischen die Kiemen.« Sie rappelte sich auf und zog ihren hochgerutschten Pulli glatt. »Hat die KTU diese Schnipselkleberei schon untersucht? Wenn die auf dem Glanzpapier noch andere Fingerspuren finden als nur die von Bosse Helmbrecht, hat vielleicht doch der Täter welche hinterlassen.« Sie bedachte Inga mit ihrem Röntgenblick. »Kannst ja mal deinen neuen Lover fragen, vielleicht geht's dann schneller.« Damit zog sie die Tür hinter sich zu.

Sahin machte ein zischendes Geräusch. »Uh … das hätte ich ja fast vergessen.«

»Was?«

Er senkte die Stimme. »Franca und Forensik-Stefan. Da soll mal was gelaufen sein. Ist allerdings schon eine Weile her.«

Genervt verdrehte Inga die Augen. »Wie gesagt, wir haben uns bloß ein Taxi …«

»Jaja.« Sahin winkte ab. »Kommst du mit in die Kantine?«

»Nee, ich hol mir nur was vom Bäcker.« Als sie sein enttäuschtes Gesicht sah, fügte Inga schnell hinzu: »Beim nächsten Mal bestimmt.«

Nachdenklich blickte sie ihm nach. Sie schätzte Sahins Gesellschaft, aber manchmal musste sie einfach allein sein und wieder zu Atem kommen. Am besten auf dem Rad.

Inga schob den breiten Riemen ihrer Umhängetasche zurecht und trat kräftig in die Pedale. Das alte Hollandrad, das sie sonst nur für den Transport größerer Einkäufe benutzte, kam längst nicht so leicht in Fahrt wie ihr Rennrad. Aber sie hatte noch nicht die Zeit gehabt, das geklaute Vorderrad zu ersetzen. Trotzdem – es tat wie immer gut, sich den Stress von der Seele zu strampeln.

Während der Trennung von Bernd und in der Zeit danach hatte sie die Bewegung auf dem Rad gebraucht, um sich abzureagieren. Auch in Hannover nutzte sie jede Gelegenheit, sich in den Sattel zu schwingen. Für sie gab es keine bessere Art, den Kopf freizubekommen.

Inga bog in die Limmerstraße ein und stoppte vor der

kleinen Bäckerei, die sie in ihrer ersten Woche in Hannover entdeckt und zu ihrem Rückzugsort erkoren hatte. Hier gab es noch handgeformte Brötchen, und besonders die Schokocroissants waren göttlich. Zufrieden betrachtete sie wenig später das ofenfrische Exemplar mit dem Kern aus flüssiger Schokolade auf ihrem Teller. Sie trank einen Schluck Milchkaffee und schloss genussvoll die Augen. Kein Vergleich zu der Plörre aus dem Automaten im Präsidium.

Inga stellte ihr Handy auf lautlos und legte es neben den Teller. Als darauf nur noch Krümel zu finden waren, wischte sie sich die Finger sorgfältig an einer Serviette ab. Im Präsidium hatte sie Albert Jakubeits Notizbuch eingesteckt, das bei seinen Sachen im Spind gewesen war. Sie holte die Kladde aus ihrer Tasche und blätterte sie durch.

Jeder Eintrag war mit einem Datum versehen. Demnach hatte der Zoowärter seine Aufzeichnungen im Mai begonnen. Beim Lesen der Notizen, Listen und Tabellen versagten Ingas Französischkenntnisse allerdings bereits. Dass Albert Jakubeit keine besonders deutliche Handschrift gehabt hatte, machte das Entziffern nicht gerade einfacher. Frustriert schob Inga das Buch zur Seite und trank von ihrem inzwischen lauwarmen Kaffee.

»Darf ich mich setzen?«, fragte auf einmal jemand hinter ihr. Inga fuhr herum und blickte direkt in Forensik-Stefans braune Augen. Er wartete ihre Antwort erst gar nicht ab. Mit einer Hand schob er sein Tablett auf den Tisch, mit der anderen zog er einen Stuhl heran und pflanzte sich ihr gegenüber. Ein Kranz aus Lachfältchen wand sich um seine Augen. »Offenbar teilen wir dieselbe Leidenschaft.« Er hielt Inga eine Serviette hin und tippte auf seinen Mundwinkel.

Verlegen wischte sie sich die Schokolade ab. Was zum Teufel machte er hier?

Forensik-Stefan biss in sein Croissant. »Die einen rauchen oder genehmigen sich einen«, nuschelte er. »Unsereins braucht das Knistern hauchdünner Teigschichten und den Schmelz cremiger Schokolade zwischen den Zähnen. Wichtig dabei ist, den nicht unerheblichen Einsatz von Butter und karamellisiertem Zucker komplett zu ignorieren. Stimmt's?«

War man denn nirgendwo mehr ungestört? Was war ihr Zufluchtsort jetzt noch wert? Inga schaute sich nach allen Seiten um. »Okay, wer hat dich geschickt? Sahin?«

Er ließ das Croissant sinken. »Wie meinen?«

Inga sah ihn herausfordernd an. »Das KTI liegt nicht gerade um die Ecke. Erzähl mir jetzt also bitte nicht, dass wir uns rein zufällig getroffen haben, weil du regelmäßig deine Mittagspause hier verbringst.«

»Erwischt! Deine Kollegen haben mich als verdeckter Ermittler angeheuert. Ich soll herausfinden, was du nebenberuflich so treibst, weil sie sich wundern, wie du dir von deinem mickrigen Gehalt deinen kostspieligen Lebensstil leisten kannst.« Er deutete auf Ingas Tasche aus Lkw-Plane, die den Platz auf dem Stuhl neben ihr einnahm. »Aber keine Bange, ich halte dicht und verrate ihnen nicht, dass du nebenbei als Fahrradkurier jobbst.«

Unwillkürlich musste Inga lächeln.

»Na also – geht doch.« Er musterte sie verschmitzt über den Rand seiner Kaffeetasse hinweg. »Und das ist dein Auftragsbuch?« Er drehte Albert Jakubeits Heft zu sich herum und las. »Oh, ein französisches Kochbuch?« Er las und verzog angewidert das Gesicht. »Also Grünfutter, Äpfel, Karotten, Quark, Honig – okay. Vielleicht auch noch Schnecken. Aber Würmer? Und gleich ein halbes Kilo?«

Inga beugte sich vor. »Du kannst Französisch?«

»Bin etwas eingerostet, aber dafür reicht's noch«, murmelte er und blätterte die Seiten um. »Weiße Mäuse?« Er schüttelte sich. »Das ist nicht dein Ernst.«

»Meiner nicht. Die Notizen stammen von Albert Jakubeit.«

Er blickte auf. »Von dem Toten aus dem Zoo?«

Inga biss sich auf die Unterlippe. Dass sie die Aufzeichnungen aus dem Besitz eines Mordopfers in ihrer Pause mit sich herumtrug, hätte sie besser für sich behalten. Ehe sie zu einer Erklärung ansetzen konnte, vibrierte ihr Handy.

»Wo bist du?« Sahin klang leicht beleidigt. »Vollbert war hier. Er bittet dich in sein Büro. Irgendwas mit der Presse. Ich an deiner Stelle …«

»Bin gleich da«, sagte Inga und legte auf. »Ich muss los«, informierte sie ihr Gegenüber und streckte auffordernd die Hand nach dem Notizbuch aus.

Stefan klappte das Heft zu und reichte es ihr. »Vielleicht ist das eher ein Speiseplan für Tiere?«

»Möglich. Ein Patentrezept, um den Fall zu lösen, enthält es jedenfalls nicht.«

»Wer weiß …«

Inga steckte das Heft ein und schulterte ihre Tasche. »Tschüss.«

»Falls Sie eine Übersetzung brauchen – ich stehe voll und ganz zu Ihrer Verfügung, Madame«, rief er ihr hinterher und imitierte dabei einen französischen Akzent.

Inga drückte die Tür auf und stolperte prompt über die Schwelle.

Auf dem Rückweg war sie dankbar, dass der Fahrtwind ihre erhitzten Wangen kühlte. Dass Stefan sich für sie interessierte, war offensichtlich, doch eine Affäre mit ihm konnte sie nun wirklich nicht gebrauchen. Sie hob sich aus dem Sattel und trat mit ihrem ganzen Gewicht in die Pedale. Franca und Forensik-Stefan. So wie die Kollegin drauf war, schien er ihr nicht gleichgültig zu sein. Am besten stellte sie bei Gelegenheit mal klar, dass sie nichts von ihm wollte, und zwar sowohl Stefan als auch Franca gegenüber.

In Vollberts Büro herrschte penible Ordnung. Die Akten in seinem Ablagekorb waren auf Kante gestapelt, Regale und Schreibtisch wiesen kein Staubkorn auf. Es roch nach dem Reinigungsspray, mit dem er regelmäßig Tastatur und Bildschirm bearbeitete, und mit Ausnahme eines Fotos seiner Frau und der Kakteensammlung, die in Reih und Glied auf der Fensterbank stand, konnte Inga nichts Persönliches im Büro ihres Chefs entdecken.

»Setz dich«, forderte Vollbert sie auf, woraufhin Inga auf einem der Besucherstühle Platz nahm.

»Kannst du mir mal sagen, woher die Presse all diese Informationen hat?« Vollbert breitete eine Zeitung vor ihr aus. Die Schlagzeile »Mord im Zoo!« sprang ihr in großen Lettern entgegen. Inga überflog den Artikel. Albert Jakubeit habe seine Ehefrau zur Heirat gedrängt, um einen neuen Namen annehmen zu können, hieß es darin. In seiner Heimat sei er höchstwahrscheinlich in kriminelle Machenschaften verstrickt gewesen und habe Mirza Jakubeits Arglosigkeit ausgenutzt, um in Deutschland unterzutauchen.

Überrascht sah Inga auf. »Da wissen die aber mehr als wir.«

»Wie es aussieht, haben sie mit der Ehefrau geplaudert.« Vollbert stand auf, umrundete seinen Schreibtisch und trat neben sie. Inga spürte, wie sie sich versteifte. Genauso hatte es bei Peterjahn angefangen. Ein Blick über ihre Schulter, seine Hand wie beiläufig auf ihrem Arm, sein Atem in ihrem Nacken …

Vollbert stützte sich auf dem Schreibtisch ab und tippte auf ein Foto von Mirza Jakubeit. »Hat der Frau denn keiner gesagt, dass sie sich der Presse gegenüber bedeckt halten soll? Und wieso spricht sie darüber nicht mit uns?«

»Wir sollten noch einmal mit ihr reden«, sagte Inga. Vollbert brummte zustimmend. Sie konnte sein Aftershave riechen, als er sich vorbeugte und ihr dabei so nah kam, dass sie ihre Schultern zusammenzog und zur Seite auswich.

»Entschuldigung«, murmelte er, angelte einen Zerstäuber vom Schreibtisch und ging damit zum Fenster.

Bescheuert, dachte Inga und hätte beinahe aufgelacht. Anscheinend wurde sie langsam paranoid.

Vollbert sprühte einen feinen Wassernebel über seine Kakteen. »Die Kollegen vom BKA sollen mal prüfen, ob das Opfer in Frankreich einschlägig bekannt ist. Wenn da was dran ist, bekommt der Fall eventuell eine ganz andere Dimension.«

Inga nickte wortlos.

»Sahin hat mir vorhin kurz von der Befragung dieses Handwerkers und seiner Freundin berichtet. Er glaubt, die beiden oder einer der beiden könnte es gewesen sein.«

»Also … Hannes Sänger und Sabine Timm …« Sie räusperte sich. »Die hatten bloß nebenan ein Schäferstündchen.«

Vollbert stellte die Sprühflasche auf die Fensterbank, dann setzte er sich wieder und sah sie prüfend an. »Alles in Ordnung? Du siehst blass aus.«

»Mir geht's gut.« Inga straffte die Schultern. »Hannes Sänger will an dem Abend einen Mann gesehen haben, der aus dem Stall kam und gehetzt wirkte.«

»Das hat Sahin auch erwähnt. Hältst du das für glaubwürdig?«

»Ich denke, wir sollten es ernst nehmen. Immerhin könnte er dem Täter begegnet sein.« Sie zögerte, dann holte sie das Notizbuch aus ihrer Tasche und legte es auf den Schreibtisch. »Das war übrigens im Spind des Opfers. Es enthält merkwürdige Aufzeichnungen, wahrscheinlich irgendwelche Futterpläne.«

Vollbert blätterte durch die Seiten. »Und? Der Mann war Tierpfleger. Was hat das mit dem Fall zu tun?«

»Vielleicht gar nichts. Allerdings frage ich mich, warum Albert Jakubeit das Heft über ein halbes Jahr lang akribisch geführt hat. Seinem Kollegen gegenüber hat er ein ziemliches Geheimnis daraus gemacht. Irgendwie habe ich das Gefühl …«

»Das ist ja gut und schön«, unterbrach Vollbert sie. Er schob ihr das Buch über die Tischplatte zu. »Es gibt doch aber sicher genug Spuren, die direkt mit dem Fall zu tun haben und bearbeitet werden müssen, denkst du nicht?«

Inga spürte, wie sie rot wurde. »Natürlich.« Sie nahm das Heft wieder an sich.

»Durch dieses Magen-Darm-Virus sind wir eh unterbesetzt, und dass gerade jetzt ein so erfahrener Kollege wie Ziekowsky ausfällt, macht die Situation nicht gerade besser.«

Ziekowsky hätte sich nicht mit unwichtigen Notizbüchern aufgehalten, sondern die Fäden straff in der Hand gehalten, las sie in seinem Blick. »Dann mache ich mich mal wieder an die Arbeit«, sagte sie lahm, erhob sich und wandte sich zum Gehen.

»Ach, Inga?«, hörte sie Vollbert hinter sich sagen und drehte sich noch einmal um. »Kann Sahin nicht auch Französisch? Das wäre doch sicher hilfreich, falls wir mit den Kollegen dort kommunizieren müssen.«

»Französisch?« Sahin verdrehte die Augen. »Warum glaubt Vollbert eigentlich immer, dass ich alle möglichen Sprachen spreche? Genau wie neulich, als er meinte, ich könnte Arabisch dolmetschen.« Sein Handy klingelte. »Ja?«, meldete er sich. »Merhaba, anne«, murmelte er dann.

Inga schmunzelte. Anfangs hatte sie tatsächlich gedacht, Sahins Mutter würde Anne heißen, bis er ihr erklärt hatte, dass »anne« schlicht das türkische Wort für »Mama« war. Erneut wunderte sie sich, wie sehr sich ihr Kollege veränderte, wenn er Türkisch sprach. Seine Stimme klang kehliger als sonst, und selbst am Telefon redete er mit Händen und Füßen. Sie hatte Sahin auf Anhieb gemocht, was eindeutig an seiner offenen, empathischen Art lag. Auch wenn sie oft nicht wusste, wie sie damit umgehen sollte, dass er Privatleben und Dienst nicht sauber trennen konnte. Mit einem Seufzer steckte der Kollege sein Handy ein und griff nach seiner Jacke.

»Probleme?«, fragte Inga.

Er setzte ein gequältes Lächeln auf. »Ich muss mal kurz weg. Dauert nicht lange, ehrlich.«

Inga bedachte ihn mit einem skeptischen Blick.

»Geht wirklich ganz schnell. Und auf dem Rückweg schaue ich bei Mirza Jakubeit vorbei, okay?«

Inga seufzte. »Na gut. Interessant ist vor allem, ob an der vermeintlichen kriminellen Vergangenheit ihres Mannes was dran ist. Lass dir seine Papiere geben. Geburtsurkunde, Heiratspapiere und so weiter. Finde heraus, wo genau er in Frankreich gelebt hat, und übermittle das alles anschließend ans BKA.«

»Jawoll, Chefin«, bestätigte er militärisch, bevor er auf den Flur verschwand.

»Immerhin ist der Auftrag weitgehend allergiefrei«, rief sie ihm hinterher und bemerkte, dass sie grinste. Doch dann fiel ihr ein, dass für sie heute noch eins der unangenehmsten Dinge überhaupt anstand.

Inga schaute auf die Uhr. Die Obduktion der Leiche begann in einer Dreiviertelstunde. Fast alle Kollegen waren ausgeflogen, um Kontakte im Umfeld des Opfers zu überprüfen oder anderweitig zu recherchieren. Außer Franca. Schicksalsergeben schlüpfte Inga in ihre Jacke, griff sich die Umhängetasche und eilte auf den Flur. Die Tür zu Francas Büro war nur angelehnt. Offenbar telefonierte die Kollegin, und zwar nicht gerade leise. Als Inga die Hand hob, um zu klopfen, hörte sie ihren Namen und erstarrte.

»Vollbert scheint auch schon einen Narren an ihr gefressen zu haben«, sagte Franca. »Auf seiner Jubiläumsfeier waren die beiden ganz dicke miteinander. Und jetzt leitet das Warteweilchen die Ermittlungen im Zoofall. – Mobbing, ja klar.« Sie lachte. »Mensch, du weißt doch, wie gern ich Spitznamen verteile. Und bei dem Nachnamen …« Einige Sekunden war es still, dann schnaubte Franca verächtlich. »Genau. Das erste Jahr gilt bei Vollbert eigentlich Welpenschutz. Aber sie …« Wieder schwieg sie. Inga horchte mit angehaltenem Atem. »Warte, warte nur ein Weilchen …«, sagte Franca schließlich und schnalzte mit der Zunge. »Leon, mach's gut. Ich muss langsam mal was tun. Grüß Frau Menke von mir.«

Leon Menke, der seine Frau immer nur als »Frau Menke« bezeichnete! Ein ehemaliger Kollege aus Lingen. Inga spürte ihren Herzschlag bis in den Hals, Hitze breitete sich in ihrem Gesicht aus. Menke war mit Bernd auf der Polizeischule gewesen und immer noch ein guter Kumpel von ihm.

Sie atmete tief durch. Am besten tat sie einfach so, als hätte sie nichts gehört. Inga zählte in Gedanken bis zehn, dann klopfte sie an den Türrahmen und trat ein. »Jemand muss zur Rechtsmedizin, kannst du das übernehmen?«

Franca blickte von ihrem Monitor nicht einmal auf. »Ziekowsky erledigt das immer selbst, aber wenn dein Magen zu empfindlich ist ...«

Inga ballte die Fäuste. »Ich fahre mit dem Rad. Wir treffen uns dort«, sagte sie schroff, drehte sich auf dem Absatz um und stapfte mit raumgreifenden Schritten den Flur entlang.

Eigentlich hatte sie erwartet, dass Franca sich über ihre Anweisungen hinwegsetzen würde, aber als Inga im Laufschritt am Sektionssaal ankam, wartete die Kollegin bereits auf sie und durchbohrte sie mit ihrem Blick. »Dachte schon, du lässt mich hängen.«

Inga fuhr sich mit beiden Händen durch die Locken, die sich nach der Fahrt anfühlten wie elektrisch aufgeladen. »Bin so schnell geradelt, wie ich konnte.« Jetzt, da sie sich die Wut aus dem Leib gestrampelt hatte, bekam sie sogar ein Lächeln zustande.

Als Franca sich umdrehte und die Tür zum Sektionsraum aufstieß, meinte Inga zu sehen, wie sie die Augen verdrehte.

Während der Autopsie blieb Franca einsilbig, und auch Inga sagte nicht viel. Einer Sektion beizuwohnen war etwas, woran sie sich nie gewöhnen würde. Besonders die Geräusche und Gerüche zerrten an ihren Nerven. Während die Rechtsmediziner die äußere Leichenschau durchführten und ihre Befunde in ein Diktiergerät sprachen, sah sie immer mal wieder verstohlen zu Franca. Im Neonlicht traten die vertikalen Falten an deren Mundwinkeln hart hervor. Ihre Kiefermuskeln mahlten. Wahrscheinlich bot Inga ein ähnliches Bild, wenn sie so wie jetzt die Zähne zusammenbiss. Sie ärgerte sich über sich selbst. Anstatt einfach darüber hinwegzugehen, hatte sie sich von Francas Sticheleien provozieren lassen, und so verbrachten sie nun beide wertvolle Ermittlungszeit im Sektionssaal. Aber das ließ sich jetzt nicht mehr ändern. Inga sperrte ihre Emotionen so gut es ging aus und konzentrierte sich auf die Kommentare der Ärzte.

Der Aufprall des Pflugs, stellten die Mediziner fest, hatte

Albert Jakubeit nicht nur den Schädel gespalten, sondern ihm auch das Genick gebrochen. Die Leiche wies zudem keinerlei Spuren auf, die auf einen Kampf oder Fremdeinwirkung schließen ließen. Nur an seiner rechten Hand hatte der Tote eine zwei Zentimeter lange Wunde, die noch nicht komplett verheilt war.

»Eine Brandwunde mit scharf abgegrenzten Wundrändern«, konstatierte einer der Ärzte. »Wahrscheinlich durch Kälte entstanden.«

Inga horchte auf. »Eine Kälteverbrennung? Was könnte die verursacht haben?«

»Kontakt mit extrem kalten Substanzen, als da wären flüssiges Propan, flüssiger Stickstoff oder Trockeneis. Auch mangelhaft isolierte Transportbehälter, die so einen Stoff enthalten, können Verbrennungen verursachen.«

»Gut möglich, dass er sich das auf der Arbeit zugezogen hat«, murmelte Inga. Sie machte sich eine Notiz.

Jetzt begann der unangenehmste Teil der Autopsie. Einer der Mediziner setzte den Schnitt vom Kehlkopf bis zum Schambein, um Brustkorb und Bauch des Toten zu öffnen. Inga atmete flacher, als die Gedärme entnommen wurden. Aus dem Augenwinkel sah sie, wie Franca die Hand vor Mund und Nase presste. Das Geräusch der Knochensäge, mit welcher die Rippen und später auch die Schädeldecke durchtrennt wurden, würde sie heute Nacht bis in ihre Träume verfolgen, das wusste Inga aus Erfahrung.

Albert Jakubeit war Raucher gewesen, entsprechend sah seine Lunge aus, und der Zustand seiner Leber offenbarte, dass er auch dem Alkohol nicht abgeneigt gewesen war. Die Untersuchung dessen, was von seinem Gehirn noch übrig war, bestätigte, was bereits von Anfang an sichtbar gewesen war.

Mit den Worten »Keine Überraschungen« schloss der Rechtsmediziner die Untersuchung ab.

Es war bereits dunkel, als Inga und Franca das Institut verließen. Draußen auf dem Treppenabsatz zündete sich Franca eine Zigarette an.

»Wenigstens haben wir das hinter uns«, sagte Inga.

Franca lehnte sich gegen das Geländer und inhalierte tief. Inga stellte sich neben sie.

»Meine allererste Obduktion war eine Wasserleiche«, sagte sie. »Lag schon länger in einem See und war an einigen Stellen angefressen – Aale wahrscheinlich. Der Geruch war nicht auszuhalten. Ich musste raus und hab gekotzt wie 'n Reiher.« Sie wartete ein paar Sekunden. »Und bei dir?«

Franca stieß einen Schwall Rauch aus. Es klang wie das Zischen eines Kessels, in dem Überdruck herrschte. »Was soll das werden? Teambildungsmaßnahme?« Sie warf die Kippe weg. Funken stoben, als sie auf dem Boden aufschlug und noch ein Stück über das Pflaster rollte.

7

Nach und nach fanden sich die Kollegen zur Lagebesprechung ein. Gedämpfte Unterhaltungen schwirrten durch den Raum, doch die meisten starrten auf ihre Laptops oder wischten auf ihren Handys herum.

»Können wir anfangen?«, fragte Vollbert und schloss die Tür hinter sich. Auffordernd nickte er Inga zu.

Während sie die Ermittlungslage umriss, spürte Inga Francas Blick auf sich ruhen. Die Kollegin saß mit verschränkten Armen am Kopfende der zum U aufgestellten Tische. Nach der Obduktion gestern waren sie getrennte Wege gegangen, und Inga hatte heute noch kein Wort mit ihr gewechselt.

»Anhand der Aussagen von Hannes Sänger und Sabine Timm können wir den mutmaßlichen Tatzeitpunkt inzwischen relativ genau bestimmen«, sagte sie. »Kurz nach dem Knall, den die beiden gehört haben, ging auf Sabine Timms Handy ein Anruf ihres Mannes ein. Das war um neunzehn Uhr zweiunddreißig. Was zur Einlassung der Rechtsmedizin passt, dass der Zeitpunkt des Todes zwischen neunzehn und einundzwanzig Uhr erfolgte. Nach meinem Dafürhalten sind Sänger und Timm nicht die Täter, aber wichtige Zeugen.«

»Ich stimme dir zu, dass die Timm nichts damit zu tun hat«, warf Franca ein. »Aber Hannes Sänger hat doch ein handfestes Motiv! Drei Zoomitarbeiter haben übereinstimmend ausgesagt, dass Albert Jakubeit sich wenige Tage vor seinem Tod mit ihm gestritten hat, und zwar nicht zum ersten Mal. Das Opfer wollte Sänger sogar verklagen, weil der diese Videos nicht löschen wollte. Wenn du mich fragst, hat er den Pflug aufgehängt und alles geplant. Und selbst wenn nicht, könnte er durchaus die sich spontan bietende Gelegenheit genutzt haben, um seinen Widersacher aus dem Weg zu räumen.«

»Die beiden waren aber nicht am Tatort, sondern in der Scheune nebenan, als es krachte. Du hast selbst gesagt, dass

Sabine Timm viel zu nervös war, um die Unwahrheit zu sagen. Zurzeit gibt es also keinen Grund, das nicht zu glauben.« Inga klang ruppiger, als sie beabsichtigt hatte. Sie zwang sich zur Ruhe. »Und dann wäre da noch der Mann, den Hannes Sänger gesehen haben will.« Sie schaltete den Beamer ein. Ein Phantombild, das der Polizeizeichner nach den Angaben von Hannes Sänger erstellt hatte, erschien an der Wand. Unter einer tief in die Stirn gezogenen Wollmütze blickten sie eng zusammenstehende Augen an. Der Mann hatte eine Adlernase und trug ein schmales Kinnbärtchen.

»Der nebulöse Unbekannte«, tönte Franca wenig beeindruckt. »Merkwürdig nur, dass seine Freundin von dem nichts mitbekommen hat.«

»Die ist ja auch fünf Minuten früher los als er«, sagte Inga betont ruhig. »Wenn wir davon ausgehen, dass Hannes Sänger die Wahrheit sagt, könnte der Mann ein wichtiger Zeuge sein. Vielleicht ist er sogar der Täter.«

Vollbert räusperte sich. »Nach dem Mann muss gefahndet werden, keine Frage. Aber was ist mit anderen Zeugen? Hat denn sonst keiner was gesehen oder gehört?«

Inga verneinte. »Die Kollegen des Opfers waren zur Tatzeit entweder nicht mehr im Zoo oder zu weit entfernt, um etwas mitzubekommen. Auch das Wachpersonal hat keine verdächtigen Personen auf seiner Runde bemerkt. Und die Auswertung der Überwachungsvideos hat ebenfalls nichts ergeben. Der Radius der Kamera in der Bauernhofwelt erfasst den Bereich vor den Ställen leider nicht.« Inga blätterte in ihren Notizen. »Interessant ist allerdings die Aussage einer Reinigungskraft, die mit der Ehefrau des Opfers befreundet ist.« Sie nickte der Kollegin zu, welche die Frau befragt hatte.

»Mirza Jakubeit hat der Frau erzählt, dass sie sich in letzter Zeit oft mit ihrem Mann gestritten hat«, sagte sie. »Ihr Mann habe Geheimnisse vor ihr gehabt. Er soll wohl Geld für irgendwelche Geräte ausgegeben haben, die sie sich eigentlich nicht leisten konnten. Was für Geräte, wusste die Dame leider nicht.«

Inga wandte sich an Sahin. »Hat Frau Jakubeit gestern etwas Derartiges erwähnt?«

»Ich habe sie zu Hause nicht erwischt, und an ihrer Arbeitsstelle konnte ich sie nur kurz sprechen.«

»Hast du sie zu der angeblich kriminellen Vergangenheit ihres Mannes befragt?«

Sahin winkte ab. »Sie hat dem Reporter dasselbe erzählt wie uns, nämlich dass sie von der Vergangenheit ihres Mannes so gut wie nichts weiß. Daraufhin hat der Typ ihr den gewünschten Satz quasi in den Mund gelegt, von wegen: Dann wisse sie also nicht, ob ihr Mann in Frankreich in kriminelle Machenschaften verstrickt gewesen sei. Und das hat Frau Jakubeit wohl bejaht.«

»Wir sollten da trotzdem noch mal genauer nachhaken«, sagte Inga. »Presse hin oder her, es ist tatsächlich nicht auszuschließen, dass Albert Jakubeit in Frankreich Dreck am Stecken gehabt hat. Die schnelle Heirat und seine Geheimnistuerei fand ich von Anfang an verdächtig.«

Sahin nickte. »Immerhin hat sie mir den Heimatort ihres Mannes nennen können. Das BKA ist schon dran.«

»Gut.« Inga wandte sich an Zoe Michaelsen. »Gibt es neue Erkenntnisse über das verschollene Handy des Opfers? Konntet ihr es vielleicht doch noch orten?«

»Negativ.« Zoe hob den Blick von ihrem Laptop und klemmte ihr wie gebügelt wirkendes Haar hinters Ohr.

»Was ist mit Albert Jakubeits Rechner? Irgendetwas, das uns weiterbringt?«

»Bisher auch negativ. Aber ich bin dran.«

»Prüf mal, ob er vielleicht online größere Anschaffungen gemacht hat«, sagte Inga. »Und ob er noch Kontakte in seine Heimat hatte.«

»Positiv.« Zoe reichte Inga eine Liste. »Albert Jakubeits Verbindungsnachweise. Vor etwa vier Wochen hat er mehrmals eine Nummer in Frankreich angerufen. Dieselbe Nummer taucht zwei Wochen später und dann noch mal zwei Tage vor seinem Tod wieder auf.«

»Hast du ermittelt, zu wem die Nummer gehört?«

Zoe schüttelte den Kopf. »Anonymes Prepaidhandy. Ich habe angerufen, aber die Nummer existiert nicht mehr.«

»Wäre ja auch zu schön gewesen«, murmelte Inga. Sie schloss die Sitzung und folgte Sahin in ihr gemeinsames Büro.

Frustriert setzte sie sich hinter ihren Schreibtisch und starrte auf den Stapel Fallakten, unter denen sich irgendwo der Ablagekorb befinden musste. »Im Moment fischen wir so was von im Trüben …«

»Wir stehen ja auch noch am Anfang. Und die Sache mit dem französischen Prepaidhandy ist doch eine Spur«, meinte Sahin.

»Nur wirklich weiter bringt uns das nicht.«

»Warten wir mal ab, ob die Kollegen in Frankreich was über ihn haben.« Aus seiner Gesäßtasche erklang die Melodie eines türkischen Schlagers. Er machte eine entschuldigende Geste, zog das plärrende Handy hervor und ging ran. »Hallo, anne.« Er lauschte. Inga beobachtete amüsiert, wie er die Stirn in Falten warf, was ihm das treuherzige Aussehen eines Dackels verlieh. Wenn seine Mutter anrief, fiel der Hundeblick immer besonders mitleiderregend aus. »Jetzt?«, fragte er. »Ich arbeite, anne. Du kannst doch nicht einfach …« Mit dem Handy am Ohr verließ er den Raum.

Minuten später steckte Sahin mit zerknirschter Miene den Kopf durch den Türspalt. »Meine Mutter fliegt heute nach Istanbul. Aber das Taxi, das sie zum Flughafen bringen sollte, wollte sie nicht mitnehmen.«

Inga verbiss sich ein Lachen. »Wie – nicht mitnehmen?«

»Sie hatte wohl einiges an Gepäck, und als der Fahrer das alles nicht in den Kofferraum gekriegt hat, hat sie ihn auf Türkisch beschimpft. Dumm nur, dass er alles verstanden hat.« Nervös blickte er auf die Uhr. »Lange Rede, kurzer Sinn … Also, ich komme gerade eh nicht weiter. Und Überstunden habe ich schließlich genug.«

Inga wedelte mit der Hand. »Zisch ab.«

Als sich die Tür hinter ihm schloss, kehrte eine ungewohnte

Ruhe ein. Inga las sich noch einmal die Befragungsprotokolle der Zoomitarbeiter durch, die alle eines gemeinsam hatten: Albert Jakubeit schien nicht per se unbeliebt gewesen zu sein, aber nahezu jeder bezeichnete ihn als seltsam, eigenbrötlerisch oder einsilbig. Bis auf Sven Meinhardt, der immerhin seine Adresse kannte, hatte keiner privaten Kontakt zu ihm gehabt. Selbst in den Pausen war er lieber für sich geblieben. Inga sah ihn förmlich vor sich, wie er in einer dunklen Ecke hockte und in seinem merkwürdigen Notizbuch herumkritzelte, das nun hier auf ihrem Schreibtisch lag. Unwillkürlich griff sie danach. Doch dann schob sie es energisch beiseite. Was Vollbert ihr geraten hatte, stimmte: Sie kümmerte sich besser um die Spuren, die eindeutig mit dem Fall zusammenhingen. Albert Jakubeit war womöglich jemand gewesen, der zwanghaft Listen schrieb, davon gab es mehr Leute, als man gemeinhin dachte. Als zwanghaft konnte man es schließlich auch bezeichnen, dass er die Haufen, die Daphne auf dem Gang hinterließ, immer sofort aufgekehrt hatte.

Sie schlug noch einmal den Obduktionsbericht auf und begann zu lesen. Doch die signalroten Ecken des Notizbuchs drängten sich hartnäckig in ihr Sichtfeld.

Draußen war es schon lange dunkel. Die Kollegen hatten längst Feierabend gemacht, nur Inga saß immer noch an ihrem Schreibtisch und blickte angestrengt mal auf Albert Jakubeits Notizen, mal auf den Computerbildschirm.

Die Worte, die sie unter dem Lichtkegel ihrer Schreibtischlampe zu entziffern versuchte, verschwammen immer wieder vor ihren Augen. Sie lehnte sich zurück, schloss sie für einen Moment, öffnete sie wieder. Erschrocken fuhr sie zusammen. Forensik-Stefan stand direkt vor ihrem Schreibtisch, als hätte er sich gerade aus dem Nichts materialisiert.

»Himmel! Musst du dich so anschleichen?«

»Ich habe geklopft. Aber du warst so vertieft in deine Arbeit ...« Er lächelte sie entwaffnend an. Ihr fiel auf, dass er müde aussah, in etwa so müde, wie sie sich fühlte. Sein Dreitagebart wirkte nicht mehr ganz so gepflegt, Schatten zeichneten sich unter seinen Augen ab.

»Ist das für mich?« Sie zeigte auf die Akte, die er in der Hand hielt.

Er legte den Papphefter auf den Schreibtisch und schob ihn ihr zu. »Der Bericht.«

»Danke.« Flüchtig blätterte sie durch die Seiten. »Irgendwelche spektakulären Erkenntnisse? Konntet ihr die Fußspuren zuordnen? Und waren Fingerabdrücke auf dem Drohbrief?«

»Die Schuhe der Zoomitarbeiter stimmen nicht überein. Auf dem Klebekunstwerk waren Abdrücke von Bosse Helmbrecht und einer weiteren Person, allerdings gab es keine Übereinstimmung mit einem der Mitarbeiter.«

»Den Prospekt, den der Junge zerschnippelt hat, hat jemand im Gasthof liegen lassen. Die Abdrücke könnten also von irgendeinem unbeteiligten Zoobesucher stammen.« Inga knetete nachdenklich ihre Unterlippe. »Und derjenige, der das Ding im Stall aufgehängt hat, könnte wiederum Handschuhe getragen haben. Das bringt uns nicht weiter.« Erneut blätterte sie durch den Bericht. »Was ist mit dem Bolzen?«

»Keine verwertbaren Spuren, bloß Schweinedreck.« Unbemerkt war Stefan neben sie getreten. »Google-Übersetzer? Nicht dein Ernst, oder?«

Inga fluchte innerlich. Warum hatte sie den Browser nicht schnell geschlossen? »Ich versuche herauszufinden, ob Albert Jakubeits Notizbuch für die Ermittlungen relevant ist oder nicht. Dafür reicht das Programm allemal.«

Stefan lachte. »Willst du eine Übersetzung oder ein Orakel?« Er griff nach dem Buch und blätterte darin. »Wie kannst du bei der Sauklaue überhaupt wissen, ob du die richtigen Wörter eingetippt hast?«

»Das lass mal meine Sorge sein.« Sie warf den Bericht der KTU auf den Stapel in ihrem Ablagekorb, fuhr ihren Rechner herunter und stand abrupt auf. »Schluss für heute.«

»Mein Angebot steht noch«, sagte Stefan. »Wie wär's, wir

gehen eine Kleinigkeit essen, unterhalten uns, und nebenbei übersetze ich dir das Ding.«

Inga schlüpfte in ihre Jacke und griff nach ihrer Tasche. »Es war ein langer Tag. Ich will echt nur noch nach Hause.« Auffordernd hielt sie die Tür auf, ließ ihn zuerst hindurchgehen und folgte ihm in den Flur.

»Hör mal«, sagte er, als sie nebeneinander im Aufzug standen. »Ich weiß auch nicht, was da neulich im Taxi in mich gefahren ist. So bin ich normalerweise nicht.«

»Schon okay.«

Er sah sie von der Seite an. »Ich würd's gern wiedergutmachen. Wenn du mich lässt.«

Ich sollte endlich Tacheles mit ihm reden, dachte Inga. Aber irgendwie brachte sie es nicht fertig. Auf Vollberts Feier hatten sie sich wirklich nett unterhalten. Auch wenn sich ein großer Teil der Unterhaltung um seine halbwüchsige Tochter gedreht hatte, deren rebellische Phase ihn und seine Ex-Frau regelmäßig an den Rand eines Nervenzusammenbruchs trieb – er hatte sie zum Lachen gebracht. Wie lange war es her, dass das einem Mann gelungen war? Doch dann fiel ihr Franca ein. »Bei Forensik-Stefan ist trotz Knackarsch auch nicht alles Gold.« Der Aufzug stoppte. »Mir ist heute nicht mehr nach Ausgehen«, sagte sie.

Draußen blieb er neben ihr stehen, als sie das Hollandrad aufschloss. Sie musste sich endlich ein neues Vorderrad für das Rennrad besorgen.

»Wenn du nicht essen gehen willst, auch gut. Dann komme ich eben zu dir«, sagte er, als wäre es das Selbstverständlichste auf der Welt. Ehe sie etwas erwidern konnte, war er schon über den halben Parkplatz gelaufen.

»Kommt gar nicht in Frage!«, rief sie ihm hinterher, woraufhin er sich im Gehen umwandte und etwas hochhielt. »Zwanzig Uhr dreißig.«

Inga schnappte nach Luft. Er hatte Albert Jakubeits Heft mitgehen lassen!

Eilig warf sie sich die Tasche über die Schulter und stieg aufs

Rad. Doch als sie seinen Audi erreicht hatte, gab er bereits Gas. Obwohl das Hollandrad nur schwer in Schwung kam, schaffte sie es eine Weile, auf gleicher Höhe neben ihm her zu strampeln.

»Hey!« Mit der flachen Hand donnerte sie auf das Autodach. Als hätte sie ihn damit angeschoben, beschleunigte er und hängte sie ab. Verbissen trat Inga in die Pedale, dass ihre Waden brannten. Doch sie sah nur noch seine Rücklichter kleiner werden. »Na warte.«

Keuchend ließ sie das Rad ausrollen und fuhr in gemächlicherem Tempo weiter. Wenn er tatsächlich heute Abend bei ihr aufkreuzte, würde er sein blaues Wunder erleben!

***

Auf der Schreibtischplatte aus poliertem Mahagoni in Le Barons Büro wirkte das mit Trüffeln gefüllte Marmeladenglas seltsam deplatziert.

»Erstaunlich«, murmelte Le Baron. Mit geschlossenen Augen schnupperte er an der Trüffel, die er vorsichtig aus dem Glas geangelt hatte. »Und das sind wirklich die präparierten Chinesen?«

Petru nickte. »Wir haben alles so gemacht, wie es in der Anleitung stand: Das Serum injiziert und die geforderten Stunden abgewartet, damit das Aroma sich entfaltet.«

Le Baron betrachtete den schwarzen Pilz unter einem Vergrößerungsglas. »Man sieht die Einstiche nicht einmal.« Er winkte Titus zu sich, der steif wie ein Butler an der Tür stehen geblieben war. »Und die Tinktur ist wirklich unbedenklich?«

Der Alte trat näher. »Keine Giftstoffe, keine Erreger«, versicherte er.

Le Baron nickte zufrieden. »Ausgezeichnet.«

»Ob die Trüffeln allerdings auch so schmecken wie die echten …« Titus ließ keinen Zweifel daran, dass er an einen Erfolg noch nicht so recht glauben mochte. Kein Wunder, dachte Petru. Immerhin ist er an dieser Aufgabe über mehrere Jahre immer wieder gescheitert.

Le Baron grinste. »Das werden wir bald wissen.« Er drückte eine Taste am Telefon. »Guillaume soll zu mir ins Büro kommen.«

Der Koch erschien nur wenige Augenblicke später.

»Ah, der Maître«, begrüßte Le Baron den untersetzten Mann. Dessen blütenweiße Kochjacke spannte so sehr über dem Bauch, dass Petru befürchtete, die kleinen schwarzen Knöpfe könnten jeden Moment abspringen. Offenbar hatte Guillaume sich beeilt, denn er schnaufte, und Schweißperlen glänzten auf seiner hohen Stirn. Er tupfte sie mit der Stoffserviette ab, die stets einsatzbereit über seiner Schulter lag. »Sie wünschen?«

»Sieh dir das mal an.« Mit einem auffordernden Nicken schob Le Baron das Glas näher an den Koch heran.

Guillaume kippte das Glas, und eine der schwarzen Knollen rollte in seine Handfläche. Wie ein Trüffelhund beschnupperte er den Pilz, drehte und betastete ihn. »Echte Périgords, würde ich meinen. Zumindest auf den ersten Blick«, sagte er mit näselnder Stimme. Er griff zum Vergrößerungsglas und hielt die Trüffel darunter. »Aber ich bin mir nicht sicher, ob es nicht doch …« Erneut roch er an der schrumpeligen Kugel. »Das Odeur allerdings …« Unsicher sah er auf. »Hier aus der Gegend?«

Le Baron zuckte mit den Schultern. »Du bist der Experte.«

Erneut tupfte sich der Koch den Schweiß von der Stirn. »Alors …«, begann er und warf Petru einen nervösen Blick zu.

Le Baron lehnte sich zurück. Ein feines Lächeln umspielte seine Mundwinkel. »Dann will ich dich mal erlösen.« Er machte eine dramatische Pause. »Titus' jahrelange Bemühungen haben Früchte getragen!«

Der Koch riss die Augen auf. »Dann sind sie … aus unserem Hain?«

Le Baron nickte. »Endlich.« Er schob das Glas so nah an den Koch heran, dass es seinen ausladenden Bauch berührte. »Was gibt es zum Abendessen? Brouillade? Getrüffelte Täubchen? Vielleicht Trüffelbutter auf Toast als Entrée?«

»Wie viele Gäste?«, näselte der Koch.

Le Baron drehte seinen Stuhl und schloss mit einer großen Armbewegung alle Anwesenden ein. »Drei Personen fürs Erste. Ein Probedinner. Wenn es perfekt gemundet hat, wiederholen wir das Ganze. Mit den richtigen Leuten, du verstehst?«

Der Koch nickte. Le Baron schraubte das Trüffelglas zu und hielt es Guillaume entgegen. »Wende dich an Titus, wenn das nicht reichen sollte.«

Etwas widerwillig, wie es schien, nahm Guillaume die Trüffeln entgegen und machte sich auf den Weg in die Küche.

Petru war sich nicht sicher, ob der Maître die Geschichte geschluckt hatte. Le Baron schien das nicht zu kümmern. Aufgekratzt klatschte er in die Hände. »Das wird ein Spaß!«

∗∗∗

Inga schob das Rad in den Schuppen im Vorgarten. Vor Ladenschluss hatte sie es gerade noch geschafft, ihre Einkäufe zu erledigen. Sie schulterte den prall gefüllten Rucksack und stieg zu ihrer Wohnung in den zweiten Stock hinauf. Die Treppenstufen ächzten, und es roch nach Bohnerwachs. Kurz wünschte sie sich, in einem Haus jüngeren Datums zu wohnen, am besten mit Aufzug. Doch als sie die hohe Wohnungstür mit Glasfenster und Briefschlitz aus Messing aufschloss, war der Anflug wie weggewischt. Als sie sich in Hannover auf Wohnungssuche begeben hatte, war sie in die kleine Straße mit den Gründerzeithäusern und den schmiedeeisernen Zäunen sofort verschossen gewesen. Hier, in der Oststadt am Rande der Eilenriede, war es angenehm beschaulich, und doch wohnte man in Laufnähe zur Innenstadt. Zudem waren diese hohen Räume mit Stuck an der Decke und knarrendem Parkett genau richtig, um nach der Arbeit abzuschalten.

Inga zog die Stiefel aus, ging auf Strümpfen in die offene Küche und räumte ihre Einkäufe in die Schränke. Nervös blickte sie auf die Uhr. Nur noch eine Viertelstunde, und Forensik-

Stefan würde auf der Matte stehen – falls er seine Drohung wahr machte.

»Wie konntest du dich nur so überrumpeln lassen?«, schalt sie sich. Mit energischen Handbewegungen setzte sie Teewasser auf. Während der Wasserkocher aufheizte, schmierte sie sich ein Brot und verschlang es im Stehen.

Im Supermarkt hatte sie sich vorhin den Kopf zerbrochen, wie sie es Forensik-Stefan heimzahlen konnte. Aber die kleinen roten Chilischoten hatte sie dann doch wieder ins Regal gepackt. Auch wenn sie ihm nur zu gern einen Chiliaufguss statt Tee serviert hätte.

Wer sagte, dass sie ihn überhaupt reinlassen musste? Sie würde ihm Albert Jakubeits Notizheft einfach an der Tür abnehmen und ihn anschließend dorthin schicken, wo der Pfeffer wuchs!

Acht Uhr dreißig. Inga riss eine Packung Cracker auf und kippte sie in eine Schale. Ihr Blick fiel auf die Weingläser in der Vitrine. Die sollte sie auch mal wieder entstauben. Sie faltete die Decke zusammen, die wie immer nachlässig auf dem Sofa lag, und arrangierte die Kissen neu. Nicht einmal pünktlich war er. – Moment. Was machte sie hier eigentlich? Mit einem ärgerlichen Knurren faltete sie die Decke wieder auf und knüllte sie auf das Sofa.

Der Tee zog immer noch vor sich hin. Sie nahm die Beutel aus der Kanne und schenkte sich eine Tasse ein. Zitterten ihr etwa die Hände? Unsinn. Betont ruhig pustete sie über die Oberfläche des Tees. Schon fast neun Uhr. Sicher hatte er sie bloß veräppelt. Oder er traute sich doch nicht her. Als die Klingel schrillte, fuhr Inga so sehr zusammen, dass ihre Tasse überschwappte.

Forensik-Stefan stapfte die Treppe hoch. Seine Haare trieften, und die Schultern seiner Lederjacke waren dunkel vor Nässe. »Sorry, dass ich zu spät bin. Hab ewig nach einem Parkplatz gesucht. Und als ich ganz da hinten an der Eilenriede endlich einen gefunden hatte, fing es natürlich auch noch an zu schütten.« Als er den Treppenabsatz zwischen dem ersten und zweiten Stock erreicht hatte, sah Inga, dass er nicht nur eine Flasche Wein dabeihatte, sondern auch ein chromglänzendes Vorderrad vor sich hertrug, das mit einer monströsen Schleife dekoriert war.

Inga verschränkte die Arme vor der Brust. Sie spürte, wie ihr die Röte in die Wangen schoss. Nimm ihm das Buch ab und schick ihn zum Teufel, raunte ihre innere Stimme. Doch als er jetzt direkt vor ihr stand und nach Aftershave und nasser Lederjacke roch, wollten ihr die zurechtgelegten Worte ums Verrecken nicht mehr einfallen.

Er sah sie zerknirscht an. »Okay, das vorhin war nicht gerade die feine Art, aber ohne das Notizbuch hättest du nie zugestimmt, mit mir den Abend zu verbringen.«

»Von Zustimmung kann ja wohl kaum die Rede sein.« Inga krallte sich am Türrahmen fest.

Er blinzelte. »Okay, nicht so wirklich, das gebe ich zu.«

Nicht schwach werden, Inga. Sie streckte die Hand aus. »Und jetzt her mit dem Buch.«

Er lehnte das Vorderrad an die Wand neben der Wohnungstür, öffnete den Reißverschluss seiner Jacke und zog Albert Jakubeits Notizheft hervor.

Inga schnappte es sich. »Gute Nacht«, säuselte sie und drückte die Tür ins Schloss. Der sollte bloß nicht glauben, dass er sie mit Wein und rot beschleiften Fahrradteilen rumkriegte. Doch kaum hatte sie sich von der Tür abgewandt, hallte das Hämmern des Türklopfers durchs Treppenhaus.

»Darf ich mich wenigstens kurz abtrocknen? Danach gehe ich auch.«

Musste der so brüllen? Fehlte noch, dass die Jelinek etwas mitkriegte. Sämtliche Geräusche, welche die Nachbarin nichts angingen, übertrug ihr ständig defektes Hörgerät nämlich einwandfrei. »Pscht«, machte Inga, so laut sie konnte, doch es war zu spät. Sie hörte, wie nebenan die Tür aufsprang.

»Was ist denn hier los?« Die Jelinek besaß ein Organ, laut wie ein Nebelhorn. Inga konnte sich lebhaft vorstellen, wie die Alte ihre spitze Nase hinter der Sicherheitskette durch den

Türspalt steckte. »Sie machen ja das ganze Treppenhaus nass. Wo ich doch heute erst gewischt habe.«

Inga lehnte sich gegen die Wand und schloss entnervt die Augen.

»Fräulein Haarmann? Geht es Ihnen gut? Sind Sie etwa ein Stalker, junger Mann?«

Unwillkürlich musste Inga grinsen. Stefan erwiderte etwas, jedoch so leise, dass sie es nicht verstehen konnte.

»Das kann ja jeder behaupten. Können Sie sich ausweisen?«

»Jetzt bin ich eigentlich eher privat hier«, antwortete er.

»Dachte ich's mir doch.« Die Stimme der Jelinek wurde schrill. »Fräulein Haarmann – soll ich die echten Polizisten rufen?«

Inga verbiss sich ein Lachen und riss die Tür auf. »Nicht nötig, Frau Jelinek.« Mit einem Ruck zog sie den verdutzten Stefan in ihre Wohnung. »Stehen bleiben, du tropfst.« Sie lief ins Bad, schnappte sich ein Handtuch und warf es ihm über den Flur zu. »Von wegen privat. Ohne fertige Übersetzung gibt's heute keinen Feierabend.«

Er hängte seine nasse Jacke an die Garderobe und folgte ihr in die offene Küche.

»Schicke Wohnung«, sagte er, während er sich die Haare trocken rubbelte. Sein Blick wanderte durch das angrenzende Wohnzimmer und blieb schließlich an ihr hängen.

Inga drehte sich weg. »Tee?«

»Einer zum Aufwärmen wäre super. Aber danach köpfen wir die Flasche.« Schwungvoll stellte er den Rotwein auf den Küchentresen und setzte sich davor auf einen Hocker.

Inga spürte, wie sie sich verkrampfte. Sie musste ihm schnell klarmachen, dass sie ausschließlich berufliches Interesse an ihm hatte. »Lass uns bei Tee bleiben«, sagte sie und schob ihm eine Tasse zu. »Für unser Vorhaben brauchen wir einen klaren Kopf.«

Er zog einen Flunsch. »Dabei habe ich extra französischen Wein gekauft. Für den echten Esprit.«

Inga holte ihren Laptop und klappte ihn auf. »Am besten

schreibst du die Übersetzung gleich in eine Tabelle.« Sie setzte sich neben ihn und loggte sich ein. Ergeben zog er das Gerät zu sich und begann zu tippen.

Schöne Hände, dachte Inga. Sie rutschte auf ihrem Hocker ein wenig zur Seite, damit sich ihre Knie nicht berührten. »Woher kannst du eigentlich so gut Französisch?«

»Ich war mit meinen Eltern fast jeden Sommer in Frankreich. Sie haben Freunde dort. Da lag es nahe, Französisch in der Schule als Leistungsfach zu wählen«, sagte er. »Später hatte ich eine Freundin dort. Hab sogar überlegt hinzuziehen, aber … na ja. Es hat eben nicht gehalten.« Er strich die Heftseiten glatt. »Und was hat dich nach Hannover verschlagen?«

Inga zuckte mit den Schultern. »Ich wollte halt weg aus Lingen, aber in Norddeutschland bleiben. Und Hannover hat die perfekte Größe, finde ich.« Ihr Standardtext. Die wahren Gründe musste sie ihm ja nicht auf die Nase binden.

»Ach, du bist Emsländerin.« An der Art, wie er »Emsländerin« betonte, las Inga ab, dass er sie womöglich gerade in die übliche Schublade steckte. Prompt legte er nach: »Sprechen die Leute da nicht sogar noch Platt?«

Inga spannte die Schultern. »Aber sicher. Und bevor du fragst: Bei uns auf dem platten Land tritt man an jeder Ecke in Kuhfladen, und der einzige Fixpunkt am Horizont sind die Kühltürme vom Kernkraftwerk. Meine Eltern sind eher wortkarg, von ihnen habe ich meinen Dickschädel und den Hang zur Gerechtigkeit. Statt Bier trinkt man bei uns Schnaps, aber ich bin nicht besonders trinkfest, wie du weißt. In der Hinsicht bin ich nämlich völlig aus der Art geschlagen.«

»Schon klar.« Er grinste entwaffnend. »Ich stamme aus Braunschweig. Das darf man in Hannover auch nicht gerade laut sagen, besonders wenn man an einen Fußballfan gerät.« Damit wandte er sich wieder dem Bildschirm zu. »Soll ich die Datumsangaben auch mit übertragen?«

Inga nickte. Sie war dankbar, dass er das Thema wieder in berufliche Bahnen lenkte.

»Wirklich interessant«, meinte Stefan. »Würmer und Schnecken ergeben durchaus Sinn, wenn die Zutaten für Tiere gedacht sind. Kräuter auch. Aber Schokolade? Und was sollen diese Daten hier?« Er zeigte auf eine kleine Tabelle, die Albert mit schnellen Strichen gemalt hatte. »›Odeur, humidité, couleur, consistance‹. Das steht nahezu unter jedem Rezept, wenn ich das mal so bezeichnen darf.«

»Odeur heißt Geruch, oder?«, fragte Inga.

Stefan nickte. »Geruch, Feuchtigkeit, Farbe, Konsistenz. Und dahinter hat er Werte eingetragen. Sieht aus, als hätte er die Zutaten gemixt und dann anhand dieser Kategorien beurteilt.«

»Klingt ziemlich verrückt.«

Stefan zuckte die Achseln. »Irgendeinen Sinn muss das Ganze für ihn gehabt haben.«

»Nur welchen?«, sinnierte Inga.

Er sah sie an. »Wie ich dich kenne, kriegst du das schon noch raus.« Unvermittelt strich er ihr eine Haarsträhne aus der Stirn. Inga wollte von ihm abrücken, aber seine braunen Augen hielten sie fest. Sekundenlang. Sie spürte, wie sich ein verdächtiges Kribbeln in ihr ausbreitete. Fahrig griff sie nach ihrem Tee, doch die Tasse entglitt ihr. Es klirrte, Tee floss über die Arbeitsfläche und tropfte auf ihre Hose.

»Schiet!« Sie sprang auf. Geistesgegenwärtig hatte Stefan den Laptop und das Heft angehoben.

Inga griff das Handtuch, mit dem er sich eben abgetrocknet hatte, und wischte die Bescherung auf. »Bin gleich wieder da«, murmelte sie.

Im Schlafzimmer nahm sie sich mehr Zeit als nötig, um die Hose zu wechseln. Draußen im Flur ertönte eine Melodie. Als Inga nachsah, stand Stefan an der Garderobe und zog sein Handy aus der Jackentasche. Er blickte kurz auf das Display, dann ging er ran. »Hey, du.«

Inga meinte, eine Frauenstimme zu hören. Als Stefan bemerkte, dass sie ihn beobachtete, drehte er sich mit dem Handy am Ohr weg. »Jetzt noch?«, fragte er leise. »Können wir das nicht morgen …?« Pause. »Also gut, ich komme.«

Mit einem Brummen steckte er das Handy wieder ein und wandte sich Inga zu. »Ich muss leider los.« Er deutete mit dem Kinn ins Wohnzimmer, während er seine Jacke anzog. »Die Übersetzung ist fertig. Der Sinn erschließt sich mir allerdings immer noch nicht.« Mit der Hand auf der Klinke drehte er sich noch einmal zu ihr um. »Das mit dem Wein holen wir aber nach, okay?«

Unwillkürlich nickte Inga. »Danke übrigens für das Vorderrad!«, rief sie ihm hinterher, doch die Tür schnappte bereits zu. Sie blieb, wo sie war, und lauschte seinen Schritten im Treppenhaus nach. Erst als sie unten die Haustür zufallen hörte, holte sie das Rad aus dem Treppenhaus und trug es ins Wohnzimmer, das auf einmal seltsam leer wirkte.

Der Lüfter des Laptops rauschte. Das mit Tee getränkte Handtuch lag zerknüllt auf dem Hocker. Regen setzte ein und prasselte gegen das Fenster. Forensik-Stefan würde noch einmal nass werden.

Sie setzte sich an den Rechner und schickte die Datei an ihre Dienstadresse. Gleichzeitig versuchte sie, das Gefühl zu verdrängen, irgendwie sitzen gelassen worden zu sein.

8

»Hallo – nach dem ›Muh‹ der Kuh hast du dreißig Sekunden
Zeit zu melken«, ertönte es von den mit Plüsch überzogenen
Plastikkühen. Inga warf ihnen im Vorbeigehen nur einen
flüchtigen Blick zu. Die Schemel, auf die man sich zum Melken der Plastikeuter setzen konnte, waren gerade leer. Wahrscheinlich wärmten sich die Leute lieber in Meyers Gasthof
auf, dessen Fassade von fleißigen Helfern bereits mit Tannen-
grün und festlicher Weihnachtsbeleuchtung versehen worden
war.

Sie fand Sven Meinhardt im Gehege der Exmoor-Ponys,
wo er verstreutes Heu zusammenharkte. »Nächste Woche ist
es so weit. Winterzoo. Die Vorbereitungen laufen auf Hoch-
touren.« Er legte Rechen und Schaufel auf seine Schubkarre.
Im Näherkommen wischte er sich die Hände an der Hose ab.
»Kann ich Ihnen mit irgendwas helfen?«

»Sie erinnern sich an das Notizbuch Ihres Kollegen?« Inga
zog einen Schnellhefter aus ihrer Umhängetasche und schlug
ihn auf. »Ich habe hier die Übersetzung. Können Sie mal einen
Blick darauf werfen?«

Sven Meinhardt beugte sich über die Computerausdrucke.
»Der Albert hatte so seine Macken. Aber Lakritz, Schoko-
lade und Mehlwürmer? So bekloppt sind doch nicht mal die
Franzosen.« Er grinste. »Aber wer weiß, die essen schließlich
auch Schnecken und Frösche. Warum also nicht Würmer in
Schokosoße?«

»Ich glaube nicht, dass das Kochrezepte sind«, sagte Inga.
»Eher so etwas wie ein Futterplan.«

Der Tierpfleger sah sie verdutzt an. »Unsinn. Für welches
Tier sollte das sein?« Er nahm Inga die Mappe aus der Hand.
»Geruch, Feuchtigkeit, Farbe, Konsistenz«, las er vor. »Was
sollen diese Tabellen?«

»Ich dachte, das könnten Sie mir sagen.«

Er blätterte weiter. Dann pfiff er durch die Zähne. »Trüffeln. Sieh mal einer an.«

»Ja«, sagte Inga. »Sind die nicht irre teuer?«

»Gibt wohl teure und weniger teure Sorten.« Nachdenklich blickte er sie an. »Albert hat manchmal Trüffeln verwendet, wenn er mit Daphne ein neues Kunststück einstudiert hat. Schweine sind total verrückt nach den Dingern. Der Albert brauchte nur eine von den Knollen in der Tasche zu haben, und Daphne ist ihm gefolgt wie ein Hund. Sie war voll auf ihn fixiert. Und seit der Albert mit ihr aufgetreten ist, wurde er auch immer komischer.«

»Wie meinen Sie das?«

»Keiner außer ihm durfte sie füttern. Als ich ihr mal aus Versehen was zum Fressen gegeben hab, ist er schier ausgerastet. ›Ist dir klar, wie empfindlich diese Rasse ist?‹, hat er geschrien. Und ob ich das Schwein umbringen wolle.« Er tippte sich an den Kopf. »Dabei sind die Viecher Allesfresser.«

»Können Sie mir sagen, seit wann er sich so benommen hat?«, fragte Inga.

Sven Meinhardt überlegte einen Moment. »Im Frühjahr, so Ende April war das, da hat Albert angefangen, Daphne zu trainieren. Ein paar Wochen später kam er an und meinte, dass er ab sofort Daphnes Fütterung übernehme.« Jakubeit nachahmend, warf er sich in die Brust. »›Und wehe, einer wagt, ihr was zu geben.‹ Da wurde er fuchsteufelswild.«

Inga nahm das Originalheft aus ihrer Umhängetasche und blätterte die erste Seite auf. »Jakubeit hat Mitte Mai mit den Aufzeichnungen begonnen. Das kommt hin«, sagte sie.

Sven Meinhardt riss die Augen auf. »Sie meinen, er hat Daphne mit den Sachen aus dem Heft gefüttert? Wie krank ist das denn? Albert war zwar komisch, aber das kann ich mir nun doch nicht vorstellen.« Geradezu brüskiert gab er ihr die Übersetzung zurück. Er nahm Eimer und Schaufel. »Ich muss weitermachen.«

Nachdenklich schlenderte Inga weiter zum Schweinestall. Vor Daphnes Gehege blieb sie stehen. Das Schwein lag auf einem Bündel Stroh und wirkte nahezu trübsinnig. Als Inga sich näherte, hob es den Kopf. Die dunklen Knopfaugen waren im Dämmerlicht kaum zu erkennen. Trotzdem kam es Inga vor, als beobachtete das Tier sie genau.

»Na du?« Inga lehnte sich an das Gatter. »Welche Schokoladensorte magst du lieber? Vollmilch oder Nuss? Oder darf es doch lieber eine Kaktusfeige sein?«

Daphnes Rüsselscheibe vibrierte, dann grunzte sie leise. Hatte sie ihr gerade ein Geheimnis anvertraut?

9

»Das ist privat«, antwortete Mirza Jakubeit auf die Frage, worüber sie sich mit ihrem Mann gestritten habe. Sie hatte Inga und Sahin nur widerwillig in ihre Wohnung gelassen. Jetzt saß sie an ihrem Küchentisch, trommelte nervös mit den Fingern auf die Tischplatte und checkte die Zeit auf ihrem Handy. »In zwanzig Minuten muss ich zur Schicht. Außerdem habe ich Ihnen doch schon alles gesagt.«

»Nur ganz kurz«, sagte Inga. »Stimmt es, dass Ihr Mann teure Geräte gekauft hat, obwohl Sie damit nicht einverstanden waren?«

Mirza Jakubeit schnappte nach Luft. »Wer hat Ihnen das erzählt?«

Inga ignorierte die Frage. Stattdessen schaute sie die Frau bloß an und schwieg. Das hielten die meisten Leute nicht lange aus, und das galt auch für Mirza Jakubeit.

»Also gut. Wir hatten ein paar Meinungsverschiedenheiten. Aber warum interessiert Sie das?« Ihre Stimme wurde schrill. »Glauben Sie etwa, ich würde ihn wegen so was umbringen? Ich war am Samstag den ganzen Abend hier!«

»Niemand verdächtigt Sie, Frau Jakubeit. Aber oft entpuppen sich Dinge, die scheinbar nichts mit dem Fall zu tun haben, als heiße Spur.«

Sahin räusperte sich und deutete auf die Tierbilder an der Wand. »Ich kenne mich ja nicht wirklich damit aus, aber um solche professionellen Fotos zu machen, braucht man sicher mehr als eine Handykamera.« Er beugte sich vertraulich vor. »Wissen Sie, ich habe da eine Cousine, deren Mann fotografiert Vögel. Der steckt Abertausende in seine Ausrüstung. Und ständig braucht er eine bessere Kamera, ein größeres Objektiv, ein neues Stativ … Anfangs ging sie noch mit auf seine Erkundungstouren, fand es aber schnell todlangweilig. Und er war von ihrer Anwesenheit genervt, hat ihr dauernd den

Mund verboten, ob sie nicht eine Minute lang still sein könne und so. Na ja, jetzt hockt sie am Wochenende meistens allein zu Hause, während er mit seinem Teleobjektiv loszieht und stundenlang unter so einem Tarnnetz auf den passenden Augenblick lauert.«

Inga unterdrückte ein Grinsen. Sie bezweifelte, dass Sahins Geschichte stimmte. Auf jeden Fall aber taugte sie dazu, ihr Gegenüber aus der Reserve zu locken.

Mirza Jakubeit lachte freudlos auf. »Albert hat immer Wildkameras im Wald aufgehängt. Solche mit Infrarot, die anfangen zu filmen, sobald sich was bewegt. Er hat sie in der Nähe von einem Fuchs- oder Dachsbau angebracht, um herauszufinden, ob die Junge haben und wann sie üblicherweise herauskommen. Zu den Zeiten ist er dann mit seiner Fotoausrüstung los.« Sie fuhr sich mit der Hand über die Augen und atmete tief durch. »Das Fotografieren war allerdings nur eins seiner teuren Hobbys.« Sie stand auf. »Kommen Sie mal mit.«

Inga folgte ihr und Sahin über den engen Flur, an dessen Ende Mirza Jakubeit stehen blieb und eine Tür aufstieß. Sie schaltete das Licht ein. »Sein Bastelzimmer.«

Inga blickte auf einen wuchtigen Schreibtisch, der die gesamte Breite der fensterlosen Kammer einnahm und mit Elektronikteilen und Werkzeug übersät war. Das Regal darüber war vollgestopft mit Kleinteilbehältern, Schrauben und Platinen. Auf dem Boden standen Kartons, in denen sich Kabel knäuelten. An der gegenüberliegenden Wand befand sich ein weiterer Tisch, darauf ein wildes Durcheinander von Behältern aus Glas und Metall, die Inga an das Chemielabor in einer Schule erinnerten: Bunsenbrenner, Lötkolben, Pinzetten und Objektträger.

»Er konnte quasi alles reparieren. Den Staubsauger wieder in Gang bringen, einen neuen Motor in meine Nähmaschine einbauen, das fand ich ja noch gut. Aber dann fing das mit dem Labor an.« Mirza Jakubeit zeigte auf ein Mikroskop. »Allein dieses Ding hat einen halben Monatslohn verschlungen.«

»Verstehe.« Sahin hob einen blauen Kaffeefilter aus Kunststoff an, der zwischen den Reagenzgläsern, Phiolen und Glaskolben irgendwie fehl am Platz wirkte. »Was hat er denn für Experimente gemacht?«

»Wenn ich das wüsste. Andauernd kamen irgendwelche Pakete an. Zeug, das er im Internet bestellt hat.« Sie öffnete die Schiebetür an einem Hängeschrank und stutzte. Bis auf einen Behälter mit destilliertem Wasser war der Schrank leer. »Komisch«, murmelte sie. »Hier stand eigentlich alles voll. Jede Menge Behälter, Schläuche mit Schraubanschlüssen, wie man sie in der Dusche hat, und so 'n Kram. Alles weg.« Sie blickte sich um. »Auch diese Pumpe, die ein kleines Vermögen gekostet hat, und der Zweiflammenkocher.«

»Wofür brauchte er das alles?«, fragte Inga.

Mirza Jakubeit verzog den Mund. »Das gehe mich nichts an, hat er gesagt. Und dass ich davon sowieso nichts verstünde. Irgendwann wurde es mir zu bunt, es war ja schließlich auch mein Geld. Als ich die E-Mail mit der Bestellung der Pumpe entdeckte, hab ich ihn zur Rede gestellt.« Sie schluckte und wischte sich verstohlen über die Augen. »Er ist ausgeflippt. Hat mich angeschrien, dass ich ihm nicht ständig hinterherschnüffeln soll.«

»Dass die Geräte weg sind, ist in der Tat merkwürdig.« Aufmerksam blickte Inga sich in dem Raum um. Sie hatte das Gefühl, auf eine wichtige Spur gestoßen zu sein, auch wenn sich ihr der Zusammenhang zum Fall noch nicht erschloss. »Haben Sie noch Rechnungen oder Lieferscheine?«

Mirza Jakubeit zog eine Schublade auf und entnahm ihr einen Stapel Papiere. »Nehmen Sie die ruhig alle mit, wenn Sie wollen. Ob sie komplett sind, weiß ich allerdings nicht.« Wieder schaute sie auf die Uhr. »Du meine Güte. Ich muss jetzt aber wirklich zur Arbeit.« Sie drückte Inga die Rechnungen in die Hand, eilte über den Flur zur Garderobe und schlüpfte in ihre Jacke. Inga und Sahin schob sie quasi zur Tür hinaus und schloss ab. »Tut mir leid, aber ich verpasse sonst den Bus.« Damit rannte sie die Treppe hinunter.

Sahin schaute ihr entgeistert hinterher. »Vermutlich hätte die nicht einmal bemerkt, wenn ihr Mann in seinem kleinen Chemielabor eine Bombe gebastelt hätte.«

»Da könnten Sie recht haben, junger Mann.« Eine ältere Frau wuchtete einen großen Koffer die Treppe hinauf. Schnaufend stellte sie das Gepäck auf halber Strecke ab, um sich mit einem Taschentuch den Schweiß von der Stirn zu wischen. »Die liebe Mirza war nämlich etwas gutgläubig, wenn es um ihren Göttergatten ging.« Sie winkte Sahin zu sich. »Wären Sie wohl so nett …«

Sahin verstand und nahm ihr den Koffer ab. Sie wies ihn an, das Gepäck zur Wohnung neben den Jakubeits zu tragen, und schloss die Tür auf.

»Aber wie ich höre, ist Albert ja nun Geschichte. Es würde mich übrigens nicht wundern, wenn sie ihm sogar selbst den Garaus gemacht hätte.«

»Tatsächlich? Darf ich fragen, warum?« Inga zog ihren Dienstausweis aus der Jacke und stellte sich und Sahin kurz vor.

»Roberta Fiedler.« Die ältere Dame hatte einen Händedruck, der zu ihrem resoluten Auftreten passte. »Dachte mir schon, dass Sie von der Polizei sind. Wie wär's mit einem Kaffee? Ich brauche auf jeden Fall einen.« Mit wachen Augen blickte sie zwischen Inga und Sahin hin und her. Ihr Gesicht wies zahlreiche Falten auf und war so sonnengebräunt, dass ihre Haut ledern wirkte. Ohne ein weiteres Wort sagen zu müssen, brachte sie Sahin dazu, ihren Koffer in die Wohnung zu tragen und im Flur abzustellen. »Und ziehen Sie die Schuhe aus.«

Zehn Minuten später saßen sie in Frau Fiedlers penibel aufgeräumtem Wohnzimmer und hielten jeder eine Tasse Kaffee in der Hand. Inga beobachtete amüsiert, wie Sahin auf der Sofakante hockte und vergeblich ein Loch in seiner Socke zu verbergen versuchte.

»Ich hab's gerade von unserem Hausmeister erfahren.« Japsend ließ sich Roberta Fiedler in einen Sessel sinken. »Ist der

Mord etwa hier im Haus geschehen? Und wann eigentlich? Also wirklich, da fährt man einmal weg …«

Sahin klärte sie auf. »Er wurde am Sonntagmorgen an seinem Arbeitsplatz aufgefunden.«

»Im Zoo? Gottogott. Samstagabend bin ich los nach Wien, meine Tochter besuchen. Da war der arme Kerl womöglich schon über den Jordan.«

»Was wollten Sie uns denn nun erzählen, Frau Fiedler?« Inga nahm ein Milchkännchen vom Tisch und machte den Kaffee damit trinkbar.

»Na ja, in letzter Zeit hing der Haussegen ordentlich schief bei den Jakubeits.« Sie senkte die Stimme. »Wenn man direkt neben jemandem wohnt, kriegt man so einiges mit, das kann ich Ihnen sagen.

»Haben Sie denn mitbekommen, worüber sich das Ehepaar Jakubeit gestritten hat?«

»Es ging um Geld, vermute ich. Aber so genau habe ich das nicht verstanden. Gewundert hat mich das ehrlich gesagt nicht. Der Kerl war mir von Anfang an suspekt. Wie schnell der bei Mirza eingezogen ist! Und besonders liebevoll hat er sie ja nie behandelt.«

»Haben sich die beiden an besagtem Samstag oder in den Tagen davor auch gestritten?«

»Nicht dass ich wüsste.« Roberta Fiedler schüttelte den Kopf.

»Ist Ihnen in letzter Zeit sonst etwas aufgefallen? Besucher zum Beispiel, die Sie nicht kannten? Irgendetwas am Verhalten der Jakubeits, das Ihnen merkwürdig vorkam?«

Roberta Fiedler nippte an ihrem Kaffee. »So genau kannte ich die beiden ja auch wieder nicht. Außerdem gehöre ich nun wirklich nicht zu den Leuten, die ihre Nachbarn ausspionieren.«

»Natürlich nicht.« Inga quälte sich ein Lächeln ab. Sie hätte es ahnen müssen. Die alte Dame war offensichtlich nur auf Informationen aus, die sie brühwarm weitertratschen konnte. »Vielen Dank für den Kaffee.« Sie stellte ihre Tasse auf dem

Wohnzimmertisch ab und nickte Sahin zu. »Wir müssen dann auch wieder.«

»Moment, das Wichtigste habe ich ja noch gar nicht erzählt! Samstagabend, also da …« Roberta Fiedler suchte nach Worten. »Mein Schlafzimmer geht ja nach vorne raus. Und als ich so auf meinem Koffer knie, weil ich das Biest kaum zubekomme, da sehe ich, wie Mirza aus dem Haus geht.«

»Wann war das?«

»So gegen acht. Das weiß ich noch genau, weil ich auf die Uhr geschaut habe, um zu sehen, wann ich das Taxi zum Flughafen rufen muss.«

Wenn das stimmte, hatte die Frau gelogen, als sie behauptete, den ganzen Abend zu Hause gewesen zu sein. »Sind Sie sicher, dass es Mirza Jakubeit war?«

»Ich bin zwar alt, aber nicht blind«, entgegnete die Fiedler entrüstet. »Und was ich eigentlich erzählen wollte: Circa zwei Stunden später höre ich, wie ein Taxi vorfährt. Die sind aber fix, dachte ich noch, weil ich nämlich gerade erst bei der Taxizentrale angerufen hatte. Ich gehe also zur Wohnungstür und will meinen Koffer raustragen, da kommt Mirza zurück. Total verheult – ach, was sage ich, regelrecht aufgelöst war die. Im Hausflur ist ihr der Schlüssel aus der Hand gefallen. Sie hat ihn aufgehoben und ist dann schnell in ihre Wohnung. Ich glaube, sie hat mich nicht mal bemerkt.«

Nachdem sie sich von Roberta Fiedler hatten loseisen können, machten Inga und Sahin sich auf den Weg ins Präsidium.

»Ich schlage vor, dass wir Frau Jakubeit zur Vernehmung einbestellen.« Sahin gab Gas und schaltete. »Wer weiß, vielleicht entpuppt sich dieser Fall als schnöde Beziehungstat.«

»Wenn wir allerdings davon ausgehen, dass Hannes Sänger und seine Freundin den herabkrachenden Pflug gehört haben, war ihr Mann schon tot, als sie das Haus verließ.«

»Hundertprozentig sicher können wir da aber nicht sein. Was, wenn die beiden doch etwas anderes gehört haben? Ehrlich gesagt traue ich der Aussage des Pärchens immer noch nicht. Und laut Obduktionsergebnis kann der Tod auch erst um einundzwanzig Uhr eingetreten sein.«

Inga sah nachdenklich aus dem Fenster. »In dem Fall hätte sie genug Zeit gehabt. Von Kleefeld bis zum Zoo ist es ja nicht weit.«

10

Petru hatte sich noch nie viel aus Pilzen gemacht. Guillaumes Probemenü allerdings war mit Abstand das Köstlichste gewesen, was er in seinem bisherigen Leben gegessen hatte. Mehr noch: Nach dem Genuss der Trüffeln hatte er sich regelrecht beschwingt gefühlt. Der Maître war restlos davon überzeugt gewesen, echte Périgords zubereitet zu haben, und auch Titus hatte zugeben müssen, dass die Trüffeln von den echten nicht zu unterscheiden waren; er stufte das Aroma sogar noch feiner und vor allem intensiver ein. Völlig untypisch für ihn, hatte der alte Knurrhahn mit roten Wangen und leuchtenden Augen etwas von Fulminanz geschwafelt. Und Le Baron war vor Begeisterung kaum zu bremsen gewesen.

»Wir laden sie alle ein«, hatte er verkündet und die halbe Nacht mit dem Maître an einem Festmenü getüftelt. Gleich am nächsten Morgen waren erlesene Gäste zur abendlichen Soirée geladen worden, sodass Petru sich nun im Kreis der kulinarischen Prominenz des Ortes wiederfand. Etwas steif saß er auf einem der sechs gedrechselten Stühle an der üppig gedeckten Tafel, direkt neben dem Bürgermeister und seiner drallen Gattin. Gegenüber hatte Bruno Georgettes Platz genommen und zwirbelte sein Ziegenbärtchen. Der Sternekoch betrieb eines der angesagtesten Restaurants im Périgord. Er unterhielt sich leise mit Jean Baptiste, einem rotgesichtigen Mann im mittleren Alter, dessen trüben Augen man ansah, wie sehr er dem Alkohol zugetan war. Jean handelte mit heimischen und internationalen Spezialitäten. Er war dafür bekannt, dass er so gut wie alles beschaffen konnte, was das Gourmetherz begehrte. Mit ihm und dem Bürgermeister, der neben seinem Amt die Leitung des Trüffelmarktes innehatte, waren die Hochkaräter unter den Trüffelexperten versammelt. Allesamt Traditionalisten, denen die echte Périgord-Trüffel heilig war, doch angesichts der hohen Gewinne, die mit den geimpften falschen Trüffeln auf dem Markt zu erzielen waren, würde ein jeder von ihnen seine Skrupel über Bord werfen, davon war Petru überzeugt.

Wenn es Le Baron gelang, diese drei auf seine Seite zu ziehen, konnte er ihr Renommee nutzen, um die Preise in die Höhe zu treiben. Denn eine Trüffel, die von Jean Baptiste oder Bruno Georgettes als echt und qualitativ hochwertig eingestuft wurde, war über jeden Zweifel erhaben.

Der Stuhl knarrte, als Petru nervös sein Gewicht verlagerte. Der Erfolg oder Misserfolg dieses Abends würde darüber entscheiden, ob Le Baron bereit war, die geforderte Summe für das Rezept zu zahlen.

Und darüber, ob Petru ein neues Leben beginnen konnte oder nicht.

Le Baron erhob sich von seinem Platz am Kopfende des Tisches und brachte sein Weinglas mit leichten Löffelschlägen zum Klingen. Sämtliche Anwesenden verstummten.

»Meine lieben Freunde«, sagte Le Baron mit heiserer Stimme. »Ich freue mich sehr, euch in meinem bescheidenen Heim begrüßen zu dürfen. Sicher fragt ihr euch, was der Anlass des heutigen Abends ist.« Er lächelte in die Runde und genoss sichtlich die gespannte Stille. »Nun, ich will euch nicht länger auf die Folter spannen: Genießt mit mir die erste Ernte aus meinem eigenen Trüffelhain. Ich halte es nicht für vermessen zu behaupten, dass es sich um die besten Trüffeln der ganzen Gegend – ach, was sage ich, von ganz Frankreich handelt. Macht euch auf eine nie dagewesene Geschmackexplosion gefasst.«

Erst schien es, als hätte die Ankündigung allen die Sprache verschlagen. Dann erhob sich vielstimmiges Gemurmel. Blicke wurden gewechselt, Vermutungen geraunt, Lippen gespitzt.

Le Baron gab Guillaume ein Zeichen. »Klare Suppe mit einer Farce aus Trüffeln«, verkündete dieser und begann zu servieren. Petru hielt die Luft an. Ob sie den Schwindel durchschauen würden?

Jean Baptiste reckte das Kinn, faltete die Serviette auseinander und ließ sie auf seinen Schoß fallen. Mit gerümpfter Nase blickte er auf seinen Teller, als würde er erwarten, in der Suppe sautierte Kakerlaken vorzufinden. Bruno zwirbelte weiter seinen Bart. Seine Mundwinkel umspielte ein spöttisches Lächeln. Der Bürgermeister drückte seiner Gattin die Hand und zwinkerte amüsiert. Augenscheinlich waren sich alle einig, dass man Le Barons Aussage nicht allzu ernst nehmen konnte. Was verstand ein Zugereister wie er, ein Emporkömmling, denn schon von Trüffeln?

Le Baron selbst schien von alldem nichts zu bemerken. Erwartungsvoll ließ er den Blick über seine Gäste schweifen. Nur an dem Zucken unter seinem linken Auge erkannte Petru, wie angespannt er war.

Guillaume platzierte den letzten Teller. »Bon appétit.« Seine Augen funkelten, als er vom Tisch zurücktrat.

Die Suppe dampfte. Die Luft war auf einmal erfüllt von betörendem Trüffelduft, und Petru spürte, wie die Atmosphäre im Raum sich wandelte. Wie jeder Einzelne sich veränderte.

Bruno Georgettes hing mit der Nase über dem Teller und schnupperte wie ein Trüffelhund. »Das ist …« Er kostete schlürfend und riss ungläubig die Augen auf. Suppe tropfte von seinem Bärtchen.

Die Gattin des Bürgermeisters beugte sich verstohlen zu ihrem Mann hinüber. »Bestimmt mit Trüffelöl versetzt«, flüsterte sie ihm zu. Er nickte zustimmend, löffelte die Suppe jedoch so gierig, als hätte er tagelang gefastet. Und auch Jean Baptiste aß mit verzücktem Gesichtsausdruck einen Löffel nach dem anderen.

Guillaume hatte sich selbst übertroffen, fand Petru. Mit jedem Löffel schien sich das Aroma noch mehr zu entfalten.

Bald kratzen alle die letzten Tropfen aus den Tellern.

»Und?« Le Baron lehnte sich selbstzufrieden zurück. Doch seine Gäste ließen sich Zeit.

Bruno tupfte sich das Bärtchen trocken, Jean räusperte sich und leerte in einem Zug sein Weinglas.

»Nicht … schlecht. Wirklich nicht«, befand der Bürgermeister, und als seine Gattin vor Gaumenwonne aufstöhnte, knuffte er sie verstohlen mit dem Ellbogen in die Seite.

Während Guillaume mit stolzgeschwellter Brust die Teller abräumte, begann Petru zu schwitzen. Er fuhr sich mit dem Finger unter den gestärkten Hemdkragen. Wie würden sie reagieren, wenn sie erfuhren, dass sie auf aromatisierte Chinatrüffeln hereingefallen waren?

Als Hauptgang servierte Guillaume ganze Trüffeln im Teigmantel an gefüllter Wachtelbrust.

»Das ist … überirdisch.« Jean Baptiste stöhnte mit vollen Backen. »Lieber Baron, was ist Ihr Geheimnis?«

»Zweifellos die Zubereitung«, meinte Bruno. Er wandte sich suchend um. »Wo ist dieser Koch? Guillaume? Ich verlange eine Erklärung!«

Le Baron räusperte sich. »Sicher ist Guillaume ein begnadeter Koch. Aber auch er kann aus einer gewöhnlichen Trüffel kein solch intensives Aroma herauskitzeln.« Jovial winkte er ab. »Ich möchte euch nicht mit Details langweilen …«

»Nun reden Sie schon!« Jean Baptistes gerötetes Gesicht nahm vor Anspannung eine noch dunklere Farbe an.

»Jahrelange Forschung, sorgfältige Hege und optimale Vorbereitung des Pilzmilieus«, dozierte Le Baron. »Natürlich spielt der Boden eine Rolle, sodass jede einzelne Trüffel zu einer aromatischen Sensation heranreifen konnte.« Er schien bei jedem seiner Worte förmlich zu wachsen, sonnte sich in der Aufmerksamkeit.

Da begriff Petru. Le Baron hatte gar nicht vor, diese Leute über das Serum aufzuklären. Es ging ihm auch keineswegs darum, mit seiner Trüffelbetrugsmasche ein Vermögen zu machen, denn Geld hatte er bereits mehr als genug. Er hatte sich in alle wichtigen Bereiche des Ortes eingekauft. Trat als Wohltäter auf, unterstützte karitative Einrichtungen, setzte sich für Wirtschaftsförderungsprojekte ein. Und trotzdem gehörte er nicht wirklich dazu. Offiziell verehrte, insgeheim aber fürchtete man ihn. Man munkelte, er habe aus gutem

Grund kein Interesse daran gehabt, nach seinem Austritt aus der Legion in sein altes Zivilleben zurückzukehren, und niemand wusste genau, womit er sein Vermögen gemacht hatte. Dass Le Baron sich bewusst mit der Aura eines italienischen Mafiapaten umgab, befeuerte die Gerüchte noch.

Die Kerzen auf der Tafel tauchten den Speisesaal in ein weiches Licht und warfen Schatten an die Wandverkleidung. Das feine Porzellan schimmerte, das Silberbesteck glänzte. Alles sollte den Anschein erwecken, schon seit Jahrhunderten im Besitz von Le Barons Familie zu sein. Doch Le Baron war weder hier aufgewachsen, noch war sein Titel echt. Echt waren im Grunde nur seine Bemühungen, als einer der ihren akzeptiert zu werden. Mehr noch: Er wollte an der Spitze dieser illustren Gesellschaft stehen. Deshalb der Titel, deshalb der Trüffelhain.

Aus dem Augenwinkel sah Petru, wie die Bürgermeistergattin die letzte Trüffel vom Teller ihres Mannes stibitzte. Als sie auch auf seinen Teller schielte, rückte Petru unwillkürlich von ihr ab. Immer deutlicher beschlich ihn das Gefühl, dass vor seinen Augen soeben die Büchse der Pandora geöffnet worden war.

Nachdem alle gegangen waren, steckte sich Petru auf der Treppe vor Le Barons Anwesen eine Zigarette an. Noch immer konnte er es kaum fassen: Der Alte hatte sie alle hinters Licht geführt. Und dafür hatte es nicht mehr gebraucht als ein paar Tropfen von Alberts Elixier.

Mit geröteten Gesichtern und vor Gier glänzenden Augen hatten die Gäste an Le Barons Lippen gehangen, als wäre er der Messias persönlich. Am Ende hatten sie ihm schwören müssen, die außerordentliche Qualität der Trüffeln, die an den Wurzeln von Le Barons Steineichen heranreiften, zunächst für sich zu behalten. »Nicht dass ich mein Grundstück noch mit Stacheldraht und Selbstschussanlagen sichern muss.«

Jeder der drei, ob Bürgermeister, Sternekoch oder Feinkosthändler, würde in naher Zukunft versuchen, den größtmöglichen Gewinn aus der Vermarktung von Le Barons Trüffelwunder für sich herauszuschlagen. Und einen verrückten Augenblick lang hatte Petru sich ausgemalt, Alberts Rezept – sobald er es fände – einfach selbst zu nutzen. Doch seine eigene Gier hatte ihn schon im nächsten Moment angewidert. Wie Albert es auch geschafft haben mochte, dieses Teufelszeug zu entwickeln, in Zukunft wollte er nichts mehr damit zu tun haben. Denn früher oder später würde der Schwindel auffliegen.

Petru drückte die Zigarette am steinernen Treppengeländer aus und schnippte die Kippe in ein Gebüsch. »Ich will dieses Rezept«, hatte Le Baron nach dem Festmahl zu ihm gesagt. Ein Anflug von Wahnsinn glomm in seinen Augen, was Petru daran erinnerte, wozu Le Baron fähig sein konnte.

Als er die Treppe hinabstieg, hielt Petru für einen Moment inne und legte seine Hand auf das verwitterte Haupt des Engels auf dem Geländer. Warum er irgendwann mit diesem Ritual begonnen hatte, wusste er selbst nicht. Vielleicht weil Marianne solche Engel immer gemocht hatte. Sie hatte sich mit der damals dreijährigen Vivien ausgemalt, wie es wäre, wenn sie nachts davonfliegen und Abenteuer erleben würden. Andächtig strich er noch einmal über den rauen Stein. Er würde an dem ursprünglichen Plan festhalten, sich mit dem Geld, das Le Baron für das Rezept zu zahlen bereit war, ein sorgenfreies Leben aufzubauen. Ein Leben, das Vivien aus Le Barons Dunstkreis heraushielt. Nicht mehr und nicht weniger. Es gab nur einen Haken an der Sache: Er hatte keine Ahnung, wo Albert das Rezept versteckt haben könnte. Zudem musste er damit rechnen, dass die Polizei inzwischen nach ihm suchte.

Er zog sein Handy aus der Tasche und checkte die Website der Hannoverschen Allgemeinen Zeitung. Wie befürchtet, gab es Mordermittlungen. Doch in keinem der Artikel fand er einen Hinweis darauf, dass man ihn verdächtigte. Im Gegenteil: Die Polizei tappte offenbar im Dunkeln. Er konnte es also wagen, nach Hannover zurückzukehren. Wenn er Le Baron zufriedenstellen wollte, blieb ihm sowieso keine andere Wahl.

Petru atmete tief durch. Es würde nicht einfach werden, das Rezept zu beschaffen, aber es gab keinen Weg zurück.

Er fuhr direkt zu seiner Wohnung und begann zu packen. Bevor er Hosen, Hemden, Socken und Unterwäsche in den Koffer legte, holte er die Glock 17 aus dem Tresor, lud und sicherte sie und verstaute sie in dem doppelten Boden. Außer für Schießübungen hatte er die Waffe nie abgefeuert, jedoch schätzte er ihre Überzeugungskraft. In einer Seitentasche fand er die SD-Speicherkarte aus dem Handy, das er dem toten Albert abgenommen hatte. Bei all der Aufregung um das Trüffelserum war er noch nicht dazu gekommen, sich die Inhalte anzusehen. Die SIM-Karte hatte keine wichtigen Daten enthalten. Er hatte sie zerstört, und das Gerät ruhte längst in Hannover auf dem Grund der Leine. Anhand von Alberts Verbindungsnachweisen würde die Polizei nur herausfinden können, dass er mehrmals mit einem anonymen Prepaidhandy telefoniert hatte. Doch auch das gab es inzwischen nicht mehr, dafür hatte Petru gesorgt.

Trotzdem – wenn sie in Alberts Vergangenheit herumwühlten, würden sie früher oder später auf Le Baron stoßen und dadurch womöglich auch ihn ins Visier nehmen. Und fiel ihnen gar das brisante Beweismaterial in die Hände, das Albert angeblich von ihm besessen hatte, würden sie schneller bei ihm auf der Matte stehen, als ihm lieb war. Je rascher er das Rezept fand, das Geschäft mit Le Baron abschloss und untertauchte, desto besser.

Petru schob Alberts Speicherkarte in den Kartenleser seines Laptops. Er hatte Glück: Die Daten waren nicht verschlüsselt. Er übertrug sie auf seinen Rechner, öffnete die Datei und scrollte durch die Liste von Alberts Kontakten. Keiner schien Anwalt oder Notar zu sein. Allerdings konnte Albert die Beweise auch woanders deponiert haben. Bei einer Person, der er vertraute. Seine Frau schied schon mal aus, das war klar. Wem konnte Albert also so nahegestanden haben, dass er ihm oder ihr seine vermeintliche Lebensversicherung anvertraut hatte?

Petru erreichte das Ende der Liste und lehnte sich nachdenklich zurück. Albert musste geblufft haben. Wenn es diese Person tatsächlich gäbe, wäre er längst aufgeflogen. Er fuhr den Laptop herunter und verstaute ihn im Gepäck.

Als Erstes würde er Alberts Wohnung durchsuchen. Seine Frau mochte ahnungslos sein. Dennoch lag es nahe, dass Albert zu Hause sowohl das Rezept versteckt hatte als auch dieses verdammte Beweismaterial. Zuvor hatte er allerdings ein paar Dinge in Genf zu erledigen. Er würde dort übernachten und übermorgen weiter nach Deutschland fahren.

Petru holte Claudes Brief, nahm Karte und Schließfachschlüssel heraus und steckte alles in seine Brieftasche. Dann gönnte er sich ein paar Stunden Schlaf.

Es war noch dunkel, als er frühmorgens mit seinem Koffer in den Citroën stieg. Wenn die Fahrt gut lief, konnte er sein Mittagessen mit Vivien in Genf einnehmen.

11

»Warum haben Sie uns angelogen?«, fragte Inga.

Mirza Jakubeit, die ihr im Vernehmungsraum gegenübersaß, starrte auf ihre Hände. »Weil ich mich geschämt habe«, sagte sie leise, griff nach ihrem Wasserglas und leerte es in einem Zug, als müsste sie sich Mut antrinken. »Wissen Sie, wie das ist, immer nur allein zu sein? Wenn einen alle mit diesem Mitleidsblick ansehen? ›Die arme Mirza. Schon über vierzig und immer noch kein Mann. Kein Wunder, bei dem Aussehen. Und die Hellste ist sie ja auch nicht …‹« Sie sah Inga an. »Endlich war alles so, wie ich es mir gewünscht hatte, verstehen Sie? Sicher, Albert war nicht perfekt. Aber er war da. Und am Anfang hatten wir sogar richtig Spaß zusammen.«

»Und dann?«, fragte Inga.

»Er kam abends immer später nach Hause. Eins von den Tieren sei krank. Eine Kuh habe gekalbt. Was weiß ich. Wenn das alles wahr gewesen wäre, würde sich der Zoo vor Ferkeln und Kälbern inzwischen gar nicht mehr retten können.« Sie lachte bitter. »Eigentlich war mir ziemlich bald klar, dass er mich belog. Aber ich wollte es nicht wahrhaben. Hab den Kopf in den Sand gesteckt und gehofft, dass ich mir alles nur einbilde.« Sie senkte den Kopf. »Er war verändert, redete kaum noch mit mir. Manchmal blieb er die ganze Nacht weg, und wenn ich ihn fragte, wo er war, rastete er immer gleich aus. Und dann …« Sie umklammerte das Glas so fest, dass Inga Angst bekam, sie würde es zerdrücken. »Der Hajo hat ihn gesehen, in einer Bar am Steintor. Mit einer Frau. Eins von den Flittchen, die dort arbeiten.«

»Hajo, wer ist das?«, fragte Sahin.

»Der Mann meiner Freundin Celina. Er arbeitet als Fahrer für die Brauerei, die den Club beliefert«, erklärte Mirza Jakubeit. »Er ging rein, weil der Chef von dem Laden den Lieferschein unterschreiben sollte. Da hat er die beiden gesehen. Celina hat mich gleich angerufen, als er ihr davon erzählt hatte.«

»Haben Sie Ihren Mann zur Rede gestellt?«

Mirza Jakubeit nickte. »Er ist hochgegangen wie 'ne Rakete. Er könne doch wohl mal nach Feierabend mit einem Kollegen was trinken, und mit der Frau habe er nichts.« Sie schnaubte. »Die Bar hatte an dem Tag gerade erst geöffnet. Da waren keine Gäste außer Albert, hat der Hajo Celina erzählt. Aber ich blöde Kuh glaube ihm natürlich, dass sein Kollege wohl gerade auf dem Klo gewesen ist.« Fahrig strich sie sich über die Stirn. »Dann, ein paar Wochen später, hat der Hajo ihn wieder dort gesehen. Als er die Getränke auslud, hat er beobachtet, wie Albert mit ihr auf dem Hinterhof rumgemacht hat. Später sind sie nach nebenan, wo die Schlampe wohl ihren Geschäften nachgeht.« Bei dem Wort »Geschäft« malte sie Anführungszeichen in die Luft. »Erst wollte er wieder alles abstreiten, aber dann hat er es zugegeben. Es sei nur ein Ausrutscher gewesen, hat er gesagt, und dass es vorbei sei. Wir … haben uns versöhnt. Und ein paar Wochen lang war es fast wieder wie früher. Er war aufmerksam, kam pünktlich von der Arbeit nach Hause …«

Inga beugte sich vor. »Aber vergangenen Samstag, als Ihr Mann zu Tode kam, hat er Ihnen wieder eine Nachricht geschickt, dass er später kommt.«

»Es war unser Jahrestag. Ich wollte ihn überraschen«, flüsterte Mirza Jakubeit.

Inga spürte, wie sie sich innerlich anspannte. Hatte Sahin recht? Hatten sie es hier – wie so oft – mit einer Beziehungstat zu tun?

Der Blick der Frau wurde starr, sie schien durch Inga hindurchzusehen.

Mirza Jakubeit hatte gerade die Servietten neben die Teller gelegt und das Besteck darauf zurechtgerückt, als ihr Smartphone piepte. Eine Nachricht von Albert: *Es wird später heute.*

Wie spät?, tippte sie alarmiert.

Weiß noch nicht, schrieb er zurück.

Mirza ließ sich mit ihrem Handy auf einen Stuhl sinken. Ihre Daumen flogen über das Display. *Koche gerade was Schönes. Wann kommst du?*

Keine Antwort.

Sie wartete eine halbe Stunde. Dann rief sie ihn an, doch er nahm nicht ab, und schließlich sprang die Mailbox an. Tränen stiegen ihr in die Augen, ihre Kehle wurde eng. Ohne eine Nachricht zu hinterlassen, legte sie auf. Am liebsten hätte sie das Handy gegen die Wand geschleudert.

Mistkerl! Heute ist unser Jahrestag, tippte sie, löschte die Nachricht aber wieder. Es brachte ja doch nichts.

Sekundenlang starrte sie auf das Display. Das Ticken der Eieruhr und das Brummen des Backofens lieferten den Soundtrack zu ihrem Scheitern. Die Haut des Hühnchens, das in der Röhre brutzelte, färbte sich langsam schwarz. Als sie sich bückte und den Ofen abstellte, krachten die Nähte ihres Rocks. Das enge Ding hatte sie sich extra für diesen Abend gekauft, zusammen mit der dünnen Bluse, der Spitzenunterwäsche und den High Heels.

»Du darfst dir das nicht gefallen lassen«, hörte sie wieder Celinas Stimme. Mirza ballte die Fäuste. Ihre Freundin hatte recht!

Sie warf sich ihren Mantel über, griff nach der Handtasche und verließ die Wohnung. Als sie in den High Heels die Treppe hinuntereilte, knickte sie mehrmals fast um. Doch wenn sie jetzt umkehrte, um die Schuhe zu wechseln, würde der Mut sie wahrscheinlich verlassen.

Als sie mit wunden Hacken in die Stadtbahn stieg, bereute sie die Entscheidung bereits. Sie ließ sich auf einen der Plastiksitze sinken, riss ein Papiertaschentuch entzwei und stopfte sich die Fetzen hinten in die Schuhe.

Am Steintor stieg sie aus. Der Wind zerrte an ihrem Mantel. Sie schlug den Kragen hoch und stöckelte los. Aus dem Augenwinkel sah sie, wie ein Auto vorbeirollte. Neben ihr wurde es langsamer, und sie spürte, dass der Fahrer sie anstarrte. Mirza starrte stur geradeaus und lief mit mulmigem Gefühl weiter. Im Dunkeln und allein war sie noch nie im Rotlichtviertel unterwegs gewesen.

Schwarze Wolken jagten über den Himmel. Die Markise eines Sexshops knatterte im Wind. Als die ersten Tropfen fielen, zog Mirza den Mantel enger zusammen. Bis auf einen Obdachlosen, der sich in einen Hauseingang duckte, schien sie allein auf der Straße zu sein. Sie stemmte sich gegen den Wind, hastete an einer Trinkhalle vorbei und bog in eine Seitenstraße ab. Der Nightclub 24 lag am Ende der Gasse. Tabledance. Mirza hielt auf die blinkende Leuchtreklame zu, als der Himmel seine Schleusen endgültig öffnete. Starkregen schlug Blasen auf dem Pflaster und überschwemmte die Straße. Das Wasser spritzte beim Gehen an ihre Beine. Binnen Sekunden war sie nass bis auf die Haut.

Gerade noch rechtzeitig, ehe kirschkerngroße Hagelkörner auf die Straße prasselten, erreichte sie das Vordach der Bar. Mirza drückte die Tür auf und stolperte in einen von Rotlicht beleuchteten Gang. Fast wäre sie auf den abgetretenen Teppich gestürzt, konnte sich aber gerade noch an der Wand abstützen. Mit brennenden Wangen richtete sie sich auf.

Der Gang endete an einer Doppeltür mit runden Fenstern. Hinter den Bullaugen zuckte Laserlicht im Takt der Musik, von der hier draußen nur gedämpfte Bässe zu hören waren. Ein vierschrötiger Hüne saß an der Kasse und starrte auf sein Handy. Gelangweilt blickte er auf, als Mirza auf ihn zustakste. Sie strich sich das nasse Haar aus der Stirn und lächelte ihn unsicher an. Ich muss schrecklich aussehen, dachte sie.

Der Mann musterte sie von oben bis unten, sagte aber nichts dazu, dass ihr das Wasser aus Haaren und Mantel tropfte. Sie nestelte ihr Portemonnaie aus der Handtasche, doch er winkte ab. »Frauen kommen gratis rein.«

In der Bar roch es nach kaltem Rauch, parfümiertem Schweiß und Kunstnebel. Die Musik war hier so laut, dass die Bässe in ihrem Bauch wummerten. Mirza ließ den Blick schweifen. Die Clubsessel an den runden Tischen waren unbesetzt, eine Discokugel drehte sich über der leeren Tanzfläche. Es war gerade mal halb neun. Die Nachtschwärmer kamen erst später. Auf einem Podest tanzte ein leicht bekleidetes Mädchen an der Stange. Ihr zu Füßen lümmelte sich ein einzelner Gast in einem Sessel. Zwei weitere Mädchen langweilten sich an der Bar. Von Albert keine Spur. Hatte sie ihm Unrecht getan?

Mirza setzte sich an den Tresen, schälte sich aus dem nassen Mantel und legte ihn neben sich ab. »Entschuldigung!«, schrie sie, um die Musik zu übertönen.

Die Barfrau, eine grell geschminkte Blondine mit Marilyn-Monroe-Frisur, wandte sich ihr zu.

Mirza zögerte, doch dann gab sie sich einen Ruck. Sie wollte es endlich wissen. »Ich suche jemanden.« Sie holte ihr Handy aus der Tasche und zeigte der Frau ein Foto von Albert. »Schon mal gesehen?«

Die Pseudo-Marilyn beugte sich über das Display. »Was willste denn von dem?«

»Das ist meine Sache«, sagte Mirza.

»Nie gesehen.«

Du lügst doch, hätte Mirza fast geschrien, aber sie beherrschte sich und bestellte stattdessen einen Cuba Libre.

»Der Typ auf dem Foto ist dein Mann, oder?«, fragte die Blondine und schob Mirza ihr Getränk über den Tresen.

Sie antwortete nicht. Sollte die doch glauben, was sie wollte. In einem Zug trank sie das Glas halb leer. Wärme breitete sich in ihrem Magen aus, der klebrige Geschmack erinnerte sie an längst vergangene Disconächte. Mirzas Blick blieb an ihrem Spiegelbild hinter dem Tresen hängen. Ihr Make-up war komplett verlaufen, sie sah aus wie ein Zombie. Vor Scham schoss ihr das Blut in die Wangen.

Sie rutschte vom Barhocker, klemmte ihre Handtasche unter den Arm und hielt auf das WC-Schild am anderen Ende der Bar zu. Es kam ihr vor, als stöckelte sie über einen Laufsteg. Aus dem Augenwinkel sah sie, wie die Mädchen die Köpfe zusammensteckten.

Im Waschraum wagte Mirza, wieder normal zu atmen. Sie

zupfte Papiertücher aus dem Spender und wischte sich die dunklen Rinnsale von den Wangen, als in einer Kabine die Klospülung rauschte. Eine der Barfrauen kam heraus. Während sie sich die Hände wusch, warf sie Mirza einen Seitenblick zu. »Schätzchen, kein Kerl ist es wert, dass du wegen ihm heulst.«

Mirza schüttelte den Kopf. Gleichzeitig spürte sie, wie ihr Hals eng wurde. »Bin bloß in den Regen …«, würgte sie hervor. Sie wollte nur noch hier weg.

Auf dem schummrig beleuchteten Gang vor den Toiletten standen zwei Frauen und rauchten.

»… sah ja voll fertig aus. Was wollte die eigentlich von dir?«, schnappte Mirza auf.

»Hat diesen Typen gesucht, du weißt schon, der so verrückt nach Véronique ist.« Die Frau wandte ihr den Rücken zu, doch Mirza erkannte die Bardame an der Marilyn-Frisur. Sie drückte sich neben einem Zigarettenautomaten an die Wand.

»Etwa den Franzosen?«, fragte die andere.

»Genau den.«

Die andere lachte. »Wenn das seine Alte ist, wundert es mich nicht, dass er …« Sie pausierte kurz und senkte die Stimme. »Er hat Véronique versprochen, mit ihr durchzubrennen. Und zwar schon bald.«

Mirza spitzte die Ohren. Ihr Herz hämmerte so hart gegen ihre Rippen, dass es schon ganz wund sein musste.

»Lass das bloß nicht den Pappa hören«, sagte Marilyn. »Ich weiß jedenfalls von nichts.«

»Ist wohl auch besser so«, meinte die andere. Beide drückten ihre Zigaretten aus und verschwanden hinter dem Vorhang, der den Gang vom Gastraum trennte.

Mirza verharrte wie angewachsen neben dem Automaten. »Der Franzose« … »seine Alte« … »Véronique« … »durchbrennen« … Die Worte rotierten in ihrem Kopf.

»Kann ich dir helfen, Schätzchen?« Die Frau aus der Toilette musterte sie besorgt. »Du siehst aus, als würdest du gleich umkippen.«

Mirza riss sich zusammen. Mit gesenktem Kopf kämpfte sie

sich durch den Vorhang. Als sie an der Tanzfläche vorbeiging, glitt sie aus. Die Ränder der High Heels gruben sich schmerzhaft in ihre Fesseln, doch sie stolperte weiter.

In einer Ecke wallte Gelächter auf. War diese Véronique eins von den Mädchen, die dort standen? Aber wo war dann Albert? Oder war er womöglich schon auf und davon mit ihr?

Mit zitternden Fingern kramte sie nach ihrer Geldbörse. Sie knallte einen Schein auf die Theke, zerrte den nassen Mantel vom Barhocker und taumelte zum Ausgang. Die Tür schnappte hinter ihr zu und schnitt die Musik ab. Wie betäubt lief Mirza durch den Gang, der nach draußen führte. Sie fühlte sich wie durchgekaut und ausgespuckt.

»Was haben Sie dann gemacht?«, fragte Inga sanft.

Mirza Jakubeit schien wieder ins Hier und Jetzt zurückzukehren. »Ich hab mir ein Taxi nach Hause genommen. Hätte ja sein können, dass Albert längst da ist. War er aber natürlich nicht, weil er ja …« Ihre Stimme versagte. Verstohlen wischte sie sich über die Augen.

Nachdem Mirza Jakubeit das Protokoll unterzeichnet hatte, begleitete Inga die Frau hinaus und ging anschließend in ihr Büro. Dort wurde sie von Sahin bereits erwartet.

Er zeigte auf seinen Bildschirm. »Darf ich vorstellen: Fredo Pappalari, genannt ›Pappa‹. Ein alter Bekannter von mir aus meiner Zeit bei der Sitte. Vorbestraft wegen Drogen, Zuhälterei und Körperverletzung. Er betreibt ein Bordell sowie seit vier Jahren den Nightclub 24. Es besteht außerdem der Verdacht auf Menschenhandel, aber bisher hat ihn niemand deswegen drangekriegt.«

Inga sah ihm über die Schulter. »Wenn Albert Jakubeit dem in die Quere gekommen ist …«

12

Dass er Viviens Konto in ein Nummernkonto umgewandelt hatte, hätte Marianne garantiert nicht gefallen. In stummer Zwiesprache mit seiner Frau durchquerte Petru die protzige Marmorhalle der Genfer Notenbank. Er habe keine Wahl gehabt, erklärte er ihr in Gedanken. Ohne Viviens Erbe hätte er die Mindesteinlage für das Nummernkonto nicht aufbringen können. Und das Konto brauchte er nun mal, damit für Le Baron nicht nachvollziehbar war, an wen er die Summe für das Rezept überwies. »Ich nehme unserer Tochter nichts weg. Im Gegenteil. Ich tue das alles nur für sie.« So versuchte er, sein Vorgehen zu rechtfertigen, wobei er nicht sicher war, ob vor seiner verstorbenen Frau oder vor sich selbst. Ein Geschäftsmann drängte sich, eine Entschuldigung murmelnd, an ihm vorbei, und Petru wurde bewusst, dass er vor der Drehtür stehen geblieben war. Wie ein Aufziehspielzeug, dessen Bewegungszeit abgelaufen war. Das passierte ihm in letzter Zeit häufiger. Die Gedanken, die Zweifel überfielen und lähmten ihn.

Petru rief sich zur Räson. Er musste sich zusammenreißen, die Sache durchziehen, wenn er nicht sein restliches Leben als Le Barons Marionette fristen wollte. Er gab sich einen Ruck und ließ sich von der Drehtür ins Freie befördern.

Draußen blickte er auf die Uhr. Kurz vor Genf hatte er einen Tankstopp eingelegt und sich bei der Gelegenheit mit Vivien zum Lunch verabredet. Bis dahin waren es noch knapp zwei Stunden. Genug Zeit also, um Claudes Geheimnis zu lüften, zumal das Café nicht weit entfernt von der privaten Sicherheitsfirma lag, bei der Claude das Schließfach gemietet hatte.

Die Comparlock AG befand sich in einem Bürogebäude, das von außen wie ein gigantischer grauer Tresor aussah. Die Firma warb damit, ihren Kunden rund um die Uhr diskret und anonym den Zutritt zu ihrem Wertfach zu ermöglichen.

Petru zeigte beim Sicherheitsmann Schlüssel und Karte vor, fuhr mit dem Fahrstuhl in den Keller und gelangte in einen schmucklosen Vorraum, von dem eine gepanzerte Tür in den Schließfachraum führte. Er hielt die Karte an das Lesegerät und tippte die PIN ein, die Claude auf der Innenseite des Briefumschlags notiert hatte. Er war beinahe überrascht, als die schwere Tür tatsächlich aufsprang.

Die in die Wände eingelassenen Schließfächer schimmerten metallisch im LED-Licht. Die trockene Luft roch schal und abgestanden, doch ein gedämpftes Summen verriet, dass der fensterlose Raum mit Frischluft versorgt wurde. Es dauerte eine Weile, bis Petru das Fach mit der richtigen Nummer fand.

Der Schlüssel glitt ohne Widerstand ins Schloss. Petru schloss auf und zog eine stählerne Kassette aus dem Fach. Mit flatterndem Magen trug er sie zu einem Tisch und knipste die darüber angebrachte Lampe an. Was hatte Claude noch vor ihm verheimlicht? Er atmete tief durch, dann klappte er die Kassette auf.

Ein Stapel grauer Papphefter, weiter nichts. Petru ließ sich auf den Stuhl sinken und blätterte einen nach dem anderen durch. Bilanzen, Kontoauszüge, Rechnungen, Quittungen. Was zum …? Erst als er sich die Unterlagen genauer ansah, verstand Petru: Claude schien über Jahre Kopien von Le Barons geheimer Buchführung gemacht zu haben!

Le Baron achtete peinlich genau darauf, den Finanzprüfern stets eine saubere Bilanz präsentieren zu können, das war einer seiner Erfolgsgaranten. Gleichermaßen akribisch notierte er offenbar auch die darin nicht oder nur in abgewandelter Form auftauchenden zwielichtigen Posten seines Spezialitätenhandels. Petru kannte das Spiel: Mozzarella aus Kuhmilch wurde als hochwertiger Büffelmozzarella gelistet, chinesische Tomaten als rotes Gold aus der Provence angepriesen, billiges Olivenöl zu nativem aus Italien umdeklariert, und auch das »Sel de Guérande« stammte nicht aus bretonischen Salinen.

Was die Bilanzen nicht preisgaben, waren die Methoden, mit denen Le Baron die überteuerte Ware an den Mann brachte.

Die meisten seiner Kunden betrieben renommierte Restaurants mit gehobenen Ansprüchen. Wenn nach den ersten Lieferungen die Qualität nicht wie erwartet ausfiel und Nachbestellungen ausblieben, lieferte Le Baron trotzdem weiter. Kunden, die sich weigerten, die Ware anzunehmen und zu bezahlen, erhielten eindeutige Botschaften. Es sei besser, die Annahme der Weinkisten, die vor der Tür des Restaurants gestapelt standen, nicht zu verweigern. Besser für sie, für ihre Frauen, für ihre Kinder. Weigerte sich jemand hartnäckig oder drohte mit der Polizei, brannte so ein Restaurant schon mal bis auf die Grundmauern ab. Dass der Erhalt der Waren quittiert und die Rechnungen bezahlt wurden, dafür waren Claude und Petru zuständig gewesen. Nur bei den Trüffeln hatte sich Le Baron verkalkuliert, damals, als er fast aufgeflogen wäre. Die gefälschte chinesische Ware hatte er zwar ausschließlich über das Internet vertickt, doch es war naiv gewesen zu glauben, dass solcherlei Aktivitäten im Trüffeldorf Saint Morceaux unbemerkt bleiben würden. Schon bald hatte er den Vertrieb aufgeben und einige Leute zum Schweigen bringen müssen. Doch dabei hatte er sich die Hände selbstverständlich nicht selbst schmutzig gemacht.

Grimmig schloss Petru den Aktendeckel und schlug einen weiteren auf. Als er durch die Papiere blätterte, schlich sich unwillkürlich ein Grinsen in seine Mundwinkel.

Nicht nur der Handel mit gefälschten Delikatessen hatte Le Baron reich gemacht. Feinkostlieferungen eigneten sich hervorragend für den Schmuggel von Drogen. Und auch diesen Geschäftsbereich hatte Claude in Le Barons privater Bilanz umfassend dokumentiert. Die Einnahmen aus dem Verkauf der bunten Pillen waren penibel aufgelistet. Er hatte die Codenamen von Le Barons Dealern außerdem mit Klarnamen versehen.

In der nächsten Mappe entdeckte Petru Auszüge von Konten, deren Umsätze garantiert nirgendwo auftauchten. Er pfiff leise durch die Zähne. Damit hatte er genug in der Hand, um Le Baron zu vernichten!

Gebannt starrte er auf das brisante Material, das vor ihm ausgebreitet lag, und erwog die Möglichkeiten, die sich ihm boten. Solange er selbst Teil von Le Barons mafiöser Organisation war, hatte es keinen Zweck, die Bombe platzen zu lassen. Er musste äußerst überlegt vorgehen. Und bis sich seine Situation änderte, waren die Informationen hier am besten aufgehoben.

Nachdem er Fotos von ein paar besonders aussagekräftigen Seiten gemacht hatte, legte Petru alles in die Kassette zurück und schloss sie wieder ein. Er sah auf die Uhr. Nur noch eine halbe Stunde bis zur Verabredung mit Vivien.

Petru verließ das Gebäude und ging zu dem Café, das seine Tochter vorgeschlagen hatte. Einer dieser Coffeeshops mit eckigem Mobiliar auf dunkel gebeiztem Holzboden, zehn Kaffeesorten mit amerikanischen Namen und veganen Snacks zu überteuerten Preisen. Ein Wunder, dass der Kellner überhaupt Französisch versteht, dachte er, als er bei dem gelangweilt wirkenden Jüngling einen »Café long, black« bestellte.

Sein Handy vibrierte. Eine Nachricht von Vivien: *Bin gleich da.* Seine Kleine. Zärtlich blickte er auf das Hintergrundbild auf seinem Display. Ein Porträt von Vivien, das er letztes Jahr von ihr gemacht hatte. Sie wurde ihrer Mutter immer ähnlicher.

Laute Motorengeräusche rissen ihn aus seinen Gedanken. Auf der Straße vor dem Restaurant stoppte ein Motorrad. Der Statur nach war der Fahrer noch sehr jung, ebenso das Mädchen, das hinter ihm saß und seine Hüften umklammerte. Erst als sie vom Sozius stieg und den Helm abnahm, erkannte Petru seine Tochter.

Er blinzelte. Seit wann trug sie enge Miniröcke und schminkte sich schwarze Balken unter die Augen? Und was sollte dieser aufreizende Gang, mit dem sie jetzt das Motorrad umrundete?

Als der Fahrer ebenfalls seinen Helm absetzte, erkannte Petru auch ihn. Sébastien – dieser Nichtsnutz von Le Barons Sohn! Was für eine Ironie, dass Le Barons Ex-Frau mit ihrem Sprössling nach der Trennung ausgerechnet nach Genf gezogen war.

Als sich Sébastien zu seiner Tochter hinunterbeugte und ihr einen flüchtigen Kuss gab, stieß Petru einen leisen Fluch aus. Er hätte Vivien aus dem Internat nehmen sollen, gleich nachdem er erfahren hatte, dass Sébastien auf dieselbe Schule gehen sollte. Er war kurz davor aufzuspringen, nach draußen zu rennen und diesen Schnösel von seiner Tochter wegzuzerren. Doch er zwang sich zur Ruhe. Bald hatte der Spuk sowieso ein Ende.

Vivien blickte Sébastien nach, bis er um die nächste Ecke gebogen war, zog ihren hochgerutschten Rock zurecht und strich sich die Haare glatt, dann drehte sie sich um und stakste über die Straße. Petru versenkte seinen Blick in der Speisekarte. Als Vivien das Café betrat, tat er so, als würde er sie gerade erst bemerken.

Was er vorhatte, war richtig, das hatte ihm dieser Augenblick erneut bestätigt. Seine Tochter würde keine von Le Barons Marionetten werden. Dafür würde er sorgen. Und wenn es das Letzte war, das er in seinem verkorksten Leben zustande brachte.

Er umarmte seine Tochter, küsste sie auf beide Wangen. »Was hältst du davon, wenn wir über Weihnachten verreisen, ma chérie?«

13

Inga blieb unter der roten Markise des Nightclub 24 stehen. Sahin trat neben sie. »Vor acht machen die nicht auf«, meinte er und zeigte mit dem Kinn auf ein Schild mit den Öffnungszeiten. In dem Schaukasten daneben waren zahlreiche Bilder der Attraktionen ausgestellt, die in der Bar auf die Besucher warteten.

»Striptease, Poledance, überteuerter Schampus – alles, was das Männerherz begehrt«, spöttelte Inga. »Und der Star des Abends ist die Schlangenfrau.« In der Mitte des Schaukastens prangte das Foto einer zierlichen Asiatin im Haremsdamen-Kostüm, die mit gespreizten Beinen auf einem Stuhl saß und sich eine meterlange Python um den Hals geschlungen hatte. Der Leib der Schlange schimmerte im Scheinwerferlicht wie Perlmutt. »Die Tür ist schon auf. Es scheint also jemand da zu sein.«

Inga drückte einen Flügel der Schwingtür nach innen und machte eine einladende Geste: »Nach dir.« Sie folgte Sahin über den schummrigen Flur. Es roch nach Moder und kaltem Rauch. Kasse und Garderobe waren unbesetzt, aber die Tür zum Gastraum ließ sich öffnen.

»Wir haben noch geschlossen.« Die Barfrau hinter der Theke stellte ein frisch poliertes Glas in ein Regalfach und nahm das nächste in Angriff.

Inga zeigte ihren Ausweis. »Kripo Hannover. Wir ermitteln in einem Tötungsdelikt und hätten ein paar Fragen.«

»Mordkommission?« Sie stellte das Glas ab. Als sie misstrauisch den Ausweis beäugte, waberte Inga eine Wolke Haarspraygeruch entgegen. Die toupierte Marilyn-Frisur der Frau war vermutlich so klebrig, dass sie als Fliegenfänger taugte.

Inga rief Albert Jakubeits Bild auf ihrem Handy auf. »Schon mal gesehen?«

Die Barfrau zuckte mit den Schultern. »Wir haben hier so viele Gäste …«

Am anderen Ende der Bar klappte eine Tür. Ein gedrungener Mann betrat den Gastraum. Inga erkannte ihn sofort: der Pappa persönlich. Die Barfrau warf ihrem Chef einen nervösen Blick zu. Dann schüttelte sie energisch den Kopf. »Nie gesehen.«

»Und diese Frau? War die am Samstagabend hier?« Inga zeigte ihr ein Foto von Mirza Jakubeit.

Die Barfrau nickte zögernd. »Hat nach ihrem Alten gesucht. Aber ich konnte ihr leider nicht helfen.«

»Wann war das ungefähr?«

»Um kurz nach acht? Ich meine, wir hatten gerade aufgemacht.«

»Commissario Yilmaz.« Der Barbesitzer schlenderte näher und reichte Sahin die Hand. »Was verschafft mir das Vergnügen? Und wer ist diese entzückende Dame?« Er griff nach Ingas Hand und deutete einen Handkuss an. Zu ihrem Ärger merkte sie, wie sie rot wurde.

Energisch entzog sie ihm die Hand. »Kriminalhauptkommissarin Inga Haarmann, wir haben ein paar Fragen zu …«, begann sie, doch Pappalari wandte sich bereits wieder an ihren Kollegen.

»Der Laden ist picobello sauber, das könnt ihr gern überprüfen.«

»Ich bin nicht mehr bei der Sitte«, antwortete Sahin. »Meine Kollegin und ich ermitteln in einem Tötungsfall.«

Das Lächeln verschwand aus Fredo Pappalaris Gesicht. Er deutete auf die Tür, durch die er eben gekommen war. »Am besten reden wir in meinem Büro weiter.«

Inga steckte ihr Handy ein und schob beiläufig ihre Visitenkarte über den Tresen. Sie nickte der Barfrau zu, bevor sie sich dem Pappa und Sahin anschloss.

Pappalaris fensterloses Büro war so verraucht, dass Inga förmlich spürte, wie der Gestank in ihre Kleidung kroch. Sie nahm mit Sahin vor dem ausladenden Schreibtisch Platz. Neben einem aufgeklappten Laptop quollen Kippen aus einem Aschenbecher. Papiere und Aktenordner bildeten unregelmäßige Stapel. Alles war von Aschekrümeln übersät, als wäre hier vor Kurzem ein Vulkan ausgebrochen.

Der Pappa ließ sich auf seinem Schreibtischstuhl nieder und zündete sich ohne Umschweife die nächste Zigarette an. Dann erst warf er einen flüchtigen Blick auf das Foto, das Inga ihm zeigte. »Keine Ahnung, ob der Typ mal hier war. Schließlich kann ich mich nicht an jeden einzelnen Gast erinnern.«

»Er soll aber oft hier gewesen sein. Albert Jakubeit.«

Der Barbesitzer lächelte. »Namen konnte ich mir noch nie merken.«

Inga schaute ihm sekundenlang in die Augen. »Und Diskretion wird in Ihrem Laden großgeschrieben, verstehe.«

Er hielt ihrem Blick stand, ohne zu zwinkern. Dann lehnte er sich zurück und verschränkte die Finger über dem Bauch. Jetzt wirkte er wie der nette Onkel von nebenan. Wäre Inga ihm unter anderen Umständen und an einem anderen Ort begegnet, hätte sie ihn für einen Steuerbeamten oder Versicherungsmakler gehalten. Doch er war alles andere als harmlos. Vieles, darunter seine Beteiligung an einem osteuropäischen Mädchenhändlerring, war ihm nicht nachzuweisen. Nicht zuletzt dank der Aussagen einiger seiner »Mädchen«. Der Pappa sorgte gut für seine Schäfchen, solange sie ihm gegenüber loyal waren.

»Albert Jakubeit soll mit einer der Tänzerinnen angebandelt haben. Weißt du was darüber?«, fragte Sahin jetzt.

Fredo Pappalari inhalierte tief und blies den Rauch in die ohnehin schon dicke Luft. »Meine Mädchen haben nichts mit Gästen. Sie tanzen, unterhalten sich, spielen die Traumfrau und verkaufen Getränke. Anfassen ist nicht. Da haben wir klare Regeln.«

»Aber bestimmt kommt es schon mal vor, dass sich ein Gast in eine der Frauen verguckt und mehr will, oder?«, fragte Inga.

»Sicher, das kommt vor. Und wenn einer der Herren seine Finger nicht bei sich behalten kann, müssen wir schon mal eine Ansage machen.«

»Mussten Sie bei Albert Jakubeit so eine Ansage machen?«

»Unsinn, ich kenne den Mann überhaupt nicht.«

»Wir haben aber Hinweise, dass er mit einem Ihrer Mädchen zusammen gewesen sein soll.«

»Was die Mädels privat so treiben, geht mich nichts an. Am besten fragen Sie also die betreffende Dame.«

»Sie heißt Véronique oder nennt sich jedenfalls so«, sagte Sahin.

Der Pappa wirkte brüskiert. »Unsere Schlangenfrau? Das kann ich mir nicht vorstellen.«

»Warum nicht?«, fragte Inga, der nicht entgangen war, dass sein Blick kurz flackerte.

Er beugte sich vor und zeigte auf Ingas Handy. »Nicht gerade ein Frauentyp, oder? Außerdem ist die Kleine eher schüchtern. Sie tritt zwei bis drei Mal am Abend auf, hat aber sonst keinen Kundenkontakt.«

»Wir würden trotzdem gern mit ihr sprechen. Sicher können Sie uns ihre Adresse geben?«

Betont lässig drückte der Pappa seine Zigarette aus. »Momentan liegt sie mit Grippe flach.« Er kritzelte die Adresse auf einen Notizblock, riss das Blatt ab und schob es Inga zu. »Véronique ist ihr Künstlername. In Wirklichkeit heißt sie Varunee Anatapong, nennt sich allerdings Vee.«

»Vielen Dank.« Inga nahm den Zettel und erhob sich. »Der Vollständigkeit halber«, sagte sie beiläufig, als sie sich zur Tür wandte. »Wo waren Sie am Samstagabend zwischen neunzehn und einundzwanzig Uhr?«

»Hier im Club.« Der Pappa lächelte. »Das kann Ihnen Linda vorne an der Bar bestätigen. Und noch ein Dutzend anderer Leute.«

Inga lächelte zurück. »Natürlich.«

»Das bedeutet gar nichts«, meinte Sahin, als sie wieder draußen standen. »Typen wie der lassen die Drecksarbeit in der Regel von anderen erledigen.«

Inga blickte nachdenklich auf den Notizzettel. »Außerdem glaube ich kaum, dass er die Adressen aller Frauen, die bei ihm arbeiten, auswendig weiß.«

»Du meinst, er und die Schlangenfrau …« Sahin beendete den Satz mit einem vielsagenden Blick.

Inga reichte ihm den Zettel. »Wir sollten der Dame schleunigst einen Besuch abstatten.«

»Premiumwohngegend«, murmelte Sahin und stellte das Auto in einer freien Parkbucht ab. Inga war sein sarkastischer Unterton nicht entgangen. Sie war nun schon lange genug in Hannover, um zu wissen, worauf er anspielte. Allerdings hielt sie nichts davon, alle Anwohner eines Stadtteils über einen Kamm zu scheren. Sie stieg aus und ließ den Blick suchend über die Fassaden der Hochhäuser gleiten. »Das da ist es.«

Es dauerte eine Weile, bis auf ihr Klingeln hin der Summer ertönte. »Nett hier«, meinte Sahin, als sie das Treppenhaus betraten. Er schnippte mit dem Zeigefinger gegen die Klappe eines der verwahrlosten Briefkästen, die nur noch schief in den Angeln hing.

Als sich die Türen des Aufzugs öffneten, rümpfte Inga die Nase. »Da hat wohl einer den Lift mit dem Klo verwechselt. Wenn wir nicht in den sechsten Stock müssten, würde ich glatt zu Fuß gehen.«

Vee Anatapong wartete in der offenen Wohnungstür auf sie. Sie hatte ihr Haar zu einem nachlässigen Zopf gebunden, war ungeschminkt und trug ein einfaches T-Shirt und Jeans, doch Inga erkannte in ihr auf Anhieb die Schlangenfrau von dem Foto im Schaukasten wieder. Sie war nur wenig kleiner als sie selbst, etwa eins siebzig. Eher groß für eine Thailänderin, vermutete Inga. Sie stellte sich und Sahin vor und erklärte, worum es ging.

Die Frau lächelte. Sie wirkte in keiner Weise überrascht, als hätte sie mit dem Besuch der Polizei gerechnet. Flüchtig musterte sie Ingas und Sahins Ausweise und bat sie herein. Die Wohnung wirkte gepflegt und aufgeräumt und stand in eklatantem Kontrast zu dem heruntergekommenen Treppenhaus.

Vee Anatapong lotste sie in ein abgedunkeltes Wohnzimmer. Hastig zog sie die Rollläden ein Stück nach oben, nahm eine Decke vom Sofa und faltete sie ordentlich. »Bitte, sitzen Sie. Ich mache Tee.« Mit gesenktem Kopf eilte sie aus dem Zimmer.

Der Raum war so überheizt, dass Inga der Schweiß ausbrach. Sie zog die Jacke aus, schob die Ärmel ihres Pullovers hoch und nahm auf dem Ledersofa Platz, das noch den unverkennbaren Geruch nach neuen Möbeln verströmte. Offenbar verdiente man als Schlangenfrau gar nicht schlecht. Auch das riesige Terrarium, so breit wie eine komplette Wand, musste ein Vermögen gekostet haben.

Sahin, der sich ebenfalls seiner Jacke entledigt hatte, schlenderte zu dem Monstrum aus Holz und Glas hinüber. Darin dösten zwei Schlangen, zusammengerollt und halb verborgen unter Sand, armdicken Ästen und künstlichen Felsen. »Boa constrictor. Und die andere ist wahrscheinlich eine Königspython.«

»Seit wann kennst du dich mit Schlangen aus?«

»Mein Cousin hält welche, da kriegt man so einiges mit.« Er klopfte gegen den Holzrahmen des Terrariums. »Sieht aus wie 'ne Sonderanfertigung, vermutlich nicht gerade billig – im Unterhalt übrigens auch nicht.«

Inga nickte und blickte sich weiter um. Bis auf die Decke, die zerknüllt auf dem Sofa gelegen hatte, gab es keine Hinweise darauf, dass sie sich in der Wohnung einer Grippekranken befanden. Keine benutzen Taschentücher, nirgends Medikamente. Aber vielleicht war das ja im Schlafzimmer – oder Vee Anatapong hatte schnell alles zusammengerafft, bevor sie die Tür geöffnet hatte.

Tablett voran, schob sich die zierliche Frau zu ihnen ins Zimmer. Sie hockte sich vor den niedrigen Glastisch, platzierte einen Teller mit Gebäck neben drei Tassen und schenkte mit einer Anmut Tee ein, die Inga unwillkürlich an eine japanische Geisha denken ließ. Sahin, der neben Inga Platz genommen hatte, verfolgte jede Bewegung der Frau, und als Vee Anatapong ihm mit einem Lächeln die Tasse reichte, wurde er tatsächlich rot. Inga verkniff sich ein Grinsen.

Endlich ließ sich Vee ihnen gegenüber auf die Kante eines Sessels sinken. Sie wirkte hohlwangig und übernächtigt, jedoch nicht wie jemand, der eben noch krank im Bett oder auf dem Sofa gelegen hatte.

»Ich habe gelesen. Albert J., Tierpfleger.« Sie zeigte auf eine Zeitung, die zusammengefaltet auf dem Tisch lag. »Einmal er hat mir gesagt, dass er arbeitet in Zoo. Da weiß ich, er ist es. Ich kann gar nicht glauben …« Sie griff nach ihrer Tasse und blies über die dampfende Oberfläche des Tees.

»Sie kannten Herrn Jakubeit gut?«, fragte Inga.

Vee Anatapong nippte an ihrem Tee. »Er kommt in Club manchmal. Wir unterhalten uns.«

»Sonst nichts weiter?«, fragte Sahin.

Die Frau schüttelte den Kopf. Sie saß so gerade, als hätte sie einen Stock verschluckt.

»Man hat uns aber berichtet, dass er seine Frau verlassen und mit Ihnen aus Hannover weggehen wollte«, sagte Inga.

Vee Anatapong riss die Augen auf. »Wer sagt das?«

»Stimmt es also?«

Sie antwortete nicht, starrte sekundenlang ins Leere.

Inga suchte ihren Blick. »Frau Anatapong. Sie wurden mehrmals mit Herrn Jakubeit in eindeutigen Situationen gesehen, und jemand hat mit angehört, wie eine Kollegin von Ihnen …«

Sie stellte ihre Tasse so heftig ab, dass es klirrte. »Nonsens. Immer reden die Mädchen. Sind neidisch, erfinden Sachen, die nicht wahr.« Eine feine Röte überzog ihre Wangen.

»Neidisch worauf?«

»Weil ich Schlangenfrau bin, und weil Fredo …« Sie biss sich auf die Lippe. »Albert war Fan von mir und von Mogli und Kaa.« Sie zeigte auf das Schlangenterrarium. »Sonst nix.«

Inga ließ das erst mal so stehen. »Okay. Können Sie uns sagen, wann Sie Herrn Jakubeit zuletzt gesehen haben?«

Eine steile Falte erschien auf Vee Anatapongs Stirn. »Weiß nicht. Vor paar Wochen?«

»Und Samstagabend zwischen sieben und neun, wo waren Sie da?«

»Ich war krank. Zu Hause.« Energisch hob sie das Kinn.

Wie ein trotziges Kind, das eine Dummheit leugnet, obwohl es inmitten von Scherben steht, dachte Inga. Sie wurde nicht schlau aus der Frau. Warum gab sie das Verhältnis mit Albert Jakubeit nicht zu? War die Wahrheit etwas, wodurch sie ihr Gesicht verlieren konnte? Zwar hatte Inga mit Asiatinnen bisher kaum Berührungspunkte gehabt, doch sie wusste vom Hörensagen, dass diese Frauen anders tickten als Europäerinnen. Aber vielleicht war sie da auch nur einem Klischee aufgesessen.

Klischeehaft benahm sich allerdings auch Sahin, der seine Augen kaum von der schlanken Gestalt der Frau lösen konnte und irgendwie die Sprache verloren hatte.

»Dann wollen wir Sie nicht weiter stören.« Inga stieß Sahin mit dem Ellbogen an, um ihn aus seinem tranceartigen Zustand zu wecken. Sie erhob sich und legte eine Visitenkarte auf den Tisch. »Falls Ihnen noch irgendetwas einfällt, das wir wissen sollten, rufen Sie mich an.«

Auf der Schwelle zum Treppenhaus drehte sie sich noch einmal um. »Wie ist eigentlich Ihr Verhältnis zu Fredo Pappalari?«

Vee Anatapong lächelte.

Inga lächelte abwartend zurück, bekam aber keine Antwort.

***

Die Garderobe der Tänzerinnen im Nightclub 24 war leer. Vee Anatapong schob die Tür hinter sich zu.

Stille. Ein Ort zum Durchatmen, auch wenn der fleckige Teppich muffig roch und ein Potpourri aus Parfüm, Schweiß und geplatzten Träumen die Luft schwer machte.

Vee hatte gehofft, bald nicht mehr herkommen zu müssen. Doch mit Albert war auch sein Versprechen gestorben, mit ihr nach Thailand zu gehen. Also war sie wieder hier.

Fredo war ihr auf dem Weg durch die Bar nicht begegnet. Zum Glück. Bestimmt war er wütend auf sie.

Vee stellte die Transportbox mit den Schlangen ab und zog sich um. Anschließend setzte sie sich an einen der Schminktische. Ein Kranz aus Glühbirnen erhellte den Spiegel, tauchte ihr Gesicht in warmes Licht.

Sie verteilte Make-up, trug Puder und Rouge auf, bis von den Sonnenflecken, die hartnäckig Nase und Wangen zierten, nichts mehr zu sehen war. *Petite coccinelle*, Marienkäfer, hatte Albert sie deswegen genannt. Vee schluckte. Er war ein guter Mann gewesen. Vielleicht wäre sie sogar bei ihm geblieben.

Sie lehnte sich vor, klebte die falschen Wimpern an, bog vorsichtig die rosa Federn an den äußeren Augenwinkeln in Form. So falsch wie die Wimpern war das Lächeln, das sie sich selbst zuwarf und das der Paradiesvogel im Spiegel erwiderte. Sie drückte den Rücken durch, hob das Kinn. Niemand sollte merken, wie es unter dem Kostüm und der Schminke in ihr aussah.

Doch die Schlangen würden sich nicht täuschen lassen. Vee hoffte, dass sich ihre Nervosität bei der Show nicht auf die Tiere übertragen würde. Sie öffnete die Transportbox und hob Kaa, die Boa constrictor, heraus, als die Tür hinter ihr geöffnet wurde. Musik und Stimmengewirr schwappten herein, dann fiel die Tür wieder zu.

»Na, wen haben wir denn da? Hat wohl nicht geklappt, der große Plan, was?«

Vee hob die Schlange über den Kopf und legte sie wie eine Stola um ihre Schultern. Langsam drehte sie sich um.

Fredo hatte sich mitten im Zimmer aufgebaut. Breitbeinig, mit hängenden Armen wie ein Westernheld beim Duell. »Hast du geglaubt, ich finde nicht heraus, was du vorhast?«

Unwillkürlich sah sie ihre Kollegin Irina vor sich, ein Auge blau, die Lippe geschwollen, Bedauern im Blick. Sie hätte ihr besser nichts erzählt. Vee spürte, wie Kaa ihre Muskeln zusammenzog, und liebkoste den Kopf der Schlange. »Ich weiß nicht. Wovon du redet?« Sie lächelte.

Fredo lächelte nicht zurück. Er ballte die Fäuste und bekam einen roten Kopf. »Abhauen wolltet ihr, du und der Franzose, euch einfach aus dem Staub machen. Aber nicht mit mir!« Sie sah ihm an, dass er sie am liebsten gepackt hätte, aber wegen Kaa wagte er es nicht.

Vee versuchte, ihn mit ihrem Lächeln zu besänftigen. Doch das machte ihn nur noch wütender.

»Du miese kleine Schlampe!«, brüllte er. »Ich schlag dir dein verdammtes Lächeln aus dem Gesicht!« Drohend hob er die Faust und machte einen Schritt auf sie zu. »Ohne mich würdest du immer noch in dieser verschissenen Touribar in Pattaya deinen Hintern schwingen, vergiss das nicht.«

Dicht neben Vees Gesicht zischte es. Kaa hatte sich aufgerichtet und fauchte Fredo mit weit aufgerissenem Maul an. Er wich zurück, ließ die Faust sinken. Eine Ader pochte an seinem Hals.

»Aber jetzt ist er tot, dein feiner Franzose. Umgebracht, sagt die Polizei. Und Madame taucht hier auf, als wäre nix.« Er sah sie mit schmalen Augen an. »Und das, wo er dir doch das große Geld versprochen haben soll …«

»Du glaubt, ich bringe Albert um?« Ihre Stimme klang schrill und fremd. Kaa fauchte erneut.

»Vielleicht? Allerdings frage ich mich, was schiefgelaufen ist, dass du hier wieder auftauchst.«

Vee spürte, wie ihr heißes Herz Oberhand gewann. »Warum ich soll das tun? Ich liebe Albert viel. Ich weine viel.«

Ein tiefes Grollen entwich Fredos Kehle. Er machte einen Satz auf sie zu und packte sie am Hals. Vee stolperte rückwärts, Kaa glitt ihr von den Schultern und plumpste auf den Boden.

Mit ausgestrecktem Arm drückte er sie gegen die Wand. »Mich hast du angeblich auch geliebt. Aber inzwischen weiß ich ja, was das für dich bedeutet. Einen Scheiß!« Speichel sprühte aus seinem wutverzerrten Mund.

Vee rang verzweifelt nach Luft, umklammerte seinen Arm und versuchte ihn wegzudrücken, doch er war zu stark für sie. Schwarze Punkte tanzten vor ihren Augen, er drückte unerbittlich ihre Kehle zu. Sie versuchte, nach ihm zu treten, doch etwas lag auf ihren Füßen. Kaa. Die Schlange fauchte.

Plötzlich brüllte Fredo auf, sein Griff lockerte sich, dann ließ er sie los. Vee sog die Luft ein wie eine Ertrinkende und sackte auf die Knie.

»Scheiße, scheiße, scheiße«, hörte sie Fredo fluchen. Langsam hob sie den Kopf. Er hockte auf dem Boden und zerrte am massigen Körper der Schlange, die sich um sein Bein gewickelt hatte. »Das Vieh hat sich in mich verbissen.«

Eine Weile hörte Vee nur ihren eigenen Atem, der wie ein fiepender Welpe klang.

»Jetzt hilf mir doch mal!«, jammerte Fredo.

Vee stemmte sich hoch. Wortlos spannte sie die Schultern und ging zur Tür. Sollte er doch selbst sehen, wie er die Schlange loswurde.

»Wo willst du hin?«, kreischte Fredo.

Sie drückte die Klinke halb herunter.

»Sorry. Ich hab die Beherrschung verloren, okay?«

Vee ließ die Stirn gegen das Türblatt sinken. Wenn sie jetzt ging, konnte sie nie wieder zurück. Sie ließ die Klinke los. Sie musste ihm helfen, allein schon, damit Kaa nichts geschah.

Fredos Gesicht war kreidebleich. Er stöhnte, als sie die Kiefer der Schlange mit dem Griff einer Pinzette aufhebelte. Ein paarmal knirschte es, dann gelang es ihr, Kaas Zähne aus seiner Wade zu lösen. Blut quoll aus den Bisswunden, breitete sich auf seiner Hose aus. Mit einer Hand hielt sie den Kopf der Schlange im Klammergriff, mit der anderen löste sie deren Körper von seinem Bein. Dann verfrachtete sie das immer noch fauchende Tier in die Transportbox.

Fluchend stand Fredo auf und zog das Hosenbein hoch. Blut lief ihm die Wade hinab. Er ließ sich auf einen Stuhl fallen. »Was musstest du dich auch mit diesem Typen einlassen.«

Vee holte den Erste-Hilfe-Kasten und kniete sich vor ihn hin. Sie tupfte das Blut ab, sprühte Desinfektionsmittel auf eine Kompresse und drückte sie auf die Wunde.

Er stöhnte. »Wer hat dir alles bezahlt? Wohnung, Möbel, Klamotten, dein Scheißterrarium? Ist das etwa nicht genug?«

»Du sagt, du heiratet mich. Du sagt, du schickt Geld an Familie. Aber du macht nicht.« Mit gesenktem Kopf wickelte sie Mull um seine Wade und steckte das Ende fest.

Er beugte sich zu ihr herunter, fasste sie hart am Kinn und zwang sie, ihn anzusehen. »Und weißt du, warum? Weil du nichts als eine billige Hure bist.«

14

Es war noch dunkel, als Vee am frühen Morgen aus dem Nacht-
club nach Hause ging. Laternen tauchten den braunfleckigen
Rasen und die struppigen Büsche zwischen den Hochhäusern
in gelbes Licht. Bis endlich die Sonne über den Horizont ge-
krochen kam, würde es noch Stunden dauern. Doch die deutsche Sonne wärmte nicht. Und die innere Kälte, die Vee seit
Alberts Tod noch deutlicher spürte als sonst, konnte sie erst
recht nicht vertreiben. Fröstelnd stellte sie die Styroporbox
mit den Schlangen ab und schloss die Haustür auf.

Im Treppenhaus roch es mal wieder nach Urin. Während
sie die Schlangenbox zum Fahrstuhl wuchtete, hielt Vee die
Luft an. Jemand hatte den Spiegel in der Kabine mit einem
Graffiti besprüht. Durch eine der Lücken blickte sie in ihre
eigenen müden Augen, die im matten Aufzuglicht fast schwarz
wirkten.

In ihrer Wohnung setzte sie die Schlangen ins Terrarium.
Sie wartete, bis die Tiere sich verkrochen hatten, dann hob sie
mit beiden Händen den großen Dekovulkan aus dem Glaskasten und drehte ihn um. In der Höhlung steckten zwei dicke,
mehrfach geknickte Kuverts. Vee zog sie vorsichtig heraus,
doch das braune Papier riss an einer Ecke. »Sollte mir etwas
passieren, dann geh damit zur Polizei«, hatte Albert gesagt.
»Versprich es mir.«

Die steifen Umschläge ließen sich nur leidlich gerade biegen.
Vee setzte sich damit aufs Sofa. Albert hatte seinem nebulösen
Geschäftspartner, dem Korsen, nur bedingt vertraut. Und anscheinend hatte ihn sein Instinkt nicht getrogen. Trotzdem:
Dass der Mann Albert umgebracht hatte, obwohl das Geschäft,
auf das er so scharf gewesen war, noch nicht abgeschlossen
war, ergab einfach keinen Sinn.

Vee setzte sich kerzengerade auf. Was, wenn er gar nicht von
dem Korsen umgebracht worden war? Was, wenn Fredo …

aus Eifersucht, verletztem Stolz, vielleicht im Jähzorn? Sie betastete die Male an ihrem Hals. Würde er eines Tages so lange zudrücken, bis auch sie tot war?

Die Karte der Kommissarin lag noch immer auf dem Tisch, krumm gebogen, eine Ecke geknickt. Vee stupste sie an und ließ sie rotieren wie ein Schicksalsrad.

Fredo würde sie niemals gehen lassen. »Vor mir kannst du dich nicht verstecken. Ich finde dich überall.« Das sagte er immer. Vee stoppte die Karte. Für Deutschland mochte das stimmen, nicht aber für Thailand. Dort galten andere Regeln. Wäre sie erst dort, würde er ihr nichts mehr anhaben können. Doch ohne Geld konnte sie nicht nach Hause zurück. Ohne Geld würde sie ihrer Familie die nötige Unterstützung nicht zukommen lassen können und ihr Gesicht verlieren. Ihr Vater und ihre Brüder würden sie verachten, sie schlagen. Sie würde wieder in einer Bar arbeiten müssen, wo man von ihr erwartete, mit Gästen Short Time zu gehen. Ins Hotel oder in eins der verlausten Hinterzimmer.

Sie stand auf und holte aus der Küche ein Messer. Als sie nach dem ersten Umschlag griff, meinte sie, einen kalten Lufthauch zu spüren. Alberts Geist? Vees Herz klopfte schneller. Er war gewaltvoll ums Leben gekommen. Jetzt lag er in einer Kühlkammer. Man hatte ihn aufgeschnitten und untersucht. Wie konnte er da nicht zum Geist werden? Noch dazu hatte sie ihr Versprechen nicht gehalten.

Sie horchte mit schief gelegtem Kopf. Ihr war, als würde Albert direkt hinter ihr stehen und ihr ins Ohr flüstern. Sein kalter Geisteratem in ihrem Nacken.

Das Messer fiel scheppernd auf den Glastisch. Vee sprang auf, eilte in die Küche zurück, fand Räucherstäbchen ganz hinten in der Besteckschublade. Sie steckte sie in einen Halter, stellte ihn auf den Tisch und zündete die Stäbchen mit zitternden Fingern an. Ob ihn das besänftigen würde, wusste sie nicht, aber der vertraute Duft sorgte zumindest dafür, dass ihr Herz nicht mehr raste.

In Deutschland glaubte man nicht an Geister. Aber an das

Schicksal, daran glaubten manche Leute. Trotzig streckte Vee das Kinn vor. Vielleicht hatte Albert sterben müssen, damit sie endlich frei sein konnte.

Sie knüllte die Visitenkarte zusammen und warf sie in hohem Bogen durchs Zimmer. Der Winter kam. Kalt. Dunkel. Öde. Und lang, so lang, dass man irgendwann nicht mehr wusste, wie sich Sommer anfühlte. Sie hatte nicht vor, noch einen deutschen Winter durchzustehen. Sie wollte nicht länger Fredos Launen ertragen und darauf warten, dass er sie eines Tages womöglich umbrachte. Aber sie würde Deutschland nicht mit leeren Händen den Rücken kehren.

Vee setzte das Messer an und schlitzte den ersten Umschlag auf.

***

Auf dem Rücken liegend trieb Inga in körperwarmem Salzwasser. Damit ihre Ohren nicht geflutet wurden, trug sie Ohrstöpsel, was das Gefühl der Abschottung noch verstärkte. »Floating – Verspannungen lösen wie Salz im Wasser«, hieß es auf dem Gutschein, den sie heute Morgen in ihrer Nachttischschublade gefunden hatte. Er hatte noch in dem mit Sternen verzierten Umschlag gesteckt, den sie letztes Weihnachten von ihrem Bruder und seiner Frau bekommen hatte. Sie hatte Glück gehabt, dass heute jemand abgesprungen war, sonst wäre so kurzfristig und an einem Sonntag kaum ein Termin zu bekommen gewesen.

Inga schloss die Augen, lauschte dem leisen Plätschern und ihrem Herzschlag. Schwerelosigkeit sollte sich angeblich so anfühlen, und tatsächlich spürte sie bald nicht mehr, dass sie überhaupt von Wasser umgeben war. »Lassen Sie die Gedanken einfach ziehen«, stand im Prospekt. An nichts denken, so lautete das Ziel. Doch wie sollte das gehen? Unablässig drehte sich das Gedankenkarussell.

Weihnachten rückte näher. Sie hatte noch kein einziges Geschenk. Am liebsten würde sie sich über die gesamten Feiertage in ihrer Wohnung einigeln, doch erst gestern hatte ihre Mutter wieder auf eine Entscheidung gedrängt. Inga bemerkte, wie sie sich verkrampfte. Ihr Rumpf geriet in Schieflage, sie ruderte mit den Armen, bekam Salzwasser ins Auge. Es brannte höllisch. Sie setzte sich auf, tastete blind nach dem bereitgelegten Waschlappen und drückte ihn auf das Auge, um es auszuwaschen. Schon der Gedanke daran, dass sie dem Weihnachtswahnsinn wieder nicht würde entrinnen können, brachte sie aus dem Gleichgewicht. Wenigstens brauchte sie diesmal nicht herumzudrucksen, wenn ihre Schwägerin sie fragte, ob sie den Wellness-Gutschein vom letzten Mal eingelöst und wie es ihr gefallen habe.

Sie würde also über die Feiertage zu ihren Eltern fahren, sich die üblichen Bemerkungen über ihr nicht vorhandenes Liebesleben anhören und die Tiraden darüber, wie schade es doch sei, dass es mit ihrem Ex nichts geworden war. Mit fast vierzig wieder Single, keine Hochzeit, keine Enkel in Sicht. Und damit nicht genug, war sie auch noch nach Hannover abgehauen. Seufzend ließ Inga sich zurück ins Wasser gleiten.

Loslassen. Entspannen. Atmen.

Langsam beruhigte sich ihr Herzschlag wieder, doch die Gedankenleere wollte sich einfach nicht einstellen. Ihr Bruder und seine Musterfamilie würden zur Bescherung kommen, sodass sie frühestens nach der üblichen Geschenkeschlacht und Völlerei, spätestens aber am ersten Weihnachtsabend in die örtliche Kneipe entkommen konnte. Üblicherweise traf man dort auf andere Weihnachts-Nestflüchter, was schon mal zu einer Art Klassentreffen der Verweigerer ausarten konnte und meistens damit endete, dass sie am nächsten Morgen mit fürchterlichen Kopfschmerzen aufwachte. Unwillkürlich musste Inga grinsen.

Wie lange dümpelte sie nun schon im Wasser? Sie hatte jegliches Zeitgefühl verloren. Langsam rutschte sie in einen bewegungslosen, tranceartigen Zustand, in dem sie ihre Arme und Beine kaum noch spürte. Die Gedanken machten traumartigen Bildern Platz. Sie sah ein altmodisches Kinderkarussell vor sich. Ihr Bruder im Feuerwehrauto, auf den Pferden ihre Eltern, und auf dem rosa Schwein … Nein, das Schwein war nicht rosa, sondern schwarz-weiß gescheckt und zottig. Auf seinem Rücken ritt Albert Jakubeit und zwinkerte ihr zu.

Na toll … Ein höherer Bewusstseinszustand würde eintreten, hatte sie in Erfahrungsberichten über das Floating gelesen. Man sei in der Lage, die Gedanken loszulassen, und erfahre danach eine neue Klarheit. Manch einer stieße dabei sogar auf sein inneres Kind. Doch anscheinend konnte sie ihre Arbeit selbst im Zustand geistiger Entspannung nicht loslassen. Allerdings – wenn ihr höheres Bewusstsein, oder meinetwegen auch ihr inneres Kind, etwas Klarheit in den Fall brachte, konnte ihr das eigentlich nur recht sein.

Als Kind hatte sie es geliebt, Puzzles zu lösen. So ähnlich war es mit der Polizeiarbeit im Grunde auch. Man suchte die Teile zusammen, drehte und wendete sie so lange, bis sie ineinandergriffen und ein Bild ergaben. Aber in diesem Fall hatte sie bisher nur Inseln zusammensetzen können, und noch war sie bar jeder Ahnung, wie sie die weißen Stellen dazwischen füllen sollte.

Wer hatte einen Vorteil durch Albert Jakubeits Tod? War das die wesentliche Frage? Oder sollte sie besser die Perspektive wechseln? Bislang hatte sie sich auf das Umfeld des Opfers konzentriert, aber über Albert Jakubeit selbst wusste sie noch viel zu wenig. Warum war er von Frankreich nach Deutschland gezogen und hatte schon nach kurzer Zeit darauf gedrängt, Mirza Jakubeit zu heiraten? So groß konnte die Liebe ja nicht gewesen sein, wenn er nach nicht einmal drei Ehejahren mit Vee Anatapong hatte durchbrennen wollen. Und was hatte es mit den teuren Laborgeräten auf sich, die aus seinem Bastelzimmer verschwunden waren? War Alberts Notizbuch auch ein Puzzleteil, das zur Auflösung des Falles beitrug, oder war sie nur auf eine kauzige Angewohnheit dieses rätselhaften Mannes gestoßen? Wer war Albert Jakubeit wirklich gewesen? Welche Abgründe verbargen sich hinter seiner Fassade? Sie wurde das Gefühl nicht los, dass sie irgendetwas übersah.

Langsam bewegte Inga ihre Zehen und dann die Finger, um ihren Körper wieder zu spüren. Sie wünschte sich, sie hätte Zettel und Stift parat.

15

Vee hatte ihre Wohnung den gesamten Sonntag nicht verlassen. Sie hatte die Papiere aus Alberts Umschlägen auf dem Wohnzimmertisch ausgebreitet und vergeblich versucht, ihren Sinn zu ergründen. Sie sprach leidlich Englisch und kannte immer mehr deutsche Wörter, aber sie tat sich noch schwer mit der fremden Schrift. Und dieses Französisch, das aus Alberts Mund so melodisch geklungen hatte, sagte ihr überhaupt nichts. Anders war es mit den Fotos. Schwarz-Weiß-Aufnahmen wie von einer Nachtkamera. Seine Lebensversicherung sei das, hatte Albert gesagt. Beweise für etwas, das der Korse getan hatte. Ein Verbrechen, für das er hinter Gitter gehörte. Nur wegen der Beweise sei er überhaupt noch am Leben, hatte Albert behauptet. Zwar hatte er trotz dieser Lebensversicherung damit gerechnet, dass der Korse ihn umbringen könnte. Aber warum hätte der das tun sollen? Vee glaubte nicht daran.

Abends war sie todmüde ins Bett gefallen, hatte aber nur wenige Stunden schlafen können. Immer wieder war sie aufgewacht und hatte darüber nachgegrübelt, was sie jetzt tun sollte.

Am frühen Morgen nun saß sie wie gerädert auf der Bettkante. »Versprich es mir«, sagte Alberts Geisterstimme wieder und wieder in ihrem Kopf. Vee presste die Hände gegen die Ohren. Was hatte sie davon, wenn sie Alberts Lebensversicherung der Polizei gab? Gar nichts. Und überhaupt: Hatte Albert etwa sein Versprechen ihr gegenüber eingelöst? Wenn das Geschäft mit dem Korsen durch gewesen wäre, hätte er mit ihr und dem Geld nach Thailand gehen wollen. Doch nun war er tot, und sie bekam keinen Cent.

Vee schüttelte heftig den Kopf, bis Alberts Stimme verstummte. Das, was der Korse haben wollte, befand sich nun in ihrem Besitz. Somit würde er das viele Geld eben an sie bezahlen. Vee schlüpfte in ihren Morgenmantel und lief barfuß ins Wohnzimmer.

Die Haftnotiz mit der Adresse klebte auf den Unterlagen in dem zweiten Umschlag. Dem, der für die französische Polizei gedacht war. Eine Adresse in Frankreich. Eine Telefonnummer. Vee zögerte. Doch was hatte sie zu verlieren? Ohne weiter nachzudenken, tippte sie die Nummer in ihr Handy.

Nach dem sechsten Klingeln sprang eine Mailbox an. Eine Ansage auf Französisch. Sollte sie Deutsch oder Englisch sprechen? Verstand der Korse überhaupt andere Sprachen? Sie atmete tief durch. »Albert ist tot«, sagte sie auf Englisch. »Ermordet in Hannover Zoo. Jetzt habe ich, was Sie wollen.« Auf einmal wurde doch noch abgehoben.

»Allô?« Eine Frauenstimme.

Madame Fauberge, die Putzfrau, wie sich herausstellte, sprach »English a little bit«.

»Monsieur not home!«, brüllte sie. Anscheinend glaubte sie, dass Vee sie besser verstand, wenn sie nicht nur betont langsam, sondern auch besonders laut sprach. »Travelling. Is it important?«

Sehr dringend, versicherte Vee der Frau und bemühte sich, verzweifelt zu klingen. Nicht lange, und sie hatte Petru Bernards Handynummer.

***

Kopfschüttelnd legte Catherine Fauberge auf. Was für ein merkwürdiger Anruf. Sie wischte die Anrichte neben dem Telefon ab. Der Anrufbeantworter blinkte. Hatte sie richtig gehandelt? Oder würde Monsieur Bernard mit ihr schimpfen, dass sie seine Handynummer einfach weitergegeben hatte? Als die Frau auf den Anrufbeantworter gesprochen hatte, war sie gerade mit dem Wischeimer aus dem Treppenhaus gekommen. Sie hatte nicht genau hingehört. Doch im Nachhinein leuchtete ein Wort in ihrem Gedächtnis auf wie ein Warnsignal. Hatte sie das richtig mitbekommen? Sie drückte auf die Wiedergabetaste.

»Albert is dead«, sagte die Frau. »Murdered in Hannover Zoo. Now I have what you want.«

»Murdered«, flüsterte Madame Fauberge. Sie hatte sich nicht getäuscht. Noch drei Mal spielte sie die Aufnahme ab, wobei ihr immer mulmiger zumute wurde. Sie hatte auch mal einen Albert gekannt, einen Trüffelbauern aus dem Dorf, der vor zwei oder drei Jahren spurlos verschwunden war. Zum selben Zeitpunkt wie der Mann von Jeanne Labanau, die seitdem allein auf dem abgelegenen Hof am Rand von Saint Morceaux lebte. Man munkelte, er sei ihr gegenüber gewalttätig gewesen, sodass Jeanne ihm gewiss nicht nachtrauerte.

Auch Le Baron war damals von der Polizei befragt worden, daran erinnerte sich Catherine noch genau. Die Polizei war der Ansicht gewesen, die beiden seien einem Verbrechen zum Opfer gefallen. Doch die Leichen der beiden Männer waren nie gefunden worden. Weder Albert Chevrier noch Bertrand Labanau waren je wieder aufgetaucht.

Madame Fauberge knetete das Putzleder zwischen den Fingern. Bisher hatte sie sich nie genau gefragt, welche Aufgaben Monsieur Bernard als Le Barons Privatsekretär erledigte. Korrespondenzen vermutlich oder sonstige wichtige Dinge – damit kannte sie sich nicht aus. Dass die Leute Le Baron mit Schutzgeldern, Korruption und Schlimmerem in Verbindung brachten, darauf hatte sie nie etwas gegeben.

»Ich putze sowohl bei Le Baron als auch bei Monsieur Bernard. Wenn an dem Gerede etwas dran wäre, müsste ich doch mal was mitbekommen«, verteidigte sie ihn vor ihren Freundinnen immer wieder. Sicher, manchmal besuchten ihn zwielichtige Gestalten, aber das musste sie ja nicht jedem auf die Nase binden. Und seit Le Baron ihrem Neffen einen Job in der Stadtverwaltung verschafft hatte, hielt sie große Stücke auf ihn.

Nachdenklich starrte Madame Fauberge auf den Anrufbeantworter. Das rote Lämpchen blinkte nicht mehr, stattdessen zeigte ein Briefumschlag auf dem Display, dass eine Nachricht vorlag. Monsieur Bernard würde wissen, dass sie die Nachricht abgehört hatte, denn wer außer ihr hatte sonst noch Zutritt zu seiner Wohnung? Er hatte ihr seine Schlüssel anvertraut, weil er ihre Diskretion schätzte. Und aus Erfahrung wusste sie, dass er sehr empfindlich reagieren konnte, wenn jemand seine Privatsphäre verletzte. Ihr wurde heiß bei dem Gedanken, welches Loch sich in ihrer Haushaltskasse auftun würde, sollte sie die Putzstelle verlieren. Sowohl Petru Bernard als auch Le Baron zahlten gut. Besser als jeder andere. Und bei wem konnte sie sich ihre Zeit schon frei einteilen?

Madame Fauberge atmete tief ein und wieder aus. Dass die Frau von einem Albert gesprochen hatte, war sicher nur Zufall gewesen. Sie fuhr mit dem Lappen über das Display, als könnte sie den kleinen Briefumschlag wegwischen. Dann atmete sie sich noch einmal Mut an und löschte die Nachricht. Doch kaum war der Piepton verklungen, war sie nicht mehr sicher, ob sie das Richtige getan hatte.

In Gedanken versunken, putzte sie Monsieur Bernards Wohnung zu Ende. »Murdered«, klang die Stimme der Frau in ihrem Kopf wider. Sie kannte die Nachricht inzwischen auswendig.

Auch als sie Stunden später in Le Barons Eingangshalle den Boden wischte, drückte sie noch das schlechte Gewissen. Gerade öffnete sie die Tür zum Garten und schlug eine Fußmatte aus, als Le Baron die Stufen zur Terrasse hochkam. »Bonjour, Madame«, begrüßte er sie. »Ça va bien?«

»Oui, oui. Ça va«, antwortete sie etwas zu schnell. Sie ließ die Matte auf den Boden fallen und richtete sich auf. Ihre Wangen brannten.

»Ist irgendwas?« Er blickte sie fragend an. Wahrscheinlich stand ihr das schlechte Gewissen ins Gesicht geschrieben. Sie hatte noch nie gut lügen können.

»Heute Morgen, als ich Monsieur Bernards Wohnung geputzt habe, da kam ein merkwürdiger Anruf«, platzte sie heraus und stockte. Manövrierte sie sich mit ihrem Geständnis nicht direkt auf eine Kündigung zu? Schlimmer wäre es allerdings, wenn sie die Sache für sich behielte und irgendwann herauskäme, was sie getan hatte. Konnte sie es überhaupt mit ihrem Gewissen vereinbaren, dass Monsieur Bernard wegen ihr womöglich wichtige Informationen nicht erhielt?

Catherine Fauberge gab sich einen Ruck. Dann erzählte sie Le Baron alles.

16

In den frühen Morgenstunden checkte Petru am Automaten ins Ibis Budget Hotel ein. Die Zimmer waren einfach und zweckmäßig; der Korse legte keinen Wert auf Komfort. Er schätzte die Anonymität und die Lage des Hotels im Zentrum von Hannover.

Er war die Nacht durchgefahren und entsprechend müde. Doch bevor er sich schlafen legte, loggte er sich ins WLAN ein und tippte die Adresse von Alberts Frau in den Routenplaner. Mit dem Auto waren es nur fünfzehn Minuten. Er würde sich ein paar Stunden Schlaf gönnen und dann zu der Adresse fahren. Sobald Mirza Jakubeit das Haus verließ, würde er reingehen und sich in ihrer Wohnung umsehen. Er bezweifelte, dass die Frau von Alberts Plänen gewusst hatte, doch mit etwas Glück würde er dort in irgendeinem Versteck das Rezept finden – und die angeblichen Beweise gegen ihn, sollte es sie wirklich geben.

Petru fuhr sich über das Gesicht und spürte Bartstoppeln. Seit Genf hatte er sich nicht mehr rasiert. Außerdem brauchte er dringend eine Dusche. Er hob seinen Koffer auf das Bett, nahm seinen Kulturbeutel und frische Kleidung heraus.

In dem winzigen Bad stellte er sich in die Nasszelle und ließ das Wasser auf seine Schultern prasseln. Er hatte immer noch ein schlechtes Gewissen wegen des Gesprächs mit Vivien. Ihr vorzugaukeln, dass er mit ihr nur eine Urlausreise nach Südamerika unternehmen wollte, war ihm schwergefallen. Doch er konnte nicht riskieren, dass sie sich verplapperte. Auch dass er sie im Internat abgemeldet hatte, ahnte sie nicht.

Die Internatsleiterin hatte Verständnis dafür gehabt, dass er den richtigen Moment noch nicht gefunden hatte, um Vivien von dem Umzug zu erzählen. Die Frau hatte versprochen, Stillschweigen zu bewahren. Petru hoffte, dass ihm seine Tochter irgendwann verzeihen würde, aber momentan war das Risiko zu groß, sie in den Plan einzuweihen. Zumal sie nichts weiter im Kopf zu haben schien als Le Barons nichtsnutzigen Sohn.

Als er das Wasser abstellte, meinte er, nebenan sein Handy zu hören. Es musste schon länger geklingelt haben, denn jetzt verstummte es. Er stieg aus der Dusche und trocknete sich flüchtig ab. Mit dem Handtuch um die Hüften angelte er sein Telefon von der Ablage über dem Bett.

Die unbekannte Frau auf der Mailbox redete mit hoher, atemloser Stimme, als hätte sie vorher Anlauf genommen. Petru stellte das Handy lauter. Sie sprach Englisch mit starkem Akzent, verwechselte l und r, verschluckte Konsonanten. Eine Asiatin.

Petru lauschte ungläubig. Sie behauptete, eine Freundin von Albert zu sein und über alles Bescheid zu wissen. Sie besitze das Rezept und außerdem Beweise, die sie der Polizei übergeben würde, sofern er nicht zahlte. Dann verlangte sie Geld von ihm. Viel Geld.

Wer war die Frau? Wie viel wusste sie?

Erneut klappte Petru seinen Laptop auf. Er war so müde, dass die Buchstaben vor seinen Augen verschwammen, als er Alberts Adressdatei öffnete. Die Suche nach der Handynummer der Frau ergab einen Treffer. Véronique. Eine Französin? Unmöglich. Die Frau hatte eindeutig asiatisch geklungen.

Als er sich die Adresse notierte, die Albert mit der Nummer abgespeichert hatte, kam ihm ein Gedanke. Was, wenn Albert Le Baron das Rezept nicht exklusiv angeboten hatte? Vielleicht hatte er zweimal abkassieren wollen? Petru brach der Schweiß aus. Konnte Albert so dumm gewesen sein, sich mit der chinesischen Trüffelmafia eingelassen zu haben?

Er klappte den Laptop zu, schaltete sein Handy aus und schloss es ans Ladekabel an. Dann legte er sich auf das Bett und starrte an die Decke. »Call me back«, hatte die Frau gesagt. Doch unvorbereitet würde er das nicht tun. Wenn sie zur Chinesenmafia gehörte, musste er äußerst vorsichtig zu Werke gehen. Bevor er Alberts Wohnung einen Besuch abstattete, galt es nun als Erstes herauszufinden, was es mit dieser Véronique auf sich hatte.

* * *

So ausgeruht hatte sie sich lange nicht mehr gefühlt. Inga streckte die Arme aus und rekelte sich ausgiebig unter der Decke. Obwohl sie sich beim Floating und der anschließenden Massage über Stunden quasi nicht bewegt hatte, war sie danach erschöpft ins Bett gefallen und sofort eingeschlafen. Und jetzt war sie hellwach, lange bevor der Wecker klingelte.

Sie tastete nach ihrem Handy. Zwanzig nach fünf. Energisch richtete sie sich auf und schwang die Beine aus dem Bett. Auf dem Nachttisch lag ihr aufgeschlagenes Notizbuch. Darin hatte sie vor dem Schlafengehen noch rasch ihre Floating-Gedanken notiert. Irgendwas von Puzzlestücken und Inseln. Einen Satz hatte sie mehrmals unterstrichen und mit einem dicken Fragezeichen versehen: »Was für ein Mensch war Albert Jakubeit?«

Fröstelnd zog Inga sich die Bettdecke über die Schultern. Sie spürte den leisen Impuls, sich wieder hinzulegen und vor sich hin zu dösen, bis der Wecker ging. Aber dann warf sie die Decke aufs Bett und stand auf. Genauso gut konnte sie die Gunst der frühen Stunde nutzen.

Eine halbe Stunde später schob Inga ihr Rad auf die Straße. Sie fuhr zum Präsidium und hinterließ auf Sahins Schreibtisch eine Notiz, dass er beim BKA wegen Albert Jakubeits Vergangenheit nachhaken sollte. Mit Albert Jakubeits Zooschlüsselbund in der Tasche stieg sie kurz darauf erneut auf ihr Rad und schlug den Weg zum Zoo ein.

Laut seiner Frau hatte Albert Jakubeit oft vor Schichtbeginn in der Kantine gefrühstückt. Das hatte Inga jetzt ebenfalls vor. Die Kollegen würden sie dafür wahrscheinlich belächeln. Aber ihr würde es helfen, ein besseres Gefühl dafür zu bekommen, wie Albert Jakubeit getickt hatte.

Inga bog in die Eilenriede ein. So gut es ging, umfuhr sie

die Pfützen, die der gestrige Regen hinterlassen hatte, doch an manchen Stellen stand das Wasser auf der gesamten Wegbreite. Fluchend hob sie die Füße an. Als sie das Rad am Eingang des Verwaltungsgebäudes anschloss, war ihre Jeans schlammbespritzt und klebte feucht an den Waden. Sie benutzte Albert Jakubeits Schlüsselkarte und betrat damit den Personalbereich.

Die Zookantine hatte gerade erst geöffnet. Inga nahm sich ein Tablett und blieb unschlüssig vor dem Kaffeeautomaten stehen.

»Kann ich Ihnen helfen?« Die Dame hinter dem Tresen lächelte sie munter an.

»Stimmt es, dass Herr Jakubeit hier manchmal gefrühstückt hat?«

Die Frau nickte. »Café au Lait und Croissant. Immer wenn er Frühschicht hatte.« Sie legte die Stirn in Kummerfalten. »Ich kann's noch gar nicht fassen, dass er …« Sie stockte. »Sie sind doch die Kommissarin, oder? Gibt es denn schon einen Verdacht?«

»Wir ermitteln noch.« Inga stellte eine Tasse in den Automaten und wählte Café au Lait. »Kam Herr Jakubeit allein oder mit Kollegen?«, fragte sie über das Brummen der Maschine hinweg.

»Morgens kam er immer allein, zum Mittagessen war er meist mit Kollegen da. Er hielt sich im Hintergrund, war eher Einzelgänger.« Sie wies auf einen der Tische. »Meistens saß er dahinten an der Wand, gleich neben dem Fenster, kritzelte in seinem Notizheft herum und grübelte über irgendwas.«

Jetzt wurde es interessant. Inga holte das Heft aus ihrer Umhängetasche. »Dieses hier?«

Die Frau kam näher. »Könnte sein. So genau hab ich's nie gesehen. Er hat es immer schnell eingesteckt, sobald jemand auch nur ansatzweise geguckt hat.«

»Hat er mal erwähnt, worüber er sich Notizen gemacht hat?«

»Nein. Er war ja nicht besonders redselig. Auf mich wirkte

er immer, als würde er was im Schilde führen. Besonders in letzter Zeit.«

»Tatsächlich?«

Die Frau nickte. »Er war nervöser als sonst, richtig schreck-haft. Eine Kollegin hat neulich ein Tablett fallen lassen. Da wär er fast vom Stuhl gekippt, so hat der sich erschreckt. Und dann sah er ständig aus, als hätte er nächtelang nicht geschlafen.«

Inga nahm sich ein Croissant. Sie zahlte und setzte sich an den Tisch, den ihr die Bedienung gezeigt hatte. Von diesem Platz aus hatte Albert Jakubeit jederzeit sehen können, wer die Kantine betrat. Eingang im Blick, Rücken an der Wand. Inga biss in das noch warme Gebäck und schaute aus dem Fenster. Sven Meinhardt trat gerade aus dem Personalbereich auf den Betriebshof. Schnell trank sie ein paar Schlucke Kaffee, schnappte sich ihre Tasche und das Croissant und lief ihm nach.

»Guten Morgen, Herr Meinhardt.«

Er fuhr herum. »Haben Sie mich erschreckt!«

»Tut mir leid.« Inga lächelte. »Ich dachte nur, wo ich Sie gerade hier sehe, dass Sie mir eine Frage beantworten könn-ten.«

»Ja klar, wenn's nicht zu lange dauert.« Er sah auf die Uhr. »Bin eh schon spät dran.« Er fuhr sich übers Gesicht, das grau und übernächtigt wirkte. Dem würde ein ausgiebiges Floating auch einmal guttun, dachte Inga.

Sie hielt ihm Albert Jakubeits Schlüsselbund hin. »Das ist der Zentralschlüssel, mit dem man vom Betriebsweg in den Zoo kommt, diese hier gehören alle zu Meyers Hof, das ist der Schlüssel für die Vorhängeschlösser im Schweinestall – alles Spezialanfertigungen. Nur dieser tanzt aus der Reihe.« Sie separierte einen flachen Schlüssel mit rundem Kopf. »Wissen Sie, wofür der sein könnte?«

Meinhardt griff nach dem Schlüssel und betrachtete ihn von allen Seiten. »Sieht aus wie für ein stinknormales Sicher-heitsschloss. Vielleicht was Privates? Gartenhütte oder so?«

»Kann schon sein.« Inga nahm den Schlüsselbund wieder an sich. »Dann frage ich mal seine Frau.«

»Wird wohl das Beste sein«, murmelte Meinhardt, der auf einmal abwesend wirkte. »War's das, oder kann ich Ihnen sonst noch irgendwie helfen?«

»Nein, ich will Sie auch nicht länger von der Arbeit abhalten«, sagte Inga. »Vielen Dank.«

»Da nicht für.« Meinhardt tippte sich grüßend an die Kappe und ging davon. Doch an der Zugangstür zum Zoo drehte er sich noch einmal um. »Mir ist doch was eingefallen«, rief er. »Am besten kommen Sie mal mit.«

Er führte sie zum Heulager hinter den Schweinestall. »Dahinten hat Albert manchmal mit Daphne trainiert.« Er zeigte in die Ecke des Hofs, wo Weihnachtsleuchtsterne neben einer ausrangierten Schweinefigur aus dem Kinderland aufgestapelt waren. »Aber einmal habe ich gesehen, wie er aus dem Bauwagen kam. Er hat so getan, als hätte er dahinter in die Büsche gepinkelt, aber ich hatte den Eindruck, er war da drin.«

»Verstehe«, sagte Inga. »Sie meinen also, der Schlüssel gehört zum Bauwagen?«

Meinhardt zuckte mit den Achseln. »Sie können's ja probieren.« Er schnappte sich Schubkarre und Rechen. »Ich muss dann mal. Sie kommen hier sicher allein klar, oder?«

Der Bauwagen besaß eine Außenhaut aus grauem Profilblech und stand auf Stützen. Das einzige Fenster an der vorderen Stirnseite wurde durch Läden verdeckt. Inga stieg auf die Anhängerkupplung, entriegelte die Fensterläden und klappte sie auf, nur um festzustellen, dass jemand von innen ein Stück Pappe an die Scheibe geklebt hatte. Wahrscheinlich befand sich darin sowieso nichts Spektakuläres. Sie sprang von der Kupplung und ging zur Rückseite. Hier musste sie sich strecken, um die Türklinke zu erreichen. Unter dem Wagen entdeckte sie eine kurze Treppe aus Metall. Inga zog sie hervor, hängte sie an den dafür vorgesehenen Rasten ein und stieg die drei Stufen hinauf.

Der Schlüssel glitt ohne Probleme ins Schloss und ließ sich mühelos drehen. »Bingo!« Inga grinste. Dann drückte sie die Klinke herunter.

Sie hatte erwartet, diverse Baugeräte vorzufinden. Kabel vielleicht, ein verwaistes Paar Sicherheitsschuhe, den unvermeidlichen gelben Bauarbeiterhelm an der Wand. Doch nichts dergleichen sah sie vor sich.

Angestrengt blickte Inga ins Halbdunkel. Ein langer Tisch nahm die komplette linke Wand ein. Schemenhaft bemerkte sie mehrere Geräte, die durch Schläuche und Armaturen miteinander verbunden waren. Daneben stapelten sich Glasbehälter, Schalen und Kolben wie in einem Labor. Sie tastete neben der Tür die Wand ab, fand einen Lichtschalter, doch die nackte Glühlampe an der Decke flammte nicht auf. Hatte der Bauwagen überhaupt Strom? Sie aktivierte die Taschenlampenfunktion ihres Handys. Der Lichtkegel glitt über ein Manometer, Armaturen und Schläuche sowie ein zylinderförmiges Gerät aus Gusseisen; eine Pumpe, vermutete Inga.

Sie leuchtete in den hinteren Teil des Bauwagens. Die Pappe vor dem Fenster war mit Klebeband fixiert worden, sodass kein Licht eindringen konnte. Und auch nicht hinaus. An der rechten Wand lag ein ausgerollter Schlafsack auf einer schmalen Pritsche. Daneben war eine umgedrehte Getränkekiste zum Tisch umfunktioniert worden. Eine Thermoskanne stand darauf, eine benutzte Tasse, eine angebrochene Packung Kekse.

Inga kehrte in den vorderen Bereich zurück. Sie hockte sich hin und leuchtete unter den Labortisch. Dort fand sie einen eckigen, mit Styropor verkleideten Behälter von der Größe einer Kühltasche und einen mit Deckel verschlossenen Plastikeimer, der mit einem schwarzen Stift beschriftet worden war. »Or marron«, las Inga.

»Braunes Gold?«, murmelte sie verwundert und richtete sich wieder auf.

»Du meine Güte, was ist das denn?«, ertönte es hinter ihr. Inga fuhr herum. In der Tür stand Sven Meinhardt und schüttelte ungläubig den Kopf. Sie schob ihn nach draußen zurück.

»Besser nichts anfassen«, sagte sie. Während sie die Nummer der Kriminaltechnik wählte, schloss sie die Tür des Bauwagens und stieg die drei Stufen hinab. Forensik-Stefan meldete sich.

»Hey, Lieblingskommissarin.«

»Ich habe im Zoo was gefunden«, sagte Inga. »Das solltet ihr euch ansehen.« Sie erklärte ihm, wo er und seine Kollegen hinmussten, als ihr Blick auf eine rote Außensteckdose neben der Tür fiel. Inga beendete das Gespräch, hob das darin eingesteckte Kabel an und wandte sich an Sven Meinhardt. »Wohin führt das?«

Er verzog ratlos das Gesicht. »Woher soll ich das wissen?«

Inga hockte sich neben die Stufen und leuchtete unter den Wagen. Das Kabel verlief einmal längs darunter entlang und verschwand am Ende im Boden. Als sie daran zog, stellte sie fest, dass es nur oberflächlich vergraben worden war. Stück für Stück zerrte sie es aus dem teils festgestampften Boden und folgte seinem Verlauf bis zur Rückseite des Schweinestalls. Dort verschwand das Kabel in einem Gebüsch. Inga bog die Zweige auseinander und zog noch einmal kräftig. Ein in den Boden gedrückter Ziegelstein hob sich. Darunter ließ sich das aufgerollte und mit einem Stecker versehene Kabelende hervorziehen.

»Gibt's nicht«, rief Meinhardt hinter ihr. »Dass das keiner mitbekommen hat.«

Inga wedelte mit dem Stecker. »Und wo kriege ich jetzt Strom her?«

»Ganz einfach.« Meinhardt zeigte auf die Tür zur Futterküche. »Da ist eine Außensteckdose.«

»Na also«, sagte Inga triumphierend und drückte den Stecker in die Dose.

»Wow.« Forensik-Stefan trat leicht gebeugt durch die niedrige Tür und ließ die Gummihandschuhe über seine Handgelenke flitschen. Im matten Licht der Glühlampe, die dank des angeschlossenen Stromkabels das Innere des Bauwagens erhellte, wirkte sein Gesicht mit dem Dreitagebart fahl. »Albert Jakubeits Geheimlabor. Ich bin beeindruckt.«

»Wahrscheinlich sind das die Geräte, die seine Frau vermisst. Und ich vermute mal, er hat damit das hier hergestellt«, sagte Inga. Sie zog den Kunststoffeimer unter dem Tisch hervor und hob vorsichtig den Deckel ab. Der Behälter war mit einer Art Granulat gefüllt, das wie Instantkaffee aussah.

Stefan kniete sich neben sie. »Das riecht nach …« Er schüttelte den Kopf.

»Nach Trüffeln?«, fragte Inga.

Stefan nickte. »Und wofür soll das gut sein?«

Inga wiegte den Kopf hin und her. »Ich habe da so eine Ahnung.« Sie zeigte auf einen Plastikfilter, der umgedreht auf der Arbeitsfläche stand. »Kaffee hat er sich damit jedenfalls nicht gemacht.«

Einer der Kriminaltechniker erschien in der Tür »Was gibt's?«

Forensik-Stefan machte eine ausladende Bewegung. »Das volle Programm. Wollen doch mal sehen, wer sich in diesem Pseudolabor so rumgetrieben hat. Danach den ganzen Rotz einpacken und ins KTI damit.« Er wandte sich an Inga. »Glaubst du, das hier hängt mit dem Mord zusammen?«

Inga kam nicht dazu, ihm zu antworten, denn ihr Handy klingelte. Sie ließ Sahin erst gar nicht zu Wort kommen. »Du wirst nicht glauben, was ich hier im Zoo entdeckt habe.« In knappen Worten setzte sie ihn über den Bauwagenfund ins Bild.

»Ist nicht wahr!«, rief Sahin. »Das passt haargenau zu den Neuigkeiten, die ich gerade erfahren habe. Halt dich fest: Albert Chevrier alias Albert Jakubeit ist in Frankreich seit drei Jahren als vermisst gemeldet. Und nicht nur er. Sein Nachbar, ein gewisser Bertrand Labanau, gilt ebenfalls als verschollen. Laut seiner Familie hat der Mann Albert zuvor beschuldigt, einer Fälscherbande anzugehören.«

»Blüten?«, wollte Inga wissen.

»Nee«, antwortete Sahin. »Trüffeln.«

Inga grinste. »Bin in zwanzig Minuten im Büro.«

Kaum hatte Inga das Büro betreten, winkte Sahin sie an seinen Schreibtisch. »Ich hatte ein sehr aufschlussreiches Gespräch mit dem französischen Kontaktbeamten des BKA. Er hat mir die wesentlichen Informationen zum Vermisstenfall übersetzt und die Akte per E-Mail an uns weitergeleitet. Albert Chevrier hat nicht bloß Schweine gezüchtet, sondern war vor allem bekannt für seinen Trüffelanbau.«

»Ich dachte immer, die findet man nur«, meinte Inga. Sie zog sich einen Stuhl heran und setzte sich neben ihn.

»Dachte ich auch. Ich habe das mal rasch im Internet recherchiert. Die Pilze wachsen wohl bevorzugt unter Steineichen. Man kann die Wurzeln von Setzlingen mit Trüffelsporen impfen, und nach acht bis zehn Jahren *vielleicht* ein paar Trüffeln ernten. Das Ganze ist eine Art Glücksspiel und eine Wissenschaft für sich. Bodenbedingungen, Klima und das Wetter spielen eine Rolle …«

Inga unterbrach seinen Redefluss. »Komm auf den Punkt.«

Sahin lehnte sich zurück. »Albert Jakubeit stammt aus dem Département Dordogne beziehungsweise aus dem Périgord, wie die Region historisch genannt wird. Dort wachsen die besonders aromatischen schwarzen Périgord-Trüffeln, eine der teuersten Trüffelarten der Welt. Seine Familie besaß dort einen Trüffelhain, und Alberts Vater war für die besondere Qualität seiner Trüffeln bekannt. Nach dem Tod des Alten hat Albert als einziger Sohn den Hof übernommen. Und zuerst war er wohl auch erfolgreich mit den Trüffeln. Sein Nachbar, dieser Bertrand Labanau, übrigens auch. Die beiden lieferten sich einen Wettstreit, wer die besten Trüffeln erntete. Vor drei Jahren gab es dann eine Dürreperiode, weshalb der Ertrag entsprechend mager ausfiel. Albert Chevrier verkaufte jedoch weiterhin Trüffeln – wohl hauptsächlich über das Internet. Woraufhin sein Nachbar den Verdacht äußerte, er würde billige Chinatrüffeln als echte Périgord-Trüffeln deklarieren, und mit einer Anzeige drohte.«

Inga hob die Augenbrauen. »Und dann verschwanden die beiden einfach?«

Sahin nickte. »Labanaus Familie meldete ihn als vermisst. Der Streit mit Albert Chevrier kam zur Sprache ...« Er brach ab, angelte sein vibrierendes Handy von seinem Schreibtisch und ging nach kurzem Zögern ran. Gedämpft hörte Inga eine Frauenstimme, die auf Türkisch losratterte. Sahin fuhr bei erster sich bietender Gelegenheit dazwischen. »Moment.« Er ließ das Handy sinken und sah Inga an. »Wichtige Familienangelegenheit. Dauert nicht lange – vielleicht kannst du dir inzwischen selbst ein Bild machen? Ich habe die Mail an dich weitergeleitet.«

Inga nickte und wedelte mit der Hand Richtung Tür, woraufhin Sahin sich zum Telefonieren auf den Flur zurückzog. Im Grunde war sie froh, dass sie sich dem Bericht aus Frankreich jetzt in Ruhe, ohne Sahins Ausschweifungen widmen konnte.

Inga setzte sich an ihren Platz, loggte sich in ihren Rechner ein und öffnete die E-Mail.

Commandant de police Victor Fillet, der leitende Ermittler, war damals zusammen mit einem Kollegen zu Albert Chevrier gefahren, um ihn in der Sache Labanau zu vernehmen. Die beiden hatten auf dem Hof ein heilloses Chaos vorgefunden. Jemand war eingebrochen, hatte alles durchwühlt und die Tiere freigelassen. In der Diele und in der Küche hatten sie Blutspuren gefunden. Wie Untersuchungen ergaben, stammte das Blut von Albert Chevrier, was die Vermutung nahelegte, dass er einem Verbrechen zum Opfer gefallen war. Trotz intensiver Suche waren aber weder Albert Chevrier noch Bertrand Labanau je wieder aufgetaucht.

Bis jetzt, dachte Inga und scrollte weiter.

Ein gewisser Baron de Villardin war in den Fokus der Ermittler geraten, denn Labanau hatte vor seinem Verschwinden behauptet, de Villardin und Albert hätten beim Betrug mit den Trüffeln gemeinsame Sache gemacht. De Villardin hatte die Vorwürfe bestritten. Er sei mit Albert Chevrier lediglich befreundet gewesen, hatte er zu Protokoll gegeben, und es sei auch ihm ein Rätsel, was zum Verschwinden der beiden Männer geführt haben könnte. Die Kollegen hatten zudem nichts finden können, was auf illegale Trüffelgeschäfte oder Kontakte zur Trüffelmafia hindeutete. Schließlich waren die Ermittlungen gegen de Villardin eingestellt worden.

Inga gab den Begriff »Trüffelmafia« bei Google ein, als Sahin ins Büro zurückkehrte und sich neben sie stellte.

»Danach habe ich vorhin auch schon gesucht – krass, oder?«

Inga nickte abwesend. Sie überflog einen Artikel, den sie gerade geöffnet hatte. Offenbar gab es in China eine Trüffelart, die den französischen Edeltrüffeln zum Verwechseln ähnlich sah, im Gegensatz zu diesen aber vollkommen geschmacksneutral war und nur einen Bruchteil dessen kostete, was man für die aus dem Périgord stammenden Schlauchpilze hinblättern musste.

»Der Trick ist, dass man wenige echte unter die Chinatrüffeln mischt, damit sie den Geruch annehmen. Oder man parfümiert sie mit künstlichen Aromen«, erklärte Sahin. »Der Schwindel fliegt meistens erst auf, wenn die Trüffeln schon zubereitet sind und nach nichts schmecken. Und weil gefälschte Trüffeln oft über das Internet verkauft werden, ist eine Reklamation nicht so einfach wie beim Bauern nebenan. Davon abgesehen wollen viele auch nicht wahrhaben, dass sie einem Betrüger aufgesessen sind. Das Ganze ist eine Goldgrube, wenn man bedenkt, dass die echten Périgord-Trüffeln je nach Saison im Bereich von mehreren tausend Euro pro Kilogramm gehandelt werden.«

Inga pfiff durch die Zähne. »Man kauft also billige Chinatrüffeln ein, deklariert sie als Edelware und verkauft sie zum zehnfachen Preis?«

Sahin nickte. »Und zuvor hat man die chinesische Ware sicher auch noch illegal am Zoll vorbeigeschmuggelt.«

Inga lehnte sich zurück. Hatte die Trüffelmafia Albert Jakubeit umgebracht, weil er zu viel gewusst hatte? Und wie hing sein Zoolabor mit der ganzen Sache zusammen?

17

Warum rief der Korse nicht zurück? Angespannt starrte Vee auf ihr Handy, das vor ihr auf dem Küchentisch lag. War sie zu voreilig gewesen, als sie ihm auf die Mailbox gesprochen hatte? Was, wenn er wirklich so gefährlich war, wie Albert gemeint hatte? Der Gedanke jagte ihr Angst ein. Trotzdem musste sie es wagen, denn sie brauchte das Geld.

Wieder betastete sie die Abdrücke, die Fredos Griff an ihrem Hals hinterlassen hatte. »Sag dem Pappa, ich habe Halsweh«, hatte sie ihrer Kollegin gesagt. »Heute Abend keine Show.« Sie stand vom Küchentisch auf und machte sich einen Tee. Als das Handy laut piepte, ließ sie vor Schreck fast die Tasse fallen.

Bloß eine Nachricht von Fredo. Er fragte, wie es ihr ging. Wie immer, wenn er ihr wehgetan hatte, quälte ihn danach das schlechte Gewissen. Vee schob trotzig die Unterlippe vor und legte das Handy auf den Tisch zurück. Sie würde nicht antworten. Irgendwann käme er sowieso wieder angekrochen.

»Korse, melde dich endlich!«, herrschte sie das Telefon an. Je mehr Zeit verstrich, umso mulmiger wurde ihr. »Dein heißes Herz wird dich eines Tages noch umbringen«, hatte ihre Mutter immer gesagt, wenn Vee mit ihrer impulsiven Art etwas Dummes angestellt hatte. Sollte sie recht behalten?

Vee trank ihren Tee aus, legte sich ins Bett und schloss die Augen. Das Handy neben ihr blieb stumm. Nach einer Weile glitt sie in einen unruhigen Schlaf.

Vier Stunden später schreckte sie aus einem wirren Traum hoch. Ihr Herz hämmerte. Sie hatte von Albert geträumt. Albert, der mit aufgeschnittenem Leib auf einem Seziertisch lag, die Haut wächsern, die Augen leer. Auf einmal hatte er sich aufgerichtet. »Du hast es versprochen, Vee!«, schrie er, und in seinen leeren Augenhöhlen leuchtete es gespenstisch.

Vee lauschte in die Dunkelheit. Waren da Schritte zu hören? Ein Wispern?

»Albert?«, flüsterte sie. Vor lauter Angst wurde ihre Brust ganz eng. Sie hatte im Wohnzimmer einen Altar aufgestellt; ein Schälchen mit Alberts Lieblingsessen, Blumen und Räucherstäbchen standen darauf. Bestimmt war Alberts Geist nun dabei, sich die Gaben zu holen. Sie hoffte, dass er sich damit besänftigen ließ, doch wahrscheinlicher war, dass er sich an ihr rächen wollte. Fröstelnd zog Vee die Decke bis zum Kinn. Im Zimmer war es kälter geworden, das spürte sie ganz deutlich. Geisterkalt.

Mit bebenden Händen griff sie nach ihrem Handy.

Kein verpasster Anruf, keine Nachricht vom Korsen. Plötzlich kam ihr ein Gedanke. Vee setzte sich auf. Verstand er überhaupt Englisch? Oder rief er nicht zurück, weil Alberts ruheloser Geist auch ihn heimsuchte?

Sie schaltete das Licht ein und zog sich mit fliegenden Fingern an. Hier hielt sie es keine Sekunde länger aus. Ein Blick ins Wohnzimmer: Das Essen auf dem Altar schien unberührt. Aber Alberts Geist spürte sie ganz deutlich. Vee warf sich ihre Jacke über, schnappte sich Geld und Handy und rannte los. Als die Haustür hinter ihr zufiel, merkte sie, wie hungrig sie war. Und wie müde. Ein Tee konnte helfen. In der Bäckerei gleich um die Ecke gab es auch die süßen Brötchen, die sie gern aß.

Als sie im Cafébereich der Bäckerei saß, checkte sie immer wieder das Handy neben ihrem Teller, doch der Korse rührte sich weiterhin nicht. Wenigstens schienen die bedrückenden Bilder der letzten Nacht hier, an diesem freundlichen Ort, längst nicht mehr so bedrohlich. Vee spürte neue Zuversicht. Wahrscheinlich hatte der Korse die Mailbox bloß noch nicht abgehört. Bestimmt würde er sich bald melden. Bis dahin sollte sie allerdings einen Plan haben, denn wenn sie das Geld erst einmal hatte, musste sie so schnell wie möglich von hier verschwinden.

Die Schlangen würde sie zurücklassen müssen, das stand fest. Sie einfach ihrem Schicksal zu überlassen, widerstrebte ihr jedoch. Sollte sie einen letzten Auftritt im Club absolvieren, als ob nichts wäre, und sich danach klammheimlich aus dem Staub machen? Nein, wenn sie die Schlangen dort ließ, würde Fredo misstrauisch werden. Und das Tierheim kam nicht in Frage.

Nachdenklich trank Vee ihren Tee aus. Dann machte sie sich auf den Weg zur Tierhandlung. Sie brauchte ohnehin neues Schlangenfutter, und der Mann, der ihr immer die Mäuse verkaufte, wusste vielleicht Rat.

***

Petru ließ den Citroën langsam an der gesuchten Adresse vorbeirollen. Ein Hochhaus. Das machte es nicht gerade einfach, die Wohnung der Frau zu finden, von der er lediglich den Vornamen kannte. Wenn sie das Rezept tatsächlich in ihrem Besitz hatte, dann vielleicht auch das Or marron, das braune Gold. Womöglich hatte er Albert doch falsch eingeschätzt. Dieser Frau schien er vertraut zu haben, denn sonst hätte er ihr die Beweise nicht überlassen, mit denen sie nun versuchte, ihn zu erpressen. Wenn es ihm nicht gelang, ihr die Unterlagen abzunehmen, konnte sie verdammt gefährlich für ihn werden. Und sollte sie darüber hinaus auch noch zur chinesischen Trüffelmafia gehören, hätte er ein richtig dickes Problem.

Petru stellte den Wagen in einer Parallelstraße ab. Er nahm den Karton vom Beifahrersitz, in dem er seinen Rucksack mit den Utensilien verstaut hatte, und ging zu Fuß zurück, die Kappe tief in die Stirn gezogen. Sowohl die Schirmmütze als auch seine Jacke trugen das Logo eines Paketdienstes. Und für den Fall, dass er es mit der Mafia zu tun bekam, steckte im Holster unter seiner Achsel die Glock 17.

Auf den Klingelschildern fand er fast nur Nachnamen, allenfalls Initialen davor. Ganz oben, mit verblasstem Kugelschreiber in rundlichen Buchstaben geschrieben, stand ein asiatischer Name: V. Anatapong. Sechster Stock. Er musste es auf gut Glück versuchen.

Petru drückte wahllos auf mehrere Klingelknöpfe. Nichts tat sich. Um diese Zeit schienen alle Bewohner ausgeflogen zu sein. Doch schließlich knackte die Sprechanlage.

»Ja bitte?« Die Stimme einer älteren Frau.

»Post«, antwortete er, woraufhin der Summer ertönte und die Tür sich öffnen ließ.

Er nahm den Aufzug in den sechsten Stock. Als er ausstieg, rief die Frau unten im Treppenhaus nach ihm. Petru rührte sich nicht, bis die Wohnungstür ins Schloss fiel.

Er zog die Pistole, drapierte die Jacke so, dass man sie nicht sofort sah, blickte sich noch einmal um. Dreimal klingelte er an der Tür mit der Aufschrift »V. Anatapong«. Jeden Muskel angespannt, zählte er stumm bis dreißig. In der Wohnung rührte sich nichts. Aufatmend steckte Petru die Waffe wieder ein.

Eine Plastikkarte genügte, um das Schloss zu knacken. Wer auch immer hier wohnte, hatte die Tür nur zugezogen. Wie leichtsinnig.

Die Wohnung war so überheizt, dass ihm sofort der Schweiß ausbrach. Petru schloss leise die Tür und sah sich im Flur um. Langsam gewöhnten sich seine Augen an das Dämmerlicht. An der Garderobe hingen mehrere Damenjacken und eine Handtasche. Petru streifte sich Handschuhe über und durchsuchte die Tasche, fand aber keinen Ausweis, der Aufschluss über die Identität der Bewohnerin gab.

Leise öffnete er eine Tür nach der anderen und sah in jeden Raum. Benutztes Geschirr in der Küche, nur ein Gedeck, im Bad jede Menge Cremes und Schminksachen. Im Wohnzimmer roch es süßlich wie in einem dieser Esoterikgeschäfte, in die Marianne ihn manchmal geschleppt hatte. Abgebrannte Räucherstäbchen auf einer Art Altar in einer Ecke erklärten den Geruch. Daneben stand ein riesiges Terrarium. Petru entdeckte Reptilienhaut hinter Glas.

Das Schlafzimmer verriet mehr über die Bewohnerin als die anderen Räume. Ein ungemachtes Bett aus Bambusrohr, ein Haufen Klamotten auf dem Fußboden, eine Spiegelkommode. Petrus Blick blieb an einem Foto hängen, das im Rahmen des

Spiegels steckte. Ein Selfie, auf Papier ausgedruckt. Darauf eine hübsche Asiatin, Wange an Wange mit einem bekannten Gesicht. Petru lächelte. »Salut, Albert«, murmelte er.

✳✳✳

Der Plan, den Vee sich auf dem Heimweg überlegt hatte, war einfach. Sobald der Korse bezahlt hätte, würde sie den nächsten Flug nach Thailand buchen und bis zum Abflug in ein Hotel ziehen, wo niemand sie vermutete. Zuvor musste sie Mogli und Kaa in die Urlaubsbetreuung geben, die man in der Tierhandlung anbot. Sie würde für eine Woche buchen und darauf vertrauen, dass die Tiere danach in gute Hände kamen.

Vee trat aus dem Aufzug und öffnete ihre Wohnungstür. Während sie auf den Rückruf des Korsen wartete, konnte sie schon mal packen und nach Flügen suchen. Die Mäuse, die sie an die Schlangen verfüttern wollte, trappelten in ihrem Karton. Vee trat in den Flur und schloss die Tür hinter sich.

Neben den kratzenden Geräuschen aus der Mäusebox hörte sie noch etwas anderes. Etwas lag in der Luft, ein Hauch, ein Atem. Alberts Geist? Vee stand still und lauschte. Nichts. Mit energischen Bewegungen wickelte sie den Schal von ihrem Hals, schlüpfte aus der Jacke. Sie würde sich ihren schönen Plan von Alberts Geist nicht kaputt machen lassen.

Irgendwo knackte es wie Schritte auf Parkett. Vee erstarrte, horchte mit angehaltenem Atem.

Stille. Bestimmt bildete sie sich das alles nur ein.

Als sie mit zitternden Händen ihre Jacke aufhängte, hörte sie deutlich Schritte, doch die kamen aus dem Treppenhaus. Dann zerriss ein Klingeln die Stille. Vee zuckte zusammen. Sollte sie aufmachen? Was, wenn der Korse draußen stand? Sie schlich zur Tür und lugte vorsichtig durch den Spion. Es war Fredo.

Er klopfte. »Vee? Ich weiß, dass du da bist. Es tut mir leid – ehrlich.« Durch das Fischauge sah sie sein verzerrtes Gesicht näher kommen. Vor der Brust hielt er einen gewaltigen

Strauß Rosen. Wut schäumte in ihr hoch. Was bildete er sich ein? Dass er mit ein paar dämlichen Blumen alles vergessen machen konnte?

»Lass mich in Ruhe!«

»Komm schon, Süße. Ich will mich doch bloß entschuldigen.«

Es war immer dasselbe. Erst flippte er aus, beschimpfte und misshandelte sie, und später tat es ihm leid. Dann kam er und machte ihr Versprechungen. Sie hatte es so satt!

»Hau ab!«, rief sie und wandte sich um. Doch sie erstarrte mitten in der Bewegung. In einer Ecke des Flurs stand ein Karton, der eindeutig nicht ihr gehörte. Und die Tür zum Schlafzimmer war nur angelehnt. Dabei hatte sie sie vorhin doch geschlossen – ganz sicher. Glitt da ein Schatten hinter dem Türspalt vorbei? Ihr wurde heiß vor Panik. Hektisch drehte sie sich um. War Fredo noch da? Sie hastete zur Wohnungstür zurück und riss sie auf. Im selben Moment bekam sie einen Stoß in den Rücken, der sie ins Treppenhaus katapultierte. Sie prallte gegen Fredo und fand sich mit dem Gesicht in den Blüten der Rosen wieder.

Der Angreifer drängte sich an ihr vorbei. Ein Mann, dunkel gekleidet und groß, rannte die Treppe hinunter.

»He!«, schrie Fredo. Er drückte ihr die Blumen in die Arme und rannte hinterher. Doch mit seinem verletzten Bein war er lange nicht so schnell wie der Mann. Vee sah von oben, wie er um die Kurve schlitterte, ins Straucheln geriet und auf dem Hintern landete. Nach einer ruppigen Talfahrt schlug der Pappa mit dem Hinterkopf auf eine der Stufen auf und blieb liegen. Unten fiel die Haustür ins Schloss.

Vee beugte sich über Fredo, der mit gesenktem Kopf auf dem Wannenrand in ihrem Badezimmer hockte. Sie sprühte Wundspray auf einen Tupfer und drückte ihn auf die Platzwunde an seinem kahl rasierten Hinterkopf.

Der Pappa sog scharf die Luft ein. »Wer zum Teufel war der Typ? Dein neuer Liebhaber oder was?«

Stumm schüttelte Vee den Kopf. Mit zitternden Fingern packte sie ein Pflaster aus und klebte es auf die Wunde. Der Schreck saß ihr immer noch in den Gliedern. Sie hatte die Situation unterschätzt. Und wäre Fredo nicht zufällig aufgetaucht, wer weiß, was dann mit ihr geschehen wäre.

»Kanntest du den? Hattest du ihn reingelassen?«

»Weiß nicht. Ich komme zurück von Einkaufen, und er war da.«

»Ein Einbrecher?«

Vee zuckte mit den Schultern. Sie wagte nicht, ihn anzusehen, spürte aber seinen forschenden Blick.

»Hat es was mit deinem Franzosen zu tun?« Er strich ihr über die Wange. »Du bist ja völlig fertig.«

Sie ließ es geschehen, dass er sie auf seinen Schoß zog. »Süße, wenn du mir nicht sagst, was los ist, kann ich dir nicht helfen«, raunte er in ihr Ohr. Vee lehnte sich an ihn. Ihr Herzschlag beruhigte sich.

Dass er jetzt bei ihr war, war sicher kein Zufall. Vielleicht hatte das Universum ihm doch eine andere Rolle zugedacht? Es war klüger als sie – wieder einmal. Das Universum wusste, dass sie dringend einen Verbündeten brauchte, jemanden, der dem Korsen ebenbürtig war. Ein neuer Plan formte sich in Vees Kopf. Sie holte tief Luft. »Deutschland so kalt. Ich nach Thailand zurück. Wenn ich teile Geld mit dir, viel Geld, du versprich mir, du lass mich gehen?«

Fredo schob sie ein Stück von sich weg und sah sie forschend an. »Wovon redest du?«

Sie stand von seinem Schoß auf und zog ihn hoch.

Er stöhnte. »Langsam. Mein Rücken ist total im Eimer. Und das Bein ist auch noch kaputt. Diese verdammte Schlange.«

Er humpelte neben ihr her ins Wohnzimmer, wo sie ihn aufs Sofa drückte. Unter seinem erstaunten Blick hob sie den Vulkan aus dem Terrarium und zog die Umschläge hervor. »Albert sagt, ich soll das Polizei geben. Aber ich mache nicht.« Sie breitete die Unterlagen auf dem Tisch aus. Dann erzählte sie ihm alles.

»Bist du bescheuert? Was, wenn ich nicht zufällig vorbeige-
kommen wäre? Dann hätte ich dich das nächste Mal auf dem
Friedhof besuchen können!« Fredo sprang auf und tigerte im
Wohnzimmer auf und ab. Das half ihm bei Denken, wusste
Vee. Immer wenn ihm ein neuer Gedanke kam, stoppte er und
schoss eine Frage auf sie ab. »Bist du sicher, dass es dieser Typ
war? Der Korse?«

Vee nickte. »Sah aus wie auf Foto.« Sie zeigte auf die Unterlagen, die immer noch auf dem Tisch lagen. »Und Zufall glaube
ich nicht.«

Fredo setzte sich wieder in Bewegung, stoppte. »Aber woher hatte der Typ deine Adresse?«

Das hätte Vee auch gern gewusst. »Weiß nicht«, sagte sie
kleinlaut. Sie griff nach einem Kissen, drückte es an sich und
ließ sich damit aufs Sofa sinken. Hatte sie sich Alberts Mörder
quasi nach Hause eingeladen?

»Wie naiv kann man sein«, murmelte Fredo aufgebracht. Er
gab seine Wanderung auf und sah sie an. »Um wie viel Geld
geht es hier eigentlich?«

Sie sagte es ihm.

Seine Augen wurden groß. Er setzte sich neben sie und griff
nach den Papieren, studierte Seite um Seite. Sie drückte das
Kissen fester an sich und lehnte den Kopf an seine Schulter.
Ihr Blick fiel durch die offene Zimmertür auf den zerdrückten
Rosenstrauß, der im Flur auf dem Boden lag. Fredo war auf-
brausend, manchmal brutal, aber er war kein Mörder. Und er
liebte sie, auf seine eigene, wenn auch manchmal verstörende
Art. Fredo hatte Albert nicht umgebracht. Da war sie sich
plötzlich ganz sicher.

Wie aufs Stichwort legte er den Arm um ihre Schultern
und drückte sie an sich. »Lass Fredo Pappalari mal machen.«
Er raffte die Papiere zusammen, schob sie in den Umschlag
zurück und erhob sich. »Du bleibst hier und verhältst dich
ruhig, verriegelst die Tür, lässt keinen rein – okay?«

»Nein, Fredo! Ich komm mit!« Vor lauter Angst klang
ihre Stimme schrill. Keine Sekunde länger würde sie hier-

bleiben, erst recht nicht allein. Sie lief ins Schlafzimmer und stopfte wahllos Sachen in eine Reisetasche. Nicht nur, dass sich Alberts Geist hier herumtrieb, jetzt musste sie auch noch damit rechnen, in den eigenen vier Wänden von einem finsteren Mafiatypen überfallen zu werden. Sie war so dumm gewesen.

Als sie im Flur in ihren Mantel schlüpfte, raschelte es neben ihr. Auf der Kommode stand noch immer die Schachtel aus dem Zooladen. »Warte!«, rief sie Fredo zu. Sie eilte mit der Schachtel ins Wohnzimmer, öffnete das Terrarium und entließ die Mäuse aus ihrem Pappgefängnis. Frisches Wasser hatte sie schon nachgefüllt. Damit waren Mogli und Kaa fürs Erste versorgt.

Als sie sich umwandte, lehnte Fredo in der Tür und drehte den Umschlag in der Hand. »Süße«, säuselte er. »Es ist wirklich besser, wenn du hierbleibst. Ich regle die Angelegenheit und melde mich, sobald alles in trockenen Tüchern ist.«

Vee wurde schlagartig heiß. Hatte sie dem Tiger Fleisch anvertraut? Mit wenigen Schritten war sie bei ihm und wollte ihm den Umschlag entwenden, doch er hob ihn über seinen Kopf, sodass sie nicht drankam.

»Vertraust du mir etwa nicht?« Er lachte.

Ich bin dumm, dumm, dumm, dachte Vee. Aber so dumm, Fredo einfach mit den Papieren davonspazieren zu lassen, würde sie nicht auch noch sein.

»Ich warte nicht wie Reis auf Regen«, sagte sie bestimmt. »Ich komm mit, hier ist nicht sicher.« Sie griff nach der Reisetasche, zerrte ihre Handtasche vom Haken und ging entschlossen zur Tür.

Fredo verdrehte die Augen, doch er hielt sie nicht länger auf.

***

Die Stahltür zum Dach des Hochhauses war schwergängig, aber sie ließ sich öffnen. Ein scharfer Wind wehte Petru entgegen, Kies knirschte unter seinen Schritten. Schwer atmend postierte er sich an einem der Lüftungsaufsätze, die wie riesige U-Boot-Sehrohre aus dem Dach ragten, und nahm seinen Rucksack ab. Eilig holte er den Audioempfänger heraus, setzte die Ohrhörer auf und suchte mit dem Regler nach dem Signal der Wanze, die er im Wohnzimmer von Alberts Geliebter platziert hatte. Nichts als Rauschen war zu hören. Er zog den Feldstecher hervor und suchte die Fassade des gegenüberliegenden Gebäudes ab.

Die Fenster von V. Anatapongs Wohnung waren schnell ausgemacht. Er erkannte die Küchengardine. Rechts daneben lag das Wohnzimmer. Ein Bambusrollo verdeckte das obere Drittel des Fensters. In der Scheibe spiegelte sich der Himmel. Dennoch konnte er das schwach beleuchtete Terrarium erkennen.

Petru wechselte seine Position, bis er das Sofa im Visier hatte. Niemand war im Raum. Er ließ den Feldstecher sinken und ging ein paar Schritte in Richtung Dachkante. Jetzt konnte er die Straße überblicken. Sollte die Polizei auftauchen, würde er sie in aller Ruhe von hier aus beobachten. Mit etwas Glück würde er sogar hören können, was die Frau ihnen erzählte. Und sobald sie abgezogen wären, könnte er unbemerkt verschwinden.

Vor dem Hauseingang parkte der schwarze Mercedes, in den er vorhin fast hineingerannt wäre. Das Fahrzeug hatte dort noch nicht gestanden, als er das Haus betreten hatte, und wenn ihn nicht alles täuschte, gehörte es dem Besucher der Frau. Leichter Schwindel überkam ihn, und er richtete sich wieder auf. Während seiner Zeit in der Legion hatte er zwar gelernt, seine Höhenangst im Zaum zu halten, doch gänzlich besiegt hatte er sie nie.

Hinter dem Fenster regte sich etwas. Petru hob den Feldstecher vor die Augen. Na also, da waren die beiden ja. Die Asiatin setzte sich neben den Mann aufs Sofa und breitete Papiere auf dem Tisch aus. Langsam drehte Petru den Regler des Audioempfängers. Endlich schälte sich die aufgebrachte

Stimme des Mannes aus dem Rauschen. Er war aufgesprungen und marschierte gestikulierend vor dem Fenster auf und ab.

»… dass es dieser Typ war? Der Korse?«

Petru lauschte angespannt. Die Antwort der Frau war klar und deutlich zu hören.

»Sah aus wie auf Foto.«

Petru spürte, wie seine Schultern verkrampften. Sie kannten sein Gesicht! »Albert, fils de pute«, fluchte er.

Wieder rauschte es.

»… wie viel Geld geht es hier eigentlich?«, fragte der Mann, als Petru wieder etwas hören konnte.

Nach ihrer Antwort blieb es eine Weile still. Petru drehte am Regler. Jetzt war der Ton so klar, dass er meinte, Papier rascheln zu hören.

»Lass Fredo Pappalari mal machen«, sagte der Typ.

Die Polizei würden die beiden jedenfalls nicht rufen. Petru verstaute Feldstecher und Empfangsgerät im Rucksack, behielt aber die Kopfhörer auf. Als er im Fahrstuhl stand, aktivierte er einen der Minipeilsender aus seinem Rucksack und hielt ihn in der hohlen Hand bereit.

Unten blieb er kurz im Hauseingang stehen und sondierte die Lage. Die Luft war rein. Mit schnellen Schritten überquerte er die Straße. Am Heck des Mercedes bückte er sich, tat so, als wollte er seine Schnürsenkel binden. Als er sich wieder aufrichtete und rasch weiterging, haftete der Peilsender am Unterboden des Mercedes.

Petru wechselte die Straßenseite und betrat einen Supermarkt mit angrenzendem Bäckerei-Café. Er bestellte einen Milchkaffee und setzte sich damit an einen Tisch am Fenster. Versteckt hinter einer Grünpflanze, hatte er sowohl die Haustür als auch den Mercedes im Blick. Während er seinen Kaffee trank, lauschte er konzentriert auf die Geräusche aus der Wohnung.

»Nein, Fredo! Ich komm mit!« Die Stimme der Asiatin klang schrill. Petru lächelte zufrieden. Er startete eine App auf seinem Handy. Das Signal, das der Peilsender aussandte, wurde als blauer Punkt auf einer Karte dargestellt. Kurz darauf hastete die Asiatin gefolgt von ihrem Besucher auf die Straße. Die Zentralverriegelung des Mercedes blinkte. Die Asiatin schob eine Reisetasche auf den Rücksitz, dann stiegen beide ein. Als der Mercedes losfuhr, begann sich der Punkt auf dem Display zu bewegen.

Petru wartete, bis das Fahrzeug außer Sichtweite war. Er trank den Kaffee aus, schob das Tablett mit der Tasse ordentlich in das Regal an der Geschirrabgabe, verließ das Café und ging zurück zum Wohnhaus. Im Idealfall befanden sich Alberts Erpresserunterlagen noch in der Wohnung der Asiatin. Vielleicht würde er dort auch das Rezept und sogar das Granulat entdecken.

Die Schlange schnellte vor und schnappte zu. Blitzschnell wand sie ihren Leib um die Maus. Der kleine Nager zuckte im Todeskampf. Angewidert verzog Petru das Gesicht. Er wischte sich den Schweiß von der Stirn. Jeden verdammten Zentimeter von Vee Anatapongs Wohnung hatte er durchsucht, aber nichts gefunden außer Staub und Plunder. Sogar unter der Matratze und in den Ritzen der Polstermöbel hatte er nachgesehen. Petru fluchte leise. Im Grunde hätte er gleich darauf kommen müssen: Das Terrarium war das ideale Versteck.

Obwohl sich alles in ihm sträubte, zog er langsam die Abdeckplatte zur Seite. Solange die Schlange die Maus im Würgegriff hatte, würde sie ihn nicht angreifen. Dennoch pochte ihm das Herz bis zum Hals, als er den Arm in den Glaskasten hineinstreckte und die künstlichen Felsen betastete. Der große Dekovulkan klang hohl. Als er ihn anhob, scheuchte er eine weitere Maus auf. Das Tier huschte an der Scheibe entlang, schlug einen Haken und suchte Schutz zwischen den Blättern einer Pflanze. Ein zweiter Schlangenkopf schob sich unter einem dicken Ast hervor. Petru durchfuhr ein heißer Schreck. Fast hätte er das Objekt seiner Begierde fallen lassen.

Der Plastikvulkan war leer, doch in seinem Inneren steckte ein Papierfetzen, der wohl von einem braunen Umschlag stammte. »Merde«, murmelte Petru. Vorsichtig setzte er den Vulkan ins Terrarium zurück und schob den Deckel wieder an seinen Platz. Was auch immer hier versteckt gewesen war, die Frau und ihr Begleiter hatten es höchstwahrscheinlich mitgenommen. Also musste er den beiden wohl oder übel hinterher.

Er zog sein Handy hervor und rief die Peilsender-App auf, als eine Nachricht von Le Baron einging. Ein Video. Das verhieß nichts Gutes.

Petru brach der Schweiß aus. Eigentlich hielt er sich schon viel zu lange in der Wohnung auf. Er sollte schleunigst von hier verschwinden. Dennoch tippte er auf den Playbutton.

Die Bauernhofwelt aus dem Zoo Hannover erkannte Petru sofort wieder. Jemand hatte die Tiershow gefilmt, die auf der großen Wiese zwischen den Fachwerkgebäuden stattfand. Das Video musste im Sommer aufgenommen worden sein, denn die Büsche rund um die Wiese, auf der eine Frau in altertümlicher Kostümierung in ein Mikrofon sprach, waren grüner als jetzt, und die am Zaun aufgereiht stehenden Besucher trugen leichte Kleidung. Petru hatte den Ton stumm geschaltet, sodass er nicht hörte, was die Frau sagte. Aber das war gar nicht nötig.

Die Zuschauer klatschten geräuschlos, als ein Mann ins Bild lief. Ein wolliges Zwergschwein folgte ihm wie ein Hund. Die Kamera schwenkte wieder auf die Frau, die offenbar etwas erklärte, dann wurde das Schwein herangezoomt. Auf kurzen, flinken Beinen lief es auf einen niedrigen Schäferwagen zu, an dessen Stirnseite ein Strick baumelte. Die Beine des Mannes ragten ins Bild und verdeckten für einen Augenblick das Schwein. Als es wieder zu sehen war, packte es mit den Zähnen den Strick und setzte sich hin, sodass das Seil gespannt wurde und eine Klappe herunterfiel. Dahinter kam ein Schild zum Vorschein. »Esst mehr Gemüse.«

Die Kamera filmte lachende Zuschauer. Der Schweinedompteur gab dem Tier eine Belohnung. Er trug einen Hut mit breiter Krempe, die sein Gesicht beschattete. Doch Petru hatte den Mann schon erkannt, bevor ein Windstoß seine Kopfbedeckung erfasste und nach oben blies. Reflexartig drückte Albert den Hut wieder an seinen Platz, aber eine Sekunde lang war sein Gesicht deutlich zu sehen gewesen. An dieser Stelle brach das Video ab.

Petru scrollte zur nächsten Nachricht. Das Foto eines Zeitungsartikels wurde sichtbar. »Mord im Zoo«, las er gerade noch, als Le Baron auch schon anrief. Sekundenlang hielt er das vibrierende Handy in der Hand und hätte es am liebsten von sich geschleudert. Doch dann riss er sich zusammen und ging ran.

Le Barons Stimme klang beherrscht und emotionslos, doch Petru wusste, dass der Eindruck täuschte. »Dein Lieferant wollte also inkognito bleiben, ja?«

»Ich kann das erklären«, raunte Petru.

»Was? Dass du mich jahrelang hintergangen und in dem Glauben gelassen hast, du hättest diese Filzlaus beseitigt? Oder dass du dich klammheimlich mit dem Geld aus dem Deal nach Übersee absetzen willst?« Bei den letzten Worten war Le Baron immer lauter geworden. Jetzt schwieg er, doch Petru wusste, es war nur die Ruhe vor dem Sturm.

»Die Sache ist aus dem Ruder gelaufen«, gab er zu.

Le Baron grunzte verächtlich. »Weißt du was? Das ist mir scheißegal! Ich will nur eins wissen: Hast du das Rezept?«

»Ich bin dabei, es zu besorgen«, sagte Petru. »Was nicht so einfach ist, wie ich dachte. Es ist nämlich so, dass …«

»Du hast achtundvierzig Stunden. Wie du das Rezept besorgst, ist mir gleich. Und dass du von mir keinen Cent dafür bekommst, ist ja wohl klar. Deine bezaubernde Tochter wäre sowieso nicht begeistert davon, bald ein neues Leben am anderen Ende der Welt beginnen zu müssen. Weiß das Täubchen eigentlich, was du in Wirklichkeit so treibst?«

Petru keuchte auf. »Lass Vivien da raus!«

Von Le Baron kam nur ein trockenes Lachen. »Es liegt allein bei dir. Schließlich wollen wir doch beide, dass deine Tochter ihre Weihnachtsferien in ungetrübter Stimmung verbringen kann, nicht wahr?« Damit legte er auf.

Petru umklammerte das Handy. Die unausgesprochene Drohung schickte eine Welle heißen Entsetzens durch seinen Körper.

Eine neue Nachricht traf ein. Ein Selfie, auf dem Le Baron Wange an Wange mit Vivien und seinem missratenen Sohn zu sehen war.

Mit zitternden Fingern steckte Petru das Handy ein. Sein Plan war aufgeflogen. Jetzt ging es nur noch darum, Schadensbegrenzung zu betreiben. Und zwar so schnell wie möglich. Er schloss für einen Moment die Augen. Atmete. Atmete, wie er es in der Legion beim Kampftraining gelernt hatte, um Angst und Stress zu kontrollieren. Langsam beruhigte sich sein Puls. Er konnte wieder denken und sich auf das fokussieren, was im Moment wichtig war. Darin war er schon immer gut gewesen.

***

Die Revierleiterin bugsierte eine mit Heu beladene Schubkarre durch das rückwärtige Tor zum Schweinegehege, als ihr Telefon klingelte. Sie wischte sich die Hände an der Hose ab, zog das Gerät aus der Tasche und klemmte es sich zwischen Schulter und Kinn. »Was gibt's?«

Während sie mit ihrem Kollegen sprach, drückte sie das Gatter mit der Hüfte hinter sich zu und griff nach der Heugabel. Dass das Tor zwar anschlug, aber nicht zuschnappte, bemerkte sie zunächst nicht. Auch nicht, dass Daphne hinter ihrem Rücken durch die Lücke nach draußen schlüpfte.

Wenige Sekunden nur, dann verschmolz die Silhouette des Zwergschweins mit dem Schatten des Heulagers. Daphne huschte an Schubkarren und Strohballen vorbei, überquerte den Platz hinter der Scheune und kroch zwischen die Holzteile der Weihnachtsmarktbuden, die unter der Wellblechüberdachung gestapelt lagen.

Nach Zooschluss begannen die Aufbauarbeiten des Weihnachtsmarkts auf Meyers Hof. Einer der Arbeiter lenkte einen Traktor über den Platz hinter dem Heulager, stoppte vor dem

Wellblechverschlag und lud eine der Paletten auf die vorn am Traktor montierte Gabel. Nachdem er die Marktbudenteile vor Meyers Gasthof abgesetzt hatte, schob sich unter einem schräg liegenden Fassadenteil unbemerkt ein Rüssel hervor. Vollends mit dem Wenden des Traktors beschäftigt, nahm der Fahrer nur aus dem Augenwinkel wahr, wie ein Schatten an der Seitenwand des Gasthofs entlang in Richtung Parkplatz huschte.

18

»Bei der Jakubeit ist eingebrochen worden.«

»Ist nicht wahr. Wann denn?«, nuschelte Inga mit vollem Mund ins Handy. Sie hatte es nicht lassen können, eins der knackfrischen Brötchen anzubeißen, die sie gerade beim Bäcker erstanden hatte. Sie nahm ihr Wechselgeld entgegen, nickte der Verkäuferin zu und verließ den Laden.

»Kann nicht lange her sein«, sagte Sahin. »Sie hat es entdeckt, als sie von der Nachtschicht kam. Die Gute ist mit den Nerven wohl ziemlich am Ende. Sollen wir hinfahren?«

»Unbedingt«, sagte Inga. »Bin gleich am Präsidium. Du kannst ja schon mal den Dienstwagen klarmachen.« Sie legte auf und biss noch einmal ins Brötchen, bevor sie die Tüte in ihrer Umhängetasche verstaute und weiterradelte.

Bereits eine halbe Stunde später parkten sie das Dienstauto hinter dem Krankenwagen, der vor Mirza Jakubeits Wohnung stand. Im Treppenhaus kamen ihnen der Notarzt und ein Sanitäter entgegen. Inga zeigte ihren Ausweis. »Wie geht es Frau Jakubeit?«

»Wir haben ihr eine Beruhigungsspritze verpasst. Ansonsten ist sie stabil.«

Eine Kollegin vom Kriminaldauerdienst erwartete sie im Treppenhaus. »Frau Jakubeit hat die Wohnungstür aufgebrochen vorgefunden. Sie ist ganz schön außer sich. Der Arzt hat ihr …«

Inga unterbrach sie. »Wissen wir. Die KTU ist informiert?«

»Müsste jeden Moment eintreffen«, sagte die Kollegin. »Ich wollte gerade die Nachbarn befragen.« Mit dem Kinn wies sie in den Wohnungsflur. »Frau Jakubeit ist im Wohnzimmer.«

Kraftlos und bleich wie eine Porzellanpuppe saß Mirza Jakubeit auf einem Sessel im Wohnzimmer. Sie sah aus, als hockte sie auf einer Insel, die von giftigem Unrat umgeben war. Sämtliche Schubladen standen offen, waren durchwühlt oder herausgerissen worden. Papiere und Ordner lagen auf dem Boden verstreut. Das Bücherregal war leer geräumt, die Bücher waren auf den Boden geworfen worden.

»Vielleicht hilfst du der Kollegin mit den Nachbarn?«, sagte Inga leise zu Sahin. »Ich komme hier erst mal allein klar.«

Sahin tippte sich an eine unsichtbare Hutkrempe und trat wieder hinaus ins Treppenhaus.

Inga bahnte sich vorsichtig einen Weg durch das Chaos. Sie ging neben Mirza Jakubeit in die Hocke und nahm ihre Hand. »Hallo, Frau Jakubeit.«

Mirza Jakubeit hob den Kopf und sah sie aus leeren Augen an. »Wer macht so was?«

»Wissen Sie schon, ob etwas fehlt?«

Sie schüttelte den Kopf. »Das ist ja das Seltsame. Alles, was wertvoll ist, scheint noch da zu sein. Meine Schmuckkästchen im Schlafzimmer – ausgekippt. Aber die wertvolle Kette, die ich von meiner Oma geerbt habe, ist noch da. Genauso wie die Münzsammlung, die ich im Schreibtisch aufbewahre.«

Inga richtete sich wieder auf. Ihr Blick fiel auf die auf dem Boden verstreuten Bücher. Hatte der Täter sie systematisch durchgeblättert? Er war auf der Suche nach etwas gewesen. Und Inga hatte auch schon einen Verdacht, wonach. »Haben Sie jemanden, bei dem Sie vorübergehend bleiben können?«

Mirza Jakubeit sah sie mit großen Augen an. »Sie glauben es auch, oder? Dass Alberts Mörder hier war?« Ihre Stimme zitterte. »Wonach kann er nur gesucht haben?«

»Or marron, sagt Ihnen das was? Braunes Gold?«

»Nein. Hat Albert in irgendeiner krummen Sache dringesteckt? Hat er Gold geklaut?« Ihre Finger krallten sich in Ingas Ärmel. »Sagen Sie schon. War ich mit einem Kriminellen verheiratet? Ich hab ein Recht darauf …« Sie zog sich an ihr hoch und schnappte nach Luft.

Inga drückte sie behutsam auf den Stuhl zurück. »Jetzt beruhigen Sie sich erst mal. Noch wissen wir nichts Genaues.« Sie bemühte sich um einen sanften Tonfall. Die Frau tat ihr leid. Sie ahnte nichts von der zweifelhaften Vergangenheit ihres

Mannes, niemand hatte sie bisher darüber in Kenntnis gesetzt. Inga zog ihr Mobiltelefon aus der Tasche, rief die Fotos auf, die sie in Albert Jakubeits geheimem Zoolabor gemacht hatte, und zeigte sie ihr. »Sind das die Geräte, die Ihr Mann gekauft hat?«

Mirza Jakubeit starrte sekundenlang auf das Display. »Ja, kann sein. Wo ist das denn?«

»Wir haben im Zoo eine Art Labor entdeckt. Wie es scheint, hat Ihr Mann dort Experimente gemacht. Wir nehmen außerdem an, dass der Mörder es auf etwas abgesehen hat, das mit diesen Experimenten zusammenhängt.« Sie sah Mirza Jakubeit eindringlich an. »Bitte denken Sie noch mal genau nach: Hat Ihr Mann irgendetwas in dieser Richtung erwähnt? Eine Andeutung gemacht? Oder haben Sie etwas Derartiges mitbekommen?«

Mirza Jakubeit bewegte langsam den Kopf erst zur einen und dann zur anderen Seite.

Inga senkte den Blick. Sie durfte die Frau nicht länger im Unklaren lassen. »Da ist noch etwas«, sagte sie, zog sich einen Stuhl heran und setzte sich neben sie. »Ihr Mann war seit drei Jahren in Frankreich als vermisst gemeldet.« Sie schilderte mit ruhiger Stimme, was sie über Albert Jakubeits Vergangenheit in Erfahrung gebracht hatten.

Tränen sammelten sich in Mirza Jakubeits Augen. Immer wieder flüsterte sie: »Ich hatte davon keine Ahnung.«

Inga reichte ihr ein Taschentuch. »Das ist schwer, ich weiß.«

Mirza Jakubeit faltete das Taschentuch auf und schnaubte hinein. »Wissen Sie etwa, wie das ist, wenn man plötzlich erkennt, dass der Mann, mit dem man sein restliches Leben verbringen wollte, ein völlig anderer war, als man dachte? Dass er Ihnen die ganze Zeit was vorgemacht hat?« Sie zerknüllte das Taschentuch in ihrer Faust. »Gar nichts wissen Sie!«

Inga schwieg betroffen. Sie dachte an Bernd. Zehn Jahre lang hatte sie ihn als toleranten und gleichberechtigten Partner erlebt, ohne zu ahnen, dass hinter seiner Fassade im Grunde ein Macho mit fragilem Ego steckte. »Doch«, sagte sie leise. »Man fühlt sich ohnmächtig, hilflos und dumm.«

Mirza Jakubeit sah sie aus rot geränderten Augen an. Inga schwieg. Einen Moment lang herrschte stummes Einvernehmen zwischen ihnen, dann räusperte sie sich. »Ich versuche herauszufinden, ob sein damaliges Verschwinden mit den heutigen Ereignissen zusammenhängt. Für mich sieht es nämlich so aus, als hätte Ihr Mann damals in Frankreich seinen Tod vorgetäuscht, bevor er in Deutschland untertauchte. Aber warum ausgerechnet hier? Kannte er hier jemanden? Irgendwo muss er am Anfang doch untergekommen sein.«

Mirza Jakubeit nickte. »Als wir uns kennenlernten, hatte Albert eine kleine Wohnung. Aber davor wohnte er auf einem Hof irgendwo in der Wedemark. Er hatte da ein Zimmer. Der Typ, dem der Hof gehört, hat ihm am Anfang geholfen klarzukommen.« Sie schüttelte sich. »Letztes Jahr haben wir ihn mal besucht. Der Kerl war mir irgendwie unheimlich. Sah voll gruselig aus, überall Narben und so. Und dann dieses Zombiehaus.«

»Zombiehaus? Was meinen Sie damit?«

»Alt und düster halt. Und überall hing so 'n Militärzeugs an den Wänden.«

Die Wedemark war eine ländliche Gemeinde nördlich von Hannover, die aus mehreren Ortsteilen bestand. Doch in welchem dieser versprengten Dörfer besagter Hof lag, daran konnte sich Mirza Jakubeit nicht mehr erinnern.

»Wissen Sie wenigstens noch, wie der Mann hieß?«, fragte Inga.

Mirza Jakubeit ließ den Kopf hängen und starrte vor sich hin. Offenbar begann das Beruhigungsmittel jetzt erst richtig zu wirken. Inga hockte sich vor sie und wiederholte die Frage.

»Georg«, sagte sie schleppend. »Weiter weiß ich nicht.« Sie fingerte nach ihrem Handy. »Ich hab damals Fotos gemacht. Von den Pferden und so.«

Es dauerte eine Weile, bis sie die richtigen Bilder fand und Inga das Gerät in die Hand drückte. Es zeigte eine Koppel mit zwei braunen Pferden. Inga wischte zum nächsten Foto. Eine grüne Tür, die zu einem Fachwerkhaus mit roter Backsteinfassade gehörte, daneben lehnte ein Mühlstein an der Wand, auf dem eine Katze hockte. Über dem altmodischen Türklopfer – hing da ein Namensschild? Inga zog das Bild größer. »Brunner«, sagte sie. »Ist das der Name?«

Mirza Jakubeit hob den Kopf. »Ja genau. So hieß der Typ. Georg Brunner.«

Inga notierte sich den Namen und rief sofort im Präsidium an, um sich die Adresse geben zu lassen. Man versprach ihr, nachzusehen und sich später wieder zu melden. »Kommen Sie«, sagte sie zu Mirza Jakubeit, die immer noch teilnahmslos auf ihrem Stuhl hockte. »Wir rufen jetzt mal bei Ihrer Freundin an, und dann packen wir ein paar Sachen.«

»Mach dir keine Sorgen. Jetzt bleibst du erst mal bei uns.« Celina Brockmann half Mirza Jakubeit auf den Beifahrersitz und schnallte sie an wie ein Kind. Die resolute Frau hatte sich sofort bereiterklärt, ihre Freundin abzuholen.

»Danke, dass Sie sich kümmern.« Inga übergab der Frau die Reisetasche, die sie gemeinsam mit Mirza Jakubeit gepackt hatte. Froh, dass Albert Jakubeits Witwe fürs Erste versorgt war, sah sie den Rücklichtern nach.

Sahin trat neben sie. »Die Nachbarin, Frau Fiedler, hat einen Mann vom Schlüsseldienst reingelassen.«

»Das darf doch nicht wahr sein! Konnte sie ihn beschreiben?«

»Groß, dunkelhaarig, sehr höflich. Er zog ein Bein etwas nach, und er hatte einen französischen Akzent.«

»Wenn das mal nicht jemand aus Albert Jakubeits Heimat war«, murmelte Inga. »Am besten nehmen wir die Fiedler mit aufs Präsidium. Ich will ein Phantombild von dem Mann.«

Zehn Minuten später startete Inga den Motor des Dienstwagens und wartete, bis Roberta Fiedler sich auf dem Rücksitz angeschnallt hatte und Sahin auf der Beifahrerseite eingestiegen war. Während der Fahrt brachte der Blick in den Rückspiegel sie zum Schmunzeln. Die alte Dame klammerte sich mit einer Hand an der Halteschlaufe und mit der anderen an ihrer Handtasche fest. Sie trug einen dicken Mantel und eine Pelzmütze, als hätte sie eine Fahrt ins Himalaja-Gebirge vor sich. Ihre Wangen waren vor Aufregung gerötet.

»Gottogott, womöglich stand ich dem Mörder direkt gegenüber. Die arme Mirza, erst wird ihr Mann ermordet, und jetzt auch noch das. Ich mache mir Vorwürfe. So gutgläubig bin ich normalerweise nicht. Wenn ich nicht gerade mit meiner Tochter telefoniert hätte, wäre ich bestimmt aufmerksamer gewesen. Aber ich musste die Arme ja trösten, wissen Sie. Ihr Mann, dieser elende Schuft, hat sie nämlich jahrelang betrogen. Von wegen Wiener Schmäh! Pah – alles nur Fassade, das habe ich ihr damals gleich gesagt. Aber sie wollte ja nicht auf mich hören …«

Holte diese Frau jemals Luft? Inga blendete den Sermon der alten Dame aus, überließ Sahin das Zuhören und konzentrierte sich lieber auf den Verkehr.

Im Präsidium angekommen, ließ sich Roberta Fiedler von Sahin aus dem Wagen helfen und hakte sich bei ihm unter. Auf dem Weg zum Büro gab sie weitere Details zu den Verfehlungen ihres Schwiegersohns zum Besten. Inga floh in die Kaffeeküche. Dort traf sie auf Franca. Die Kollegin lehnte mit vor der Brust verschränkten Armen an der Küchenzeile und sah zu, wie der Automat mit Getöse einen Cappuccino produzierte. Wortlos nickte sie Inga zu.

Ausnahmsweise mal kein lockerer Spruch, dachte Inga. Leon Menke fiel ihr ein, und das belauschte Telefonat. Ich sollte bei Gelegenheit mit Franca darüber reden, dachte sie. Oder vielleicht gleich jetzt?

»Ich möchte …«, begann sie, als Franca auch schon die Tasse aus dem Automaten nahm und sich zum Gehen wandte.

»Ja?«

Inga räusperte sich. »Klappt das mit der Videokonferenz heute Nachmittag?«

»Oui.« Franca grinste schief. »Der Ermittlungsleiter aus Frankreich hat zugesagt. Den Besprechungslink müsstest du schon erhalten haben.« Sie schob sich mit ihrer Tasse an Inga vorbei auf den Flur. »Ach ja, und dieser Georg Brunner, nach dem du vorhin gefragt hast, bewohnt einen einsam gelegenen Resthof im Nordwesten der Wedemark. Adresse liegt auf deinem Schreibtisch.«

»Danke«, rief Inga ihr nach.

»Aber klar doch.« Franca hob im Weggehen die Hand. »Nur muss ich langsam aufpassen, dass man mich nicht zu deiner Sekretärin degradiert«, ergänzte sie leise, allerdings nicht leise genug.

Inga sah ihr nach, bis sie um die Ecke gebogen war. Sie schaffte es nur mit Mühe, ihren aufkeimenden Ärger hinunterzuschlucken.

Sahin hatte Roberta Fiedler in den Wartebereich verfrachtet, wo sie auf das Eintreffen des Polizeizeichners wartete. Nachdem Inga die Zeugin mit Kaffee versorgt hatte, ging sie ins Büro und stellte Sahin ebenfalls eine Tasse auf den Schreibtisch. »Den hast du dir so was von verdient.«

»Das kannst du laut sagen. Die Fiedler ist schlimmer als meine Mutter, und das will wirklich etwas heißen.« Er löste den Blick von seinem Bildschirm. »Die Videokonferenz mit Victor Fillet ist heute Nachmittag um vier.«

»Ich weiß.« Sie nahm Francas Notiz von ihrem Schreibtisch und zeigte sie Sahin. »Die Adresse von Georg Brunner. Das ist der Typ, bei dem Albert Jakubeit die erste Zeit in Deutschland gewohnt hat. Womöglich kann er uns etwas zu Jakubeits plötzlichem Verschwinden aus Frankreich sagen. Laut Mirza Jakubeit ist Brunner ein eher seltsamer Zeitgenosse, der ziemlich abgelegen auf einem Hof in der Wedemark haust. Den würde ich gern heute noch unter die Lupe nehmen.«

Sahin sah auf seine Uhr. »Dann sollten wir aber bald los. Sonst schaffen wir es womöglich nicht mehr bis zur Konferenz mit dem Franzosen.« Er griff nach dem vibrierenden Smartphone auf seinem Schreibtisch. Eine Entschuldigung murmelnd, stand er auf und ging mit dem Handy am Ohr zum Fenster. »Iremgül.« Er senkte die Stimme. »Ja, aber … ich muss auch arbeiten. … Ja … ist ja gut. Keine Sorge, ich kriege das hin.« Sahin stopfte das Handy in seine Gesäßtasche und wandte sich mit waidwundem Blick an Inga. »Kannst du diesen Brunner ohne mich befragen?«

Die Bäckertüte landete knisternd auf dem Beifahrersitz des Dienstwagens. Während Inga Georg Brunners Adresse ins Navigationssystem eingab, kaute sie eins der trockenen Brötchen, die eigentlich fürs Frühstück gedacht gewesen waren. Jetzt mussten sie als Mittagssnack herhalten. Sahin war im Präsidium geblieben. Er würde in Kürze die kleine Yasmin aus dem Kindergarten abholen und zur Großmutter bringen, weil seine Ex-Frau in einem liegen gebliebenen Intercity irgendwo zwischen Berlin und Hannover festsaß. Danach würde er ins Präsidium zurückkehren, das Phantombild in Empfang nehmen und dafür sorgen, dass Roberta Fiedler nach Hause gebracht wurde. Sie hoffte, dass es ihm außerdem gelang, den französischen Kontaktbeamten des BKA als Dolmetscher für die Konferenz mit Victor Fillet zu gewinnen. Inga spülte den letzten Bissen des Brötchens mit Kaffee herunter, verstaute den leeren Pappbecher und fuhr los. Kurz hatte sie überlegt, Franca mitzunehmen. Doch die Spitze von vorhin ärgerte sie immer noch. Da fuhr sie lieber allein aufs Land, auch wenn das Ziel nicht gerade verlockend klang. »Zombiehaus«. Sie zog eine Grimasse. Was genau mochte Mirza Jakubeit damit gemeint haben?

»Ländliche Idylle pur und trotzdem in Stadtnähe.« Als Inga im Raum Hannover auf Wohnungssuche gewesen war, hatte ihr ein Makler mit diesem Slogan die Wedemark schmackhaft machen wollen. Sie hatte sich damals sogar eine Wohnung in Mellendorf angesehen, dem Hauptort der Gemeinde, der eine gute Bahnanbindung nach Hannover besaß und schon ein gewisses Kleinstadtflair hatte. Doch je weiter sie nun in die äußere Peripherie der Wedemark vordrang, umso klarer wurde Inga, was der Makler damals mit ländlicher Idylle gemeint hatte. Manch ein Ort bestand nur aus einer von Bauernhöfen gesäumten Durchgangsstraße. Über weite Strecken sah man nichts als Wiesen und Felder. Mindestens zehn Minuten war es her, seit sie das letzte Dorf hinter sich gelassen hatte. Die Straße wurde immer schmaler, und Inga zweifelte schon an ihrem Navi, als endlich eine von Pappeln gesäumte Zufahrt auftauchte, die zu einem einsamen Gehöft führte.

Kurz darauf hielt sie vor einem Fachwerkhaus mit roter Ziegelfassade. Sie erkannte die Eingangstür mit dem altmodischen Klopfer in der Form eines Hufeisens sofort wieder. Auch die angrenzende Koppel war so wie auf Mirza Jakubeits Fotos, nur die Pferde fehlten. Auf der dem Haus gegenüberliegenden Seite des kopfsteingepflasterten Hofs gab es eine Scheune, deren Tor einen Spaltbreit offen stand. Im Dämmerlicht waren im Inneren die Umrisse eines Transporters zu erahnen.

Der Mühlstein lehnte immer noch neben der Tür, nur dass darauf keine Katze in der Sonne döste. Bei diesem Wetter liegt das Tier vermutlich lieber in der warmen Stube, dachte Inga, während sie vergeblich nach einer Klingel suchte. Sie versuchte es mit dem Klopfer. Im Haus regte sich nichts. Sie hätte sich besser anmelden sollen, statt sich auf gut Glück in diese Einöde aufzumachen.

Nachdem sie eine Weile unschlüssig vor der Tür gestanden hatte, ging Inga zur Hausecke und warf einen Blick in den angrenzenden Küchengarten. Da hörte sie auf einmal die Stimme eines Mannes.

»Kann ich Ihnen helfen?«

Inga fuhr herum. Ein älterer Herr stand in der offenen Haustür.

»Oh, gut«, stammelte sie. »Sind Sie Georg Brunner?«

Er nickte wortlos.

»Ich dachte schon, es wäre niemand zu Hause.« Inga zeigte ihren Ausweis. »Kripo Hannover. Entschuldigen Sie die Störung, aber ich hätte ein paar Fragen an Sie.«

»Worum geht es denn?«

»Wir ermitteln in einem Tötungsfall. Albert Jakubeit. Er soll eine Zeit lang bei Ihnen gewohnt haben. Ist das richtig?«

Georg Brunner verzog keine Miene. »Kommen Sie rein.«

Als er den Kopf zur Seite wandte und ihr bedeutete, ihm zu folgen, sah Inga, dass seine rechte Gesichtshälfte narbig und entstellt war. Vermutlich hatte er ein Glasauge, und wo einmal sein Ohr gewesen war, befand sich nur noch ein mit Haut überzogener Klumpen Gewebe. »Granate«, erklärte er ungefragt. »Jugoslawienkrieg.«

Zögernd folgte sie ihm in die düstere Diele. Es roch muffig, und unter ihren Stiefeln knirschte alter, rissiger Terrazzo. Bis auf eine fleckige Tapete waren die Wände kahl. Inga wurde mulmig zumute. Sie wünschte sich Sahin an ihrer Seite.

Brunner zog den Kopf ein, als er über die Schwelle in eine geräumige Küche humpelte. Offenbar hatte die Granate auch sein Bein in Mitleidenschaft gezogen. »Albert ist also tot«, stellte er emotionslos fest.

Inga nickte. »Stimmt es, dass er in seiner ersten Zeit in Deutschland bei Ihnen gewohnt hat?«

Georg Brunner bejahte.

»Wie kam es dazu?«

»Ein Freund, ein alter Kamerad, hatte mich damals gebeten, Albert aufzunehmen. Ich habe ihm mit dem Behördenkram geholfen, ihm einen Job verschafft und so weiter. Aber wirklich gekannt habe ich ihn im Grunde nicht.«

»Und wer ist dieser Freund? Sie kannten ihn aus Ihrer Militärzeit?«

Brunner nahm eine Kanne von der Arbeitsplatte. »Ich habe gerade Tee gemacht. Wollen Sie auch einen?« Ohne ihre Antwort abzuwarten, stellte er die Kanne und dann zwei Tassen auf einen mächtigen Holztisch, der beinahe die Hälfte der Wohnküche einnahm. »Setzen Sie sich doch.«

Inga rutschte auf die klobige Eckbank aus dunkel gebeiztem Holz. Zwar wirkte der Raum gemütlicher als die Diele, doch das wenige Tageslicht, das durch die Butzenscheiben fiel, wurde von dem düsteren Mobiliar geradezu verschluckt. Nur das warme Leuchten einer Kerze verlieh dem Raum eine gewisse Gemütlichkeit.

Der Tee hatte die Farbe von dunklem Karamell. Inga hob die

dampfende Tasse und schnupperte. Er roch intensiv nach …
Sie sog erneut den Duft ein. Silo. Ja, das war es. Der Tee roch
wie zu Hause das Futtersilo.

»Tibetischer Yaktee«, sagte Brunner und nahm ihr gegenüber Platz. »Schmeckt besser, als er riecht.«

Inga nickte, stellte den Tee aber vorerst auf den Tisch zurück, während Brunner in seine Tasse pustete und gemächlich
einen Schluck Tee trank. Dabei taxierte er sie mit seinem un-
versehrten Auge, als wollte er sie durchleuchten, ein Eindruck,
der durch das Eisblau seiner Iris noch betont wurde. Inga
musste unwillkürlich an Francas Röntgenaugen denken. Sie
wich Brunners Blick aus und ließ den ihren über die Wände
schweifen, an denen rund um ein rot-grünes Banner mit der
Aufschrift »Légion Étrangère« sauber gerahmte militärische
Abzeichen und Bilder aufgehängt waren.

Ein Foto zeigte Brunner im Kreis seiner Kameraden. In
jungen Jahren und ohne seine Verletzungen war er nicht un-
attraktiv gewesen. Auf dem Bild trug er Uniform und eine
blendend weiße Kappe, die von einem Kinnriemen gehalten
wurde. Inga erinnerte sich, einmal darüber gelesen zu haben:
Das sogenannte »Képi Blanc« musste man sich erst verdienen.
»Sie haben also einem Kameraden aus der Legion einen Gefallen getan?«

Er hob amüsiert einen Mundwinkel. »Wahrscheinlich ist
das für Sie ein Klischee, aber ich verdanke ihm tatsächlich mein
Leben.«

»Jugoslawienkrieg?«, hakte Inga nach.

Georg Brunner nickte. »Sarajevo.« Er presste die Lippen
zu einem harten Strich zusammen. Eine unangenehme Stille
entstand.

Inga kramte fieberhaft in ihrem Gedächtnis. Die Konflikte,
die am Ende zum Zerfall Jugoslawiens geführt hatten, hatten
sich Anfang der neunziger Jahre zugetragen, so viel wusste
sie. »Zu der Zeit war ich noch ein Kind«, sagte sie. »Ich weiß,
dass die UNO damals Schutztruppen entsandt hat. Aber dass
auch Legionäre …«

»Das wissen die wenigsten. Wurde auch nicht an die große Glocke gehängt.« Er räusperte sich. »Wenigstens war's mit der Legion für mich danach nicht ganz vorbei. Ich konnte umschulen. War noch einige Jahre als Sanitäter aktiv.«

Inga nickte. »Und nach Ihrer Legionszeit sind Sie mit Ihrem Lebensretter in Kontakt geblieben.«

»Sporadisch. Wie das halt so ist. Aber als er den Vetter seiner Frau in Deutschland unterbringen musste, war es für mich gar keine Frage, dass ich helfe.«

Dann hatte Albert Jakubeit ja doch noch Verwandte in Frankreich. Inga machte sich eine gedankliche Notiz. »Und warum musste Ihr Kamerad seinen Vetter hier unterbringen?«

»Den Vetter seiner Frau«, berichtigte Brunner. »Albert hatte in Frankreich irgendwelche Probleme und wollte neu anfangen.«

»Was für Probleme?«

»Hab nicht nachgefragt. Das ging mich nichts an.«

Inga bedachte ihn mit einem skeptischen Blick. »Sie wollen mir doch nicht ernsthaft erzählen, dass Sie einen Wildfremden bei sich wohnen lassen, ohne nachzufragen, weswegen er …«

»Sie verstehen das nicht. In der Legion vertraut man seinen Kameraden blind. Alle Legionäre unterliegen einem Ehrenkodex, und den befolgt man sein Leben lang. Werte wie Ehre, Verlässlichkeit und Loyalität werden von uns bedingungslos gelebt. Wenn ein Kamerad mich um einen Gefallen bittet, kann ich mich darauf verlassen, dass nichts Unehrenhaftes dahintersteckt.«

Inga verbiss sich eine Erwiderung. Und selbst wenn doch, dachte sie, bleiben solche Dinge unter dem Deckmantel der Verschwiegenheit verborgen. Georg Brunner würde ihr nichts erzählen, was die Ehrenhaftigkeit seines Kameraden in irgendeiner Weise in Frage stellte. Sie räusperte sich. »Albert Chevrier, wie er damals ja noch hieß, war die ganze Zeit in seiner Heimat als vermisst gemeldet. Für die Polizei sah es bisher so aus, als sei er einem Verbrechen zum Opfer gefallen. Ich könnte mir vorstellen, dass jemand das absichtlich so inszeniert hat.« Sie beugte sich vor. »Hat er wirklich gar nichts in der Richtung erwähnt?«

Brunner zuckte mit den Schultern. »Albert war ein verschlossener Mensch. Und, wie gesagt, ich habe nicht nachgefragt. Am Anfang machte er einen ängstlichen Eindruck auf mich. Aber dann wollte er möglichst schnell auf eigenen Beinen stehen. Ich habe ihm dabei geholfen. Mehr Berührungspunkte gab es zwischen uns nicht. Seitdem hatten wir auch so gut wie keinen Kontakt mehr.«

»Aber ab und an scheint er Sie ja noch besucht zu haben, oder? Vor gut einem Jahr war er jedenfalls mit seiner Frau bei Ihnen.«

Brunner kräuselte verächtlich die Lippen. »Das war das einzige Mal. Sie hat wohl keine Ruhe gegeben. Wollte unbedingt wissen, wo er mal gewohnt hat. Die beiden waren dann auch schnell wieder weg.«

Wenn Mirza Jakubeit mit dieser Aktion versucht hatte, ihrem Mann näherzukommen, dürfte der Besuch seinen Zweck verfehlt haben, dachte Inga.

»Verstehe.« Sie trank einen Schluck ihres nur noch lauwarmen Tees, der genauso schmeckte wie er roch, und stellte die Tasse wieder ab. »Dann will ich Sie nicht länger aufhalten.« Sie zückte ihr Notizbuch. »Ich bräuchte nur noch den Namen und die Adresse Ihres Kameraden.«

Aufreizend gemächlich griff Brunner nach der Kanne und schenkte sich Tee nach. Seine Kiefermuskeln traten angespannt hervor. Inga konnte seinen Widerwillen förmlich spüren.

Sie ließ den Stift sinken. »Hören Sie. Wir wollen lediglich herausfinden, warum Ihr Gast damals Hals über Kopf aus seiner Heimat weg ist. Und wenn Ihr Kamerad mit Albert Chevriers Cousine verheiratet ist, sollten die beiden ohnehin über seinen Tod unterrichtet werden.«

Brunner stellte die Kanne so hart ab, dass sie schepperte. »Marianne ist schon vor Jahren gestorben. Seitdem ist der Korse mit seiner Tochter allein.«

»Der Korse?«

»So wird er genannt, weil er ursprünglich von Korsika stammt. Sein richtiger Name ist Petru Bernard. Nach der Legion hat es ihn nach Frankreich verschlagen. Hat dort seine Frau kennengelernt und ist in ihrem Heimatort kleben geblieben. Saint irgendwas. Die genaue Adresse habe ich nicht.«

Inga blätterte in ihren Notizen. »Saint Morceaux?«

Brunner nickte. »Genau. Das Kaff liegt irgendwo im Südwesten. Aber das wissen Sie ja sicher. Albert stammte, soweit ich weiß, auch von da.«

»Ihr Gast hat dort unter anderem Trüffeln angebaut, wohl relativ erfolgreich. Kurz bevor er verschwand, gab es Gerüchte, er sei in einen Betrug mit gefälschten Trüffeln verstrickt. Halten Sie es für möglich, dass sein Verschwinden damit zusammenhängt?«

Brunner verzog das Gesicht. »Wie gesagt: Albert hat so gut wie nichts von sich preisgegeben. Und ehrlich gesagt: Wenn Sie das alles schon wissen, warum sind Sie eigentlich hier?«

Inga antwortete nicht. Sie blätterte weiter, bis sie den Namen fand, den sie suchte. »Es hieß, er stecke mit einem gewissen Baron de Villardin unter einer Decke.«

Brunner wandte sich ab, doch Inga hatte das nervöse Zucken in seinem Gesicht bemerkt.

»Sagt Ihnen der Name etwas?«

Georg Brunner erhob sich, stützte sich mit beiden Händen auf dem Tisch ab und kam ihr so nahe, dass sie seinen Atem spüren konnte. »Zum letzten Mal: Albert hat so gut wie nichts über sich preisgegeben. Ich habe keine Ahnung, was er mit wem und warum zu schaffen hatte!«

Als er sich wieder setzte, war sein Gesicht vollkommen ausdruckslos, aber er hob die Teetasse etwas zu schwungvoll an, sodass sie überschwappte. Inga griff nach einem Küchenhandtuch, das neben ihr über einer Stuhllehne hing, und reichte es ihm.

Mit unwirschen Bewegungen wischte er den verschütteten Tee auf. »Wollten Sie nicht eigentlich gerade gehen?«

Es dämmerte bereits, als Inga wieder im Dienstwagen saß. Sie war erleichtert, das düstere Haus mit seinem merkwürdigen Bewohner hinter sich zu lassen. »Zombiehaus«. Sie konnte Mirza Jakubeit nur allzu gut verstehen.

Als Inga im Präsidium eintraf, nahm Sahin gerade das Phantombild aus dem Drucker, das der Polizeizeichner anhand von Roberta Fiedlers Angaben angefertigt hatte. Offenbar hatte das Prozedere etwas länger als üblich gedauert.

»Franca fährt Miss Marple gerade wieder nach Hause.« Er legte das Bild auf Ingas Schreibtisch. Dann rieb er sich mit den Handflächen über die Augen und gähnte.

»Miss Marple?« Grinsend wand Inga sich aus ihrer Jacke und hängte sie auf.

»Spitzname von Franca. Passt wie die Faust aufs Auge, wenn du mich fragst.« Sahin setzte sich auf den Besucherstuhl, richtete sich kerzengerade auf, presste die Beine damenhaft zusammen und umklammerte eine imaginäre Handtasche auf seinem Schoß. »Das war so ein Dunkelhäutiger, also nicht schwarz oder so, eher ein Südländer. So wie Herr Yilmaz, der hat ja auch so einen goldigen Teint. Aber größer war er. Und er hatte so eine Narbe, wissen Sie. Quer über die linke Wange, oder war es die rechte? Aber nur weil einer eine Narbe hat, ist er ja nicht gleich ein Verbrecher, nicht wahr? Und er war ja auch ausgesprochen höflich. Dass der womöglich nicht echt war, konnte wirklich keiner ahnen. Nein, die Nase war eher so … mediterran. Und er hatte mehr Feuer im Blick, wenn Sie verstehen, was ich meine …« Er verdrehte die Augen und sackte erschöpft auf dem Stuhl zusammen. »Also, der Zeichner hatte echt eine Engelsgeduld. Und am Ende wollte sie partout nicht gehen. Meinte, es herrsche doch Beamtenmangel und dass sie es als ihre Bürgerpflicht ansehe, uns unter die Arme zu greifen.« Er räusperte sich und verstellte seine Stimme erneut. »Herr Oberkommissar, im Oberstübchen bin ich noch frisch wie eine Zwanzigjährige.«

»Mit der Nummer könntest du glatt auftreten.« Inga japste

vor Lachen. Noch immer grinsend griff sie nach der Personen-beschreibung.

Der vermeintliche Schlüsseldienstmann war zwischen vierzig und fünfundfünfzig Jahre alt, etwa eins fünfundacht-zig groß, schlank und durchtrainiert. Er hatte einen grauen Overall und eine tief in die Stirn gezogene Kappe getragen. Und jetzt hatte er auch ein Gesicht.

Inga pinnte das Phantombild an das Whiteboard. Dunkle Augen, überschattet von dem Schirm der Kappe, markantes Kinn, Narbe auf der Wange. Die schmalen Lippen verschwan-den fast unter einem buschigen Oberlippenbart.

»So 'n Bart trägt doch kein Mensch«, murmelte sie.

Zoe Michaelsen betrat das Büro. Sie balancierte wie immer ihren Laptop auf dem Unterarm und setzte sich auf die Kante von Ingas Schreibtisch. »Hat ein bisschen was von Stalin. Oder von Theaterfundus«, meinte sie mit Blick auf die Pinnwand.

Inga nickte. Sie würde den Zeichner noch ein Bild ohne Bart anfertigen lassen. »Was gibt's?«, fragte sie die IT-Spezialistin.

»Albert Jakubeit war in einem Forum für Technikfreaks aktiv. Offenbar wollte er einen Gefriertrockner bauen. Dafür hat er sich diverse Behälter und Apparate im Internet bestellt, unter anderem die Pumpe, die seine Frau vermisst. Und er hat nach Trockeneishändlern in Hannover gesucht.«

»Die Kälteverbrennung an der Hand!«, rief Inga. »Das passt.« Sie zeigte auf das Foto von Alberts geheimem Bau-wagenlabor. »Wahrscheinlich hat er das in seinem Labor ver-wendet.«

Zoe wirkte beeindruckt. »So ein Aufwand für ein bisschen Instantkaffee?«

»Wie kommst du denn darauf?«

»Er wollte seinen eigenen Instantkaffee herstellen. Das hat er jedenfalls in dem Forum behauptet und sich außerdem di-verse Videos darüber angesehen.«

Inga schüttelte den Kopf. »Kein Kaffee, braunes Gold.« Sie trat an das Whiteboard. »Und mein Instinkt sagt mir, dass unser Schlüsseldienstmann in Jakubeits Wohnung nach etwas gesucht hat, das irgendwie damit in Zusammenhang steht.« Sie zog eine Linie von Albert Jakubeits Porträt zu dem Phantombild. »Vielleicht finden wir hier sogar das Mordmotiv.«

»Möglich.« Zoe betrachtete nachdenklich die Zeichnung. »Wenn es sich bei dem da um einen Landsmann handelt, sollte sich dieser französische Kommissar, der für Saint Morceaux zuständig ist – wie hieß er noch mal?«

»Fillet«, sagte Inga.

Zoe nickte. »Der sollte mal einen Blick auf das Phantombild werfen.«

Nervös sah Inga auf die Uhr. Noch eine Stunde bis zur Videokonferenz mit Frankreich. Sie wandte sich an Sahin. »Hat das mit dem Kontaktmann geklappt? Kann er uns gleich unterstützen?«

Sahin sah von seinem Bildschirm auf. »Leider nicht. Der Kollege hat schon einen anderen Termin.«

»Oje, hoffentlich versteht Fillet wenigstens etwas Englisch.«

***

Das Netz war voll mit Fotos von Fredo Pappalari. Petru scrollte durch die Suchergebnisse auf seinem Handy. Pappalari zwischen leicht bekleideten Schönheiten. Pappalari inmitten von Männern, die einander auf die Schultern klopften und breit grinsend mit ihren Cocktailgläsern der Kamera zuprosteten. Petru lächelte zufrieden. Der Mann besaß im sogenannten Steintorviertel eine Tabledance-Bar. Und der blaue Punkt auf der Karte der Peilsender-App befand sich genau dort.

Er startete den Motor des Citroën, schob das Handy in die Halterung am Armaturenbrett und fuhr los. Wahrscheinich hockte der Pappa, wie er allenthalben genannt wurde, gerade in seiner Bar und heckte gemeinsam mit der Asiatin einen Plan aus, wie sie ihren dilettantischen Erpressungsversuch doch noch in Geld verwandeln konnten.

Als Petru zwanzig Minuten später das Steintorviertel erreichte, hatte sich der Mercedes noch immer nicht bewegt. Petru passierte die Steintorhaltestelle, ein burgähnliches Bauwerk aus gelben und schwarzen Quadern, die ihn an überdimensionierte Legosteine erinnerten. Kurz danach drosselte er die Geschwindigkeit und bog in eine Seitenstraße ein, die hauptsächlich von Bars und Spielhallen gesäumt war.

Langsam ließ er den Wagen am Nightclub 24 vorbeirollen. Das Etablissement mit der roten Markise wirkte in der Nacht sicher längst nicht so schäbig wie bei Tageslicht. Durch eine Lücke zwischen geparkten Autos sah er eine Toreinfahrt. Petru hielt an. Auf dem Hof dahinter parkte der Mercedes.

Hinter ihm hupte es. Im Rückspiegel bemerkte er einen Getränkelaster, dessen Fahrer den Blinker gesetzt hatte. Offenbar wollte er auf den Hinterhof des Nachtclubs einbiegen. Blitzschnell traf Petru eine Entscheidung. Er stieg aus, rannte zur anderen Seite der Fahrerkabine und riss die Beifahrertür auf. Der Mann hinter dem Steuer blickte überrascht von den Lieferpapieren auf, die er aus einer Mappe gezogen hatte. Er kam nicht mehr dazu, etwas zu sagen. Ein gezielter Handkantenschlag an den Hals, und er sackte bewusstlos zur Seite.

Fünf Minuten später lag der Fahrer mit Klebeband gefesselt auf der Ladefläche, und Petru steuerte den Laster auf den Hinterhof. Er parkte vor dem Lieferanteneingang. Kaum hatte er den Motor abgestellt, trat eine grell geschminkte Blondine auf den Hof. Petru zog sich die Kappe tiefer ins Gesicht, griff nach den Lieferpapieren und sprang aus dem Führerhaus.

Die Frau musterte ihn. »Ist der Hajo krank?«

Er nickte, fuhr die Heckklappe herunter und stieg auf die Ladefläche. Der echte Lieferant schlief hinter einer Palette mit Getränkekisten. Petru hatte eine der grauen Decken über ihm ausgebreitet, die vermutlich zum Auspolstern verwendet wurden. Er griff nach der Sackkarre, die an der Seite der Ladefläche bereitstand, und lud zwei Bierfässer auf.

»Wohin?«, brummte er, als er die Karre durch den Küchenbereich rollte.

»Hier entlang.« Die Frau stöckelte vor ihm einen schummrigen Gang entlang. Petru fiel auf, wie mager sie war, was durch die High Heels und knallengen Jeans noch betont wurde. Mit ihrem toupierten Blondschopf erinnerte sie ihn an einen Kranich. Vögeln konnte man schnell das Genick brechen – er musste achtsam vorgehen.

Sie knipste das Licht in einem fensterlosen Raum an. An den Seiten waren Getränkekisten, Fässer und Weinkartons gestapelt. Die Stahltür zu dem Raum stand offen; jemand hatte sie mit einem Holzkeil arretiert, der Schlüssel steckte.

Petru schob die Fässer in den Raum. »Ist der Chef da?«

»Müsste im Büro sein«, meinte die Frau. »Den Lieferschein kann ich aber auch unterschreiben.« Sie musterte ihn neugierig. »Was sind Sie denn für ein Landsmann?«

Er antwortete nicht. »Wo ist das Büro?«

»Auf der anderen Seite, gleich hinter der Theke. Er hat es aber nicht so gern, wenn man ihn stört. Wie gesagt, den Lieferschein …«

»Da durch?« Petru zeigte auf eine Tür mit Bullauge.

»Da ist der Gastraum, ja.« Die Frau nickte irritiert.

»Ist außer Ihnen noch jemand hier?«, fragte er. »Die Putzfrau oder so?«

Sie riss die Augen auf. »Moment mal. Was wollen Sie eigentlich?« Argwöhnisch trat sie einen Schritt zurück.

Seine Hand schnellte vor. Die Frau sackte in seinen Armen zusammen. Er fasste sie unter den Achseln und schleifte sie in den Raum. Nachdem er sie gefesselt und geknebelt hatte, lehnte er sie an die Wand, zog die Stahltür zu und drehte den Schlüssel um.

Der Gastraum war leer und dunkel. Nur der Spiegel hinter der Theke sandte ein bläuliches Licht aus. Es roch muffig. Petru zog die Pistole aus dem Achselholster. Eine grimmige Entschlossenheit trieb ihn an. Er würde sich holen, was ihm gehörte, und dann, so schnell es ging, verschwinden. Ein einfacher Plan, der jedoch sofort scheitern konnte, sollte er irgendetwas oder jemanden übersehen.

Der Haupteingang für die Besucher war verschlossen. Petru

spähte durch das Bullauge. Der Gang dahinter lag im Dunkeln. Auch in dem schmalen Korridor, der zu den Toiletten führte, war niemand. Er schlich weiter zu der Tür mit der Aufschrift »Privat«, lauschte, hörte leise Stimmen. Die eine gehörte eindeutig der Asiatin. Petru hob die Waffe und öffnete geräuschlos die Tür.

***

Inga zupfte nervös an ihrer Unterlippe. »Für alle Fälle haben wir ja noch den Online-Übersetzer«, sagte sie zu Sahin, der neben ihr im Konferenzraum stand und zum wiederholten Mal die Kamera ausrichtete.

»Du kriegst das schon hin.« Schmunzelnd setzte er sich neben sie. »Die Gesprächsführung überlasse ich sehr gern dir.«

Ingas Nervosität wuchs, doch nachdem sie die Skype-Verbindung hergestellt hatte, lösten sich ihre Bedenken schnell in Luft auf. Commandant de police Victor Fillet sprach ein besseres Englisch als sie selbst. Der leitende Ermittler in den Vermisstenfällen Albert Chevrier und Bertrand Labanau war ein drahtiger Mittfünfziger, dessen akkurat geschnittenes Haar silbergrau glänzte. Das Neonlicht in dem Konferenzraum, in dem er sich befand, ließ die Furchen in seinem Gesicht noch tiefer wirken. Er hielt sich nicht lange mit Höflichkeitsfloskeln auf.

»Bei dem Mann auf dem Phantombild, das Sie uns übermittelt haben, handelt es sich höchstwahrscheinlich um Petru Bernard.«

»Ehemaliger Legionär, Spitzname Korse? Sind Sie sicher?«

Fillet nickte. »Ich habe, um seinen Aufenthaltsort festzustellen, versucht, ihn zu Hause zu erreichen. Fehlanzeige. Aber ich konnte seinen Chef an den Apparat bekommen. Der Baron behauptet, Bernard sei im Urlaub.«

Inga horchte auf. »Der Korse arbeitet für Baron de Villardin?«

»Ganz genau.« Er verzog das Gesicht. »Es würde mich nicht

wundern, wenn der Alte in dieser ganzen Sache mit drinsteckt, vielleicht sogar im Hintergrund die Strippen zieht.«

»Erzählen Sie mir mehr über ihn. Was ist das eigentlich für ein Baron? Alter französischer Landadel?«

»Das hätte er gern. De Villardin hat einige Jahre in der Fremdenlegion gedient. Dort bekam er, wie das wohl üblich ist, eine neue Identität. Nach seinem Austritt hat er diese Identität beibehalten. Nur reichte ihm das ›von‹ in seinem Namen wohl nicht, und so kaufte er sich den Titel dazu. Seither lässt er sich vorzugsweise mit Le Baron anreden.«

»Ist bekannt, was er davor gemacht hat?«

»Über seine Zeit vor der Legion wissen wir nichts. Der Mann tauchte vor mehr als zwanzig Jahren in Saint Morceaux auf, erwarb einen heruntergekommenen Landsitz und ließ ihn aufwendig sanieren. Er verdient sein Geld mit dem Handel von Delikatessen aus aller Welt. Über die Jahre hat er sich ein regelrechtes Feinkostimperium aufgebaut, das als Netzwerk mafiaähnlich organisiert ist. Er umgibt sich gern mit ehemaligen Kameraden, die nach dem Austritt aus der Legion nach Halt suchen. Einer davon war Claude Dubois, der in Saint Morceaux aufgewachsen ist. Er diente in der Legion unter de Villardin, zusammen mit Petru Bernard, und hat Le Baron damals vermutlich auf das zum Verkauf stehende Anwesen aufmerksam gemacht. Offiziell ist Bernard als Privatsekretär angestellt, sein Kumpel Dubois ist – oder war – sein Vertriebsleiter. Man munkelt jedoch, das Duo hätte eher die speziellen Aufträge für ihn erledigt.«

»Was für spezielle Aufträge?«, fragte Inga. »Und wieso *war* Dubois im Vertrieb? Arbeitet er nicht mehr für de Villardin?«

»Schulden eintreiben, vermutlich auch Schutzgelder«, erklärte Fillet. »Claude Dubois ist allerdings vor etwa einem Jahr an Krebs verstorben.«

»Ach so.« Inga kaute auf ihrer Unterlippe. »Und Sie konnten diesem Baron seine krummen Dinger nie nachweisen?«

»Der Mann ist wie ein Aal. Er tritt in der Provinz als der große Gönner auf, spendet Gelder an Wohltätigkeitsvereine, unterstützt Gemeindeprojekte. Man schätzt und fürchtet ihn zugleich. Und die Alteingesessenen, allen voran die Trüffelbauern, sind der Polizei gegenüber von Natur aus misstrauisch. Die machen vieles unter sich aus. Dass der saubere Baron etwas mit dem Verschwinden von Albert Chevrier und seinem Nachbarn Labanau zu tun hatte, davon war und bin ich weiterhin überzeugt. Nur hatten wir keinerlei Beweise. Zumal es ja keine Leichen gab.«

»Bis jetzt.« Inga nickte bedeutungsvoll. »Der Korse hat Albert Chevrier damals übrigens geholfen zu verschwinden. Er hat ihn bei einem deutschen Legionskameraden untergebracht, Georg Brunner. Der Mann lebt hier in der Nähe, weit draußen auf dem Land. Der ideale Ort, um für einige Zeit unsichtbar zu werden. Leider ist Herr Brunner nicht besonders gesprächig. Warum Albert Chevrier damals bei ihm untertauchen musste, behauptet er nicht zu wissen. Er habe damit lediglich seinem ehemaligen Kameraden einen Gefallen getan.«

Kommissar Fillet pfiff durch die Zähne. »Sieh mal einer an. Wahrscheinlich sollten nicht nur wir glauben, dass Albert Chevrier tot ist, sondern in erster Linie Le Baron.«

Inga rückte näher an die Kamera. »Angenommen, er wusste zu viel über Le Barons Machenschaften … könnte der Korse damals den Auftrag gehabt haben, ihn zum Schweigen zu bringen?«

»Möglich.« Der Kommissar spann den Faden weiter. »Doch stattdessen hat er Albert Chevrier geholfen, in Deutschland unterzutauchen. Aber wieso?«

Nachdenklich drehte Inga einen Kugelschreiber zwischen den Fingern. »Or marron – sagt Ihnen das etwas?«

»Nein. Was soll das sein? Eine neue Droge?«

»Damit könnten Sie gar nicht so falsch liegen. Albert Jakubeit hatte ein geheimes Labor, in dem er ein Granulat hergestellt hat, das intensiv nach Trüffeln riecht. Er nannte es Or marron. Wozu das Zeug zu gebrauchen ist, wissen wir nicht. Aber als ich in Ihren Vermisstenakten auf die Sache mit den gefälschten Trüffeln gestoßen bin …«

Fillet überlegte. »Ein Mittel zum Aromatisieren billiger Chinatrüffeln vielleicht? Dann waren Labanaus Anschuldigungen damals womöglich gerechtfertigt.«

Der Gedanke war Inga auch schon gekommen. »Nehmen wir mal an, Le Baron hat Bertrand Labanau deswegen zum Schweigen gebracht. Woraufhin Albert Chevrier die Sache zu heiß wurde und er in Deutschland untergetaucht ist. Drei Jahre lang ging das gut. Irgendwie hat de Villardin ihn aber doch aufgespürt und jetzt ebenfalls beseitigen lassen.«

»Gut möglich, dass der Korse aufgeflogen ist und nun seine Loyalität unter Beweis stellen musste«, meinte Fillet. »Ich verstehe bloß nicht, warum er nicht längst über alle Berge ist. Stattdessen …«

»… durchwühlt er die Wohnung der Witwe«, beendete Inga den Satz. »Und ich ahne auch schon, wonach er dort gesucht hat.«

Sie hatten den Skype-Anruf gerade beendet, da klingelte Ingas Handy. Eine unbekannte Nummer wurde angezeigt. Als sie das Gespräch annahm, hörte sie als Erstes ein Schluchzen, dann Atemgeräusche.

»Hallo, wer ist denn da?«

»Frau Haarmann? Hier ist Linda. Linda Schöneberg. Aus dem Nightclub 24«, raunte eine Frauenstimme. »Bitte helfen Sie mir.«

Im Flüsterton berichtete die Barfrau, dass sie von einem Getränkelieferanten niedergeschlagen worden sei, der sie zuvor über ihren Chef ausgefragt habe. Sie sei wohl einige Zeit bewusstlos gewesen, ehe sie gefesselt und geknebelt im Getränkelager wieder aufwachte, habe sich aber von ihren Fesseln befreien können. »Und dann habe ich einen Knall gehört. Das war bestimmt ein Schuss.« Wieder schluchzte sie auf. »Der hatte es auf Fredo abgesehen. Bitte kommen Sie, schnell!«

19

Der Einsatzleiter des Sondereinsatzkommandos schüttelte Inga die Hand und begrüßte Sahin mit einem Nicken. »Wir haben die Anruferin aus dem Getränkelager befreit.« Er wies auf eines der Einsatzfahrzeuge. »Die Dame ist ziemlich aufgelöst, aber bis auf kleine Blessuren unverletzt.«

Er führte sie auf den Hinterhof, wo neben Krankenwagen und Einsatzfahrzeugen ein Getränke-Lkw parkte. »Den echten Bierlieferanten haben wir gefesselt auf der Ladefläche gefunden. Er hat einen ordentlichen Schlag abbekommen und steht unter Schock. Er wird gerade medizinisch versorgt.«

»Linda Schöneberg will einen Schuss gehört haben. Ist Pappalari wohlauf?«, fragte Inga.

Der Einsatzleiter grinste. »Dem fehlt nichts. Aber er sitzt im wahrsten Sinne des Wortes fest. Kommen Sie mit, dann zeige ich es Ihnen.«

»Geh du schon mal vor«, sagte Inga an Sahin gewandt. »Ich rede kurz mit der Schöneberg.«

Die Barfrau saß in der offenen Schiebetür des Einsatzwagens und gab ein klägliches Bild ab. Die einstmals perfekt gestylte Marilyn-Frisur zierte ein Kopfverband, ihr Make-up war verschmiert, in einer Hand hielt sie einen Gegenstand, den Inga erst auf den zweiten Blick als den Absatz einer ihrer High Heels identifizierte.

»Was ist da passiert?«, fragte Inga und zeigte auf ihre verbundenen Handgelenke.

Die Barfrau schniefte. »Ich habe mit den Fesseln so lange an dem scharfen Fußteil von so einer Sackkarre rumgescheuert, bis sie durch waren. Jetzt sind meine Handgelenke wund.«

Inga setzte sich neben sie. »Es war gut, dass Sie mich angerufen haben.«

Linda Schöneberg nickte. »Der Typ kam mir gleich komisch vor. Und dann dieser französische Akzent. Da musste ich sofort an den armen Albert denken.« Kaum hatte sie das ausgesprochen, biss sie sich auf die Unterlippe. Wahrscheinlich war ihr gerade eingefallen, dass sie Albert Jakubeit nicht gekannt haben wollte, als Inga ihr sein Foto gezeigt hatte. Inga beschloss, nicht darauf einzugehen. Sie suchte das Phantombild des Korsen auf ihrem Handy und hielt es der Frau hin.

»Das ist er!«, rief Linda Schöneberg. Aufgeregt tippte sie mit dem Finger auf das Display. »Das ist der Kerl!«

Sahin kam breit grinsend aus dem Hintereingang der Bar und winkte Inga zu. »Komm schnell. Das musst du dir ansehen!«

Sie folgte ihm ins Büro des Barbesitzers, wo sich ihr ein solch bizarres Bild bot, dass sie sich das Lachen verkneifen musste.

Fredo Pappalari und seine Schlangenfrau waren von Petru Bernard Rücken an Rücken auf Stühle gesetzt und an Lehnen und Beine gefesselt worden. Einer der Kollegen, die als Erstes vor Ort gewesen waren, hatte sie von ihren Knebeln befreit und war gerade dabei, das Klebeband zu zertrennen, mit dem die beiden umwickelt waren.

»Dumme Kuh!«, schrie der Pappa mit rotem Kopf. »Hättest du nicht im Weg gestanden, hätte ich den Typen nicht nur am Bein erwischt!«

»Kann ich dafür«, kreischte die Schlangenfrau, »wenn du bist dumm und schieß daneben. Und dann lasst dir das Pistole wegnehmen!«

»Ach ja?«, brüllte Pappalari. »Was hätte ich denn machen sollen? Schließlich hatte er dich als Schutzschild!« Er riss die Arme nach vorn, die der Kollege gerade losgeschnitten hatte, und rieb sich die Handgelenke. »Das hab ich nun von meinem Helfersyndrom.«

»Helfen? Du nur bist scharf auf Geld. Aber wegen dir ich krieg nix mehr.«

»Wer hat sich denn in die Hose gemacht und gewinselt wie ein Kleinkind? ›Bitte, bitte nix tun, ich gebe alles‹«, äffte er sie nach. »Und überhaupt: Das wär nicht passiert, wenn du …«

»Ruhe!«, brüllte Sahin, und die beiden verstummten erschrocken. »Wer hat hier auf wen geschossen? Und wo ist die Waffe jetzt?«

»Dahinten.« Der Pappa zeigte mit dem Kinn in eine Ecke. Mit einem Taschentuch hob Inga die kleine Pistole auf und schnupperte daran. »Die wurde abgefeuert.« Sie übergab die Waffe an einen Kollegen, der sie in eine Asservatentüte packte. »Und jetzt würde ich gern mal wissen, was hier eigentlich los ist.«

Fredo Pappalari stand auf und zerrte unwirsch die letzten Fetzen Klebeband von seiner Hose. »Ich sitze ganz harmlos am Schreibtisch und unterhalte mich mit Vee, da steht plötzlich dieser Typ in der Tür und hat 'ne Pistole in der Hand. Ich musste mich doch verteidigen.«

»Und da holst du deine kleine Wumme aus der Schublade?«, fragte Sahin. »Mensch, Fredo.«

»War 'n Reflex. Hab ich schließlich zigmal geübt.«

»Sie haben also auf den Mann geschossen, und dann?«, fragte Inga.

»Es ging alles so schnell. Er macht eine Bewegung, und zack, packt er Vee und hält ihr seine Waffe an den Kopf. Ich musste meine Pistole auf den Boden legen und mit dem Fuß wegkicken.«

Inga ging vor der Schlangenfrau in die Hocke, die auch ohne Fesseln keine Anstalten machte aufzustehen. Kerzengerade saß sie auf dem Stuhl und starrte ins Leere. Inga suchte die Phantomzeichnung auf ihrem Handy und zeigte sie ihr. »War das dieser Mann?«

Vee Anatapong musterte das Foto. Dann nickte sie.

»Was wollte er von Ihnen?«, fragte Inga sanft.

»Weiß nicht.« Sie zog einen Schmollmund und blickte zur Seite.

»Frau Anatapong«, redete Inga ihr ins Gewissen. »Der Mann ist brandgefährlich. Er ist auf der Suche nach etwas. Und ich glaube, Sie wissen, wonach.«

»Erpressen wollte sie ihn. Und dabei hat sie sich so blöd

angestellt, dass er sie aufgespürt und in ihrer Wohnung besucht hat.« Fredo Pappalari lachte höhnisch auf. Breitbeinig baute er sich neben Sahin auf. »Und was macht man, wenn man's verbockt hat?« Er tippte sich an die Brust. »Man fragt den Pappa. Geh zur Polizei, hab ich ihr gesagt, aber davon wollte sie nichts wissen, das geldgeile Stück.«

Ein Ruck ging durch die Schlangenfrau. Ehe Inga reagieren konnte, schnellte sie katzengleich von ihrem Platz hoch und sprang Fredo Pappalari an den Hals. »Du lügst!«, kreischte sie und hämmerte mit ihren Fäusten auf ihn ein. Der Pappa riss die Arme hoch, um sein Gesicht vor den krallenartigen Fingernägeln zu schützen.

Zwei Beamte waren notwendig, um Fredo Pappalari von der tobenden Frau zu befreien. Sie wussten sich nicht anders zu helfen, als ihr Handschellen anzulegen.

»So, und jetzt noch mal zum Mitschreiben: Worum ging es bei dieser Erpressernummer?«, fuhr Inga den Barbesitzer an. Sie reichte ihm ein Papiertaschentuch, das er gegen die blutige Schramme auf seiner Wange presste.

»Da fragen Sie am besten die da.« Er zeigte anklagend auf die Asiatin.

Vee Anatapongs Raserei war so schnell wieder vorbei, wie sie aufgeflammt war. Die zierliche Frau sank auf einen Stuhl, als hätte jemand die Luft aus ihr herausgelassen. Stockend erzählte sie, was sie mit Albert Jakubeits Lebensversicherung vorgehabt hatte und was im Anschluss daran vorgefallen war.

»Und die Unterlagen sind komplett weg?«, fragte Inga.

Vee Anatapong nickte ruckartig wie ein bockiges Kind.

Sahin hakte noch einmal nach. »Sie haben sich keine Kopie gemacht?« Er wandte sich an den Pappa. »Also, wie ich dich kenne …«

Fredo Pappalari jaulte auf. »Ich hätte das alles gleich einscannen sollen. Aber ich war zu sehr mit Diskutieren beschäftigt.« Er warf seiner Partnerin einen bösen Blick zu. »Und dann stand der Typ ja schon in der Tür und hat uns die Unterlagen abgenommen.«

»Das gibt's doch nicht«, fluchte Inga. Sie wandte sich an Vee Anatapong. »Und Sie? Haben Sie die Seiten gescannt oder abfotografiert?«

»Ich habe nicht, aber …« Ihre Miene hellte sich auf. »Da ist Stick mit alles drauf. Ich glaube.«

»Ein USB-Stick?«

Vee Anatapong nickte. »Ich habe versteckt.« Sie hob das Kinn und warf dem Pappa einen triumphierenden Blick zu. »Bei Mogli und Kaa.«

***

Dieser Kretin hatte tatsächlich auf ihn geschossen. Petru biss vor Schmerz die Zähne zusammen. Vorsichtig zog er die Hose aus und ließ sie in die Duschwanne des Hotelbadezimmers fallen. Die Wunde am linken Oberschenkel brannte und pochte, aber sie blutete nur noch wenig. Steckschuss. Zwar schien das kleinkalibrige Geschoss kein wichtiges Gefäß verletzt und auch keinen Knochen erwischt zu haben, aber wenn er keine Infektion riskieren wollte, musste die Kugel möglichst bald raus. Jetzt hatte er dafür allerdings keine Zeit.

Er feuchtete ein Handtuch an und wischte das Blut rund um die Wunde ab. Dabei sog er scharf die Luft ein und verfluchte sich, dass er nicht an Verbandszeug gedacht hatte. Kosmetiktücher aus dem Spender im Bad und der Rest des Klebebands, mit dem er zuvor den Barbesitzer und die Asiatin gefesselt hatte, mussten als Provisorium reichen.

Das blutbeschmierte Handtuch legte er auf den Boden des Badezimmers, darauf die Smartphones des Erpresserpärchens. Im Handy der Asiatin war vermutlich seine Nummer gespeichert, deshalb hatte er es einkassiert und das des Barbesitzers vorsichtshalber gleich mit. Unter dem Nothammer aus seinem Rucksack splitterten die Displays schon beim ersten Schlag. Er hämmerte so lange, bis er das Gehäuse vollständig geknackt hatte, dann zerstörte er Speicher- und SIM-Karten, wickelte sie in Toilettenpapier und spülte sie nacheinander ins Klo.

Die Wunde pochte, und sein Bein fühlte sich steif an, als er sich die Hände wusch und anschließend in eine neue Hose schlüpfte.

Mit den dicken Umschlägen, die er den beiden abgenommen hatte, ließ er sich auf das Bett sinken. In der Eile hatte er nur einen flüchtigen Blick hineinwerfen können. Er musste sich vergewissern, dass sie ihm nicht bloß ein Bündel Zeitungspapier angedreht hatten.

Das braune Papier war zerknickt und an einigen Stellen eingerissen. Er breitete den Inhalt des einen Kuverts auf dem Bett aus. Sein Puls beschleunigte sich.

Albert hatte alles dokumentiert. Namen, Daten, Fakten; Fotos von allen, die damals an der Sache beteiligt gewesen waren. Informationen, die er bereits vor seiner überhasteten Flucht vor drei Jahren zusammengetragen haben musste.

Als er die großformatigen Fotos aufdeckte, keuchte Petru auf. Die Aufnahmen waren grobkörnig, er war darauf nur undeutlich zu erkennen, doch Petru wusste sofort, wann und wo sie gemacht worden waren. Als er damals damit beschäftigt gewesen war, den bewusstlosen Labanau durch den Wald zu wuchten, hatte er offenbar nicht bemerkt, dass Albert ihn aus einem Versteck heraus fotografierte. War er ihm zufällig vor seine hochsensible Linse gelaufen, die selbst im schwachen Mondlicht noch halbwegs passable Bilder produzierte? Oder war Albert ihm gefolgt? Aber wie hätte er wissen können, was er vorhatte? Hatte Le Baron ihn womöglich eingeweiht? Dem Alten war zuzutrauen, dass er Albert auf ihn angesetzt hatte, damit dieser ihm Beweisfotos dafür lieferte, dass er seinen Mordauftrag ausgeführt hatte. Was für Le Baron wiederum ein Grund mehr gewesen wäre, später auch Albert von ihm beseitigen lassen zu wollen.

Wütend zerriss Petru die Fotos und Unterlagen, warf die Schnipsel ins WC und spülte sie nach und nach weg. Ohnehin zwecklos, sollte Albert die Dokumente noch irgendwo anders gesichert haben, aber mehr konnte er gerade nicht tun.

Wichtiger war jetzt das zweite Kuvert. Der Umschlag, der

wahrscheinlich das Rezept enthielt. Die Formel, die verriet, woraus Alberts geheimnisvolles Serum bestand. Petru blickte auf die Uhr. Le Barons Ultimatum war noch lange nicht abgelaufen. Seine Vernunft sagte ihm, dass er trotzdem so schnell wie möglich von hier verschwinden sollte, doch die Neugier überwog.

Als Erstes entfaltete er eine Zeichnung, die Albert von Hand gemacht hatte. Ein Konstruktionsplan für eine komplizierte Apparatur, mit der man das Or marron herstellen konnte. Doch woraus hatte er es gewonnen? Ungeduldig blätterte Petru durch die Unterlagen, bis er endlich auf die ersehnte Beschreibung stieß.

Das Rezept war kurz und einfach. Ungläubig starrte Petru auf den Zettel. Das musste ein Scherz sein! Hektisch blätterte er die Papiere erneut durch, drehte und wendete sie, doch auch auf den Rückseiten fand er keine andere Erklärung. Ein hysterisches Kichern bahnte sich einen Weg seine Kehle hinauf. Dann lachte er los. Petru lachte, bis er keine Luft mehr bekam, lachte so laut, dass er befürchtete, die ganze Welt da draußen könnte ihn hören.

So abrupt, wie es ihn überfallen hatte, verebbte das Lachen und machte einer leisen Panik Platz. Er wischte sich die Tränen aus den Augenwinkeln. »Ich bringe dich um, Albert«, flüsterte er und bemerkte im selben Moment, wie absurd dieser Satz war. Wie absurd das alles hier war.

Seine Gedanken drohten sich zu überschlagen, aber er zwang sich, einen kühlen Kopf zu bewahren, raffte die Papiere zusammen und machte sich daran, seine Sachen zu packen. Er musste schleunigst von hier weg. Wenn in der Nachbarschaft der Bar jemand den Schuss gehört und die Polizei verständigt hatte, waren sie ihm womöglich schon auf der Spur. Und er musste die Kugel loswerden. Er konnte nicht riskieren, dass sich die Wunde entzündete und ihn womöglich außer Gefecht setzte. Einen Arzt aufzusuchen, kam natürlich nicht in Frage. In seiner Situation gab es nur einen Menschen, der ihm helfen konnte.

Petru nahm sein Handy und suchte den Kontakt heraus. Sekundenlang schwebte sein Daumen zögernd über dem Display, dann tippte er entschlossen auf das grüne Symbol. Nicht lange, und es wurde abgehoben.

»Legio Patria Nostra«, sagte Petru ruhig.

Der Mann am anderen Ende blieb stumm, erst nach einer Weile entgegnete er: »Salut, Petru.«

»Salut, Georg. Ich brauche deine Hilfe.«

20

Auf dem Stick aus Vee Anatapongs Schlangenterrarium waren keine Kopien der Erpresserunterlagen gespeichert. Zu Ingas Überraschung enthielt er nur eine Videodatei. Als Zoe die Aufnahme abspielte, beugte sie sich gespannt über die Schulter der Kollegin.

Die düstere Schwarz-Weiß-Aufnahme zeigte einen nächtlichen Wald. Kahle Äste bewegten sich im Wind. Inga musste an uralte Horrorstummfilme denken, nur dass hier nicht Nosferatu, sondern eine Wildschweinrotte aus dem Dickicht brach und seelenruhig im Laub wühlte.

»Wildkamera«, sagte Zoe. »Solche Aufnahmen habe ich massenweise auf Albert Jakubeits Rechner gefunden.«

Inga nickte. »Damit hat er die besten Zeiten für seine Tierfotografien ausbaldowert.«

Als Nächstes tauchten Rehe auf, kurz darauf lief ein Fuchs vor die Kamera, dann folgte noch ein Wildschwein.

»Ganz schön was los nachts im Wald«, meinte Inga. »Da rennt ja ständig was vorbei.«

»Das wirkt nur so, weil wir hier eine Aneinanderreihung verschiedener Aufnahmen sehen.« Zoe zeigte auf eine Leiste unter dem Video, in der Datum und Zeit eingeblendet waren. »Die Kamera filmt nur dann, wenn sich was bewegt. Zwischen den Aufnahmen können Stunden oder sogar Tage liegen.«

Das Wildschwein zog von dannen, das Bild ruckelte, dann hastete in einiger Entfernung ein groß gewachsener Mann vorbei. »Na, wen haben wir denn da?«, murmelte Inga. Die Aufnahme stoppte. Kurz darauf ging der Mann denselben Weg wieder zurück. Als er direkt in die Kamera blickte, ohne sie zu bemerken, leuchteten seine Augen gespenstisch auf. Wenige Minuten später sprang die Kamera erneut an. Wieder war der Mann der Auslöser gewesen. Diesmal trug er einen sackartigen Gegenstand auf dem Rücken und bewegte sich entsprechend langsamer durchs Bild. Zwischen zwei Bäumen blieb der Mann breitbeinig stehen und ruckte seine Last in eine bessere Position.

»Was zum …?« Zoe sprach nicht weiter. Ein schlaff herabhängender Arm wurde sichtbar, dann ein baumelnder Kopf. Der Mann hatte keinen Sack, sondern einen leblos wirkenden Körper geschultert. Seine Schuhe sanken tief in den weichen Waldboden ein, als er abdrehte und mit seiner Last in die Dunkelheit eintauchte.

Zoe schob den Balken unter dem Bild nach links und stoppte das Video an der Stelle, an welcher der Mann in die Kamera sah. »Den kennen wir doch, oder?«, bemerkte sie trocken. »Im Dunkeln und mit leuchtenden Augen sieht er zwar aus wie ein Zombie aus einem Horrorfilm, aber wenn man sich den Schnäuzer aus dem Theaterfundus hinzudenkt … Fragt sich nur, was er mit dem anderen Kerl vorhat – der sieht ja nicht gerade taufrisch aus.«

»Vergraben vermutlich«, sagte Inga. »Und wenn ich mir das Datum so betrachte, weiß ich auch, wen er da beseitigen will.« Sie durchwühlte den Aktenstapel auf ihrem Schreibtisch, zog die gesuchte Kladde heraus und blätterte nach der richtigen Seite. »Hier. Vor drei Jahren, Anfang November, ist Bertrand Labanau, der französische Trüffelbauer, spurlos verschwunden. Und welches Datum steht unter der Aufnahme?«

»Passt!«, rief Zoe.

Inga klappte die Akte zu. »Wir sollten das Video an die französischen Kollegen übermitteln. Viel ist von der Gegend zwar nicht zu sehen, aber vielleicht können die anhand der Bäume ja trotzdem erkennen, wo sich dieser Wald befindet.«

»Nicht nötig.« Zoe zeigte auf eine Buchstaben-Zahlen-Kombination, die neben dem Datum eingeblendet war. »Das dürften GPS-Koordinaten sein. Der Standort der Kamera während der Aufnahme.« Mit flinken Fingern tippte sie die Werte in die Internetsuche ein. »Na also! Dieses Waldstück befindet sich mitten in Frankreich.« Sie vergrößerte den Kar-

tenausschnitt. »Und sieh mal an. Ganz in der Nähe liegt Saint
Morceaux.«

***

Petru glitt langsam aus einem Traum und blickte sich schlaf-
trunken um. Er lag in einem Bett in einer schmalen Kammer,
die er nicht kannte. Das Zimmer roch modrig, und auch das
Bettzeug fühlte sich klamm an. Schwaches Mondlicht fiel
durch ein kleines Sprossenfester, an dem von außen der Wind
rüttelte. Das Gebälk des Hauses, das alt sein musste, ächzte.
Wo zum Teufel war er?

Petru richtete sich auf und tastete auf dem Nachtschrank
nach seinem Handy, fand es aber nicht. Stattdessen holte der
Schmerz, der in seinem Bein einsetzte, die Erinnerung zurück.

Das hier war Georgs Haus. Der Kamerad hatte ihm ein
Betäubungsmittel gespritzt und dann die Kugel aus dem Bein
operiert. Als ehemaliger Sanitäter der Legion wusste er, was
bei einer Schusswunde zu tun war.

Petru schlug die Decke zurück und strich über den Verband
auf seinem Oberschenkel. Als er die Beine über die Bettkante
schwang, begann die Wunde stärker zu pochen, aber es war
auszuhalten. Sicher wirkte das Schmerzmittel noch, das Georg
ihm eingeflößt hatte. Wie lange mochte er geschlafen haben?
Der Gedanke versetzte Petru in Alarmzustand.

Sein Blick irrte durch das Zimmer und blieb an einem Stuhl
hängen, auf dem ein Kleiderhaufen lag. Obenauf erkannte er
einen flachen, glänzenden Gegenstand. Er klaubte sein Smartphone herunter, erweckte das Display zum Leben, überprüfte
Datum und Zeit. Erleichtert atmete er auf. Noch siebzehn
Stunden, bis Le Barons Ultimatum ablief.

Vorsichtig, um das verletzte Bein nicht zu reizen, zog er
sich an und warf dabei einen Blick aus dem Fenster.

Im Dunkeln erahnte er den Umriss der Scheune, in die er
den Citroën gefahren hatte. Laut Georg verirrten sich Spaziergänger nur selten auf diesen abgelegenen Hof. Dennoch

wollte er nicht riskieren, dass jemand von seinem Besuch Wind bekam.

Hierherzukommen war riskant gewesen, zumal Georg von der Polizei bereits wegen Albert befragt worden war. Aber mit der Kugel im Bein war ihm keine andere Wahl geblieben. Während der Fahrt war Petru außerdem klar geworden, dass er dringend einen Verbündeten benötigte. Georg, der Le Baron geradezu inbrünstig hasste, war der perfekte Kandidat dafür. Er war verlässlich und Petru zu Dank verpflichtet. Und wenn es darum ging, aus einer prekären Lage das Beste herauszuholen, war Georg schon immer unschlagbar gewesen. Bei dem Plan, der sich langsam in seinem Kopf geformt hatte, würde er ihn sicher unterstützen. Und sollte ihm etwas zustoßen, brauchte er jemanden, der sich um Vivien kümmerte.

Vivien. Das sorgenvolle Ziehen im Magen verstärkte sich, als er erneut sein Handy checkte. Sie hatte noch immer auf keinen seiner Anrufe und keine seiner Nachrichten reagiert.

Petru steckte das Smartphone ein und humpelte aus dem Zimmer in ein dunkles Treppenhaus, das wahrscheinlich ebenso renovierungsbedürftig war wie der Rest des Hauses. Georgs Elternhaus, erinnerte er sich. Vor Jahren hatte er den Kameraden einmal hier besucht. Damals hatten noch Pferde auf der Koppel gestanden, und Georg hatte ihm Umbaupläne erläutert. Doch wie es schien, hatte er sie nie realisiert.

Durch die Ritzen der gegenüberliegenden Tür fiel warmes Licht auf den rissigen Terrazzo. Die Küche, stellte Petru fest, nachdem er die Tür geöffnet hatte. Georg saß an einem wuchtigen Holztisch, auf dem eine einzelne Kerze brannte.

»Komm rein. Setz dich.«

Petru schloss die Tür und schob sich ihm gegenüber auf die Eckbank.

»Wie geht es dem Bein?« Georg erhob sich und verzog dabei das Gesicht.

Offenbar bin ich nicht der Einzige mit Schmerzen, dachte Petru. Laut sagte er: »Nicht der Rede wert. Aber dein Bein scheint dir wieder Probleme zu machen.«

»Das Übliche bei diesem nasskalten Wetter«, sagte Georg und winkte ab. »Wenn ich diese verdammte Hütte loswerden könnte, wäre ich schon lange weg. Irgendwohin, wo es warm ist. Aber wer kauft schon einen maroden Hof, der auch noch unter Denkmalschutz steht?« Ächzend angelte er eine Tasse aus dem Küchenschrank und goss Tee ein. Sein zerklüftetes Gesicht mit dem Glasauge wirkte im Kerzenschein noch schauriger als sonst, als er die Tasse vor Petru abstellte und ihm gegenüber Platz nahm. Er wartete, bis Petru getrunken hatte, dann blickte er ihn auffordernd an. »Aber jetzt erzähl du.«

Petru zögerte, doch schließlich gab er sich einen Ruck und erklärte ihm die Lage.

»Das Wichtigste ist jetzt, einen kühlen Kopf zu bewahren«, sagte Georg, nachdem Petru geendet hatte. »Kannst du Le Baron eine Alternative liefern? Ein Rezept, mit dem ein ähnliches Ergebnis herauskäme?«

Petru schüttelte den Kopf. »Zu wenig Zeit. Und er wird Vivien nicht gehen lassen, ehe er das Rezept erfolgreich ausprobiert hat. Ich fürchte, ich muss es ihm schicken, wie es ist. Auch wenn …«

»… er damit nicht wirklich etwas anfangen kann«, beendete Georg den Satz. »Jedenfalls solange er nicht an den«, er grinste, »Rohstoff kommt.«

»Das ist so typisch Albert. Macht ein Riesengeheimnis um das Rezept, und dann liefert er so was! Le Baron wird ausflippen, wenn er das sieht. Du weißt ja, wie er ist.«

Georg nickte. »Aber wie ich dich kenne, hast du schon einen Plan. Lass mich raten: Die Beweise aus Claudes Schließfach spielen dabei eine zentrale Rolle.«

Petru wiegte unschlüssig den Kopf. »Ich kann Le Baron schlecht damit drohen, die Unterlagen der Polizei zu übergeben. Dafür stecke ich zu tief mit drin.«

»Aber als Lebensversicherung taugen die Informationen allemal. Er wird nicht wagen, dir oder Vivien ein Haar zu krümmen.« Georg tippte sich nachdenklich an die Lippe. »Um aus seiner Organisation auszusteigen, brauchst du allerdings einen neuen Köder. Etwas, wofür Le Baron mindestens so viel zahlt wie für das Rezept – und wofür er bereit ist, dich und Vivien gehen zu lassen.«

»Genau. Albert hat ein Verfahren entwickelt, wie man das Serum gefriertrocknen und dadurch nahezu unbegrenzt haltbar machen kann. Man erhält eine Art Granulat, das er ›Or marron‹ genannt hat. Einen ganzen Eimer hat er davon hergestellt. Und wenn man bedenkt, dass nur wenige Körnchen in Wasser gelöst genügen, um einige Kilo Trüffeln zu präparieren …«

Georg pfiff durch die Zähne. »Verstehe. Ein ganzer Eimer von dem Zeug muss ein Vermögen wert sein. Und so versessen, wie Le Baron auf sein eigenes Trüffelimperium ist, wird er es haben wollen.«

»Es gibt nur einen Haken an der Sache: Ich habe keine Ahnung, wo Albert das Or marron versteckt hat. Mir läuft die Zeit davon. Und noch dazu fahndet inzwischen sicher die Polizei nach mir.«

Georg schmunzelte. »Da lässt sich doch bestimmt ein Ersatz …« Er hob die Teedose und schüttelte sie vielsagend.

»Das kann ich nicht riskieren. Nicht, solange er Vivien hat. Le Baron ist verrückt, aber dumm ist er nicht.«

Georg beugte sich vor und sah ihn an. »Na gut. Dann müssen wir das verdammte Granulat eben finden.«

Petru lächelte. »Du bist also dabei?«

Wortlos stand Georg auf, holte etwas aus einer Küchenschublade und schob es ihm über die Tischplatte hinweg zu. Der Hochglanzprospekt zeigte paradiesisch anmutende Bilder einer luxuriösen Wohnanlage in tropischer Umgebung. »Sunshine Resort«, las Petru. »Genießen Sie Ihren Lebensabend unter Palmen.«

»Ich brauche noch neunzigtausend«, sagte Georg.

Petru nickte bedächtig. »Aber eins muss dir klar sein: Das Ganze kann immer noch gründlich danebengehen.«

»Ich habe nicht mehr viel zu verlieren.« Georg streckte seine Hand aus, und Petru schlug ein.

»Dann lass uns anfangen, die Zeit drängt.«

»Also gut.« Georg begann nachdenklich, in der Küche auf und ab zu spazieren. »Wer, glaubst du, könnte noch von dem Granulat gewusst haben? Seine Freundin?«

Das konnte Petru ausschließen. »Die Asiatin hatte noch nie was von dem Or marron gehört.«

»Du hast sie gefragt?«

Petru bejahte. »Als ich sie in der Bar fesselte. Gelogen hat sie sicher nicht. Dazu hatte sie zu viel Schiss.«

Georg unterbrach seine Wanderung. »Versetzen wir uns mal in Alberts Lage. Wie wir wissen, war er ein Eigenbrötler. Er hat sich niemandem gänzlich anvertraut, nicht einmal …«

»… seiner Frau oder seiner Freundin«, beendete Petru den Satz für ihn. »Im Gegenteil: Er rechnete sogar mit deren unerwünschter Neugier, weshalb er das Granulat nicht zu Hause, sondern an einem geheimen Ort deponierte, zu dem wahrscheinlich nur er allein Zugang hatte.«

Petru atmete tief ein und aus. Die Wunde an seinem Oberschenkel pulsierte, als wollte sie ihn daran erinnern, wie unbarmherzig die Zeit mit jedem Herzschlag verstrich. Vor sein inneres Auge schob sich das Bild eines kleinen, runden, wolligen Schweins, das mit Albert vor einem begeisterten Publikum Kunststücke vorführte.

»Ich wette, das Zeug befindet sich irgendwo im Zoo«, sagte er. »Und sollten wir es dort nirgends entdecken, bekommt Le Baron eben alles, was er benötigt, um das Rezept selbst anzuwenden.«

***

»Vee Anatapong hat ausgesagt, dass Albert Jakubeit sich mit ihr nach Thailand absetzen wollte«, sagte Inga. Sie hatte eine Konferenz anberaumt, um das Team über die aktuelle Entwicklung ins Bild zu setzen. »Um sich dort ein neues Leben aufbauen zu können, brauchten die beiden Geld. Und da kommt das sogenannte Or marron ins Spiel: Anscheinend wollte Jakubeit ein Rezept oder Verfahren zur Herstellung des Granulats an Petru Bernard verkaufen. Dieses Rezept hatte er Vee Anatapong zur Aufbewahrung übergeben, zusammen mit weiteren Unterlagen, die wahrscheinlich beweisen, dass Bernard in das Verschwinden des Trüffelbauern Labanau verwickelt ist. Doch statt damit zur Polizei zu gehen, wie Jakubeit es ihr im Falle seines Todes aufgetragen hatte, nahm sie selbst Kontakt mit Bernard auf, um ihn zu erpressen.«

»Was ja gehörig danebenging«, warf Sahin ein.

»Und?«, fragte Vollbert. »Woraus besteht denn nun dieses Granulat, um das sich offenbar alles dreht? Frau Anatapong oder zumindest Pappalari werden sich die Unterlagen doch wohl angesehen haben, bevor dieser Korse sie ihnen abgenommen hat.«

»Jakubeit hat seine Aufzeichnungen auf Französisch verfasst. Deshalb haben die beiden nicht viel davon verstanden. Aber es waren wohl auch Zeichnungen dabei, die den Laboraufbau zeigen. Und was den Fall Labanau betrifft, haben wir ja auch noch die Aufnahmen der Wildkamera.«

»Sie haben das Video an die französischen Kollegen übermittelt?«, fragte Vollbert an Zoe gewandt.

Zoe nickte. »Die Franzosen durchkämmen das Waldstück in diesem Moment nach Labanaus Leiche. Übrigens: Es handelt sich dabei um einen Privatwald. Und der gehört niemand Geringerem als diesem Baron de Villardin.«

Vollbert stöhnte auf. »Wer war das denn nun schon wieder? Diese französischen Namen machen mich langsam irre.«

»Der Arbeitgeber des Korsen. Er betreibt einen Feinkostgroßhandel, allerdings mit mafiösen Strukturen«, erklärte Inga. »Wir haben Petru Bernard zur Fahndung ausgeschrieben. Jetzt, wo er hat, was er wollte, wird er vermutlich so schnell es geht aus Deutschland verschwinden wollen. Vielleicht kriegen wir ihn an der Grenze oder am Flughafen.« Inga wandte sich an Sahin. »Hast du schon die Flüge geprüft?«

Sahin nickte. »Petru Bernard steht auf keiner der Passagierlisten. Aber ich habe mal die Listen aller Frankreich-Flüge in den Tagen vor und nach der Tat abgefragt. Und siehe da: Bernard ist zwei Tage vor dem Mord in Hannover gelandet, und am Morgen danach hat er den Nachmittagsflug zurück nach Toulouse genommen. Zur Tatzeit war er also höchstwahrscheinlich in Hannover.«

»Wenn ihr mich fragt: Das ist unser Mann«, meinte Vollbert.

»Aber das ergibt doch keinen Sinn!«, rief Franca, die bislang durch ungewöhnliche Schweigsamkeit aufgefallen war. »Wenn der Korse so scharf auf dieses Rezept war, warum hat er Albert Jakubeit umgebracht, bevor der es ihm aushändigen konnte?«

Inga hatte sich das auch schon gefragt, mehrfach sogar. »Vielleicht war das Ganze bloß ein Versehen?«

»Oder er ist gar nicht der Mörder«, meinte Sahin. »Was ist mit dem Mann, den Hannes Sänger aus dem Stall kommen sah?«

»Ach ja. Das Phantom.« Franca verdrehte die Augen.

»Kein Phantom.« Sahin sah triumphierend in die Runde. »Bisher hatten wir uns auf die Überwachungskameras auf Meyers Hof fokussiert. Aber es gibt auch noch welche im Parkhaus des Zoos. Und eine davon hat etwas Interessantes aufgezeichnet. Ein Mann, auf den die Beschreibung passt, hat sich an dem Abend eine ganze Weile im Parkhaus aufgehalten. Und er hat sich ziemlich merkwürdig benommen.«

Sahin schloss seinen Laptop an den Beamer an und startete das Video. »Das sind Aufnahmen von der Kamera an der Einfahrt des Parkhauses«, erklärte er. »Um neunzehn Uhr zwanzig geht es los.«

Der Mann kam von links ins Bild. Er war schlank, nicht besonders groß. Sein Gesicht unter der tief in die Stirn gezogenen Wollmütze war nur undeutlich zu sehen, aber es war nicht Petru Bernard. Zügig ging er zu einer der Säulen, die das obere Parkhausdeck trugen, und hockte sich dahinter.

»Er beobachtet den Parkplatz«, meinte Inga.

»Nicht nur das. Warte, gleich kommt's.«

Der Mann hob einen länglichen Gegenstand, den er an einem Band um den Hals trug, und setzte ihn an die Lippen.

»Was macht er da?«, fragte Inga.

Sahin stoppte das Video und vergrößerte den Ausschnitt. »Er bläst in eine Hundepfeife.«

»So eine, die man auf eine Frequenz einstellen kann, die Menschen nicht wahrnehmen?«, fragte Inga.

»Genau. Hunde können die Töne hören, und entsprechend konditioniert reagieren sie darauf. Man bläst ein bestimmtes Signal, und der Hund führt einen Befehl aus. Die Kollegen von der Hundestaffel trainieren manchmal damit. Wichtig ist zum Beispiel das Rückrufsignal.« Sahin drückte erneut auf den Abspielknopf.

Gespannt starrte Inga auf das Video. »Und? Wann kommt der Hund?«

»Gar nicht. Er sitzt eine halbe Stunde lang einfach nur da und bläst immer wieder in die Pfeife.« Sahin ließ das Video schneller laufen, bis der Mann sich erhob und das Parkhaus verließ. »Leider reicht der Radius der Kamera nicht aus, um zu sehen, wohin er gegangen ist. Aber ich wette, er ist über Meyers Hof zum Stall unterwegs.«

Vollbert räusperte sich. »Gute Arbeit.« Er klopfte Sahin auf die Schulter. »Damit hätten wir wohl einen zweiten Verdächtigen.«

※※※

»Blöde Idee«, murmelte die Radfahrerin. »Nachts durch die Eilenriede, bloß weil's eine Abkürzung ist.« Ängstlich klammerte sie sich am Lenker fest und starrte auf den schmalen Weg zwischen den Bäumen, den ihre Fahrradlampe nur schwach beleuchtete. Im Dunkeln war es im Stadtwald doch unheimlicher, als sie gedacht hatte. Und alles sah so anders aus. Fast hätte sie die Abzweigung verpasst. Sie bremste und riss den Lenker herum, das Rad schlingerte und rumpelte über eine Baumwurzel.

Nach einer Weile war sie nicht mehr sicher, ob sie richtig abgebogen war. »War ja klar«, schimpfte sie vor sich hin. »Jetzt verfranst du dich auch noch.« Doch dann hörte sie Verkehrsrauschen, das stetig lauter wurde. Kurz darauf kam die Brücke in Sicht, die über den Messeschnellweg führte. Sie atmete auf. Jetzt kannte sie sich wieder aus.

Sie bremste ab, lenkte das Rad langsam durch die versetzt stehenden Stahlbügel am Fuß der Brücke. Diese doofen Dinger. Anstatt den Schwung auszunutzen, musste sie sich im Stehen die Steigung hinaufkämpfen. Oben stoppte sie, um wieder zu Atem zu kommen. Vereinzelt rasten Autos unter der Brücke hindurch. Um diese Uhrzeit war auf dem Schnellweg nicht mehr viel los. Als die Motoren- und Rollgeräusche wieder abebbten, bemerkte sie noch etwas anderes. Ein hohles Trapsen. Irgendetwas oder jemand schien ihr zu folgen. Sie umklammerte den Lenker fester und trat so hektisch in die Pedale, dass sie abrutschte. Panisch sah sie über ihre Schulter nach hinten. Mitten auf der Brücke lief ein Tier auf sie zu. Ein Hund, dachte sie erst. Doch als das Tier näher kam, hörte sie ein leises Grunzen.

Ungläubig kniff sie die Augen zusammen. Das konnte doch nicht sein, oder? Ein kleines, dickes Schwein trabte auf kurzen Beinen an ihr vorbei. Mit wedelndem Stummelschwanz verschwand das schwarz-weiß gescheckte Tier am Fuß der Brücke im Wald. »Wie absurd ist das denn?« Sie lachte verhalten. Zwar hatte sie gehört, dass Wildschweine in der Eilenriede gesichtet worden waren, aber dieses Minischwein gehörte eindeutig zu einer anderen Gattung.

Kopfschüttelnd stieg sie wieder auf ihr Rad. Das würde ihr garantiert keiner glauben.

21

»Ich habe alles genauso aufgebaut wie in dem Bauwagen«, erklärte Forensik-Stefan. Mit wehendem Laborkittel eilte er vor Inga her den Flur des Kriminaltechnischen Instituts entlang und öffnete die Tür zu einem der Labore. »Voilà.«

Im Licht der Neonröhren und auf dem sterilen Weiß der Labortische wirkten Albert Jakubeits Apparaturen zwar professioneller als im Bauwagen, die Funktion erschloss sich Inga jedoch immer noch nicht. »Du glaubst also, Albert Jakubeit hat das Or marron in einem ähnlichen Verfahren hergestellt wie Instantkaffee?«

Stefan nickte. »Instantkaffee besteht aus nichts anderem als getrocknetem Kaffee-Extrakt. Man stellt einen Aufguss her und dampft das Ganze anschließend ein, bis man ein sirupartiges Konzentrat erhält.« Er zeigte auf den blauen Plastikkaffeefilter, der hier seltsam fehl am Platz wirkte. »Genauso wird er es mit seinen geheimnisvollen Zutaten gemacht haben.«

»Also ab damit in den Filter, mit heißem Wasser aufbrühen und danach auf dem Zweiflammenherd köcheln lassen?«

»Ganz genau. Das Konzentrat hat er dann tiefgefroren und anschließend granuliert. Letzteres dürfte er mit Trockeneis und dem Mörser erledigt haben. Bis hierhin ist der Vorgang relativ banal. Aber dann wird's wissenschaftlich. Um das gefrorene Granulat vom Wasser zu befreien, packt man es in einen Druckbehälter und setzt es einem Vakuum aus. Wenn man das Ganze dann noch erhitzt, geht das Eis direkt in den gasförmigen Zustand über. Das nennt man Sublimation.«

Inga nickte. »Das Eis verdampft, und übrig bleibt das getrocknete Granulat.«

»Richtig.« Forensik-Stefan sah sie mit leuchtenden Augen an. »Ganz so trivial, wie es sich anhört, ist das Verfahren natürlich nicht. Wirklich zuverlässig funktioniert es nur unter bestimmten Bedingungen. Deshalb sind Gefriertrockner auch relativ teuer. Schon für kleine Geräte, wie man sie im Labor verwendet, muss man einige Tausender hinblättern. Das Geld hatte Albert Jakubeit vermutlich nicht, und so hat er sich diese Eigenkonstruktion gebastelt. Dass sie funktioniert, grenzt an ein Wunder. Er muss ewig herumgetüftelt haben, bis endlich ein passables Ergebnis herauskam.«

»Okay«, sagte Inga. »Aber welchen Rohstoff hat er verwendet?«

Stefan warf ihr einen bedauernden Blick zu. »Das habe ich ehrlich gesagt noch nicht herausgefunden.«

»Und was macht man dann mit dem Granulat? Billige Trüffeln hineinlegen, bis sie den Geruch angenommen haben?«

»Denk mal andersherum.« Er machte eine kreisende Bewegung mit dem Zeigefinger. »Das Granulat riecht nicht nur nach Trüffeln, es schmeckt auch danach, wenn man es wieder auflöst. Eben genauso wie bei Instantkaffee.«

Inga verzog das Gesicht. »Du hast doch nicht etwa …?«

Stefan überging die Frage. »Ich habe eine Theorie«, sagte er stattdessen. »Trüffelsaison ist ja nur wenige Wochen im Jahr. Und einmal geerntet, müssen sie relativ schnell verarbeitet werden. Man kann sie zwar einwecken oder in Öl einlegen, aber dabei geht immer Geschmack verloren. Jakubeit könnte doch eine Essenz aus hochwertigen Trüffeln hergestellt und diese dann durch Gefriertrocknung haltbar gemacht haben.«

»Eine Art Instanttrüffel?«

Stefan grinste. »Eher Instanttrüffelessenz. Hält sich ewig, verliert aber kaum Aroma und ist unkompliziert zu verwenden.« Mit einem kleinen Löffel füllte er ein wenig von dem Or marron in einen Glasbecher. Dann ließ er Wasser in ein Reagenzglas laufen und erwärmte es über der Flamme eines Bunsenbrenners. Vorsichtig kippte er etwas heißes Wasser auf das Granulat und rührte um. Die hellbraune Flüssigkeit dampfte.

Inga trat näher heran und schnupperte. Schon das Granulat hatte einen betörenden Duft nach Trüffeln verströmt, doch das war kein Vergleich zu dem Aroma, das der Aufguss entfaltete. Unwillkürlich schloss sie die Augen. Einen Moment lang fühlte sie sich in den Wald versetzt, roch würzige Erde, einen Hauch von Moos und Baumrinde. Wie damals als Kind, als sie mit ihrem Opa in die Pilze gegangen war. Etwas benommen öffnete sie die Augen wieder. Vor ihrer Nase dampfte es noch immer aus dem Becher.

»Das Zeug ist der Hammer, oder?«, raunte Stefan ganz nah an ihrem Ohr. An seinem Kittel baumelte ein Knopf nur noch am seidenen Faden, sein Kinn zierten Bartstoppeln. Erst jetzt bemerkte Inga, dass sie seinen Ärmel umklammert hielt, während er seine Hand auf ihrer Hüfte geparkt hatte. Sie ließ los und trat einen Schritt zurück. Seine Hand glitt von ihrer Hüfte, doch als sie den Blick hob, hielten seine Augen sie fest.

»Und … was macht man dann damit? Trüffelsuppe?«

»Vielleicht.« Er grinste. »Wahrscheinlich kann man das Zeug für alles Mögliche verwenden. Zum Beispiel sollen Trüffeln aphrodisierend wirken.«

Inga fühlte, wie sie rot anlief. Hatte er diese Wirkung etwa gerade an ihr ausprobiert? Sie verschränkte störrisch die Arme vor der Brust. »Trüffeln genießt man frisch in der Saison. Sie sind selten und wertvoll. Ich kann mir nicht vorstellen, dass jemand sie auskocht und zu einem Instantprodukt verarbeitet, für das er wahrscheinlich nur einen Bruchteil des Originalpreises bekommt. Und vor allem: Warum sollte man dafür einen Mord begehen?«

Stefan war offensichtlich anderer Ansicht. »Schätze, mit dem Verfahren kann man eine Menge Kohle machen.« Er klopfte auf den Eimer mit dem Granulat. »Jakubeit hat sicher lange gebraucht, bis er mit seinem Behelfslabor diese Menge produziert hatte. Das Zeug ist vermutlich Gold wert. Aber davon mal abgesehen: Dass Albert Jakubeit für die Herstellung echte Trüffeln ausgekocht hat, ist nur eine Theorie. Er kann auch etwas ganz anderes verwendet haben.«

»Zum Beispiel?«

Forensik-Stefan blies die Wangen auf. »Dafür müsste man das Zeug noch weiter untersuchen, aber ehrlich gesagt habe ich wichtigere Dinge auf dem Tisch. Jedenfalls ist es ein Jammer, dass es demnächst in der Asservatenkammer vergammeln wird. Wer weiß, was man damit alles anstellen könnte.« Er zwinkerte ihr zu. »Vielleicht zwacke ich mir etwas davon für zu Hause ab und übe mich in experimenteller Küche. Und wenn ich seine wahre Bestimmung herausgefunden habe, verhökere ich das Verfahren und setze mich mit dem Geld zur Ruhe.«

Inga musste unwillkürlich lachen. »Pass auf, dass du es dir nicht mit der Trüffelmafia verscherzt.«

Er lehnte sich in lässiger Haltung an die Arbeitsplatte. Sein amüsierter Blick suchte den ihren. »Wie wäre es, wenn wir doch noch den Rotwein köpfen und ganz entspannt privat weitersinnieren? Es tut mir echt leid, dass ich beim letzten Mal so abrupt losmusste, der Anruf war …«

Inga hob die Hand. »Du bist mir keine Erklärung schuldig. Nur komm bloß nicht auf die Idee, mich noch mal so dreist zu Hause zu überfallen.«

»Okay. Ich gebe zu, das war nicht gerade die feine englische Art.« Er lächelte schief. »Was hältst du davon: Wir treffen uns an einem neutralen Ort. Trinken was, unterhalten uns und lernen uns besser kennen. Ganz unvoreingenommen. Wie wäre es mit Samstagabend? Ich überleg mir, wo wir hingehen, und du hast noch drei Tage Zeit, mit dem Gedanken warm zu werden.«

Lag es an seinem Dackelblick oder an dem Trüffelduft, der immer noch ihre Sinne vernebelte? »Meinetwegen«, hörte Inga sich sagen. »Aber diesmal nicht zu McDrive.«

***

Die Uhr in Georg Brunners Küche schien lauter zu ticken als sonst. Die Anspannung war nahezu greifbar. Noch zwei Minuten, dann lief Le Barons Ultimatum ab.

Petru zwang sich zur Ruhe, nahm sein Handy und wählte die Fotos aus, die er vom Rezept für das Trüffelserum gemacht hatte. Er wechselte einen letzten einvernehmlichen Blick mit

Georg, dann schickte er sie ab. »Le jeu est lancé«, sagte er leise. Jetzt gab es kein Zurück mehr.

Im Geiste zählte er die Sekunden. Bei dreiundsechzig klingelte das Handy.

»Willst du mich verarschen?« Le Baron brüllte so laut, dass selbst Georg, der auf der anderen Seite des Tisches saß, zusammenzuckte. Nur mit Mühe gelang es Petru, ihn zu beruhigen. Le Barons Gier nach dem Or marron zu wecken, war dagegen nur ein Kinderspiel. »Du bringst mir das Zeug. Und zwar alles!« Die Stimme des Alten überschlug sich vor lauter Wahnsinn. »Und ich warne dich. Versuch nicht noch mal, mich zum Narren zu halten.«

»Angekommen«, sagte Petru. »Aber jetzt will ich mit Vivien sprechen. Ich muss wissen, dass es ihr gut geht.«

Le Baron lachte. »Bien sûr. Ich lasse sie holen.«

Wenige Minuten später hatte Petru sie in der Leitung.

»Salut, Papa.« Vivien klang atemlos.

»Geht es dir gut, ma chérie?«

»Aber ja! Auch wenn ich echt sauer auf dich bin. Warum hast du mich von der Schule abgemeldet? Und was soll ich in …?«

»Darüber reden wir später«, unterbrach Petru sie hastig. »Warum bist du nicht erreichbar? Ich habe dich mindestens …«

Seine Tochter fiel ihm ins Wort: »Ich bin kein kleines Kind mehr, Papa! Du kannst nicht einfach so über mich bestimmen! Und ich brauche ein neues Handy.«

»Oh, das hatte ich ganz vergessen.« Le Baron war wieder dran. »Viviens Handy ist Sébastien aus Versehen vom Balkon gefallen. Aber wir bringen das in Ordnung. Er fährt gleich morgen mit ihr los und besorgt ein neues. Ansonsten geht es deiner Tochter ausgezeichnet. Du kannst dich also ganz auf deine Mission konzentrieren.«

Petru atmete tief durch. Es war an der Zeit, seinen Trumpf auszuspielen. »Diesmal habe ich auch ein paar Bedingungen«, sagte er ruhig, während er eine weitere Nachricht an Le Baron schickte.

Die Bilder von den Unterlagen aus dem Genfer Schließ-fach verfehlten ihre Wirkung nicht. Nur Le Barons stoßweiser Atem war zu hören, als er realisierte, dass Petru nicht länger der dumme kleine Spielstein war, den er auf seinem Spielbrett hin und her schieben konnte, wie es ihm beliebte. Endlich war Petru einmal am Zug.

»Das ist natürlich nur eine kleine Auswahl der wunderbaren Sammlung, die ich besitze. Sollte Vivien oder mir auch nur ein Haar gekrümmt werden, landet das Material schneller bei der Polizei, als du bis drei zählen kannst.«

»Was verlangst du?« Le Baron klang gefährlich ruhig.

Petru nannte ihm eine Summe. »Du wirst Vivien gehen lassen und uns beide nie wieder behelligen.«

Der Alte lachte sein heiseres Lachen. »Du scheinst vergessen zu haben, was ich über dich weiß.«

Petru brach der Schweiß aus, vor Anspannung begannen seine Hände zu zittern. »Kein Wort zu Vivien!«, stieß er her-vor. Georg legte ihm beruhigend die Hand auf den Arm und schüttelte warnend den Kopf. Behalte die Oberhand, sagte sein Blick. Petru nickte ihm zu. »Und sollten die Flics davon Wind bekommen, werden sie auch erfahren, wer mein Auftraggeber war.«

Le Baron schwieg einen Moment. »Also gut. Du kriegst das Geld. Ich bin ja kein Unmensch. Allerdings … Ganz so einfach kommst du mir nicht davon. Wo bliebe da der Spaß?« Er gluckste leise. Sein Lachen wurde lauter, schwoll zu einem irren Stakkato an und brach schließlich abrupt ab. »Du kriegst, sagen wir mal, fünf Tage Zeit. Ich will das Or marron. Und außerdem will ich …« Er gluckste erneut. »Alberts Schwein!«

22

Der Himmel über dem Maschsee war noch dunkel. Aus den Bäumen am Ufer tönte das Krächzen von Krähen, dann erklang ein metallisches Scheppern. Ein älterer Mann schob einen Einkaufswagen über das Rudolf-von-Bennigsen-Ufer, getaucht in das gelbe Licht der Laternen. Mit Kleidung und Hausrat vollgestopfte Plastiktüten und ein Schlafsack türmten sich darin. Der Mann trug mehrere Jacken übereinander und eine Mütze mit Ohrenklappen. Er parkte seine Habe neben einer Bank, wischte mit dem Jackenärmel über die Sitzfläche und ließ sich ächzend darauf nieder. Frühmorgens, wenn kaum Jogger und Radfahrer unterwegs waren, war er hier der König. Während er eine halb volle Bierflasche aus seiner Jackentasche zog, ließ er den Blick schweifen.

Tretboote schaukelten träge auf dem See, vertäut an einem Steg. Eine Ente schnitt durch das spiegelglatte Wasser. In der Ferne hörte man die Geräusche der erwachenden Stadt. Am Baum schräg gegenüber lehnte ein buntes Zirkusplakat. Die Platte, auf die man es gekleistert hatte, war offenbar abgestürzt. Weiter oben am Baum hingen noch die Befestigungsdrähte. Der Zirkus Fallada gastierte auf dem Waterlooplatz.

Als junger Mann hatte er eine Saison lang in einem Zirkus gearbeitet, bis über beide Ohren verliebt in eine Pferdedompteurin. Wehmütig trank er einen großen Schluck Bier und hing dem Echo vergangener Zeiten nach.

Als er die Flasche absetzte, tauchte ein dickes, zottiges Schweinchen in seinem Blickfeld auf. Der Mann blinzelte. Hatte er jetzt schon am frühen Morgen Halluzinationen? Erneut setzte er die Flasche an, leerte sie in einem Zug und kniff dabei die Augen zusammen.

Als er sie wieder öffnete, war das Schwein immer noch da. Grunzend befühlte es mit dem Rüssel das Plakat, stieß auf eine lose Ecke, riss ein Stück ab und fraß das Papier auf. Dann senkte das Tier die Nase und trabte in gemächlichem Tempo weiter am Ufer entlang. Wie ein Hund, der Witterung aufgenommen hat, schien es einer unsichtbaren Spur zu folgen.

··*·

Der Korse reihte sich in die Schlange ein, die sich am Zooeingang gebildet hatte. Vorgestern war der Winterzoo eröffnet worden, und abends war der Eintritt frei, was entsprechend viele Besucher anlockte. Er strich sich über den falschen Vollbart, zog die Kapuze in die Stirn und rückte die Hornbrille mit den Fenstergläsern zurecht. Die Wunde am Oberschenkel pochte nur leise, die Schmerztabletten wirkten gut. »Ein Tag Ruhe wäre noch angebracht«, hatte Georg gemahnt, aber schnell eingesehen, dass die Zeit drängte. Le Baron würde sein Ultimatum nicht verlängern.

Die Bauernhof-Themenwelt war kaum wiederzuerkennen. Ein Weihnachtsbaum stand vor Meyers Gasthof, dessen Fassade und Giebel aufwendig geschmückt und beleuchtet waren. Die große Wiese im Zentrum hatte man in eine Eisfläche verwandelt. Kinder und Erwachsene zogen darauf auf Schlittschuhen ihre Runden, und laute Musik mischte sich mit dem Gemurmel der Besucher.

Petru drängte sich durch die Menge. Aus den Buden, die man längs des Weges aufgestellt hatte, roch es nach gebrannten Mandeln, Glühwein und Crêpes. Aber dafür hatte er gerade keinen Sinn. Er erreichte den Hintereingang des Schweinestalls und stellte fest, dass er verschlossen war. »Bitte benutzen Sie den Vordereingang«, stand auf einem Schild, das an die Tür gepinnt war. Ihm blieb nichts anderes übrig, als kehrtzumachen.

Auf dem Weg zum Vordereingang blieb sein Blick an einem Fenster hängen, in dem gerade Licht eingeschaltet wurde. Das Fachwerkgebäude neben dem Stall war ihm hinter dem dichten Buschwerk bisher gar nicht aufgefallen. Er blieb stehen und beobachtete, wie eine Tierpflegerin sich drinnen an einen langen Tisch setzte, auf dem zahlreiche Gläser, Tassen und Brotdosen standen. Die Frau blätterte in Papieren, dann stand sie auf, schrieb etwas an ein Whiteboard und steckte einen Zettel in eins der Postfächer an der Wand. Das mussten Personalräume sein, ging es Petru auf. Räume, in denen Besprechungen stattfanden und in denen man sein Frühstück aß. Auch Albert musste sich hier aufgehalten haben.

Die Frau nahm eine Thermoskanne und schenkte sich daraus Tee oder Kaffee in eine Tasse ein. Während sie trank, blickte sie aus dem Fenster. Schnell machte Petru einen Schritt seitwärts und duckte sich hinter ein hohes Gebüsch. Aus der Deckung heraus versuchte er, mehr Details in dem Raum zu erkennen, etwa einen Spind oder abschließbare Fächer. Doch er konnte nichts dergleichen entdecken. Albert musste irgendwo einen Schrank oder ein Fach gehabt haben, in dem er seine persönlichen Sachen aufbewahrte. Die waren aber sicher längst von der Polizei durchsucht worden. Wenn Albert das Or marron dort gelagert hatte, hatte man es höchstwahrscheinlich beschlagnahmt. Petru sah seine Felle davonschwimmen. Es gab unzählige Möglichkeiten, wo Albert das Granulat versteckt haben könnte. Es irgendwo hinter den Zookulissen zu finden, war nahezu aussichtslos. Wohingegen das Schwein …

Er zog sein Handy hervor und startete noch einmal das Video, das Le Baron ihm geschickt hatte. Wie es aussah, war das Tier hier im Zoo ein Einzelexemplar, also sollte es nicht allzu schwer sein, sein Gehege ausfindig zu machen. Er schloss seine Kopfhörer an das Smartphone an und schaltete den Ton ein. Von dem, was die Frau bei der Show erzählte, war wegen heftiger Windgeräusche nicht viel zu verstehen. Doch als Albert mit dem Schwein auftrat, hob sie die Stimme und kündigte die beiden an: »Bauer Meyer und sein Zwergschwein Daphne werden uns jetzt mal zeigen, was für intelligente Tiere Schweine doch sind.« Dann sagte sie etwas über Daphnes Rasse und wie selten sie sei. Es folgten allgemeine Aussagen über den Geruchs- und Tastsinn der Tiere. Petru stoppte das Video. Er hatte genug gehört und gesehen.

Immer mehr Besucher strömten in den Winterzoo, die Eisfläche war inzwischen so voll, dass die Läufer nur noch als Karawane im Kreis fahren konnten. Er ließ die Meute hinter sich und bog zum Vordereingang des Schweinestalls ab.

Im Inneren empfing ihn schummrige Beleuchtung; das Stimmengewirr und die Musik waren nur noch gedämpft zu vernehmen. Im hinteren Teil des Stalls quengelte ein Kind: »Mir ist langweilig. Ich will Popcorn.«

Petru beugte sich über ein Gatter, als wollte er sich die Tiere ansehen. Unter einer Wärmelampe lag eine Muttersau mit ihren Ferkeln. Er ließ den kleinen Jungen mit seinen Eltern passieren. Aus dem Augenwinkel beobachtete er, wie die Familie den Stall verließ. Petru blieb allein zurück.

Dank des Rummels draußen verirrten sich nur vereinzelt Besucher zu den Tieren, und dass erst vor Kurzem ein Tierpfleger in diesem Gang erschlagen worden war, löste auch keinen Besucheransturm aus; es schien schon wieder in Vergessenheit geraten zu sein. Nichts, nicht einmal ein Fleck, erinnerte mehr an die Tragödie.

Petru verdrängte die Bilder vom toten Albert aus seinem Kopf. Er war hier, um das Schwein zu suchen, auch wenn er noch keine Ahnung hatte, wie er es anstellen sollte, das Tier unbemerkt aus dem Zoo zu schaffen. Mühsam entzifferte er die mit Kreide beschriebenen Schilder an den Wänden über den Boxen. »Daphne, Zwergschwein, Kune Kune«, las er. Das musste es sein. Doch die Box war leer.

Ein Windstoß blähte das grobe Tuch auf, mit dem der Durchgang zum Außengehege verhängt war. Wahrscheinlich war das kleine, zottige Tier wegen der Wolle unempfindlicher gegen die Kälte als die Rotbunten. Petru nahm den Seitenausgang zur Suhle. Doch auch hier fand er das Schwein nicht. Er ging wieder hinein und wollte gerade auf den Gang zurückkehren, als eine breitschultrige Frau mit feuerroten Haaren an ihm vorbeieilte. Sie klopfte an die schmale Holztür am Ende des Stalls. »Sven? Bist du da drin?«

Die Tür wurde von innen geöffnet. Einer der Tierpfleger erschien. Der hagere Typ zog nervös an einer Zigarette. »Hallo, Janin.«

»Menschenskind. Du darfst hier doch nicht rauchen«, zischte die Rothaarige, woraufhin der Pfleger die Kippe an einem Holzbalken ausdrückte und in der Tasche seiner Latzhose verschwinden ließ.

»Ich fackel schon nichts ab.« Er glättete sein schütteres Haar, das im Nacken zu einem dünnen Rattenschwanz zusammengefasst war, und begrüßte die Frau mit einem flüchtigen Kuss. »Ich muss nur noch schnell zur Umkleide, aber dann können wir los.« Er schloss die Tür zu dem Raum, aus dem er gekommen war, hinter sich ab.

Gemeinsam gingen sie den Gang hinunter. »Ist Daphne wieder aufgetaucht?«, fragte die Rothaarige. Sie und der Tierpfleger blieben an der leeren Box des Zwergschweins stehen. Petru drückte sich hinter dem alten Traktor an die Wand und lauschte.

»Nein, natürlich nicht.« Die Stimme des Mannes bebte.

»Und was hast du den anderen erzählt?«, fragte seine Freundin.

»Dass ich keine Ahnung habe, wie das passiert ist, was denkst du denn.« Er senkte die Stimme. »Sie ist ja schon öfter ausgebüxt. Deshalb denken alle, sie hat es wieder geschafft. Aber ich bin mir sicher, dass der Clown sie hat. Gestern war ich drauf und dran, zum Zirkus zu fahren und ihn zur Rede zu stellen.«

»Untersteh dich!«, rief die Rothaarige.

»Nicht so laut.« Er sah sich hektisch um. »Keine Panik«, beruhigte er seine Freundin. »Die ziehen sowieso bald weiter nach Braunschweig. Weihnachtszirkus, und dann war's das für diese Saison.«

»Ja, aber was, wenn es der Clown war, der Albert umgebracht hat? Du musst endlich zur Polizei gehen, Sven.«

»Dann kriegen die mich doch auch dran. Und meinen Job bin auf jeden Fall los.« Der Tierpfleger ließ den Kopf hängen.

»Ich mache mir solche Vorwürfe …« Seine Stimme versagte. Für eine Weile war es still.

Vorsichtig spähte Petru um die Ecke. Kaum zwei Meter entfernt hielt die Rothaarige ihren Freund umschlungen und tröstete ihn.

»Lass uns zu mir gehen. Dann reden wir noch mal in Ruhe darüber«, murmelte sie, während sie ihm über den Rücken strich.

Der Tierpfleger löste sich von ihr und wischte sich über die Augen. »Albert war schon ein komischer Vogel, aber den Tod hatte er nun wirklich nicht verdient.«

»Wer weiß. Dass keiner was von seinem Geheimlabor mitbekommen hat … Wahrscheinlich hat er darin Drogen hergestellt oder so was.«

»Nee. Irgendein Granulat.« Er zuckte mit den Schultern. »Die Polizei untersucht das Zeug. Diese Typen in den weißen Anzügen haben doch alles abgebaut und mitgenommen.«

Seine Freundin bekam einen schwärmerischen Blick. »Bei den Spurensicherern war sogar Stefan Berger dabei. Dass der mal zu uns in den Zoo kommen würde …«

»Hä?« Der Tierpfleger sah sie verständnislos an, woraufhin die Rothaarige die Augen verdrehte.

»Na, ›Forensik-Stefan – den Tätern auf der Spur‹. Der hatte doch diese Serie in der Zeitung. Und im Fernsehen war er auch ein paarmal. Ist noch gar nicht so lange her.« Sie hakte ihn unter und zog ihn in Richtung Ausgang.

Petru wartete eine Minute, dann verließ auch er den Stall. Noch während er sich durch die Menschenmenge in Richtung Zooausgang schob, tippte er auf seinem Smartphone ein paar Stichworte in die Internetsuche.

***

Das Restaurant im historischen kleinen Milchhäuschen, auf dessen Hinterhof sich ein Zwergschwein verirrt haben sollte, hatte der Mann vom Tierschutzverein noch nie besucht. Aber der neue Praktikant war schon mal dagewesen. Das Ambiente sei besonders, versicherte er, als das pavillonartige Gebäude in Sicht kam.

Kaum waren er und der Praktikant aus dem Transporter gestiegen, kam der Koch, der sie angerufen hatte, bereits wild gestikulierend aus dem Restaurant gelaufen. »Es ist hinten bei den Mülltonnen«, rief er und eilte voran. »Ich dachte erst, da wären Ratten in dem Kabuff, wo die Tonnen stehen«, erzählte er auf dem Weg zum Hinterhof. »Man kann der Küchenhilfe ja noch so oft einbläuen, den Müll vernünftig zu verstauen. Aber mal ein bisschen nachstopfen, wenn's voll ist, das geht ja nicht«, schimpfte er. »Da stellt man den Sack lieber daneben, die Krähen hacken die Tüte auf, und ehe man sichs versieht, kommen die Ratten.« Er zeigte auf den hölzernen Verschlag, aus dem ein unverkennbares Grunzen zu hören war. »Die Tür stand einen Spaltbreit offen, und ich habe gleich die Bescherung gesehen. Alles schön auf dem Boden verteilt. Aber das, was sich im Kabuff bewegt hat, konnte keine Ratte sein. Das war ein größeres Tier. Ich schleiche mich also ran, spähe durch die Ritzen, und was seh ich: ein Hinterteil mit Ringelschwanz!« Er grinste. »Da hab ich nicht lange gefackelt und zack, die Tür verriegelt.«

Das Schwein aus dem Müllverschlag in den Käfig zu locken, war dank seiner Gefräßigkeit nicht schwer. Den Käfig samt Insassin auf die Ladefläche des Transporters zu hieven, dafür umso mehr. Das Kune Kune brachte bestimmt siebzig Kilo auf die Waage.

Der Tierschützer wischte sich den Schweiß von der Stirn. Gut, dass der Praktikant mit ordentlich Muckis ausgestattet war; allein hätte er das nicht geschafft. Als er den Käfig mit Gurten sicherte, schien ihn das Tier zu taxieren. Dann begann es, mit dem Rüssel die Käfigtür zu betasten. »Wo du wohl ausgerissen bist?«, fragte er das zottige Viech und schloss die Heckklappe des Kastenwagens.

Als er den Transporter vom Hof des Restaurants steuerte, ging der nächste Anruf ein. Ein streunender Hund in der Calenberger Neustadt. Der Praktikant gab die Adresse in das Navi ein.

Die Route führte über die Lavesallee auf den Waterlooplatz zu, wo sich die Zeltspitzen des Zirkus Fallada in den trüben Himmel reckten. Als er in die Adolfstraße einbog, sah er aus dem Augenwinkel, wie das Zirkuszelt in sich zusammensackte.

»Die bauen wohl ab«, bemerkte der Praktikant.

»Sieht ganz so aus.« Er hörte das Schwein im Laderaum randalieren. Hoffentlich hielt der Käfig stand.

Zum Glück mussten sie den Hund nicht einfangen, das hatten die Anwohner bereits erledigt. Jemand hatte dem verwahrlosten Tier ein provisorisches Halsband umgelegt.

»Das Schwein hat sich beruhigt«, sagte er zum Praktikanten, als dieser den Streuner zum Transporter führte, und öffnete die Heckklappe. Da krachte ihm die Käfigtür entgegen. Instinktiv duckte er sich und riss die Arme über den Kopf, sonst hätte ihn das Schwein garantiert umgeworfen.

Das Tier machte einen mächtigen Satz und landete so hart auf dem Asphalt, dass ihm die Beine wegknickten, aber es fing sich schnell. In einem Affenzahn galoppierte es über die Straße, schlitterte um eine Kurve und verschwand aus seinem Blickfeld.

23

Sich ausgerechnet während der Weihnachtsmarktsaison in der Altstadt zu verabreden, war eine saublöde Idee gewesen. Nur mit Mühe gelang es Inga, ihr Fahrrad gegen den Strom der Weihnachtsmarktbesucher zu schieben. Nicht selten mit blinkenden Weihnachtsmützen und klebrigen Glühweinbechern bewaffnet, strebten die Leute von der Marktkirche kommend an zahlreichen Fress- und Verkaufsbuden vorbei zum mittelalterlichen Weihnachtsdorf am historischen Museum. Aber Inga musste in die andere Richtung.

Der verschlungene Schriftzug des Altstadtlokals kam in Sicht. Das Namensschild klemmte zwischen hohen Bogenfenstern und versprach eine urige Atmosphäre. »Die Currywurst ist legendär«, hatte Stefan behauptet, und außerdem sei das eine der wenigen echt hannöverschen Urkneipen, die man unbedingt kennen müsse. Sie ergatterte einen Stellplatz dicht an der Hauswand, wo sie das Rennrad an einem Fallrohr festmachte.

»Fußball-Liveübertragung: Hannover 96, Bundesliga, Champions League«, verkündete ein Zettel am Eingang. Sie warf einen Blick durchs Fenster. Hingen da Kastanienblätter zwischen Lichterketten von der Decke? Weiter hinten erahnte sie einen wahrscheinlich künstlichen Baumstamm neben einer wuchtigen Theke aus dunklem Holz. Im Gastraum drängten sich größtenteils Fußballfans, grüner Rasen flimmerte auf mehreren Flachbildschirmen. Auch das noch. Leicht widerwillig zog sie die Tür auf.

Die Luft war zum Schneiden dick. Stadiongesänge drangen aus den Lautsprechern, vermischten sich mit dem Weihnachtsgedudel von draußen, bis die Tür zuschnappte. Die Stimme des Kommentators schwebte über dem auf- und abschwellenden Gemurmel der Fans, deren Blicke gebannt an den Bildschirmen klebten. Inga zog sich die Mütze vom Kopf. Suchend schob sie sich an Fantrikots und Schals vorbei. Forensik-Stefan entdeckte sie nirgends. Dabei war sie extra zehn Minuten zu spät gekommen, damit er derjenige war, der auf sie warten musste. Jedoch immer noch zu früh, wie es schien. Andere warten zu lassen kam ihr schäbig vor, da konnte sie einfach nicht aus ihrer Haut. Nur dass das umgekehrt meistens nicht der Fall war. Und so war immer sie diejenige, die mit einem Verlegenheitsgetränk am Treffpunkt saß und ihr Handy checkte.

»Bin schon drin«, schrieb sie an Stefan. Worauf hatte sie sich da bloß eingelassen? Ein Date mit Forensik-Stefan. Albert Jakubeits Or marron musste ihr Urteilsvermögen gehörig getrübt haben.

Sie überlegte, ob sie nicht einfach kehrtmachen und nach Hause fahren sollte, als die Fans entrüstet aufschrien. Fäuste wurden empört gehoben, Flüche schwängerten die ohnehin schon dicke Kneipenluft. Auf dem Rasen wälzte sich ein 96er mit schmerzverzerrtem Gesicht.

»Vorsicht.« Eine Bedienung wuchtete ein volles Tablett durch die Leute. Sie nickte Inga zu. »Da ist noch was frei.« Mit dem Kinn deutete sie auf einen Hocker an der Bar. Inga hatte keine Lust, sich durch die Fanmeile zurück zum Ausgang zu drängeln, um draußen erneut ins weihnachtliche Glühweininferno zu geraten. Außerdem hatte sie Durst. Sie setzte sich und bestellte ein Gilde Ratskeller. Ihre Gedanken schweiften zum Stand der Ermittlungen, die in den letzten zwei Tagen komplett stagniert waren. Die Fahndung nach Petru Bernard war bisher erfolglos geblieben. Auch die Identität des Parkhausphantoms, wie Franca den zweiten Verdächtigen getauft hatte, war immer noch ungeklärt. Zwar hatten sie sein Phantombild sowie ein unscharfes Foto aus dem Parkhausvideo in der Hannoverschen Allgemeinen und den sozialen Netzwerken veröffentlicht, aber die Resonanz war eher bescheiden ausgefallen. Und die wenigen Hinweise aus der Bevölkerung hatten sich alle als haltlos erwiesen.

»Danke.« Inga nahm ihr Bier von der Kellnerin entgegen

und lächelte ihr zu. Sie schob die Grübelei über den Fall beiseite und beschloss, sich zu entspannen.

Ein vertrautes Gefühl stellte sich ein. Dieser Neunziger-Jahre-Charme ähnelte einer der Dorfkneipen aus ihrer Jugendzeit. Man traf sich zum Fußballgucken, egal ob Fan oder nicht, auch weil es im Dorf kaum Alternativen gab. Wenn sie schon mal hier war, konnte sie ebenso gut das Spiel verfolgen und am Montag im Dezernat mit ihrem Wissen punkten. Mit dem Glas in der Hand drehte Inga sich zum Fernseher um, da klingelte ihr Handy. Sie hatte es gerade am Ohr, als der Gastraum förmlich explodierte. Brüllend rissen die Fans die Arme hoch. Ein Ellbogen traf Ingas Arm, Bier schwappte auf ihre Hose.

»Was ist bei Ihnen denn los?«, hörte sie Sven Meinhardt fragen.

»Hannover hat ein Tor geschossen!«, schrie Inga.

»Sorry.« Der Rempler drückte ihr eine Serviette in die Hand.

Inga stellte ihr Bier ab, klemmte sich das Smartphone zwischen Schulter und Ohr und drückte den Zellstoff auf den Bierfleck. »Nicht schlimm«, formte sie mit den Lippen. »Was gibt's denn?«, fragte sie Meinhardt.

»Also, es geht um Daphne. Sie ist schon seit Dienstag verschwunden. Und ich glaube …« Der Rest ging in lautem Fangebrüll unter.

»Wollen Sie Montag ins Präsidium kommen?«, schrie Inga. »Oder Sie rufen mich einfach morgen früh an – hallo?« Meinhardt war weg. Achselzuckend legte auch Inga auf. Wo blieb eigentlich Stefan? Wenn er später kam, konnte er dann nicht wenigstens eine Nachricht schicken? Oder war er womöglich längst hier, und sie hatte ihn im Gedränge bloß nicht entdeckt? Suchend sah sie sich um, als sie plötzlich realisierte, wer neben dem Rempler saß und ihr zuprostete. Franca. Auch das noch!

»Sieh an, das Warteweilchen«, sagte Franca mit schwerer Zunge. »Was für ein Glanz in dieser Hütte.« Sie knuffte ihren

Nebenmann in die Seite. »Darf ich vorstellen: Kollegin Haarmann. Frauenpower aus dem Emsland in persona.«

Der Rempler reichte ihr die Hand. »Lindner. Kriminaloberkommissar a. D. Jetzt nur noch ›Horst‹ und ›du‹.«

»Inga.« Sein Händedruck war fest und ehrlich. »Sie ... du bist Vollberts Vorgänger, oder?« Ihn zu duzen fiel ihr schwer, denn der langjährige Dezernatsleiter galt bei den Kollegen als Legende. Im Präsidium hing ein Schwarz-Weiß-Foto von ihm, das ihn in jungen Jahren zeigte. Heute war Lindner deutlich beleibter, und sein ehemals dichtes Haupthaar trug er mangels Fülle auf wenige Millimeter getrimmt.

Franca hob ihr Glas. »Auf die weibliche Intuition.« Sie leerte ihr Bier in einem Zug. Dann sah sie Inga aus schmalen Augen an. »Schon mal Lüttje Lage getrunken?«

»Das Zeug, mit dem sich Touristen auf dem Schützenfest bekleckern?« Inga schüttelte den Kopf.

Franca grinste. »Dann wird's aber Zeit.«

»Nein danke. Ich steh nicht so auf Schnaps.« Inga checkte erneut ihr Handy. Keine Nachricht von Stefan.

Franca wirkte nicht überzeugt. »Wirklich? Und was war das neulich auf Vollberts Feier?« Ehe Inga etwas erwidern konnte, wandte ihre Kollegin sich an die Bedienung. »Mach uns mal drei Lüttje Lagen, ja?«

»Mensch, Franca, jetzt lass doch«, protestierte Lindner.

»Halt dich da raus, Horst«, meinte sie. »Das ist 'ne Teambildungsmaßnahme.« Sie brachte Lindner dazu, mit ihr den Platz zu tauschen, und rückte näher an Inga heran. »Na? Prince Charming kommt wohl nicht. Ich wette, es gab irgendeinen Notfall mit seiner Ex.«

»Was ...? Woher willst du wissen, mit wem ich ...?« Ohne es zu wollen, fühlte Inga sich ertappt. Sie war wohl nicht die Erste, mit der sich Stefan in seiner Stammkneipe verabredete. Und anscheinend war eben diese Stammkneipe auch noch der Treffpunkt von diversen Kollegen.

»Kriminalistischer Spürsinn.« Franca durchbohrte Inga mit ihrem Röntgenblick. »Lass mich raten: Immer wenn ihr gerade dabei seid, euch näherzukommen, kriegt er einen Anruf und muss ganz dringend los. Habe ich recht?«

»Wüsste nicht, was dich das angeht.« Zu ihrem Ärger spürte Inga ein verdächtiges Kribbeln im Gesicht.

Franca prostete ihr zu. »Willkommen im Club!«

»Es reicht, Franca.« Lindner war Francas Verhalten sichtlich peinlich.

»Wieso? Einer muss es ihr doch sagen«, ereiferte sie sich.

Inga hatte genug. Sie griff nach ihrem Handy und ließ sich vom Hocker gleiten. »Bin gleich wieder da.«

Im Gang zu den Toiletten ebbte der Lärm aus der Gaststube ab. Inga lehnte sich an die Wand und starrte auf ihr Telefon, von dem ihr Stefans Kontaktfoto entgegenleuchtete. Hatte Franca recht? Oder gab es einen triftigen Grund, sie zu versetzen? Unentschlossen schwebte ihr Finger über dem Display. Dann gab sie sich einen Ruck und rief ihn an.

Nach dem dritten Rufton erklang auf einmal das Besetztzeichen.

»Was zum …?« Inga drückte erneut auf seine Nummer. Diesmal meldete sich die Mailbox. Mit bebenden Fingern legte Inga auf. »Arschloch!« Das Herz schlug ihr bis zum Hals.

Im Waschraum ließ sie sich kaltes Wasser über die Handgelenke laufen, bis sie sich einigermaßen beruhigt hatte. Am liebsten wäre sie auf der Stelle nach Hause gefahren. Aber wenn sie jetzt abhaute, würde sie Franca nur noch mehr Angriffsfläche bieten.

Sie blickte ihrem Spiegelbild in die Augen. Tief Luft holen und lächeln, befahl sie sich.

Inga verzog das Gesicht zu einer Grimasse und dann zu einem breiten Grinsen. Sechzig Sekunden lang die Mundwinkel zu heben, brachte das Gehirn dazu, Glückshormone zu produzieren, das hatte sie einmal gelesen. Sie würde diese unangenehme Situation einfach wegatmen und Franca mit einem Lächeln den Wind aus den Segeln nehmen, jawohl!

»Und scheiß auf dich, Forensik-Stefan«, erklärte sie entschlossen, während sie ihr Handy ausschaltete.

Die Kellnerin schob jedem ein kleines Glas mit schwarzem Bier und ein Pinnchen klaren Schnaps zu. »Wohl bekomms.« Skeptisch musterte sie Inga. »Lätzchen?«

Franca winkte ab. »Wenn du es richtig machst, kleckerst du auch nicht.« Sie nahm das Bierglas zwischen Daumen und Zeigefinger, spreizte den Mittelfinger ab und klemmte das Schnapsglas damit ein. »Unten mit dem kleinen Finger abstützen«, erklärte sie und ließ es vorsichtig gegen das Bierglas kippen. »Der Rand muss etwa einen halben Zentimeter über dem Bierglas sein. Und ganz wichtig: Beim Trinken nicht nach vorne beugen, sonst kleckerst du garantiert.« Damit legte sie den Kopf in den Nacken und trank zügig aus, wobei der Schnaps vorbildlich über die Kante ins Bierglas lief. »Eigentlich ganz einfach«, behauptete sie. »Jetzt du.«

Inga schaffte es erst beim fünften Mal, dass ihr der Schnaps nicht das Kinn hinab- und in den Ausschnitt lief. Das Spiel war inzwischen zu Ende, und einige 96-Fans umringten Inga, um sie anzufeuern. Als sie es endlich hinbekam, jubelten sie, als hätte Hannover noch ein Tor geschossen. Einige orderten selbst Lüttje Lagen und lieferten sich einen Wettbewerb.

»Bin beeindruckt«, lallte Franca, die bei jedem von Ingas Versuchen mitgetrunken hatte, während Lindner es bei einer Lage hatte bewenden lassen. »Noch eine?«

Inga lehnte ab. Auch wenn der Großteil auf ihrem Oberteil gelandet war, hatte sie genug Schnaps intus. Und sie hatte nicht vor, die Kontrolle über die Situation zu verlieren.

Franca zog einen Flunsch. »Sei kein Spielverderber.« Sie hob die Hand, um ein neues Gedeck zu bestellen, als Horst Lindner sie stoppte.

»Du solltest langsam nach Hause.«

»Ach komm schon, nur noch einen Kleinen«, quengelte Franca. Sie lehnte mit den Ellbogen auf der Theke und stützte den Kopf mit beiden Händen, weil er ihr anscheinend zu schwer war. Obwohl sie vorher schon angetrunken gewesen war, hatten die Lüttjen Lagen auf ihrem Shirt nicht einen Spritzer hinterlassen.

»Du hast jetzt wirklich genug«, bestimmte Lindner. Als er zahlte und ein Taxi rufen ließ, widersprach Franca ihm nicht länger. Lindner wandte sich an Inga. »Können wir dich irgendwohin mitnehmen?«

»Danke, ich komme klar«, sagte Inga und kletterte vom Barhocker. Mit Genugtuung stellte sie fest, dass Franca nur noch stumpf auf den Tresen starrte. Sie hingegen schwankte nicht einmal. Na ja, vielleicht ein ganz kleines bisschen, gestand sie sich ein. »Ich gehe eben auf die Toilette, und dann muss ich auch los«, sagte sie.

In der schummrig beleuchteten WC-Kabine versuchte Inga sich lieber nicht vorzustellen, was die Schwarzlichtlampen der Kriminaltechnik hier so alles sichtbar machen würden. Am Waschbecken zupfte sie Papiertücher aus dem Spender und stopfte sie unter ihren schnapsfeuchten Pullover. Während sie auf dem Gang mit dem Reißverschluss ihrer Jacke kämpfte, fiel ihr Blick auf einen Zeitungsständer an der Wand. Neben Gratiszeitungen und Postkarten zum Mitnehmen steckte eine zerknickte Ausgabe der Hannoverschen Allgemeinen. Die Kurzmeldung, die am linken Rand zu sehen war, wäre ihr sicher nicht aufgefallen, wenn sie nicht von einem Deckenstrahler hell beleuchtet worden wäre. So aber schlug eine winzige Alarmglocke in ihr an. Sie nahm die Zeitung und steckte sie unter ihre Jacke.

Draußen waren nur noch wenige Leute unterwegs. Der Weihnachtsmarkt hatte längst geschlossen. Wolkenfetzen jagten über den Himmel, es ging ein kalter Wind, aber wenigstens regnete es nicht. Inga atmete tief durch. Die frische Luft tat gut, nur merkte sie jetzt, dass sie doch beschwipster war, als sie gedacht hatte. Sie beugte sich über ihr Rad und machte sich am Schloss zu schaffen. Verflixt, vor Kurzem hatte der Schlüssel doch noch gepasst.

Etwas entfernt hörte sie eine Autotür zuschlagen. Kurz darauf stand Horst Lindner neben ihr. »In deinem Zustand Rad zu fahren, halte ich für keine gute Idee.«

Endlich bekam Inga das Schloss auf. »Wo ist Franca?«

»Im Taxi nach Hause.«

»Und du?«

»Ich fahre mit der Bahn, was ich dir übrigens auch raten würde.« Kurzerhand nahm er ihr das Fahrrad ab und marschierte damit los.

»Moment mal«, protestierte Inga und beeilte sich, ihn einzuholen. »Rad fahren kann ich schon noch.« Prompt stolperte sie über einen hochstehenden Pflasterstein.

»Das bezweifle ich«, brummte er und hakte sie unter. »Welche Haltestelle ist deine?«

Inga gab auf. »Lister Meile«, sagte sie matt.

Auf einmal fand sie es gar nicht so schlecht, Horst an ihrer Seite zu haben. Er strahlte etwas Vertrauenswürdiges aus. Mit ihm konnte man sicher über alles reden. Inga kicherte. »Lüttje Lage, ausgerechnet mit Franca. Wo sie doch ...« Sie stockte. »Hat sie was über mich erzählt?«

Horst Lindner antwortete nicht. Inga zupfte ihn am Ärmel. »Los, sag schon. Sicher hat sie bei dir über mich gelästert.«

»Franca meint es nicht so.« Horst ließ sie los und bugsierte das Fahrrad auf die Rolltreppe der U-Bahn-Station.

Inga stolperte hinter ihm die Treppe hinab. Verdammter Alkohol. Morgen würde sie nicht nur einen Mordskater haben, sondern sicher bereuen, was sie mit lockerer Zunge von sich gegeben hatte.

Horst schob das Fahrrad auf den Bahnsteig und wartete, bis sie ebenfalls unten ankam. »Francas Art ist etwas ruppig. Das stimmt schon. Aber wenn man sie zu nehmen weiß, ist sie ein feiner Kerl.«

Inga lachte auf. »Feiner Kerl«, wiederholte sie. Auch wenn die ironischen Bemerkungen der Kollegin manchmal nervten, mit Francas ruppiger Art kam sie schon klar, genauso wie mit der Tatsache, dass Franca mit Forensik-Stefan recht gehabt hatte. Aber dass sie hinter ihrem Rücken mit Menke telefonierte und über sie lästerte, fand Inga schon ziemlich übel. »Leon Menke, sagt dir der Name was?«, rutschte es ihr auch schon heraus. Sie biss sich auf die Unterlippe.

Horst sah sie von der Seite her an. »Francas Cousin? Klar. Wieso?«

Ihr Cousin, na großartig. In Bernds Rosenkrieg nach der Trennung hatte Menke sich bereitwillig auf seine Seite gestellt. Er hatte im Kollegenkreis herumerzählt, nicht sie habe sich von Bernd, sondern er sich von ihr getrennt, weil sie ein Flittchen sei, das mit jedem ins Bett gehe. Und später die Sache mit Peterjahn passte für ihn natürlich perfekt ins Bild.

»Hör mal, Inga«, sagte Horst. »Ich habe keine Ahnung, was in deiner alten Dienststelle abgelaufen ist. Und von Gerüchten halte ich nicht viel, da bilde ich mir lieber selbst eine Meinung.«

»Ich kann dir sagen, wie es abgelaufen ist: Als ich von der Schutzpolizei zur Kripo gewechselt bin, gab es gleich böses Blut, weil ich nicht so viele Dienstjahre abgesessen hatte wie andere. Dass man mich wegen meiner guten Beurteilungen eingestellt hatte, zählte natürlich nicht. Wobei ich schon auch verstehen kann, dass es bei Leon und einigen anderen nicht gut ankam, von mir als Neue dienstranglich in den Schatten gestellt zu werden.«

Horst schüttelte den Kopf. »Wenn sich einer reinhängt und gute Leistungen bringt, finde ich es absolut in Ordnung, dass er aufsteigt. Aber leider existieren in vielen Köpfen immer noch die alten Zöpfe. Besonders wenn es sich um eine Frau handelt.«

»Ja, leider«, erwiderte Inga. »Und wenn sich dann auch noch ausgerechnet der Dienststellenleiter in dich verguckt, trägt das nicht gerade zur Verbesserung des Klimas bei, wie du dir sicher denken kannst.«

Horst brummte zustimmend.

Anfangs hatte Peterjahn den nötigen professionellen Abstand gewahrt. Aber sobald er spitzgekriegt hatte, dass Inga wieder Single war, war er ihr auf die Pelle gerückt. Und nachdem sie ihn mit deutlichen Worten hatte abblitzen lassen, hatte er ihr aus lauter gekränkter Eitelkeit nur noch langweiligen Schreibkram oder die unangenehmen Aufgaben zugeteilt, was für reichlich Häme bei den Kollegen gesorgt hatte.

»So wie er sich verhalten hat, gab es irgendwann keine Basis mehr für eine vernünftige Zusammenarbeit. Also habe ich die Versetzung eingereicht«, ergänzte Inga. Aus dem U-Bahn-Schacht drang fernes Rumpeln. »Ich kann mir gut vorstellen, dass Franca nicht gerade begeistert war, dass ich ausgerechnet nach Hannover gewechselt bin. Ihr Bruder hat den Tratsch über mich vermutlich brühwarm an sie weitergereicht.«

»Dann erzähl Franca doch mal, wie es wirklich war«, sagte Horst. »Übrigens: Sie würde es zwar nie zugeben, aber eigentlich könnte sie eine richtige Freundin ganz gut gebrauchen. Die ist nämlich gar nicht so taff …« Die Einfahrt der Bahn übertönte seine Worte. Horst übergab ihr das Rad, drückte auf den Türknopf und trat einen Schritt zurück.

»Fährst du nicht mit?« Jetzt, wo sie in die Bahn stieg, fiel ihr auf, dass sie gar nicht wusste, wo er eigentlich hinmusste.

Er zeigte mit dem Daumen auf den gegenüberliegenden Bahnsteig. »Andere Richtung. Komm gut nach Hause.«

Schon schnappten die Türen zu, und die Bahn ruckte an. Breitbeinig stand Horst Lindner auf dem Bahnsteig. Inga hob zum Abschied die Hand. Er grüßte zurück, indem er sich an eine imaginäre Hutkrempe tippte. Der Tunnel wischte ihn aus ihrem Blickfeld.

24

Eine ganze Weile schon lag Inga mit halb wachem Bewusstsein im Bett und spürte den nebulösen Bildern der letzten Nacht nach. Sie hatte keine Ahnung, wie spät es war, aber durch die Löcher des Rollladens blitzte bereits Tageslicht. Sie tastete nach ihrem Handy. Der Bildschirm war schwarz, offenbar hatte sie es ausgeschaltet. Gut so! Falls Arschloch-Stefan sich bemüßigt sah, ihr seine gestrige Abwesenheit zu erklären, konnte er lange auf eine Antwort warten.

Als sie sich aufsetzte, schien sich entweder das Bett oder das Zimmer zu drehen. Inga atmete das flaue Gefühl nach und nach weg. Ein leises Kichern bahnte sich den Weg ihre Kehle hinauf. Atmen und lächeln …

Ihre Sachen lagen neben dem Bett auf dem Boden verstreut. Sie waren mit zerfledderten Papierfetzen übersät und stanken nach Schnaps. Wie viele Lüttje Lagen hatte sie eigentlich gekippt? Zu viele, so wie es schien. Prompt hatte sie die Stimme ihres Vaters im Ohr. »Nu bruukst du Vadderns Düvelsdrank.«

Sie widerstand dem Impuls, sich wieder hinzulegen, schleppte sich in die Küche und inspizierte den Kühlschrank. Neben den erforderlichen Eiern fand sie in einer Dose eine halbe Zitrone, die noch recht passabel aussah. Auch Worcestershiresoße, Sesamöl und Tabasco hatte sie noch. Ganz hinten im Vorratsschrank stand ein Tetrapack Tomatensaft.

»Siehste, alles da.«

Sie füllte den Saft in eine Schüssel, rührte ein paar Spritzer Worcestershiresoße, eine Prise Salz, etwas Sesamöl und Zitronensaft darunter. Dann trennte sie ein Ei und ließ das Eigelb in ein Glas gleiten. Vorsichtig goss sie den gewürzten Tomatensaft darauf, das Dotter musste ganz bleiben. Ein Spritzer Tabasco rundete den Teufelstrank ab.

»Nich lang schnacken, Kopp in 'n Nacken.« Sie hielt sich

die Nase zu und stürzte das Ganze in einem Zug hinunter. »Bäh.« Inga schüttelte sich.

Vadderns Anti-Kater-Drink wirkte zuverlässig. Inga behielt nicht nur den Düvelsdrank bei sich, sondern aß auch noch ein Honigbrot. Nach einer langen Dusche ebbte auch das Pochen hinter ihren Schläfen ab. Sie fühlte sich nahezu wiederhergestellt.

Im Schlafzimmer roch es so durchdringend nach Schnaps, dass sie erst einmal ausgiebig lüftete. Mit spitzen Fingern sammelte sie die Papierschnipsel ein und klaubte ihre Kleidung vom Boden. Als sie ihre Jacke aufhob, rutschte eine zerknitterte Freitagsausgabe der Hannoverschen Allgemeinen heraus. Eine vage Erinnerung blitzte auf. Sie hatte die Zeitung gestern aus einem bestimmten Grund mitgenommen.

Fieberhaft überflog Inga die Überschriften, aber keine sagte ihr etwas. Sie drehte die Allgemeine um, und plötzlich machte es klick.

»Das gibt's doch nicht!« Inga griff nach ihrem Handy. Auf dem Weg in die Küche schaltete sie es ein. Dann strich sie die Zeitung auf dem Tresen glatt und rief Sven Meinhardt an.

Der Tierpfleger meldete sich mit leicht verschlafener Stimme.

Inga fiel sofort mit der Tür ins Haus. »Haben Sie die Hannoversche Allgemeine Zeitung abonniert?«

»Momentan nicht, wieso?«

»Ich lese Ihnen einen Artikel vor. Hören Sie zu.« Inga räusperte sich. »Am Donnerstag ereignete sich auf der Lavesallee Höhe Waterlooplatz ein Auffahrunfall. Laut Zeugenaussagen soll ein schwarz-weiß geschecktes, zottiges Schwein auf die Straße gelaufen sein, wodurch ein herannahender Pkw zur Vollbremsung gezwungen wurde und der nachfolgende Kleintransporter auf diesen auffuhr. Personen kamen dabei nicht zu Schaden. Auch das Schwein blieb unverletzt und lief den Beobachtern zufolge schnurstracks auf die Wiese am Waterlooplatz zu, wo gerade der dort gastierende Zirkus abgebaut wurde. Die Polizei teilte mit, dass das Schwein aus der Neustädter Straße kam, wo es den Mitarbeitern des Tierschutzvereins entwischt sei, die es zuvor eingefangen hatten, nachdem es die Mülltonnen eines italienischen Restaurants geplündert habe. Offenbar hatte das findige Tier es geschafft, selbstständig den Riegel seines Käfigs zu öffnen. Ob das Schwein …«

»Das war Daphne. Hundertpro!«, brüllte Meinhardt so laut, dass Inga das Telefon vom Ohr weghalten musste.

»Man hat laut dem Artikel auf dem Zirkusgelände nach ihr gesucht, konnte sie dort aber nirgends finden«, sagte Inga.

»Klar ist sie bei denen, die sind mit ihr nach Braunschweig weitergezogen!«, rief Meinhardt empört. Im Hintergrund murmelte jemand etwas. Es raschelte, dann wurde seine Stimme leiser. »Die Kommissarin ist dran, wegen Daphne.«

»Du musst es ihr erzählen, Sven«, hörte Inga eine Frau sagen, dann war das Gespräch weg.

»Merkwürdig.« Inga legte ebenfalls auf. Ihr fiel ein, dass Meinhardt ihr schon gestern Abend etwas hatte mitteilen wollen. Nur um ihr zu sagen, dass Daphne ausgebüxt war, hätte er sie doch sicher nicht kontaktiert, noch dazu am Wochenende. Entschlossen wählte sie erneut seine Nummer. Doch statt des Tierpflegers meldete sich Janin Mull.

»Entschuldigung, dass Sven eben einfach so aufgelegt hat.« Sie atmete hörbar aus. »Er möchte Ihnen was sagen. Ich gebe Sie mal weiter, ja?«

»Okay«, sagte Inga gedehnt. Dann war Sven Meinhardt dran.

»Ich … ich möchte eine Aussage machen. Vielleicht weiß ich sogar, wer Alberts Mörder ist.«

Inga sog scharf die Luft ein. »Wer?«, fragte sie, doch er antwortete nicht mehr. Stattdessen war seine Freundin wieder dran.

»Wir können in einer halben Stunde im Präsidium sein«, sagte Janin Mull. »Es ist zwar Sonntag, aber …«

»Kein Problem, ich komme.«

Als Inga den Flur des Präsidiums betrat, hockte Sven Meinhardt mit seiner Freundin bereits im Wartebereich. Der Tierpfleger sprang auf. Sein Gesicht unter der Kappe wirkte noch verhärmter als sonst, tiefe Ringe unter den Augen zeugten von mindestens einer schlaflosen Nacht. Auch Janin Mull wirkte blass und übernächtigt. »Ich warte hier«, sagte sie leise und drückte ihrem Freund ermutigend die Hand.

Inga führte Meinhardt in einen Vernehmungsraum und bedeutete ihm, Platz zu nehmen. Nachdem sie seine Personalien aufgenommen und ihn belehrt hatte, holte sie zwei Tassen Kaffee aus dem Automaten und schob ihm eine davon zu. »Dann erzählen Sie mal.«

»Daphne ist nicht abgehauen, sie ist entführt worden«, stieß er hervor. »Und ich weiß auch, wer sie hat. Dabei hab ich ihm sein Geld zurückgegeben. Ich will nichts mehr mit der Sache zu tun haben, das hab ich ihm klargemacht, aber er …«

»Jetzt mal langsam und der Reihe nach.« Inga machte eine beschwichtigende Geste. »Von wem reden Sie überhaupt?«

»Von dem Zirkustypen, diesem Clown. Didier Savon heißt er. Er wollte Daphne wiederhaben.«

»Wiederhaben? Wieso das?«

»Savon hat Daphne damals in den Zoo gebracht, das war vor etwa einem Jahr. Daphne war quasi traumatisiert, wollte keine Kunststücke mehr machen. Sie trauert um den alten Louis, hat er gesagt. So hieß der Clown, mit dem sie im Zirkus aufgetreten ist.«

»Dann ist Daphne also ein echtes Zirkusschwein?«, fragte Inga erstaunt.

Meinhardt nickte. »Didier Savon und dieser Louis haben zusammengearbeitet. Der Alte war der dumme August und Savon der Weißclown. Zusammen mit Daphne hatten sie wohl eine ziemlich erfolgreiche Nummer. Aber dann ist der Alte gestorben. Es gab anscheinend eine starke Verbindung zwischen dem Tier und ihm, so was kommt vor. Jedenfalls war nach seinem Tod mit Daphne wohl nichts mehr anzufangen, man konnte sie im Zirkus also nicht mehr gebrauchen. Und so ist sie bei uns gelandet.«

»Aber ewig trauert so ein Tier bestimmt nicht«, sagte Inga.

»Und wegen ihrer Zirkusvergangenheit war Daphne so gelehrig, dass Herr Jakubeit ihr neue Kunststücke beibringen konnte, mit denen sie dann in der Bauernhofshow aufgetreten ist.«

»Ganz genau«, sagte Meinhardt eifrig. »Und vor ein paar Wochen hat Savon sie dann in der Show gesehen. Der Zirkus war wieder in der Stadt, und er kam sie besuchen. Er war ganz aufgeregt, meinte, sie wär ja wieder ganz die Alte. Und dass er versucht hätte, ein anderes Schwein auf die Nummer zu dressieren, aber keins wär so schlau wie Daphne.«

»Verstehe. Nur vermute ich mal, dass er sie nicht einfach wieder mitnehmen konnte.«

»Nee, der Direktor hat ihn abblitzen lassen. So läuft das nicht, hat er gesagt, und das Tierwohl gehe in jedem Fall vor. Erst sah es auch so aus, als hätte Savon das eingesehen. Aber dann …« Sven Meinhardt stockte.

Inga nutzte die Pause und trank einen Schluck Kaffee. Sie nickte ihm aufmunternd zu. »Was passierte dann?«

»Irgendwann abends, ich hatte gerade Feierabend gemacht, stand er plötzlich vor mir und hat mir Geld angeboten. Ich sollte ihm Daphne heimlich übergeben und so tun, als wäre sie weggelaufen. Erst wollte ich mich nicht darauf einlassen – ehrlich! Doch dann … Also, das klingt jetzt vielleicht bescheuert, aber ich hatte immer den Eindruck, Daphne war nicht wirklich glücklich im Zoo, trotz Albert und alldem.« Er strich sich über das schüttere Haar. »Ich hab also mit Savon abgemacht, dass ich den Stall und Daphnes Box am nächsten Abend offen lasse. Den Rest überlasse ich ihm, hab ich gesagt. Das war an dem Freitag, bevor Albert …«

Inga verstand. »Und um von sich abzulenken, haben Sie den Drohbrief aufgehängt, richtig?«

Er senkte den Kopf und nickte. »Als ich am nächsten Morgen zum Dienst kam, hing der Wisch an der Stalltür. Ein Wink des Schicksals, hab ich gedacht.« Er sah auf, mit flehendem Blick. »Ich wollte doch bloß Daphne freilassen. Dass Albert ausgerechnet an dem Abend noch mal zurückkommen würde, konnte doch keiner ahnen. Es war immerhin sein Hochzeitstag, das wusste ich von der Celina.«

»Die Reinigungskraft, die mit Mirza Jakubeit befreundet ist?«

Er nickte. »Ich dachte, seinen Hochzeitstag wird er sicher zu Hause verbringen, aber nein …« Seine Augen wurden feucht. »Ich habe einen fürchterlichen Fehler gemacht«, flüsterte er.

»Warum haben Sie uns das nicht gleich gesagt?«

Meinhardt schluckte. »Ich hatte Schiss um meinen Job. Und auch, weil ich nicht wusste, was passiert war. Ob Savon … ich meine, ob er Albert …« Er schwieg betroffen. »Und dann war Daphne ja auch wieder da. Ich dachte, vielleicht ist Savon also gar nicht gekommen an dem Abend.«

»Aber wirklich geglaubt haben Sie das nicht?«, fragte Inga.

»Nein. Irgendwann hab ich's nicht mehr ausgehalten und ihn zur Rede gestellt. Er hat geschworen, dass er's nicht war. Nicht mal in der Nähe vom Stall sei er gewesen. Und dass es ja wohl auch in meinem Interesse sei, diesen Verdacht gar nicht erst aufkommen zu lassen, damit keiner von dem korrupten Tierpfleger erfährt. Ich will das Geld nicht mehr, habe ich ihm gesagt, und dass ich mit der Sache nichts zu tun haben will. Am Montag hab ich es ihm dann auch zurückgegeben.«

»Sie haben sich mit ihm getroffen?«

»Im Zoo! Da wär er doch sicher nie hingekommen, wenn er Alberts Mörder wär. Das hab ich mir zumindest eingeredet. Er hat mir dann auch hoch und heilig versprochen, dass er verschwindet und Daphne ein für alle Mal in Ruhe lässt.« Meinhardt saß auf seinem Stuhl wie ein kleines Häufchen Elend. »Ich wollte ihm das nur zu gern glauben, auch um mein Gewissen zu beruhigen. Außerdem konnte ich mir echt nicht vorstellen, dass er Albert umgebracht hat, er war so … überzeugend. Aber als Daphne am nächsten Morgen weg war, wurde mir klar, dass er mich reingelegt hat. Und dass er vielleicht doch der Mörder von Albert ist.«

Inga nickte nachdenklich. »Vielleicht hat er den Stall am Tatabend wirklich nicht betreten.« Sie sah Sven Meinhardt an. »Schweine haben ein feines Gehör, oder?«

Der Tierpfleger nickte. »Sie sind ziemlich kurzsichtig, aber ihr Geruchssinn ist besser ausgeprägt als bei Hunden. Hören können sie ähnlich gut. Wieso?«

»Wäre es denkbar, dass ein Schwein auf eine Hundepfeife reagiert?«

»Schon möglich. Aber was …?«

Inga erhob sich. »Kommen Sie. Ich möchte, dass Sie sich etwas ansehen.«

Meinhardt erkannte den Mann mit der Hundepfeife auf Anhieb. »Das ist Savon, kein Zweifel. Er trägt auch immer diese Mütze.«

Inga nahm seine Aussage zu Protokoll. Nachdem alle Formalitäten erledigt waren, begleitete sie ihn über den Flur zu der Sitzgruppe, wo seine Freundin immer noch wartete. »Es war gut, dass Sie sich zu dieser Aussage entschlossen haben.« Sie reichte ihm die Hand.

»Werden Sie Savon jetzt verhaften?«, fragte Janin Mull.

»Auf jeden Fall werden wir uns einmal näher mit ihm befassen«, sagte Inga. Sie wandte sich Sven Meinhardt zu. »Dass die Sache ganz ohne Konsequenzen für Sie bleiben wird, kann ich natürlich nicht versprechen.«

Der Tierpfleger nickte. »Ich bin trotzdem erleichtert. Tut mir leid, dass ich nicht früher mit der Sprache herausgerückt bin.«

Inga brachte die beiden zum Ausgang. Auf dem Rückweg zu ihrem Büro checkte sie ihr Handy. Keine Nachricht von Stefan. Offenbar hielt er es nicht für notwendig, ihr irgendetwas zu erklären. Als sie um die Ecke bog, stieß sie mit Franca zusammen.

»Was machst du denn hier?«, krächzte die Kollegin. Das gestrige Gelage war ihr auf die Stimme geschlagen.

»Dasselbe könnte ich dich fragen«, meinte Inga.

Ein peinliches Schweigen entstand.

Schließlich hob Franca beide Arme und ließ sie kraftlos wieder fallen. »Okay. Es ist der Kaffee«, stieß sie hervor und trat an den Automaten. »Mein Körper hat sich dermaßen an die Plörre gewöhnt, dass ich einfach nicht mehr ohne kann. Wahrscheinlich mischen die irgendwelche Drogen in das Pulver.« Hektisch drückte sie die Cappuccino-Taste, woraufhin der Automat seine Arbeit aufnahm und das Heißgetränk mit Getöse in eine Tasse spuckte.

»Na ja …« Inga verzog das Gesicht. »Wenn man Glukose, Fett, Emulgatoren, Stabilisatoren und was weiß ich noch alles aus dem Kaffeeweißer zusammenpresst, erhält man womöglich eine richtig hübsche Pille.«

Franca, die gerade den ersten Schluck genommen hatte, prustete los und spie den Kaffee in einen Papierkorb. »Sieh an«, sagte sie, als sie wieder dazu in der Lage war. »Warteweilchen hat ja doch Humor.«

Inga zuckte nicht mit der Wimper. »Also jetzt mal im Ernst.« Sie verschränkte die Arme vor der Brust und sah Franca abwartend an.

Die zuckte mit den Schultern. »Sonntags kann man wenigstens mal in Ruhe Berichte schreiben und so. Aber eigentlich hatte ich zuerst gefragt.«

Inga nickte bedächtig. »Sven Meinhardt, der Zootierpfleger, hat gerade eine Aussage gemacht.« Sie setzte Franca ins Bild.

»Dieser Clown ist das Parkhausphantom?« Franca war ehrlich überrascht. »Und er wollte das Schwein entwenden?«

»Vermutlich plante er, Daphne vom Parkhaus aus mit der Hundepfeife zu rufen.«

Franca pfiff anerkennend durch die Zähne. »Ganz schön clever.«

»Nur scheint es nicht geklappt zu haben«, meinte Inga.

»Das Vieh kam nicht, also ist er es holen gegangen«, ergänzte Franca. Vor lauter Aufregung gestikulierte sie, sodass ihre Tasse überschwappte. Fluchend rupfte sie Papiertücher aus dem Spender an der Wand, ging in die Hocke und wischte die Kaffeeflecken auf. »Albert Jakubeit könnte ihn beim Schweineklau überrascht und Savon den unliebsamen Zeugen umgebracht haben.«

»Genau.« Inga schob ihr mit dem Fuß den Mülleimer zu. Franca warf die nassen Papiertücher hinein und erhob sich. »Wenn er neben Sven Meinhardt nicht sogar noch einen weiteren Komplizen gehabt hat.«

Inga schnappte nach Luft. Auf die Idee war sie noch gar nicht gekommen. »Einer schleicht sich rein und schickt das Schwein los, und der andere ruft es mit der Pfeife, so in der Art?«

Franca nickte heftig. Sie kippte den Rest ihres Cappuccinos herunter und donnerte die Tasse in die Ablage. »Lass uns nach Braunschweig fahren und diesem Clown gleich mal einen Besuch abstatten.«

25

Das rhythmische Wummern von Trommeln wurde immer lauter, je näher sie dem Zirkus kamen.

»Was ist da denn los?« Inga reckte den Hals. Vor den Kassen hatte sich eine Traube aus Menschen gebildet; ein Wald aus Schildern und Bannern hüpfte im Takt der Trommeln über ihren Köpfen auf und nieder.

»Tieraktivisten«, entgegnete Franca, als Inga den Dienstwagen in eine Parklücke lenkte. »Und nicht gerade wenige.«

Eilig schritten sie an dem Spalier aus Transparenten entlang.

»Kein Applaus für Tierausbeutung, Auch Tiere haben Rechte, Exoten gehören nicht in die Manege«, las Inga.

»Tierodyssee auf Sägemehl!«, brüllte jemand in ein Megafon, und bald wiederholten Sprechchöre die Parole.

Die Presse war bereits angerückt. Einer der Demonstranten wurde vor laufender Kamera interviewt: »Es muss endlich verboten werden, dass Wildtiere zur Schau gestellt und unter erbärmlichen Bedingungen gehalten werden«, schrie er ins Mikrofon.

Inga und Franca drängten sich durch eine Gruppe aufgebrachter Menschen, die ihre Fäuste reckten und »Artgerecht ist nur die Freiheit!« skandierten.

»Kein guter Zeitpunkt für unser Vorhaben«, rief Inga Franca zu, während sie sich mit Ellbogeneinsatz den Weg bis zu einer Polizeikette vor dem Kassenbereich bahnten. Die Kollegen waren in voller Montur angerückt, augenscheinlich, um die Demonstranten daran zu hindern, den Zirkus zu stürmen. Inga zeigte ihren Dienstausweis vor. »Kripo Hannover. Wir ermitteln in einem Mordfall und müssten zur Zirkusdirektion.«

Als sie durchgelassen wurden und sich die Polizeikette danach wieder schloss, brach unter den Demonstranten ein Pfeifkonzert aus.

Franca warf einen Blick zurück. »Falls wir Verstärkung brauchen, haben's die Kollegen dann ja nicht weit.«

Inga klopfte an die Tür mit der Aufschrift »Direktion«, woraufhin ihnen ein großer beleibter Mann im Frack öffnete. Das musste Curt Fallada sein, Direktor und Namensgeber des Zirkus. Inga kannte sein Gesicht von den Zirkusplakaten.

Fallada zwirbelte nervös an seinen Schnurrbartenden. »Na endlich!«, rief er, als Inga ihren Ausweis zeigte. »Was gedenken Sie, gegen den Mob da draußen zu unternehmen? Wenn das so weitergeht, können wir noch vor der ersten Vorstellung dichtmachen.« Er zog die Tür hinter ihnen zu, was den Lärm etwas dämpfte.

»Die Kollegen haben draußen alles im Griff«, sagte Inga. »Uns geht es um eine andere Angelegenheit. Wir müssten dringend mit Didier Savon sprechen.« Sie nickte Franca zu, die den Durchsuchungsbeschluss vorzeigte. »Ihr Weißclown steht im Verdacht, ein Schwein aus dem Zoo Hannover entwendet zu haben.«

Der Direktor starrte sie an. »Daphne? Das ist jetzt nicht Ihr Ernst, oder?« Kraftlos sank er auf seinen Stuhl hinter dem Schreibtisch. »Ich werde langsam irre. Mir hat er erzählt, Daphne sei ganz von selbst aus dem Zoo abgehauen, und ehrlich gesagt glaube ich ihm das auch. Sie muss sich irgendwie zu uns durchgeschlagen haben. Ich war dabei, als Didier sie in seinem Wohnwagen gefunden hat. Sie hatte sich in seinem Bett ein schönes Nest gebaut.«

Inga wechselte einen Blick mit Franca. »Das passt zu dem Unfall, den sie verursacht haben soll.«

»Unfall?«, fragte Fallada alarmiert.

Inga winkte ab. »Nichts, was den Zirkus betrifft.«

»Ich wusste, das gibt Ärger. Das habe ich Didier auch gesagt, aber er …« Der Direktor sprang auf. »Wenn mein Vater, Gott hab ihn selig, nicht so stur gewesen wäre … Esser, die nix zum Broterwerb beitragen, können wir nicht gebrauchen, war seine Devise.« Fallada zeigte auf ein Foto, das neben Zirkusplakaten an der Wand hing und den Alten mit Gehrock und

Zylinder in der Manege zeigte. »Wir hatten nicht immer rosige Zeiten, das saß ihm von früher noch in den Knochen.« Er sah Inga an. »Es muss etwa ein Jahr her sein, da war mit Daphne auf einmal nichts mehr anzufangen. Das Tier sei nur noch als Tigerfutter zu gebrauchen, hat er entschieden. Und glauben Sie mir, er hätte Daphne schlachten lassen. Also wusste Didier sich nicht anders zu helfen, als sie wegzubringen. Hätte ich da schon das Sagen gehabt, wäre Daphne nie im Zoo gelandet.« Er wischte sich den Schweiß von der Stirn. »Kurz danach hat der sture Alte selbst den Löffel abgegeben.«

»Mein Beileid.« Inga räusperte sich. »Allerdings geht es hier um weit mehr als Diebstahl. Herr Savon hat einen Tierpfleger bestochen, um an das Schwein zu kommen. Und er befand sich im Zoo, als dessen Kollege gewaltsam zu Tode kam.«

Fallada riss die Augen auf. »Mord? Das kann nicht sein! Für Didier lege ich meine Hand ins Feuer. Sicher war alles ganz anders, als es sich gerade darstellt.«

»Genau deswegen sind wir hier – um die Wahrheit herauszufinden«, sagte Inga. »Können Sie uns jetzt bitte zu ihm führen?«

Fallada holte ein Taschentuch hervor und tupfte sich den Schweiß von der Stirn. »Natürlich. Kommen Sie mit.«

Bevor er die Tür aufstieß, spannte er die Schultern und zog seinen Frack gerade. Das Pfeifkonzert schwoll an, kaum dass er ins Freie trat, doch Fallada würdigte die Menge keines Blickes.

Inga und Franca folgten ihm im Laufschritt zum Eingang des Zirkuszeltes.

»Heute Abend haben wir hier die erste Vorstellung. Wir sind komplett ausverkauft«, rief er ihnen über die Schulter hinweg zu. »Ich hoffe, dass uns die Demonstranten bis dahin in Ruhe lassen. Schließlich bezahlen unsere Gäste dafür, sich zu entspannen und eine erstklassige Show zu sehen.«

Sie ließen das Eingangsportal hinter sich und tauchten augenblicklich in eine andere Welt ein. Auch wenn Inga im Dienst war, konnte sie sich der magischen Wirkung des Zirkusuniversums nicht entziehen. Fasziniert blickte sie sich um. Das Vorzelt besaß einen funkelnden Sternenhimmel; es roch nach Zuckerwatte und Popcorn, das bei der Vorstellung von Mitarbeitern in rot-goldenen Livrees frisch zubereitet werden würde.

»Wissen Sie, die Leute erwarten, dass alles beim Alten bleibt. Man will abtauchen, in Nostalgie schwelgen, einmal ohne Handy oder Bildschirm sein. Sicher, die Nummern müssen immer spektakulärer werden, aber die Atmosphäre, die Kostüme und die Kunst an sich, dürfen sich bitte nicht verändern. Und Tiere gehören zum Zirkus wie Sägemehl, Clowns und die Liveband über dem Portal. Das wollen diese Verrückten da draußen einfach nicht verstehen.«

Aus Falladas Frack ertönte eine Melodie. Er fischte sein Handy hervor. »Was gibt's?« Er lauschte einen Moment. »Ich komme.« An Inga und Franca gewandt sagte er: »Glauben Sie mir, wir tun alles, was uns möglich ist, damit es unseren Tieren gut geht.«

War es noch zeitgemäß, Raubkatzen dem grellen Licht und dem Lärm in der Manege auszusetzen, nur um zu unterhalten? Oder dass Elefanten stundenlang in Transportwagen stehen mussten? Inga verkniff sich eine Erwiderung. Sie war nicht hier, um über Tierrechte zu diskutieren.

Gehetzt steckte Fallada sein Handy ein. »Ich muss zurück. Die Presse will mit mir sprechen. Sie finden Didier in der Manege. Die Generalprobe läuft gerade. Heute Abend muss die Show sitzen. Also wird geprobt – sogar mit dem Pöbel vor der Tür.« Er nahm sich noch einen Moment und senkte die Stimme. »Bitte seien Sie diskret. Ich bin sicher, das ist alles ein großes Missverständnis.«

***

Angespannt lenkte Petru den C5 durch den Braunschweiger Stadtverkehr. Er musste sich beeilen. Zu viel seiner kostbaren Zeit war dafür draufgegangen, das Betäubungsmittel und die

Kiste zu besorgen, in der er Daphne nach Frankreich schaffen wollte. Die Transportbox, eigentlich für große Hunde gedacht, füllte den gesamten Kofferraum des Kombis aus und bot ausreichend Platz für das Zwergschwein. Nur dass er es erst einmal haben musste.

Endlich tauchte die hohe Kuppel des Zirkuszeltes auf. Sein Puls pochte hart in der Wunde an seinem Oberschenkel. Petru verlagerte das Gewicht, um das Bein zu entlasten.

Georg hatte nicht nur bei der Versorgung seiner Wunde gute Arbeit geleistet. Mit seiner Hilfe war es Petru gelungen, das Granulat zu beschaffen. Da Georg selbst noch eine Rechnung mit Le Baron offen hatte, musste er ihn nicht lange überreden, bei dem Plan mitzumachen. Wenn alles glattlief, würde er ihn bald in Genf treffen. Sollte er scheitern und zum vereinbarten Zeitpunkt nicht auftauchen, würde Georg den Plan allein durchziehen. Dafür hatte Petru ihm den Schlüssel und die Karte für Claudes Bankschließfach anvertraut. Er atmete tief durch. Es würde alles gut gehen. Er musste bloß Ruhe bewahren und sich auf das Jetzt konzentrieren.

Im Näherkommen sah er eine Menschenansammlung vor dem Zirkuszelt. Schilder und Plakate schwankten über der Menge. Petru bremste und ließ die Scheibe herunter. Die Leute skandierten etwas, das er nicht verstand, aber den Plakaten nach ging es um Tierrechte. Dann sah er den Wall aus Helmen und Schutzschilden. Polizei! Unwillkürlich zog er den Kopf ein. Er beschleunigte, fuhr am Zirkus vorbei, bog in die nächste Querstraße ein. Was tun? Warten, bis die Demo vorbei und die Polizei abgezogen war?

»Zut!«, fluchte er und schlug ein paarmal hart aufs Lenkrad. So viel Zeit hatte er nicht. Er hielt am Straßenrand, lehnte sich zurück und zwang sich erneut zur Ruhe. Die Demonstration lenkte die Aufmerksamkeit der Polizei und wahrscheinlich auch der Zirkusleute auf den Eingangsbereich. Günstig für ihn, denn er hatte ohnehin vorgehabt, sich auf der rückwärtigen Seite Zutritt zum Zirkusgelände zu verschaffen.

Langsam fuhr er weiter und ließ den Citroën an dem Zaun

entlangrollen, den man um die Zirkusstadt errichtet hatte. Er entschied sich für eine Stelle, an der man schwere Zugmaschinen und Radlader abgestellt hatte. Die wurden sicher erst wieder für den Abbau benötigt und standen abseits der Wohnwagen. Zudem boten die Fahrzeuge ihm Deckung, wenn er sich am Zaun zu schaffen machte.

Er parkte dicht hinter der Absperrung unter einer Trauerweide, schnappte sich den Bolzenschneider und machte sich daran, eine der Ketten zu knacken, die jeweils zwei der Bauzaunelemente zusammenhielten. Kaum eine Minute später schlüpfte er durch die Lücke. Sorgfältig rückte er den Zaun wieder an Ort und Stelle und achtete darauf, möglichst wenig Lärm zu machen. Nervös blickte er sich nach allen Seiten um. Niemand zu sehen. Er schob den Bolzenschneider unter eins der Baufahrzeuge. Dann machte er sich auf die Suche.

Die Zelte mit den Tiergehegen waren nicht schwer zu finden. Petru ging einfach dem Geruch nach. Mit Wollmütze, derben Schuhen und robuster Arbeitshose würde er hoffentlich als Zirkushandwerker oder Tierpfleger durchgehen. Dass er in dem Kunststoffrohr aus dem Baumarkt ein zweiteiliges Blasrohr transportierte, konnte niemand ahnen. Und mit Sicherheit vermutete keiner, dass in den Werkzeugtaschen an den Hosenbeinen drei präparierte Betäubungspfeile steckten. Die Dosis, so hatte er recherchiert, sollte ein ausgewachsenes Zwergschwein von etwa sechzig Kilo für einige Stunden außer Gefecht setzen.

Um nicht aufzufallen, nahm er sich eine Schubkarre, lud einen Heuballen auf, legte das Rohr daneben und schob los. Perfekt für den Schweinetransport, dachte er noch, als er einen Clown auf das Hauptzelt zugehen sah. Ihm folgte, wie ein wolliger Hund, das Schwein!

***

Blinzelnd blieb Inga am Rand der Manege stehen. Sägemehlpartikel flirrten im Licht der farbigen Spots, die wie Finger auf die Mitte zeigten. Der Staub setzte sich in jede Ritze, drang in Augen und Nase. Inga unterdrückte ein Niesen. Als Kind hatte sie deswegen einmal den Todessalto verpasst. Gespannt hatte sie nach oben auf das Trapez gestarrt, doch gerade als der Trommelwirbel abbrach und der Akrobat die Arme ausbreitete, musste sie mehrfach niesen und dabei die Augen schließen.

Unwillkürlich wanderte ihr Blick nach oben. An einer der mächtigen Stützen, die das Zeltdach trugen, entdeckte sie ein Podest, an dem ein glänzendes Trapez eingehakt war. »Wow«, sagte Franca neben ihr. »Schätze mal, das Zelt ist mindestens zwanzig Meter hoch.«

»Mmhm«, machte Inga zustimmend, während sie sich in der Manege umsah. Die Probe war in vollem Gange. Eine Artistengruppe formierte sich gerade zur Pyramide.

»Siehst du Savon irgendwo?«

Inga schüttelte den Kopf. Sie zog das Fahndungsfoto aus der Tasche, doch nach einem kurzen Blick darauf steckte sie das Blatt wieder ein. »Das ist die Generalprobe. Komplett mit Kostüm und Maske. Ich schätze mal, wir sollten nach dem Weißclown Ausschau halten.«

Die Nummer war zu Ende. Ein Akrobat nach dem anderen landete mit einem Salto auf dem Boden. Nach einer kurzen Verbeugung verschwand die Truppe im Laufschritt hinter dem Vorhang. Männer in rot-goldenen Uniformen lösten sie ab. Routiniert breiteten sie auf dem Boden eine Plane aus.

»Ich hoffe, der Direktor hat uns nicht auf den Arm genommen und Savon macht sich gerade aus dem Staub«, meinte Franca.

Einer der Uniformierten kam auf sie zu. »Kann ich Ihnen helfen?«

»Wir suchen Didier Savon«, begann Inga, doch der Mann murmelte eine Entschuldigung und wandte sich an zwei Kollegen, die gerade einen mannshohen würfelförmigen Käfig ohne Boden in die Manege trugen. »Weiter links, Herrgott noch mal.«

Einer der Männer ruckte beide Enden einer Kette zurecht, die, den Geräuschen nach zu urteilen, weit oben im Gewirr der Metallstreben über eine Rolle lief. Es rasselte, als er ein Ende weiter nach unten zog und es an dem Käfig befestigte. Das andere Ende ließ er frei baumeln. Mit Seilen holten sie danach einen großen, leuchtend weißen Ballon nach unten. Nachdem sie die Seile an zwei Stützen verknotet hatten, hing er nur noch wenige Meter über dem Boden. So einen Ballon hatte Inga einmal beim Kleinen Fest in den Herrenhäuser Gärten gesehen. Ein elfengleiches Wesen hatte darunter an einem Trapez hängend halsbrecherische Akrobatik vollführt. Doch statt des Trapezes hing an diesem Ballon eine runde, aus Tauen geflochtene Nestschaukel, wie Inga sie von Kinderspielplätzen kannte.

»Verzeihung.« Der Uniformierte hatte die Männer zur richtigen Stelle dirigiert und kam wieder zu ihnen. »Gerade ist es schlecht. Die Clowns sind gleich mit ihrer neuen Nummer dran. Wenn Sie sich einen Augenblick gedulden, können Sie danach mit Didier sprechen.« Er zwinkerte Inga und Franca zu. »Die Nummer ist echt sehenswert.«

»Das klingt zwar verlockend, aber wegen der Show sind wir leider nicht hier.« Inga zeigte ihren Ausweis.

Der Mann musterte ihn überrascht. »Hat Didier was angestellt?«

»Wir wollen ihm nur ein paar Fragen stellen.«

In diesem Augenblick teilte sich der Vorhang unter dem Orchesterportal, und Didier Savon schritt mit großer Geste in die Manege. Sein geweißtes Gesicht mit den aufgemalten Augenbrauen trug ein melancholisches Lächeln. Kleine Schmucksteine und Pailletten funkelten auf seinem Overall. Der steife Stoff wirkte wie aufgepumpt, was ihn größer erscheinen ließ, als er war. Trotz der grotesk ausgestellten Kniehose, den weißen Strümpfen und den Ballettschuhen hatte seine Ausstrahlung etwas Majestätisches.

»Na, dann wollen wir mal«, sagte Franca. Doch Inga hielt sie zurück.

»Lassen wir Savon ruhig zu Ende proben.« Sie schenkte dem Uniformierten ein Lächeln. »So viel Zeit haben wir.« Als der Mann sich dankbar wieder seiner Arbeit widmete und anderweitig beschäftigt war, senkte sie die Stimme. »Ich wette, wir kriegen gleich auch noch das Schwein zu sehen.«

»Meinetwegen. Aber dann postiere ich mich am Hinterausgang. Nicht dass er uns nachher noch entwischt.«

»In Ordnung.« Inga nickte. Sollte Savon tatsächlich für Albert Jakubeits Tod verantwortlich sein, würde er möglicherweise die Flucht ergreifen. Da war es nur vernünftig, wenn Franca ihn am anderen Ausgang erwartete.

Während der Weißclown mit geschwellter Brust durch die Manege schritt, sah sie der Kollegin mit gemischten Gefühlen nach. Dann konzentrierte sie sich auf die Show. Savon zog gerade an dem freien Ende der Kette, woraufhin sich der Käfig ein Stück vom Boden hob. Der Clown reckte den Zeigefinger, als wäre ihm gerade ein Licht aufgegangen. Er marschierte mit dem Kettenende zu einem altertümlichen Handkarren, der am Rand der Manege stand und mit einer großen Kiste beladen war. Dort angekommen, hing der Käfig etwa drei Meter über dem Boden. Kaum hatte er die Kette an dem Karren festgemacht, stolperte der dumme August ins Rampenlicht.

Inga lehnte sich im Samtsessel einer Loge zurück. Das Licht ging aus, und nur noch ein einzelner Spot folgte dem dummen August. Eben noch hatte er die Manege gefegt, doch jetzt begann der Ballon über ihm zu leuchten, und so blieb er stehen und sah staunend nach oben. Gebannt verfolgte Inga, wie der Weißclown mit großer Geste auf den Ballon zuging. »Ah! Der Schweinemond!«

»Schööön.« Der dumme August stützte sich verträumt auf seinen Besen.

Da raste auf einmal Daphne in die Manege, als wäre der Teufel hinter ihr her. Gleichzeitig brach hinter dem Vorhang die Hölle los.

»Polizei! Bleiben Sie stehen!«

Ein großer Mann stolperte rückwärts in die Manege. Ihm

folgte Franca, die Waffe im Anschlag. Offenbar geblendet vom Licht, legte sie die Hand an die Stirn, was der Mann sofort ausnutzte. Blitzschnell hob er ein langes Blasrohr an die Lippen.

»Runter damit!«, schrie Inga, die längst aufgesprungen war und ihre Waffe gezogen hatte, doch es war zu spät.

Es zischte, und ein gefiederter Pfeil blieb in Francas Hals stecken. Ein Schuss löste sich aus ihrer Waffe und schlug irgendwo in der Tribüne ein.

»Hinlegen!«, brüllte Inga, woraufhin sich die beiden Clowns auf den Boden warfen. Sie selbst suchte Deckung hinter einem Sitz und zielte auf den Eindringling, als plötzlich der Käfig herabkrachte. Inga blinzelte. Hinter den Gitterstäben stand der Angreifer. Er hatte sich instinktiv geduckt und richtete sich nun langsam wieder auf. Dann schob sich Daphne in ihr Blickfeld. Das kleine Schwein taumelte. Ein zweiter Betäubungspfeil steckte in seiner Flanke. Erst als es den weißen Clown erreichte, brach das Tier zusammen.

Mit der Waffe im Anschlag näherte Inga sich dem Käfig. Der Mann war so groß, dass sein Kopf fast an die Oberseite stieß. Sein Gesicht unter der groben Strickmütze kam ihr bekannt vor. Dunkle Augen, markantes Kinn, Narbe auf der Wange. Nur der Oberlippenbart fehlte. Vor ihr stand der Schlüsseldienstmann alias Petru Bernard, auch bekannt als der Korse!

»Legen Sie das Blasrohr langsam auf den Boden und schieben Sie es mit dem Fuß zu mir«, sagte Inga und wunderte sich, wie ruhig ihre Stimme klang. Tatsächlich tat Petru Bernard, wie ihm geheißen. Ohne ihn aus den Augen zu lassen, ging Inga in die Hocke und zog das Blasrohr außer Reichweite. Der Mann war gefährlich, sie musste auf alles gefasst sein.

»Sicher hat er noch irgendwo eine Pistole.« Franca fixierte ihn mit glasigem Blick. Sie sah aus, als könnte sie sich kaum noch auf den Beinen halten.

Der Mann lächelte säuerlich. »Sie erlauben?«, fragte er mit französischem Akzent und begann, seine Jacke auszuziehen, woraufhin ein Unterarmholster zum Vorschein kam.

»Ganz vorsichtig, mein Freund.« Franca hob schwankend ihre Waffe.

»Passen Sie auf, dass Ihre Kollegin nicht aus Versehen jemanden erschießt«, sagte er zu Inga. Mit spitzen Fingern zog er die Pistole aus dem Holster, legte sie auf den Boden und schob sie ebenfalls durch die Gitterstäbe. Inga hob sie rasch auf und entnahm das Magazin.

»So isses fein«, lallte Franca. Dann glitt ihr die Dienstwaffe aus der Hand, und sie sackte zu Boden. Inga schaffte es gerade noch, ihre eigene Waffe zu sichern und Francas Fall abzufangen. Behutsam legte sie die Kollegin auf dem Boden ab.

In Francas Hals steckte noch immer der Betäubungspfeil. Herausziehen?, überlegte Inga, ließ es dann aber lieber bleiben. Stattdessen holte sie ihr Handy aus der Tasche. Während sie den Notruf wählte, stürzte Savon auf sie zu.

»Um Himmels willen! Er entkommt!«

Alarmiert sah Inga auf. Der Korse hatte den Käfig mühelos angehoben und warf ihn auf die Seite. Attrappe, dachte sie, natürlich. Erneut zog Inga ihre Waffe und sprang auf.

»Stehen bleiben!« Sie bahnte sich einen Weg durch die Artisten, die nun von allen Seiten auf den Korsen zuströmten. Zuvorderst ein riesiger Kerl, der mit Wurfmessern drohte. Inga sah, wie der Korse zurückwich, strauchelte und rücklings auf der Nestschaukel landete, die flach auf dem Boden ausgebreitet lag. Dann gab es einen Ruck, die Seile, an denen das Nest hing, strafften sich und hoben das Ding mitsamt dem Mann an.

»Up! Up!«, rief einer der Artisten, und Inga realisierte, dass Helfer links und rechts an den Seilen zogen und damit den Ballon aufwärtsbewegten.

»Na, da kommt er so schnell nicht mehr weg«, meinte Inga zu Savon, der neben sie getreten war.

Der Weißclown starrte unverwandt nach oben. »Es sei denn, er ist wagemutig genug, die Nummer zu Ende zu führen.«

❊❊❊

Petru versuchte, sich aufzurichten, aber sein Untergrund schien auf einmal nicht mehr solide. Benommen realisierte er, dass er in einem nestartigen Gebilde aus miteinander verknüpften Seilen saß, das stetig aufwärtsschwebte. Abspringen, befahl er sich selbst. Doch seine Glieder gehorchten ihm nicht. Seine Finger krampften sich in das Geflecht der Unterlage, sein Magen flatterte. Vorsichtig drehte er sich auf die Seite und spähte nach unten. Wie befürchtet, war er meterhoch über der Manege. Zu hoch, um zu springen, was ohnehin keine Option war, denn unten lauerten noch immer die Artisten. Sie lachten und riefen ihm etwas in einer Sprache zu, die wie Russisch klang. Angesichts der Höhe, in der er sich inzwischen befand, brach ihm der Schweiß aus. Er kämpfte die aufkeimende Übelkeit nieder, zwang sich, nach oben zu sehen.

Das runde Nest, in dem er hockte, hing an einer Querstange unter einem riesigen weißen Ballon, der nun mit einem Ruck stoppte. Es hörte sich an, als wäre er in eine Halterung eingerastet. Dennoch gab es keinen Stillstand. Lichtpunkte und schemenhafte Objekte schienen um Petru zu kreisen wie Trabanten um einen Planeten. Drehschwindel. Er kniff die Augen zusammen und lachte hysterisch auf. Gefangen im Netz. Das Leitmotiv seines verkorksten Lebens.

Lange hatte er sich nicht eingestanden, wie sehr er in Le Barons Netz aus Betrug und Intrigen verstrickt war. Dass der ihn nur rekrutieren, zu seinem Schergen und am Ende sogar zum Mörder machen konnte, weil er unfähig gewesen war, auf eigenen Beinen zu stehen. Jede Tat, jede falsche Entscheidung seines Lebens fühlte sich auf einmal an, als hätte sie ihm jemand in die Haut graviert. Unsichtbare Tattoos, alle miteinander verknüpft. Er spürte förmlich, wie sich das Netz aus Lügen und Schuld immer enger zusammenzog, und schnappte nach Luft. Luft!

»Konzentrier dich auf deinen Atem«, hörte er auf einmal Georgs Stimme in seinem Kopf. Das Anti-Höhenangst-Training in der Legion war gefühlt hundert Jahre her, aber sein Körper erinnerte sich trotzdem daran. Am Ende hatte Georg ihn dazu gebracht, Anlauf zu nehmen und die kurze Distanz zwischen zwei Hausdächern zu überspringen.

Petru öffnete die Augen, fixierte einen Punkt und atmete. Mit jedem lang gezogenen Ausatmen beruhigte sich sein Herzschlag, wurde das Schwindelgefühl weniger, der Fokus klarer. Erst jetzt merkte er, woran sich sein Blick festhielt: an einer schmalen Plattform, vielleicht vier Meter entfernt. Knapp dahinter ragte einer der Hauptmasten des Zirkuszeltes in die Höhe. An einem der Drahtseile, zwischen denen das Podest verspannt war, war ein glänzendes Trapez eingehakt.

Wer sagte eigentlich, dass er nicht entkommen konnte? Allein schon wegen Vivien musste er es versuchen. Was würde sonst aus ihr werden? Und welchen Sinn hatte sein Leben überhaupt noch, wenn er jetzt aufgab?

Entschlossen griff er nach den Seilen, an denen das Nest hing, und zog sich daran hoch. Ein Blick nach oben bestätigte ihm, was er bereits vermutet hatte. Das Ganze funktionierte wie eine Schaukel. Die Querstrebe, an der die Seile eingeklinkt waren, war so ausgerichtet, dass das Nest in Richtung der Plattform schwingen würde. Der gesamte Aufbau musste zur Show gehören, nur dass an seiner Stelle ein Akrobat hier oben sitzen sollte. Wenn er Schwung holte, im richtigen Augenblick absprang und das leiterartige Geländer an der Plattform zu fassen bekam … Doch wohin dann? Petru sah nach oben. Um zu entkommen, musste er noch höher hinauf. Er rief sich den Aufbau des Zeltes in Erinnerung. Die vier Hauptmasten ragten über das Zeltdach hinaus nach draußen. Sie bestanden aus gitterförmig angeordneten Stahlstreben, sollten also leicht zu besteigen sein. Um nach draußen zu gelangen, würde er nur die Plane zur Seite schlagen, oder, wenn das nicht gelang, ein Loch hineinschneiden müssen. Unwillkürlich tastete er nach dem Cuttermesser in einem der Werkzeugfächer an seinem Hosenbein. Er hatte es eigentlich eingesteckt, um sich, wenn nötig, von außen Zutritt zum Zelt zu verschaffen.

Petru streckte die Arme aus, packte die Seile fester, ging in die Knie und holte Schwung. Aufgeregte Stimmen schallten zu ihm herauf, er verstand nicht, was sie riefen, zu laut rauschte das Adrenalin in seinen Ohren. Besser nicht nach unten sehen. Er konzentrierte sich auf das rhythmische Strecken und Beugen seiner Gliedmaßen, das die Schaukel immer höher schwingen ließ.

Das ist Wahnsinn, dachte er in einem Anflug von Einsicht. Doch dieselbe Verzweiflung, die der Motor für diesen ganzen Irrsinn gewesen war, trieb ihn weiter an. Das Geflecht der Schaukel vibrierte, er ignorierte den Schmerz in seinem Oberschenkel, wo die Schusswunde pochte. »Fokussier dich nur auf das Ziel«, hörte er Georg sagen. »Und niemals zaudern. Eine Zehntelsekunde kann dich das Leben kosten.«

Nie war der Abgrund realer gewesen als jetzt. Mit wackligen Beinen stieg er auf den vorderen Rand der Schaukel, holte noch einmal Schwung, das Nest flog auf die Plattform zu. In diesem Moment hörte er wieder das Knacken der Halterung, der Ballon sackte tiefer. Offenbar hatten sie unten bemerkt, was er vorhatte. Jetzt!

Petru sprang, streckte sich und schlug hart mit dem Oberkörper auf. Seine Beine traten ins Leere, seine Finger tasteten nach Halt. Vergeblich. Der Korse rutschte ab und fiel.

26

Inga hatte erwartet, Franca im Bett vorzufinden, womöglich an Schläuche und piepende Geräte angeschlossen, bemitleidenswert und im besten Fall kleinlaut. Doch statt im Krankenhauszimmer entdeckte sie die Kollegin auf dem schmalen Balkon am Ende des Gangs. Über ihr kräuselte sich Rauch. Offenbar hatte sie eine solche Pferdenatur, dass sie sich schon wieder ihrer Nikotinsucht widmen konnte. Franca hatte Inga den Rücken zugewandt und lehnte mit den Unterarmen auf dem Geländer. Noch mehr als sonst standen ihre Haare in alle Richtungen ab. Sie trug einen Frotteebademantel und Jogginghosen, die sich über Gesundheitslatschen wellten.

Inga öffnete die Glastür und schob sich neben sie. »Hey. Wieder wach?«, fragte sie, weil ihr nichts Besseres einfiel.

Franca inhalierte und blies den Rauch in die kalte Winterluft. »Jep.«

»Bevor ich's vergesse: gute Besserung von Sahin. Er wollte eigentlich mitkommen, musste aber zu einem dringenden Notfall an der Kindergarten-Front.« Inga musterte Franca mit einem verstohlenen Seitenblick. Auf der Einstichstelle an ihrem Hals klebte ein Pflaster. »Wie fühlst du dich?«

»Wie eine Antilope, die von einem Betäubungspfeil erwischt wurde. Man wacht irgendwo in der Savanne mit einem Brummschädel auf und fragt sich, was dieser Knopf im Ohr zu bedeuten hat.« Franca zog eine Grimasse. »Der Korse kannte sich aus. Die sogenannte ›Hellabrunner Mischung‹ wird gemeinhin für die Distanznarkose von Wildtieren verwendet, so haben's mir die Ärzte erklärt. Das Zeug ist dafür berüchtigt, bei Menschen Halluzinationen auszulösen. Einige der Bilder, die mir so im Kopf herumschwirren, kommen mir tatsächlich etwas irreal vor.« Sie sah Inga an. »Steckte der Kerl wirklich in einem Käfig?«

Inga nickte. »Der Käfig war Teil der Show und hing über

der Manege. Jemand hat ihn wohl im passenden Moment nach unten gelassen und den Korsen eingesperrt. Allerdings war das Teil nur eine Requisite, die er leicht anheben konnte. Er hat dann ja auch versucht zu fliehen.«

»Das habe ich nicht mehr mitgekriegt. Und auch nicht seinen Absturz.«

»Sei froh.« Inga schluckte. Wieder hörte sie den dumpfen Aufschlag, die entsetzten Schreie der Artisten. »Das war kein schöner Anblick.«

»Kann ich mir vorstellen.« Franca saugte heftig an ihrer Zigarette. »Vollbert hat mich übrigens auf Stand gebracht. Er sagt, der Korse sei mit hoher Wahrscheinlichkeit der Täter, und er sieht die Ermittlungen als abgeschlossen an. Warum er das Schwein betäuben und entführen wollte, kapiere ich allerdings immer noch nicht. Steckten er und Savon unter einer Decke?«

Inga schüttelte den Kopf. »Die beiden kannten sich nicht einmal.«

»Aber beide waren scharf auf das Schwein.«

»Richtig. Allerdings wollte der Korse Daphne nicht wegen ihrer Kunststücke haben.«

»Sondern?«

»Du erinnerst dich an Albert Jakubeits Labor? Mit dem Granulat, das er hergestellt hat, kann man billige Chinatrüffeln so aromatisieren, dass sie von den echten französischen Edeltrüffeln kaum zu unterscheiden sind. Das Verfahren für die Herstellung wollte Jakubeit über den Korsen an dessen Chef verticken.«

»An diesen Feinkostbaron?«

»Genau. Mit seinem Anteil wollte er sich zusammen mit Vee Anatapong nach Thailand absetzen. Laut ihrer Aussage war er am Tatabend mit dem Korsen verabredet. Vermutlich wollte der das Geschäft allein abwickeln und hat die Gelegenheit genutzt, um seinen Partner zu beseitigen. Jedenfalls stammen die blutigen Fußspuren definitiv von Petru Bernard. Wir nehmen an, dass er erwartete, an diesem Abend das Rezept ausgehändigt zu bekommen, und erst nach dem Mord feststellte, dass Jakubeit es nicht bei sich hatte.«

»Da wird er sich gefreut haben, als die Anatapong anrief und ihm sagte, dass sie hat, wonach er sucht, weil sie meinte, ihn erpressen zu können.« Franca tippte sich angesichts so viel Naivität gegen die Stirn. »Aber nachdem der Korse der dummen Trulla und Pappalari das Rezept abgenommen hatte, warum hat er sich da nicht schleunigst aus dem Staub gemacht? Warum schleicht er sich mit Blasrohr in den Zirkus, um ein Schwein zu klauen?«

»Das haben wir uns auch gefragt. Doch nachdem wir das Rezept in seinem Auto gefunden und übersetzt hatten, war uns alles klar. Im Grunde hatte ich es die ganze Zeit vor der Nase: Jakubeits Notizen, sein Spleen, dass niemand außer ihm Daphne füttern durfte ...«

»Sag bloß ...«

Inga nickte. »Er brauchte Daphne, weil sie die Hauptzutat für das Granulat lieferte. Das sogenannte Or marron, das braune Gold, wird nämlich aus nichts Geringerem hergestellt als aus«, sie machte eine bedeutungsvolle Pause, »Daphnes Kune-Kune-Kot!«

Es dauerte eine Weile, bis sich Franca halbwegs wieder eingekriegt hatte. Japsend rieb sie sich die Lachtränen aus den Augen. »Dieser Typ hat allen Ernstes Scheiße zu Gold gemacht? Willst du mich veräppeln?«

»Kein Witz.« Inga gluckste. »Das Rezept für das Or marron besteht zum größten Teil aus einem Futterplan, der etwa zwei Wochen lang strikt eingehalten werden muss, damit Daphnes Ausscheidungen am Ende das gewünschte Ergebnis liefern.«

Franca krümmte sich vor Lachen. »Du scheißt, was du speist. Hat meine Oma schon gesagt.«

»Dass Daphne die Angewohnheit hatte, sich immer an derselben Stelle auf dem Gang zu erleichtern, muss dem Jakubeit sehr entgegengekommen sein. Und es erklärt auch, warum er dem Schwein so oft erlaubt hat, sich außerhalb des Geheges zu bewegen.« Inga rümpfte die Nase. »Er konnte ihre Exkremente ja kaum aus dem Schweineklo im Freigehege extrahieren.«

Mit der flachen Hand schlug Franca auf das Balkongeländer. »Das ist der verrückteste Fall ever!«

»Ja, die Story muss man erst mal toppen.« Inga wischte sich ebenfalls Lachtränen aus den Augenwinkeln. »Ich muss dann mal los. Bericht schreiben. Das wird ein feiner, kleiner Roman.« Sie zog die Balkontür auf.

»Warte kurz. Ich muss noch was loswerden«, sagte Franca schnell. Auf einmal wieder ernst, blickte sie konzentriert auf einen Punkt im Park des Krankenhauses. »Horst war heute Morgen hier. Er hat mir erzählt, worüber ihr am Samstag nach der Kneipe gesprochen habt.«

Mit einem Schlag war die ausgelassene Stimmung dahin.

»Hör mal ...« Franca stockte. »Ich kenne Leon Menke gut genug, um zu merken, wenn er ein schlechtes Gewissen hat. Er meinte sogar, ich soll dir eine Chance geben.«

Inga lachte auf. »Das war ja mal richtig mutig von ihm.«

»Okay, okay. Ich hab's kapiert. Aber ich kann schließlich nichts dafür, dass er mein Vetter ist. Und was ich eigentlich sagen wollte ...« Franca knetete ihre Finger. »Also ... ich finde, du bist echt in Ordnung. Und ich nenn dich auch nicht mehr Warteweilchen. Okay?«

Vor lauter Überraschung brachte Inga sekundenlang kein Wort über die Lippen. Dann nickte sie. »Okay.« Im Rausgehen blickte sie sich noch einmal um. »Wobei ich eigentlich finde, dass es schlimmere Spitznamen gibt als Warteweilchen.«

Zwar drehte ihr Franca immer noch den Rücken zu, aber Inga war sich sicher, dass die Kollegin breit grinste.

Als Inga vom Krankenhaus zum Präsidium radelte, nahm sie einen Umweg. Zu viele Gedanken kreisten in ihrem Kopf, zu viele widerstreitende Gefühle tobten in ihr. Verbissen trat sie in die Pedale. Sie war erleichtert, dass Franca wohlauf war und dass sie sich mit ihr ausgesprochen hatte. Der erste Fall unter ihrer Leitung war so gut wie abgeschlossen. Dass die Kollegen in Frankreich den Fall Labanau bald ebenfalls würden ad acta legen können, sei maßgeblich ihrer Spürnase zu verdanken, hatte Vollbert verkündet. Sie hatte allen Grund, stolz auf sich zu sein. Doch Vollberts Lob fühlte sich falsch an, irgendwie ungerechtfertigt.

Der Einsatz im Zirkus hätte ihr nicht dermaßen aus dem Ruder laufen dürfen. Petru Bernard war tot. Dass er als Täter galt, stützte sich lediglich auf die Spurenlage, denn über seine Motive konnten sie nur spekulieren.

Inga senkte den Kopf, um gegen den Wind anzukämpfen. Nieselregen wehte ihr ins Gesicht. Obwohl sie Handschuhe trug, wurden ihre Finger langsam taub.

Sie sollte den Fall abhaken. Weihnachten stand vor der Tür. Sie würde nachher früh Feierabend machen, in die Innenstadt fahren und Geschenke besorgen. Davon abgesehen sollte sie endlich damit aufhören, sich über Forensik-Stefan zu ärgern. Unwirsch schob sich Inga die nassen Haare aus der Stirn. Keine Absage, keine Erklärung, nichts! Warum hatte er sie erst so hartnäckig umworben, um sie dann einfach sitzen zu lassen? Das passte einfach nicht zusammen.

Unwillkürlich griff sie in die Jackentasche und zog ihr Handy hervor. Immer noch kein Lebenszeichen von ihm. Aber sie würde den Teufel tun und ihm eine Nachricht schicken. Immerhin hatte er sie weggedrückt. Nichtsdestotrotz würde sie weiter mit ihm zusammenarbeiten müssen.

Der Gedanke brachte sie aus dem Tritt. Dass dieses verpatzte Date, wenn es überhaupt eins gewesen war, womöglich für immer unausgesprochen zwischen ihnen stehen könnte, behagte ihr überhaupt nicht.

Inga bremste so scharf, dass ihr Rad auf dem feuchten Boden seitlich wegrutschte. Grimmig wendete sie und nahm Kurs auf das Kriminaltechnische Institut. Sie würde die Fronten ein für alle Mal klären. Und zwar von Angesicht zu Angesicht.

27

»Herr Berger ist heute nicht da, tut mir leid.« Der Pförtner des Landeskriminalamts legte den Telefonhörer auf.

Verdammt! Inga fühlte sich, als wäre sie im vollen Lauf gegen eine Wand geprallt. Sie zog den Reißverschluss ihrer Jacke auf, tupfte sich mit ihrem Schal das Gesicht trocken und fuhr sich durch die tropfnassen Haare. »Dann bin ich wohl ganz umsonst durch dieses Sauwetter geradelt.«

Der Pförtner musterte sie schmunzelnd über den Rand seiner Brille hinweg. »Worum geht es denn? Vielleicht kann Ihnen ja einer seiner Kollegen weiterhelfen.«

»Ich hätte ein paar dringende Fragen zu einem Fall«, log Inga. »Wann ist Herr Berger denn wieder da? Er ist doch nicht etwa krank?«

Der Pförtner zuckte mit den Schultern. »Keine Ahnung. Samstagabend war er jedenfalls noch putzmunter. Ich hatte gerade meine Nachtschicht angetreten, da kam er noch mal kurz vorbei.«

»Samstagabend? Sind Sie sicher?«

Der Mann nickte. »So gegen neun. Meinte, er hätte sein Handy im Labor vergessen. Hatte es ganz schön eilig. Er sei verabredet und spät dran.«

Wie wahr, dachte Inga. Etwa zu der Zeit hatte sie in der Altstadtkneipe auf ihn gewartet. Auf ihre Nachricht hatte er also nicht sofort geantwortet, weil sein Handy im Institut gelegen hatte. Doch warum hatte er sich später nicht gemeldet, warum ihren Anruf weggedrückt, wenn er dem Pförtner zufolge doch anscheinend durchaus vorgehabt hatte, sich mit ihr zu treffen?

»Merkwürdig«, murmelte sie. Einen Moment lang rang Inga noch mit ihrem Stolz. Dann gab sie sich einen Ruck und rief Stefan an. Dass sich auch jetzt nur die elektronische Ansage seiner Mailbox meldete, verstärkte das Gefühl, dass hier etwas nicht stimmte. »Ich glaube, ich spreche doch mal mit seinem Kollegen«, sagte sie.

Obwohl sie ihn noch nie getroffen hatte, wusste Inga sofort, dass der blasse Kriminaltechniker mit der silbergrau gefärbten Mähne Eddy Fischer sein musste. Ob er ahnte, dass Franca ihn »Edward mit der Silbertolle« nannte? Dass er mit einer nörgelnden Fistelstimme sprach, passte jedenfalls perfekt zu seinem Äußeren.

»Stefan ist heute schlicht nicht zur Arbeit erschienen«, regte er sich auf. »Und telefonisch ist er auch nicht erreichbar. Dabei brauche ich dringend …«

»Nicht, dass ihm was zugestoßen ist«, warf Inga ein, der immer mulmiger zumute wurde.

Eddy verstummte und drehte nachdenklich einen Kugelschreiber zwischen den Fingern. »Sie haben recht. Dass er sich nicht meldet, sieht ihm gar nicht ähnlich. Wir arbeiten schon einige Jahre zusammen, aber so was ist noch nie vorgekommen.«

»Haben Sie es mal bei seiner Ex-Frau versucht?«, fragte Inga.

Er wirkte irritiert. »Wieso?«

Inga winkte ab. »Nur eine Idee. Wussten Sie, dass er am Samstagabend kurz hier war? Er hatte wohl sein Handy vergessen und wollte es holen.«

Eddy stutzte. »Das verstehe ich nicht. Wir haben am Freitag zur selben Zeit Feierabend gemacht. Ich bin mir sicher, dass er sein Handy im Aufzug in der Hand hatte und darauf herumgetippt hat.«

Demnach hatte Stefan das vergessene Handy gegenüber dem Pförtner nur als Ausrede benutzt. »Aber was hat er dann hier gewollt?«

»Woher soll ich das wissen? Vielleicht war ihm zu Hause etwas eingefallen, das er sofort überprüfen wollte. Das kommt schon mal vor, wenn er sich in etwas verbissen hat. Manchmal geht das weit über das berufliche Interesse hinaus, wenn Sie mich fragen.«

»Und worin hat er sich gerade verbissen?«, fragte Inga.

»Er war an eurem Zoofall dran. Das Behelfslabor von diesem Tierpfleger ließ ihm keine Ruhe. Er wollte unbedingt herausfinden, woraus das Granulat besteht.«

Hatte er einen Geistesblitz gehabt, den es zu überprüfen galt, und vorgehabt, sich danach auf den Weg in die Altstadt zu machen, um ihr seine neuesten Erkenntnisse mitzuteilen? Inga zögerte. Eigentlich wollte sie vermeiden, dass jemand womöglich Gerüchte über sie und Stefan in die Welt setzte. Doch schließlich gab sie sich einen Ruck. »Zur selben Zeit war ich mit ihm in einer Kneipe verabredet«, sagte sie und versuchte, möglichst beiläufig zu klingen.

»Ach so …«, entgegnete Eddy Fischer gedehnt.

»Ein Treffen unter Kollegen«, schob Inga hastig nach.

Er wackelte vielsagend mit den Augenbrauen. »Schon klar.«

Inga ignorierte sein Grinsen. »Jedenfalls ist er dort nicht aufgetaucht. Sein Handy scheint seit geraumer Zeit aus zu sein. Und heute erscheint er nicht auf der Arbeit? Da stimmt doch was nicht.«

»Das sieht ihm wirklich nicht ähnlich.« Nachdenklich zupfte Eddy Fischer an seiner Unterlippe. »Es gibt immer mal wieder Drohungen gegen Stefan und seine Familie. Irgendwelche Idioten, die ihn aus dem Fernsehen kennen. Stefan nimmt das zwar nie wirklich ernst, aber was, wenn einer von denen ihn am Samstag abgefangen hat?«

Langsam schüttelte Inga den Kopf. Gleichzeitig bahnte sich eine Ahnung den Weg in ihr Bewusstsein. »Die Laborgeräte und das Granulat aus dem Zoofall, die sind doch sicher noch hier?« Ohne seine Antwort abzuwarten, eilte sie über den Flur zu dem Laborraum, in dem ihr Stefan am Mittwoch die mutmaßliche Herstellung des Or marron erläutert hatte. Ungeduldig wartete sie, bis Eddy die Tür aufgeschlossen hatte und sie einließ.

Albert Jakubeits Behelfslabor war inzwischen wieder in Kisten verstaut worden. In einer davon wurde Inga fündig. Sie hob den Eimer mit dem Granulat heraus und zog den

Kunststoffdeckel ab. Auf den ersten Blick sah der Inhalt aus wie immer, doch dann stieg ihr der unverkennbare Duft von Kaffee in die Nase. »Was zum …«

Stefans Kollege trat hinter sie. »Wonach suchen Sie denn?« Inga drückte den Deckel schnell wieder fest. »Ach, ich dachte bloß …« Sie winkte ab. »Vergessen Sie's, war nur eine Idee. Ich geh mal runter. Vielleicht hat der Pförtner irgendwas Ungewöhnliches bemerkt.«

»Soll ich vielleicht doch mal bei seiner Ex anrufen?«, rief er ihr hinterher, als sie über den Flur und ins Treppenhaus hastete.

»Hatte Herr Berger am Samstagabend eine Tasche oder einen Rucksack dabei?«, fragte sie kurz darauf den Pförtner.

»Einen Rucksack? Nein. Aber er hatte eine große Tüte dabei, wie es aussah mit Weihnachtsgeschenken.«

»Verdammter Mist«, fluchte Inga leise. Jede Wette, dass er in einer der Geschenkverpackungen Albert Jakubeits Granulat transportiert hatte. Was zum Teufel hatte sich Stefan dabei gedacht? Wenn herauskam, dass er Beweismittel aus dem Institut geschmuggelt hatte, war er seinen Job los. Als sie ihr Handy ans Ohr hielt, um es noch mal bei ihm zu versuchen, kam Eddy Fischer aus dem Treppenhaus in die Empfangshalle gerannt. Sein blasses Gesicht zierten hektische Flecken.

»Ich habe gerade bei Frau Berger angerufen!« Schlitternd kam er vor ihr zum Stehen. »Raten Sie mal, wer abgenommen hat: die Polizei! Offenbar sind sowohl Stefans Frau als auch seine Tochter verschwunden!«

Stefans Ex-Frau wohnte mit ihrer Tochter am östlichen Rand des Wohngebiets Langenhagen Weiherfeld. Das zweigeschossige Pultdachhaus war sowohl weiß verputzt als auch teilweise verklinkert. Eine Mischung aus Moderne und Spießigkeit, dachte Inga, als bodenlange Sprossenfenster und eine Doppelgarage in Sicht kamen. Im selben Moment ging ihr auf, dass Stefan hier wahrscheinlich ebenfalls gewohnt hatte, als seine Ehe noch intakt gewesen war. Sie parkte den Dienstwagen hinter dem Einsatzfahrzeug der Kollegen und stieg mit gemischten Gefühlen aus.

In der großzügigen Diele verstärkte sich ihr Eindruck, gerade tiefer in Stefans Privatsphäre vorzudringen, als ihr lieb war. Auf einigen der Familienbilder, die locker gruppiert an der Wand hingen, erkannte sie flüchtig sein Gesicht. Eine jüngere Version von ihm aus glücklichen Zeiten. Vater, Mutter, Kind. Weswegen dieses Familienidyll wohl zerbrochen sein mochte? Inga drängte den Gedanken beiseite. Das war jetzt nicht wichtig. Sie riss sich von den Bildern los und konzentrierte sich auf den Kollegen von der Kripo Langenhagen.

»Nina Berger hätte eigentlich heute Morgen auf Klassenfahrt gehen sollen, ist aber nicht am Bus erschienen«, erklärte er. »Die Mutter einer Klassenkameradin wollte nachsehen, wo das Mädchen bleibt, sie wohnt hier in der Nähe. Als niemand öffnete, ist die Frau nach hinten zur Terrassentür, und was sie dann sah, kam ihr mit Recht merkwürdig vor.«

Inga folgte ihm in eine offene Wohnküche und sah sofort, was er meinte. Mitten im Zimmer standen zwei Stühle, Rückenlehne an Rückenlehne. Auf dem Boden lagen Klebebandstreifen und Kabelbinder, die wahrscheinlich als Fesseln benutzt und später durchtrennt worden waren.

»Wir vermuten, dass Frau Berger und ihre Tochter überfallen, gefesselt und später dann entführt worden sind. Eine Nachbarin hat gesehen, wie ein weißer Kleintransporter aus der Garage der Familie fuhr.«

»Wann war das?«, fragte Inga.

»Samstagabend gegen zweiundzwanzig Uhr. Laut der Nachbarin stand eine Zeit lang auch das Auto des Ex-Ehemanns vor der Garage. Doch der war offenbar schon wieder weg, als der Transporter losfuhr.«

»Konnte die Frau nähere Angaben machen? Fabrikat, Nummernschild, kannte sie den Fahrer?«

Der Kollege schüttelte den Kopf. »Leider nein. Aber ihr ist das merkwürdige Aussehen des Fahrers aufgefallen. Der Mann ist ausgestiegen, um das Tor zu öffnen. Dank der Außenbeleuchtung konnte sie ihn wohl gut erkennen.« Er blätterte in seinen Notizen. »Circa sechzig Jahre alt, graue, kurz geschorene Haare, relativ groß, dunkle Kleidung. Er hatte ein steifes Bein, und eine Gesichtshälfte war narbig und entstellt.« Inga hatte sofort ein Bild vor Augen. »Georg Brunner!«

Der Regen prasselte so stark gegen die Windschutzscheibe des Dienstwagens, dass die Wischerblätter das Wasser kaum wegschafften. Angestrengt starrte Inga auf die Straße, sah die Abzweigung zu spät und riss im letzten Moment das Lenkrad herum. Der Wagen schlingerte um die Kurve.

»Willst du uns umbringen?« Sahin hielt sich mit beiden Händen am Seitengriff fest. »Ich verstehe ja, dass du dir Sorgen um deinen Lover machst, aber wenn wir jetzt im Graben landen, ist echt keinem geholfen.«

»Er ist nicht mein Lover, wie oft soll ich das noch sagen.«

Statt einer Antwort schnaubte Sahin bloß. Als der Wagen durch ein Schlagloch rumpelte, packte er den Griff fester. »Bist du sicher, dass wir hier richtig sind?«

Inga ignorierte die Frage. Sie bog in die Pappelallee ein, die zu Georg Brunners Hof führte, und parkte den Wagen neben einem Gebüsch. »Wir sind da.«

Der Mannschaftswagen des Einsatzkommandos hielt dicht hinter ihnen. Inga und Sahin warteten, bis die Beamten das Grundstück gesichert hatten. Als der Einsatzleiter grünes Licht gab, fuhren sie weiter bis zum Haus. Zwei Einsatzbeamte in voller Montur begleiteten Inga und Sahin zur Tür. Keine Klingel, erinnerte sich Inga. Sie betätigte den Türklopfer, doch nichts rührte sich.

»Herr Brunner?«, rief sie. »Polizei! Öffnen Sie die Tür!«

»Wahrscheinlich ist der Vogel längst ausgeflogen«, meinte Sahin.

Inga blickte sich um. Die Tore der Scheune standen weit offen. Sie war leer.

»Und was nun?«, fragte Sahin.

»Pscht«, machte Inga und lauschte. Der Regen hatte aufgehört, nur noch einzelne Tropfen fielen von den Bäumen. Da war es wieder. Ein Donnern, als würde jemand gegen Metall hämmern. Inga stieg die Eingangsstufen hinab und schlich gebückt am Haus entlang zu einem der Kellerfenster. Jetzt hörte sie es ganz deutlich. »Da unten ist jemand«, rief sie den anderen zu.

Wenige Minuten später hatten die Beamten die Haustür aufgebrochen. Wie erwartet fanden sie die oberen Räume leer vor. Die düstere Küche, in der Inga vor nicht mal einer Woche mit Georg Brunner Tee getrunken hatte, war penibel aufgeräumt, die Wände waren kahl. Von den Bildern und Abzeichen aus seiner Legionszeit zeugten nur noch helle Stellen mit Schmutzrändern.

»Du hast recht«, sagte Inga zu Sahin. »Brunner ist längst weg.«

Unter einer Treppe entdeckten sie die Kellertür. Einer der Männer drehte einen altmodischen Schalter an der Wand. Trübes Licht flammte auf. Inga und Sahin folgten dem Einsatzkommando nach unten. Die Treppenstufen knarrten unter den Stiefeln der Beamten. Je tiefer sie stiegen, umso kälter und feuchter wurde es. Im Keller angekommen, musste die Mehrzahl der Kollegen ihre Köpfe einziehen, um nicht gegen die Balken der hölzernen Spunddecke zu stoßen, die stellenweise so sehr durchhing, dass Inga ihren Schritt unwillkürlich beschleunigte. Es roch nach Lehm, Schimmel und Muff. Angeekelt strich sich Inga Spinnweben aus dem Gesicht und blickte sich um, während das Einsatzkommando einen Raum nach dem anderen sicherte. An einer Wand war meterhoch Gerümpel aufgestapelt. Morsche Balken, zerbrochene Kleinmöbel, ein rostiger Ofen. Das schmale Kellerfenster war so blind, dass es kaum Tageslicht durchließ. Wieder hörten sie das Donnern, lauter jetzt.

Sie erreichten eine Waschküche, in der Wäscheleinen gespannt waren. Der moderne Heizkessel und die Waschmaschine wirkten hier unten deplatziert. Als sie tiefer in den Keller vordrangen, senkte sich der Boden ab.

»Kartoffelkeller«, verkündete ein Beamter, der sich in einem Nebenraum umgesehen hatte. Wie auf Kommando setzte das Hämmern wieder ein.

»Hier sind wir!«

Ingas Herz machte einen Satz. Das hörte sich verdächtig nach Stefan an. Unwillkürlich beschleunigte sich ihr Puls, und sie beeilte sich, den Männern zu folgen.

»Da vorne.« Sahin deutete auf eine massive Metalltür mit rostiger Klinke.

»Treten Sie zurück! Wir versuchen, die Tür aufzubrechen!«, brüllte einer der Beamten.

Ehe die Männer das Brecheisen ansetzen konnten, drängte sich Inga an ihnen vorbei. »Darf ich mal?« Sie griff nach dem Schlüssel, der an einem Nagel neben der Tür aufgehängt war. Als sie ihn ins Schloss schob und umdrehte, bebten ihr vor Anspannung die Hände.

Das Erste, was Inga sah, war Stefans Gesicht, umrahmt von einem Stoffstreifen mit Blümchenmuster. Offenbar hatte ein Halstuch als Kopfverband herhalten müssen. Es geht ihm gut, dachte sie befreit. Vor lauter Erleichterung wurden ihr die Knie weich. Kaum trat Inga über die Türschwelle, da fand sie sich in seinen Armen wieder.

»Ich wusste es!« Er drückte sie fest an sich und hob sie dabei ein Stück an. Über seine Schulter blickte Inga direkt in die Augen seiner Ex-Frau, die mit angezogenen Beinen auf einer Pritsche saß und sie unverhohlen anstarrte. Eine ältere Version der Frau von den Familienfotos, die in der Eingangshalle ihres Hauses in Langenhagen an der Wand hingen. Yvonne Berger war eine dieser Blondinen, die selbst mit strähnigen Haaren und zerlaufenem Make-up noch attraktiv aussahen. Neben ihr wühlte sich ein schlaksiger Teenager aus grauen Militärdecken.

»Na endlich«, murrte das Mädchen. »Ich dachte schon, wir müssen in diesem Drecksloch verrotten.«

»Lässt du mich bitte los?« Inga wand sich mit brennenden Wangen aus Stefans Armen.

»Jemand verletzt?« Der Einsatzleiter schob sich in Ingas

Blickfeld. Er fasste Yvonne Berger am Ellbogen, half ihr auf und führte sie behutsam aus dem Raum. »Es geht mir gut«, protestierte sie. »Aber mein Mann … Er wurde niedergeschlagen.«

»Halb so schlimm«, brummte Stefan. Er legte seiner Tochter den Arm um die Schultern. Das Mädchen schmiegte sich an ihn.

»Können wir jetzt endlich raus hier?« Sie musterte Inga mit offensichtlicher Abneigung und drängte ihren Vater in Richtung Ausgang.

Inga blieb mit Sahin allein zurück, der sie mit einem vielsagenden Grinsen ansah. »Was!«, schnauzte Inga ihn an.

Immer noch grinsend zog Sahin den Kopf ein. »Zu Essen hatten sie jedenfalls ausreichend«, meinte er dann und wies auf ein Regal. »Da sind Lebensmittel für mehrere Wochen, würde ich mal behaupten.« Er raffte einen Duschvorhang zur Seite, der eine Ecke des Raums abtrennte. Dahinter kamen ein Waschbecken und eine Chemietoilette zum Vorschein. »Das Ritz ist es nicht gerade, aber alles da, was man braucht. Fragt sich nur, was Brunner damit bezweckt hat, die Familie hier festzuhalten. Wenn er Lösegeld haben wollte, hätte er sich doch längst gemeldet.«

Inga entgegnete nichts. Brunner hat, was er haben wollte, und ist über alle Berge, dachte sie. Dass Stefan das Or marron gegen Instantkaffee ausgetauscht und als Weihnachtsgeschenk getarnt aus dem KTI geschmuggelt hatte, hatte sie bisher für sich behalten. Darüber wollte sie zuerst mit ihm sprechen.

Eine halbe Stunde später stieg Inga zu Stefan in den Mannschaftswagen und zog die Schiebetür hinter sich zu. Sie hatte Sahin gebeten, sie allein mit ihm reden zu lassen. Stefans Kopf zierte inzwischen ein sauberer Verband, die Platzwunde an seinem Hinterkopf war vom Notarzt geklammert worden. Inga beugte sich vor und sah ihm fest in die Augen. »Ich will alles wissen, und zwar von Anfang an!«

Stefan nickte. »Ich war gerade dabei, mich für unsere Verabredung umzuziehen, als Yvonne anrief. Fast hätte ich sie weggedrückt, weil sie in letzter Zeit ein Talent dafür hat ...« Er stockte. »Egal. Jedenfalls bin ich dann doch rangegangen. Sie war nahezu hysterisch. Nina sei etwas Schreckliches passiert, sie wisse nicht, was sie machen solle, ich müsse sofort kommen. Dann hat sie aufgelegt. Ich hab sofort zurückgerufen, aber sie ist nicht mehr rangegangen.«

»Da hatte Brunner sie schon in seiner Gewalt?«

Er nickte. »Brunner und ein zweiter Typ. Der hatte das Sagen. Sie haben Französisch miteinander gesprochen.«

Unwillkürlich nickte Inga. »Das muss Petru Bernard gewesen sein.«

»Ich fahre also hin«, fuhr Stefan fort. »Yvonne macht die Tür auf, und kaum bin ich drin, steht da dieser gruselige Typ.« Er schluckte. »Er hält Nina im Klammergriff und drückt ihr eine Pistole an den Kopf. Ein echter Alptraum.«

Dann, so erzählte er weiter, war Petru Bernard aufgetaucht, hatte ihm sein Handy abgenommen und ihm erklärt, was er von ihm wollte.

»Ich dachte erst, das wäre ein Scherz. Ich meine: Die beiden gehen so ein Risiko ein, nur um an das Granulat zu kommen?« Er strich sich über das stoppelige Kinn. »Das Zeug muss tatsächlich Gold wert sein, keine Frage. Aber das schien nicht der einzige Grund zu sein, weswegen sie es unbedingt haben wollten. Ich habe eine Unterhaltung zwischen den beiden mitgekriegt. Alles hab ich zwar nicht verstanden, aber es war von einem Baron die Rede, und von einer Vivien. Er habe keine andere Wahl, hat der Franzose mehrmals gesagt.« Stefan rieb sich über das Gesicht. »Sie haben Yvonne und Nina gefesselt und mich mit einem Sender ausgestattet. Dann ging's mit dem Franzosen als Beifahrer zum KTI. Er hat in meinem Auto gewartet, als ich rein bin. Ich hatte einen Knopf im Ohr und musste ständig Kontakt mit ihm halten. Anderenfalls ...« Er imitierte einen französischen Akzent: »Ein Finger ist schnell abgeschnitten.« Stefan senkte den Kopf. »Die hätten ernst gemacht. Also habe ich mitgespielt.«

»Verstehe.« Inga legte ihm die Hand auf den Arm. »Du bist also ins Labor und hast das Or marron gegen Instantkaffee getauscht.«

Er nickte. »Sie hatten alles vorbereitet. Ich sollte erzählen, dass ich mein Handy vergessen hätte, und so tun, als hätte ich Weihnachtseinkäufe dabei. Sie hatten versprochen, dass sie uns danach freilassen. Mir hätte gleich klar sein müssen, dass sie das nicht tun würden. Stattdessen hat Brunner Yvonne und Nina K.-o.-Tropfen verabreicht, sie in den Transporter verfrachtet, den sie in der Garage geparkt hatten, und auf diesen gottverlassenen Hof gebracht.«

»Und wie kamst du hierher?«, fragte Inga.

»Im Kofferraum von meinem Kombi. Als wir in dieser gottverlassenen Einöde ankamen, dachte ich, Brunner hätte den Mädels was angetan und ich wär nun der Nächste. Ich bin durchgedreht, wollte abhauen, und dann – zack!« Er fasste sich an den Hinterkopf. »Den Rest kennst du.«

Inga schüttelte ungläubig den Kopf. »Da sitze ich nichtsahnend in der Kneipe …« Weiter kam sie nicht, denn Stefan beugte sich vor, nahm ihr Gesicht in beide Hände und küsste sie. Inga war so perplex, dass sie sich nicht wehrte. Und eigentlich, musste sie sich eingestehen, wollte sie das auch gar nicht mehr.

28

Diesmal gab es vor dem Zirkuseingang keine Demonstration. Inga pulte die Freikarten aus ihrer Tasche, die ihr Curt Fallada geschenkt hatte, und reihte sich mit Stefan in den Strom der Besucher ein. Es war ihre erste Verabredung seit dem verunglückten Date in der Kneipe vor knapp zwei Wochen. Und seit dem hoffnungslos unromantischen Kuss im Mannschaftswagen.

»Premiumlogenplätze für die Frau Kommissarin, wenn das mal keine Bestechung ist«, raunte Stefan ihr zu, als sie in der vordersten Reihe Platz nahmen. Er schien die Entführung und die Angst um seine Tochter und ihre Mutter erstaunlich leicht weggesteckt zu haben. Jedenfalls hatte er schnell seine gewohnte Flapsigkeit wiedererlangt.

»Unsinn.« Inga knuffte ihn in die Seite. »Fallada war einfach nur erleichtert, dass Savon kein Mörder ist. Außerdem hat er persönlich mit dem Zoodirektor wegen Daphne gesprochen. Das Tier muss tatsächlich aus eigenem Antrieb ausgebüxt und bis zum Zirkus gelaufen sein. Der Zoo hat dann auch keine Anzeige gegen Savon erstattet. Das Zwergschwein darf hierbleiben.«

»Ich bin sowieso nur mitgekommen, um die sagenhafte Daphne live in der Manege zu erleben«, meinte Stefan grinsend. Er legte ihr den Arm um die Schultern. »Und weil ich mir die Gelegenheit nicht entgehen lassen wollte, endlich im Dunkeln mit dir allein zu sein.«

Inga ließ den Blick über die gut gefüllten Tribünen schweifen. »Von Alleinsein kann ja wohl kaum die Rede sein.« Doch als das Licht ausging, ein kreisrunder Spot in die Manege fiel und das Orchester zu spielen begann, wusste sie, was er gemeint hatte. Im Dunkeln verschmolzen die anderen Zuschauer zu einer anonymen Masse, und ein Gefühl der Intimität stellte sich ein. Ein bisschen so, als wäre man auf einer Insel. Sie lehnte sich an Stefan und beschloss, die Show zu genießen.

Doch schon als Curt Fallada in Frack und Zylinder in den Lichtkegel trat und die erste Nummer ankündigte, schweiften ihre Gedanken bereits wieder ab. Ihr Blick wanderte unwillkürlich nach oben und suchte nach der Plattform, von der Petru Bernard abgestürzt war. Inga schauderte. Wie verzweifelt der Mann gewesen sein musste. Sie hätte ihn gern gefragt, was ihn zu seinen Taten getrieben hatte, und ihn mit dem Video konfrontiert, das Albert Jakubeits Wildkamera aufgenommen hatte. Wahrscheinlich hatte Labanau noch gelebt, war bloß betäubt gewesen, als er ihn durch den Wald geschleppt hatte. Die französische Polizei hatte seine Leiche nach einer groß angelegten Suche in einer unterirdischen Höhle entdeckt, die sich im Privatwald des zweifelhaften Baron de Villardin befand. Der Bauer war an Kohlendioxid erstickt. Das geruchlose Gas strömte aus tiefen Felsrissen und sammelte sich am Boden der Höhle – ein seltenes und tödliches Naturphänomen.

Ob Petru Bernard für Labanaus Tod verantwortlich war, weil er davon gewusst hatte, oder ob es sich hier um einen tragischen Unfall handelte, konnte nicht mehr ermittelt werden. Dass der Korse den Bauern, dessen Leiche keine äußere Gewalteinwirkung aufgewiesen hatte, betäubt und anschließend in der Höhle abgelegt hatte, war nur eine Vermutung – wenn auch eine naheliegende.

Tosender Applaus riss Inga aus ihren Gedanken. Sie hatte die Artistennummer verpasst. Das Orchester spielte, die Requisiteure trugen den Käfig für die Clownsnummer in die Manege.

»Es ist so weit«, flüsterte sie Stefan zu.

Schon drehte der Weißclown würdevoll seine Runde. Bevor er die Kette an dem Karren festmachte, hielt er einen dicken Bolzen in die Höhe und tat so, als hätte er eine Eingebung. Etwas in Ingas Innerem schlug an wie eine Glocke. Stefan raunte ihr Worte ins Ohr, doch sie hörte nicht hin. Gebannt verfolgte sie, wie Daphne in die Manege trabte und einen Haufen absetzte, mitten in den hellen Fleck, den der Spot auf die Erde warf. »Merde, merde, merde!«, rief der dumme August, während er den Kot auffegte. Als Daphne schnurstracks auf den Karren zulief, an dem der Weißclown eben die Kette festgemacht hatte, setzte sich Inga kerzengerade auf. Ihre Ahnung wurde zur Gewissheit. Das Schwein hebelte den Bolzen mit dem Rüssel aus der Aufnahme, der Käfig fiel herab und sperrte den dummen August ein.

»Das glaube ich jetzt nicht«, hörte sie Stefan neben sich das aussprechen, was sie selbst gerade dachte.

Wie elektrisiert verfolgte Inga, wie Daphne mit dem Bolzen in der Schnauze zum Weißclown lief, der ihn ihr abnahm und sie diskret mit einem Leckerli belohnte. Ihr war, als würden die letzten Puzzleteilchen ihren Platz finden und einrasten.

Unwillkürlich sprang Inga auf. Am liebsten wäre sie sofort in die Manege geklettert, hätte Savon am Kragen gepackt und die Wahrheit aus ihm herausgeschüttelt. Doch Stefan zog sie energisch auf ihren Platz zurück. Wie in Trance ließ sie den Rest der Nummer an sich vorübergleiten. Der dumme August bog die vermeintlich soliden Stäbe des Käfigs auseinander und schob sich durch die Lücke nach draußen. Die Leute applaudierten, woraufhin er mit angespanntem Bizeps seine Stärke demonstrierte. Dabei stolperte er rückwärts auf die Nestschaukel und wurde mitsamt dem Ballon nach oben befördert. Als er wenig später auf der Schaukel stehend Schwung holte und absprang, zuckte Inga zusammen. Das Bild des Korsen schob sich vor ihr geistiges Auge. Er war nicht clownesk-elegant auf der Plattform gelandet wie dieser Akrobat. Stefan drückte ihre Hand, als spürte er, was in ihr vorging.

Nachdem der dumme August sich gespielt tollpatschig abgeseilt hatte und vom erbost wirkenden Weißclown empfangen worden war, kramte dieser aus einer Kiste eine Trompete und ein Saxofon hervor. Sie schlossen die Nummer mit einer poetischen Musikeinlage ab, zu der Daphne sich neben sie setzte und scheinbar verträumt den nun wieder hell leuchtenden Ballon anschmachtete. Am Ende verblasste der Schweinemond, und das Licht ging wieder an.

Als der Applaus aufbrandete, die Clowns sich verneigten

und mit Daphne die Manege verließen, hielt Inga nichts mehr auf ihrem Platz.

»Was hast du vor?« Stefan hastete neben ihr her.

Inga antwortete nicht. Entschlossen marschierte sie durch den Rundgang hinter den Logenplätzen auf einen der Ordner zu und hielt ihm ihren Dienstausweis vor die Nase. »Lassen Sie mich durch. Ich muss sofort mit Didier Savon reden.«

Kurze Zeit später traten sie durch den Artisteneingang aus dem Zelt. Etwa dreißig Meter entfernt sahen sie den Weißclown auf die Wagenburg zugehen. Sein mörderisches Zwergschwein folgte ihm wie ein Hund.

Inga fing ihn an seinem Wohnwagen ab. »Sie haben es die ganze Zeit gewusst, oder?«

Savon wandte sich langsam zu ihr um. Er verzog den rot geschminkten Mund zu einem melancholischen Lächeln. »Madame le commissaire. Haben Sie es also herausgefunden.«

Sie folgten ihm in das Vorzelt und sahen zu, wie sich Daphne in einem mit Stroh ausgestreuten Kasten niederließ. Savon gab ihr ein Leckerli und tätschelte ihr den Kopf. »Bravo, ma chérie«, murmelte er und wandte sich dann Inga zu. »Nach ihrem Auftritt ist sie immer etwas erschöpft.«

Offenbar interpretierte er die fragenden Blicke, die sich Inga und Stefan zuwarfen, richtig. »Natürlich bringe ich sie nachher noch in den Stall«, erklärte er. »Hier bereiten wir uns nur vor und halten uns nach dem Auftritt bis zum Finale auf.«

In einer Ecke des gemütlich beheizten Vorzeltes befand sich ein Schminktisch. Savon schaltete die Beleuchtung an seinem Spiegel ein, ließ sich davor auf einen Schemel sinken und wartete, bis Inga und Stefan sich auf Stühle gesetzt hatten, die an einem Klapptisch standen. Dann begann er zu erzählen.

»Das Leben ist schon merkwürdig, nicht wahr? Alles hängt miteinander zusammen, ein Ereignis bedingt das andere. Sie kennen sicher die Theorie vom Schmetterlingseffekt?«

»Die Frage, ob der Flügelschlag eines Schmetterlings am Ende einen Tornado auslösen kann«, sagte Stefan.

Savon nickte. »Wäre der alte Louis nicht vor gut eineinhalb Jahren von uns gegangen, wäre der Tierpfleger vermutlich noch am Leben.« Er seufzte. »Daphne war so sehr auf Louis fixiert, dass sie ohne ihn nicht mehr auftreten wollte. Glauben Sie, dass Tiere trauern?«

Inga erwiderte nichts, aber Savon schien auch keine Antwort zu erwarten.

»Mit Zeit und Geduld hätten wir Daphne wieder in die Manege bringen können, wenn nicht der alte Fallada an der Macht gewesen wäre.« Er lachte freudlos auf. »Mit zweiundneunzig immer noch die Zügel eisern in der Hand.«

»Sie mussten Daphne davor bewahren, als Tigerfutter zu enden, ich weiß«, warf Inga ein.

Er nickte. »Noch so ein Flügelschlag. Hätte der Alte vor Louis den Löffel abgegeben, hätte ich sie nicht in einer Nacht-und-Nebel-Aktion wegschaffen müssen.«

»Warum eigentlich in den Zoo?«, fragte Stefan.

Savon sah in den Spiegel. »Ich hatte den Zoodirektor ein paar Jahre zuvor bei einer Benefizveranstaltung kennengelernt, bei der ich aufgetreten bin. In der Eile schien es mir die beste Option, ihn zu bitten, Daphne zu nehmen. Was sich später als die falsche Entscheidung herausstellte, denn er wollte sie nicht mehr herausrücken.«

»Haben Sie denn nicht versucht, ein anderes Tier zu trainieren?«, fragte Inga.

»Natürlich. Aber erst musste ich einen Ersatz für Louis finden. Einen Clown, der auch ein versierter Akrobat ist. Denn ich wollte die Nummer noch größer und spektakulärer aufziehen. Eines meiner Hängebauchschweine, drei Stück hatte ich, war auch fast so weit. Aber dann – Schweinepest. In solchen Fällen kennt das Veterinäramt keine Gnade. Also mussten wir die Nummer wieder auf das Wesentliche reduzieren, um überhaupt auftreten zu können. Seinen wahren Zauber entfaltet das Ganze jedoch erst im Zusammenspiel von Mensch und Tier.«

»Deshalb wollten Sie Daphne zurückhaben. Und weil der Direktor nicht mitspielte, haben Sie Sven Meinhardt bestochen, damit er sie freiließ. Nur dass der Plan, sie vom Parkhaus aus mit der Hundepfeife zu rufen, gründlich schiefgegangen ist.«

Savon nickte. »Ich bin in den Stall, um nachzusehen, wo sie bleibt.« Er stockte. »Da lag der arme Teufel, mitten im Gang. Es war grauenvoll, das viele Blut …« Er nahm ein großes Tuch vom Schminktisch und tupfte sich den Schweiß von der Stirn. »Als ich die Kette sah, die von der Decke hing, hatte ich gleich so eine Ahnung. Und voilà, vor dem Traktor fand ich dann auch einen Bolzen auf dem Boden. Da war mir klar, was passiert sein musste. Es war einfach verblüffend. Dieser Pflug war genauso aufgehängt wie der Käfig in unserer Zirkusnummer. Und genau auf die Stelle, wo der Tote lag, leuchtete ein Spot. Fast wie in der Manege.«

»Daphne hatte dort in den Wochen zuvor immer wieder einen Haufen hingesetzt. Der Tierpfleger konnte nur leider nicht ahnen, dass das zu Ihrer Zirkusnummer gehörte«, sagte Inga.

Savon nickte und starrte gedankenverloren auf den Boden.

»Sie haben den Bolzen in die Suhle geworfen, nicht wahr?«

Savon sah Inga an. »Es war wie ein Reflex. Als könnte ich es dadurch ungeschehen machen.«

»Glauben Sie, dass Daphne wusste, was sie tat?«, fragte Stefan.

Savon schüttelte vehement den Kopf. »Daphne ist bestimmt das klügste Tier, das ich kenne. Aber sie ist immer noch ein Tier. Sie hat einfach nur ihr Kunststück ausgeführt, glauben Sie mir.« Erneut tupfte er sich die Stirn ab und lachte nervös auf. »Wollen Sie sie jetzt etwa verhaften?«

Inga antwortete nicht. Sie erhob sich und ging langsam zu Daphne hinüber. Das Zwergschwein beobachtete jede ihrer Bewegungen. »Weißt du eigentlich, was du angerichtet hast?« Sie ging vor dem Tier in die Hocke. Daphne stand auf, kam leise grunzend näher und wedelte mit ihrem Ringelschwanz. Inga wurde das Gefühl nicht los, dass das Tier jedes Wort verstand. Schon im Zoo war ihr der Blick dieser kurzsichtigen

Schweinsäuglein irgendwie unheimlich gewesen. Es kam ihr so vor, als verfügte das Tier über ein tieferes Weltverständnis, über eine besondere Wahrnehmung, die über den normalen Instinkt hinausging. Sie hätte viel darum gegeben, die Welt einmal aus Schweinesicht – nein, korrigierte sie sich, aus Daphnes Perspektive zu sehen.

29

Catherine Fauberge umklammerte ihren Wischmopp und beobachtete grimmig, wie immer mehr Polizisten durch Le Barons Eingangshalle trampelten. Dass ihre Schuhe schmutzige Sohlenabdrücke auf dem frisch gewischten Granitboden hinterließen, kümmerte die Beamten natürlich nicht.

Zum wiederholten Mal schluckte Madame Fauberge die Tränen hinunter. In aller Frühe hatte man Le Baron verhaftet und ihm gerade mal gestattet, sich anzuziehen. Er war ja noch im Schlafanzug gewesen. Wenn es stimmte, was die Polizei ihm vorwarf, kam er so schnell nicht mehr zurück. Und sie war diesen Job vermutlich auch noch los. Erst gestern hatte sie die Schlüssel zu Monsieur Bernards Appartement an seine Tochter übergeben. Das arme Mädchen. Was würde bloß aus ihr werden, jetzt, wo ihr Vater in Deutschland unter mysteriösen Umständen ums Leben gekommen war?

Ihr schlechtes Gewissen meldete sich. Wäre er noch am Leben, wenn sie dieser Anruferin nicht seine Nummer gegeben hätte? Verstohlen wischte sie sich über die Augen. Und wie sollte es mit ihr selbst weitergehen, wenn die monatlichen Zahlungen von Monsieur Bernard wegfielen und die von Le Baron vermutlich auch noch?

Madame Fauberge stopfte den Wischmopp in den Eimer und hievte ihn auf den Putzwagen. Sie war Le Baron und Monsieur Bernard gegenüber immer loyal gewesen. Etwas anderes wäre für sie auch nicht in Frage gekommen, das verbot ihre gute Erziehung. Sie hatte weggehört, wenn Le Baron hinter der angelehnten Tür in seinem Arbeitszimmer telefonierte. Dass manche Leute, mit denen er sich umgab, einen zwielichtigen Eindruck auf sie machten, hatte sie beiseitegeschoben. Sie tat ihre Arbeit, und das mit Hingabe. Alles andere ging sie nichts an. Das hatte sie auch dem Kommissar gesagt, diesem Fillet.

Jemand habe Beweise für Le Barons unlautere Geschäfte an

die Polizei geschickt, so viel hatte er ihr verraten. Man munkelte, dass Claude, Titus' verstorbener Sohn, sie über Jahre gesammelt hatte. Die Beweise belasteten Le Baron schwer. Schwerer noch wog aber die eidesstattliche Erklärung, die Claude den Unterlagen beigelegt hatte. Darin beschuldigte er Le Baron, die Ermordung des armen Labanau beauftragt zu haben. Dass ausgerechnet Monsieur Bernard den Mord ausgeführt haben sollte, erschütterte Catherine jedoch am meisten. Was sie in der Zeitung über den grausigen Fund in dieser Höhle gelesen hatte, ließ sie erneut schaudern.

»Pardon.« Einer der Beamten trug einen großen Karton vor sich her und hätte sie fast gerammt.

»Passen Sie doch auf!«, schimpfte sie. Immer mehr Beamte rückten an, durchsuchten Le Barons Büro und machten nicht einmal vor dem Schlafzimmer halt. Sie schleppten Kisten mit Akten und Computern aus dem Haus und hinterließen ein heilloses Chaos. Es würde dauern, bis sie wieder Ordnung geschaffen hatte. Denn selbstverständlich würde sie Le Barons großzügigen Vorschuss wie immer abarbeiten.

Inzwischen fragte sie sich allerdings, ob der hohe Betrag, der weit über dem üblichen Stundenlohn lag, auch eine Art Schweigegeld beinhaltete. Madame Fauberge straffte die Schultern und richtete sich zu stolzen ein Meter sechzig auf. Loyalität war eine Sache, aber käuflich war sie ganz sicher nicht.

Energisch wienerte sie Le Barons Schreibtisch, bis das Mahagoni glänzte. Sie würde schon klarkommen. Sie hatte ja immer noch den Stand auf dem Wochenmarkt. Obst, Gemüse und während der Saison auch Trüffeln. Sie kannte da eine geheime Stelle, wo selbst in mageren Jahren zuverlässig die eine oder andere Knolle zu finden war. Auf dem Markt von Saint Morceaux hatte sie noch immer ihre Abnehmer gefunden und einen feinen Nebenverdienst erzielt.

Sorgfältig faltete sie den Lappen zusammen, hängte ihn über den Eimer und schob ihren Putzwagen aus Le Barons Büro. Auf der Türschwelle blieb sie stehen und ließ einen letzten prüfenden Blick über die polierten Möbel gleiten. Wo Le Barons

Computer gestanden hatte, hingen die Kabel ins Leere. Jetzt, wo das Gerät nicht mehr da war, sah man erst, wie viel Staub sich dazwischen gesammelt hatte. Das konnte sie unmöglich so lassen.

Madame Fauberge warf noch einmal den Staubsauger an. Als sie sich unter den Schreibtisch bückte, um auch die letzte Fluse mit der Düse zu erwischen, stieß sie auf einen kleinen Kunststoffeimer. Jemand hatte ihn beschriftet: »Kraftfutter Trüffelschwein spezial.«

Madame Fauberge schnalzte missbilligend mit der Zunge. Schweinefutter gehörte ganz sicher nicht unter ihren blitzblank gewienerten Mahagonischreibtisch. Energisch zerrte sie den Eimer hervor und versenkte ihn einstweilen neben dem Schrubber im Wagen mit den Putzutensilien.

Die Putzmittel verstaute sie ordentlich in der dafür vorgesehen Kammer. Das Schweinefutter nahm sie mit. Sie würde auf dem Heimweg bei Titus vorbeischauen und den Eimer bei ihm abgeben. Der Gärtner hatte sicher einen Platz im Schuppen oder Gewächshaus, wo das Zeug ja wohl eher hingehörte als ins Haus.

Doch der alte Titus war nicht da. Catherine Fauberge klingelte, klopfte an die Tür, doch nichts rührte sich. Das Haus wirkte merkwürdig unbelebt. Womöglich hatte ihr alter Schulfreund von Le Barons Machenschaften gewusst und war von der Polizei zum Verhör abgeholt worden. Jedenfalls konnte sie sich nicht erinnern, ihn in den letzten Tagen gesehen zu haben.

Schon wollte sie den Eimer vor seine Haustür stellen, aber dann zögerte sie. Sie hatte weder Stift noch Papier dabei, um ihm eine Nachricht zu hinterlassen. Und wozu brauchte man hier überhaupt Schweinefutter? Titus hielt Hühner hinter seinem Haus und ein paar Gänse, aber Schweine? Die hatte sie hier noch nirgendwo gesehen. Le Baron besaß Hunde, solche, die eine Nase für Trüffeln hatten. Niemand hielt heutzutage noch Trüffelschweine. Ihre Schwester allerdings … Madame Fauberge sah sich noch einmal nach allen Seiten um. Titus war nirgends zu sehen. Achselzuckend verstaute sie den Eimer in ihrem Fahrradkorb und radelte los. Julie, ihre Schwester, hatte auf ökologische Landwirtschaft umgestellt. Ihre Bioschweine würden sich über eine kleine Abwechslung im Speiseplan freuen.

***

Stefan goss einen Fingerbreit Bordeaux ein, schwenkte das Glas und roch daran, schlürfte einen Mundvoll. »Excellent«, konstatierte er auf Französisch und kippte den Rest schwungvoll hinterher. Dann schenkte er ein Glas für Inga ein und schob es ihr über den Küchentresen zu.

Mit den Worten »Du rührst dich nicht vom Fleck«, hatte er sie auf einen der Hocker zur Untätigkeit verbannt und die Zutaten für sein Überraschungsmenü aus der mitgebrachten Tüte gepackt.

Der Wein schmeckte nicht so trocken, wie Inga vermutet hatte. Ein warmes Gefühl breitete sich in ihrem Magen aus. Sie hatte einen stressigen Tag hinter sich und bis auf einen schnellen Mittagssnack noch nichts gegessen. Beim nächsten Schluck zog die Wärme bis in ihre Glieder und sorgte dafür, dass sie sich zu entspannen begann. Bald mischte sich der Duft nach schmelzender Butter unter das Weinaroma. Stefan schöpfte etwas Kochwasser aus dem brodelnden Pastatopf in ein Schüsselchen, wobei er konzentriert seine Zunge zwischen die Zähne klemmte.

»Wofür ist das gut?«, fragte Inga, die langsam hibbelig wurde. Sie brauchte dringend etwas zwischen die Zähne.

Er antwortete nicht, sondern fischte mit der Gabel eine Nudel aus dem Topf und warf sie mit Schwung gegen eine Wandfliese, wo sie prompt kleben blieb. »Perfekt!«

Inga verbiss sich ein Lachen. Sie kannte den Trick, bislang aber niemanden, der ihn ernsthaft ausführte. Stefan seihte die Spaghetti ab, ließ sie in die schäumende Butter gleiten und goss das abgeschöpfte Kochwasser dazu. »Die Stärke im Nudelwasser kann man nutzen, um das Ganze etwas zu binden«, erklärte er, während er die Spaghetti in der Butter schwenkte.

»Wusste ja gar nicht, dass an dir auch noch ein Fernsehkoch verloren gegangen ist«, neckte Inga ihn. »Oder hast du dich etwa im Internet schlaugemacht?«

»Na hör mal!«, rief er entrüstet, was ihm einen strengen Blick von Inga einbrachte. »Okay, erwischt«, gab er zu. »Ich bin auf ein So-kochen-Sie-Pasta-richtig-Video gestoßen, als ich nach Rezepten mit Butter gesucht habe.« Er zwinkerte ihr zu. »Ich wollte auf Nummer sicher gehen. So sehr, wie du auf Croissants stehst, kann man bei dir mit Butter sicher nichts falsch machen.«

Inga grinste. Tatsächlich hatte es sich zu einer Art Ritual zwischen ihnen entwickelt, dass sie sich in der Mittagspause in der Bäckerei auf ein Croissant trafen, ohne sich je verbredet zu haben. Wirklich nähergekommen waren sie sich bisher allerdings noch nicht, was hauptsächlich daran lag, dass Stefan von seiner Ex ständig mit Beschlag belegt wurde. Seit der Entführung und den zwei Tagen in Georg Brunners Haus hatte Yvonne Berger noch mehr Redebedarf als zuvor. Bei ihrer Befreiung aus dem Kellerverlies hatte sie auf Inga einen vernünftigen und seelisch stabilen Eindruck gemacht, doch anscheinend hatte sie sich getäuscht. Stefans Ex-Frau kam nur schwer über das Erlebte hinweg und litt seitdem unter Ängsten. Mehr denn je bombardierte sie ihn mit Nachrichten und forderte seine Unterstützung ein, was die pubertierende Tochter betraf. Wahrscheinlich war es nur eine Frage der Zeit, bis sie sich auch heute wieder zwischen Stefan und sie drängen würde.

Inga wischte die Gedanken beiseite. »Darf ich irgendwas tun? Ich komme mir sonst komisch vor.«

Er reichte ihr eine Reibe, dazu ein Stück Parmesan. Inga schnappte sich ein Brett als Unterlage und begann, den Hartkäse zu raspeln. »Wie viel brauchst du davon?«

Er deutete mit dem Handteller einen Hügel an. »Mach ruhig einen ordentlichen Haufen.«

Inga, die gerade einen Schluck aus ihrem Glas genommen hatte, konnte den Bordeaux gerade noch hinunterwürgen. Dann prustete sie los. »Einen Schweinehaufen?«

»Ganz genau.« Er grinste. »Der Haufen kann übrigens jetzt auf die Nudeln.«

Sie beugte sich vor, um den Parmesan über die buttrig glänzende Pasta zu streuen, doch das Brett kippte weg, und die Hälfte des Käses landete auf dem Ceranfeld. »Oh, Mist. Tut mir leid.«

Stefan kehrte die Bescherung so gut es ging mit den Händen auf. »Merde, merde, merde«, tönte er und zog gespielt ängstlich den Kopf ein. »Gut, dass Daphne nicht hier ist. Sonst würde mich womöglich gleich die Abzugshaube erschlagen.«

Er ließ den aufgeklaubten Käse in die Pfanne rieseln und hob ihn mit energischen Bewegungen unter die Nudeln. »Ich frage mich, ob dem Jakubeit diese profanen Worte zum Verhängnis geworden sind oder ob das Schwein den Bolzen einfach so gezogen hat.«

»Was?« Inga nippte an ihrem Wein, und mit einem Mal dämmerte es ihr. »Du meinst, ›merde‹ ist eine Art Triggerwort für Daphne?«

Stefan sah sie mit großen Augen an. »Sag bloß, du hast es nicht mitgekriegt. Erst nachdem der dumme August dreimal ›merde‹ gesagt hat, hat sie den Bolzen gezogen. Man konnte regelrecht sehen, wie ein Ruck durch das Tier ging.«

Nachdenklich drehte Inga das Weinglas zwischen den Fingern. »Aber das hieße ja, dass Albert Jakubeit an dem Abend auch noch …« Sie schüttelte den Kopf. »Das glaube ich nicht.«

Stefan wischte sich die Hände an einem Küchentuch ab. »Womit wir wieder bei der Frage der Fragen wären: Hat Daphne bewusst versucht, Albert Jakubeit auszuschalten?«

Inga wiegte den Kopf hin und her. »Ich bleibe dabei: Daphne hat Savons Hundepfeife gehört, wollte zu ihm laufen, aber dann kam ihr Jakubeit in die Quere. Wahrscheinlich wollte sie ihn bloß einsperren. Nur dass diesmal eben kein Käfig an der Kette hing.«

»Aber Daphne ist bloß ein Tier«, konterte Stefan. »Da bin ich ganz bei Savon. Sie hat die Zirkusnummer ausgeführt, weiter nichts. Dass sie ausgerechnet auf einen der wohl gebräuchlichsten französischen Flüche dressiert ist, war Jakubeits Pech.«

»Also, ich traue ihr diese Transferleistung ohne Weiteres zu«, sagte Inga. »Immerhin hat sie es irgendwie geschafft, aus dem Zoo zu entkommen, sich dann auch noch aus diesem Tierheimtransporter zu befreien und am Ende zum Zirkus zu finden. Schweine sollen ja mindestens so klug wie ein dreijähriges Kind sein.«

»Aber sehen können sie bekanntlich nicht besonders gut, dafür umso besser riechen – und hören. Dass Daphne ein akustisches Signal brauchte, um loszulegen, finde ich daher nur logisch.«

Inga grinste. »Alter Besserwisser.«

»Apropos Schweinesinn.« Stefan griff in die Einkaufstüte, die immer noch auf der Anrichte stand, und förderte ein in Papier eingeschlagenes Päckchen zutage.

»Was ist das?« Inga reckte den Hals, aber er wandte ihr demonstrativ den Rücken zu. Sie hörte es knistern. Als er sich endlich zu ihr umdrehte, ahnte sie bereits, welche geheime Zutat er zwischen den hohlen Händen verbarg.

Er öffnete die Hände einen Spalt und hielt sie ihr hin. »Riech mal.«

»Nicht dein Ernst.« Sie beugte sich vor und schnupperte. Tatsächlich roch es wie neulich in seinem Labor, als er ihr das aufgelöste Or marron unter die Nase gehalten hatte, nur nicht so intensiv. Inga verzog das Gesicht. Seit sie wusste, woraus das braune Gold gemacht war, begegnete sie diesem Duft eher skeptisch.

Offenbar deutete Stefan ihren Gesichtsausdruck richtig. »Keine Angst. Die sind garantiert echt.« Er öffnete die Hände und präsentierte ihr drei walnussgroße, schrumpelige Knollen. »Ganz frisch vom Feinkosthändler. Der bezieht nur aus vertrauenswürdigen Quellen, das hat er mir jedenfalls versichert.«

»Hast du das schriftlich?« Inga rümpfte Nase.

Stefan wandte sich lachend um und angelte zwei Teller aus dem Hängeschrank. Während er sie mit den Nudeln belud, fluchte er leise vor sich hin, weil ihm die buttrigen Spaghetti immer wieder von der Gabel zu rutschen drohten.

Er war beim Kochen ins Schwitzen geraten und hatte sich den Pullover ausgezogen. Jetzt trug er nur noch ein graues T-Shirt mit ausgefranstem Saum, unter dem sich ein kleiner Bauchansatz wölbte. Seltsamerweise waren es gerade solche Unvollkommenheiten, die ihn für Inga anziehend machten. Nicht einmal seine ausgewaschene Jeans mit dem hängenden Hintern und der vom Handy ausgebeulten Gesäßtasche störte sie. Vielmehr ertappte sie sich bei der Überlegung, ob er darunter der klassische Slip- oder Boxershort-Träger war. Sie unterdrückte ein Kichern. Als er sich über die Teller beugte und die Nudeln zu dekorativen Nestern drehte, sprang sie von ihrem Hocker, umrundete langsam die Küchentheke und fühlte sich angenehm leicht. Doch selbst jetzt, im beschwipsten Zustand, drohten sich leise Zweifel in den Vordergrund zu drängen.

Sei doch nicht immer so verkopft, schalt sich Inga in Gedanken. Einfach mal fallen lassen und nicht darüber nachdenken, ob du das hier später vielleicht bereuen wirst. Sie angelte nach ihrem Weinglas und leerte es in einem Zug. Einem spontanen Einfall folgend, zupfte sie ein paar Blätter von ihrer Basilikumpflanze und trat hinter Stefan, der ganz darauf konzentriert war, hauchfeine Trüffelscheiben über die Spaghettinester zu hobeln.

Als sie ihn an der Schulter berührte, fuhr er herum. »Hast du mich erschreckt!«

»Äh, hier ist was Grünes zur Deko«, stammelte Inga und spürte, wie ihr die Hitze in die Wangen stieg. Verlegen schob sie sich neben ihn und drapierte das Basilikum auf seiner Kreation.

»Perfekt«, murmelte er, strich ihr eine vorwitzige Haarsträhne hinters Ohr und sah ihr unverwandt in die Augen. »Fast zu schade zum Essen.«

»Mir wäre auch eher nach Vorspeise zumute«, sagte Inga, schlang ihre Arme um seinen Nacken und küsste ihn. Er schmeckte nach Rotwein und Buttertrüffeln, und als er sie an sich zog, gewannen Ingas Gefühle endgültig die Oberhand – bis unter ihren tastenden Händen sein Handy zu brummen begann.

Stefan stöhnte auf, holte es aus der Gesäßtasche und blickte auf das Display, das Yvonnes Gesicht zeigte und leuchtete wie der Vorwurf in persona.

»Geh ruhig dran«, sagte Inga und machte sich los. Sie drehte sich enttäuscht von ihm weg, als das Brummen erstarb, das Handy neben ihr über die Arbeitsplatte schlitterte und gegen die Wand knallte. Gleichzeitig spürte sie Stefans Arm um ihre Taille und seinen Atem in ihrem Nacken.

»Weißt du was?«, raunte er. »Die kann mich heute einfach mal.«

Epilog

Die Maschine befand sich im Sinkflug und würde in wenigen Minuten landen. Georg Brunner sah aus dem Fenster. Obwohl noch Regenzeit herrschte, war der Himmel über der Insel beinahe wolkenlos. Die Sonne brachte das tiefblaue Meer zum Glitzern, an den seichten Stellen leuchtete es in einem satten Türkis. Weiße Sandstrände säumten die Insel und bildeten einen reizvollen Kontrast zum Grün des Dschungels auf den Bergen im Inneren. Er lehnte sich in seinen Sitz zurück und genoss den Ausblick.

Nur Petrus wahnwitzigem Plan war es zu verdanken, dass sein Traum vom sorgenfreien Altersruhesitz nun doch noch in Erfüllung ging. Mit dem Geld, das er Le Baron für das Or marron abgeknöpft hatte, konnte er sich sogar eine Luxussuite mit Pool leisten. Das Sunshine Resort bot seinen Gästen Wohneinheiten mit modernster Ausstattung sowie Rundumbetreuung für die, die es brauchten. Und das würde er über kurz oder lang.

Brunner seufzte verhalten. Die ersten Anzeichen hatte er vor einem halben Jahr bemerkt. Noch hatte er alle Sinne beisammen, aber es würde nicht mehr lange dauern, bis der schleichende Verfall sich verschärfte. Alzheimer war eine tückische Krankheit.

Das einzig Gute daran war, dass er sich vermutlich bald nicht mehr an die Hölle von Sarajevo erinnern würde. Auch Petru würde er irgendwann vergessen und mit ihm seine Gewissensbisse. Er hatte dem Freund bewusst verschwiegen, wie es um ihn stand und dass es ihm in seinem Zustand unmöglich sein würde, sich im Fall des Falles um Vivien zu kümmern. Was hätte er auch mit einer störrischen Halbwüchsigen anfangen sollen, die er zuletzt als Siebenjährige gesehen hatte und die ihn überhaupt nicht kannte? So verliebt wie Petrus Tochter in Le Barons Junior war, wäre es ihm ohnehin nicht gelungen, sie zum Mitkommen zu bewegen. Und jetzt, da Le Barons kriminelle Machenschaften ans Licht gekommen waren, konnte sie schließlich selbst entscheiden, auf welcher Seite sie künftig stehen wollte.

Brunner lächelte entrückt. Claudes Beweise, die er der Polizei anonym zugespielt hatte, waren so erdrückend, dass de Villardin so schnell nicht mehr aus dem Gefängnis freikommen würde. Dass er maßgeblich dazu beigetragen hatte, den falschen Baron von seinem Sockel zu stoßen, brachte auch ihm endlich Genugtuung.

Unwillkürlich tastete Brunner über das wulstige Narbengewebe, das einmal sein Ohr gewesen war. Dass er aussah wie ein Monster, hatte er niemand anderem als Le Baron zu verdanken. Mit seinem Hang zur Geltungssucht und seinem Machtgehabe hatte der damalige Legionskommandant sie oft unnötig in Gefahr gebracht. Le Barons falscher Ehrgeiz hatte damals dazu geführt, dass er und seine Kameraden in Sarajevo in den Granatenbeschuss geraten waren, der zwei Legionäre das Leben gekostet und ihn zum Krüppel gemacht hatte. Auch sein Kumpel Claude war damals dabei gewesen. Jedoch hatte es lange gedauert, bis er sich endlich von Le Barons Einfluss hatte freimachen können.

Ein Rumpeln riss Brunner aus seinen Gedanken. Er hörte, wie das Fahrwerk ausgefahren wurde. Kurze Zeit später setzte das Flugzeug auf der Landebahn auf.

Am Ausstieg schlug ihm schwülwarme Luft entgegen, und die Bewölkung riss auf. Brunner blieb für einen Atemzug auf der Flugzeugtreppe stehen und hielt das Gesicht in die Sonne. Unten stieg er in eine der offenen, bunt bemalten Bimmelbahnen, welche die Passagiere vom Rollfeld zum Ankunftsgebäude brachten. Nicht umsonst hat der Inselflughafen den Ruf, einer der schönsten der Welt zu sein, dachte er, als die Bahn an gepflegten Blumenrabatten vorbei zu den niedrigen Gebäuden mit den von Glas durchbrochenen Holzdächern rollte.

Am Rand der luftigen Ankunftshalle wurde er bereits erwartet. Der Mann trug ein traditionelles Hemd mit Stehkragen und schwenkte ein Schild mit seinem Namen. Brunner wischte sich den Schweiß von der Stirn. Er packte den Griff seines Rollkoffers fester und humpelte auf den Mann zu.

Der Minibus mit dem Logo des Sunshine Resorts parkte dem Haupteingang gegenüber. Georg Brunner beeilte sich, dem Chauffeur zu folgen. Während der Mann das Gepäck im Kofferraum des Vans verstaute, ließ Georg den Blick schweifen. Vor Jahren war er schon einmal hier gewesen, erkannte aber so gut wie nichts wieder. Damals hatte die Straße nur aus festgestampfter Erde bestanden, die sich während heftiger Regenfälle im Nu in einen schmutzig braunen Fluss verwandeln konnte. Jetzt erstreckte sich vor ihm ein sauber gepflasterter Boulevard, auf dem sich Verkaufsstände mit Andenken für Touristen aneinanderreihten. Vor einem der stylischen Cafés saß ein alter Mann und prostete ihm zu. Er trug einen gepflegten hellen Anzug und eine Baskenmütze, was auf Brunner in dieser Umgebung gleichermaßen fehl am Platz wirkte wie auch vertraut. »Bitte warten Sie einen Moment«, wies er den Chauffeur an.

Titus erhob sich lächelnd, als Brunner auf ihn zuging. »Bienvenue«, begrüßte er ihn und reichte ihm ein zweites Glas. »Der Pastis ist hier gar nicht so übel, auch wenn sie das mit den Eiswürfeln einfach nicht lassen können.«

Georg Brunner, dem vor lauter Rührung und Erleichterung die Worte fehlten, hob das Glas und stieß mit dem alten Mann an. »Auf Claude«, murmelte er, woraufhin sich Titus abwandte und sich verstohlen über die Augen wischte.

Er legte dem alten Mann die Hand auf die Schulter. War Claudes Beerdigung wirklich erst ein Jahr her? Dass er danach mit Titus in Kontakt geblieben war, hatte sich für ihn als Glücksfall herausgestellt. Nachdem erst seine Frau und dann auch noch sein einziger Sohn gestorben war, würde ihn in Saint Morceaux nun nichts mehr halten, hatte ihm der Alte eines Tages erklärt. Er habe genug gespart, um seine Zelte in Frankreich abzubrechen und seinen Ruhestand in tropischer

Umgebung zu verbringen. Und als Brunner von seiner Erkrankung erfahren hatte, war in ihm der Entschluss gereift, es Titus gleichzutun. Nur hatte ihm das nötige Kapital gefehlt, um sich in das Sunshine Resort einzukaufen. Petrus Plan war daher wie gerufen gekommen. Und mit Titus' Hilfe war es auch nach dem Tod seines Freundes am Ende ein Kinderspiel gewesen, Le Baron die geforderte Summe für das Or marron abzuknöpfen. Dass sein vermeintlich treuester Diener ihn verraten und mit dem belastenden Material, das dessen Sohn hinter seinem Rücken gesammelt hatte, seinen Sturz herbeiführen würde, hatte der falsche Baron nicht ansatzweise geahnt.

✳✳✳

Catherine Fauberge trat schnaufend in die Pedale und trieb weiße Atemwölkchen vor sich her. Die tief über Saint Morceaux hängenden Wolken muteten an wie nasse Putzlumpen. Sie konnte den Schnee schon riechen. Wenn sie es halbwegs trocken zum Hof ihrer Schwester schaffen wollte, musste sie sich beeilen.

Als sie in die Hofeinfahrt einbog, wehten ihr die ersten Flocken entgegen. Am Giebel des Wohngebäudes hing ein beleuchteter Weihnachtsstern. In der Küche brannte Licht; sie sah eine Silhouette hinter dem Fenster. Vermutlich ihr Schwager, der das Abendessen zubereitete. Madame Fauberge zögerte, doch dann fuhr sie weiter zu den Ställen. Das Fahrrad rumpelte über das Kopfsteinpflaster, hinter ihr klapperte der Eimer mit dem Schweinefutter im Korb.

Sie lehnte das Rad gegen die Wand des Schweinestalls, nahm den Eimer und trat ein. Vertrauter Stallgeruch schlug ihr entgegen, hier und da grunzte es leise.

»Julie?« Sie streifte die Fäustlinge ab und rieb sich etwas Leben in die kältestarren Finger. Zur Fütterungszeit sollte ihre Schwester eigentlich im Stall anzutreffen sein. Die Sauen drängten sich auch schon erwartungsvoll an ihre Futtertröge.

Jedes ihrer Tiere sei ein sogenanntes Patenschwein, hatte

Julie ihr erklärt. Zumeist gut situierte Stadtmenschen auf dem Ökotrip suchten sich ein Ferkel aus, bezahlten monatliche Leasingraten für die Aufzucht und bekamen am Ende ihr zertifiziertes Bioschwein mundgerecht zerlegt als Braten-, Kotelett- und Wurstpaket. Dass ihre Sau artgerecht und frei von Medikamenten aufgezogen wurde, ließen sich die Leute etwas kosten. Doch damit nicht genug: Das Tier, dessen Schnitzel einmal auf ihrem Teller landen würde, musste auch einen Namen haben. Schließlich war das doch viel persönlicher.

Die Namensschilder an den Wänden besagten, dass sich Emma, Delphine, Louise, Sandrine und Louna eine mit Stroh ausgelegte Bucht teilten. Madame Fauberge konnte die Namen den Tieren nicht zuordnen. Sie erkannte nur Louna, weil diese nur halb so groß war wie die anderen. Das Kümmerschwein fraß angeblich genauso viel, wollte aber partout nicht wachsen. Vielleicht, überlegte Madame Fauberge, würde ihr Le Barons Spezialkraftfutter einen kleinen Schub verpassen. Julie musste ja nichts davon wissen, denn konventionelles Futter war im Biospeiseplan eigentlich strikt verboten. Aber wirklich gewöhnlich konnte dieses Futter eigentlich nicht sein, wenn sie der Aufschrift Glauben schenken durfte. Sie zuckte mit den Achseln. Ein kleiner Leckerbissen würde auch den anderen sicher nicht schaden.

Noch einmal vergewisserte sie sich, dass sie allein im Stall war. Dann zog sie den Deckel von dem Eimer ab und kippte den Inhalt mit Schwung in den Schweinetrog. Die Schweine stürzten sich unter ohrenbetäubendem Quieken darauf, schubsten und drängelten, schmatzten und grunzten. Es dauerte keine Minute, und alles war aufgefressen. Doch noch immer ließen die Tiere nicht von dem Trog ab, leckten ihn aus, bis nicht der kleinste Krümel mehr übrig war.

»Na, das war wohl was ganz Feines«, murmelte Madame Fauberge. Sie war ein wenig benommen von dem betörenden Duft, der noch immer in der Luft schwebte.

Nachwort

Alle geschilderten Ereignisse sind meiner Phantasie entsprungen. Besonders Albert Jakubeits Labor und das, was er darin herstellt. Das beschriebene Verfahren entbehrt außerdem jeder wissenschaftlichen Grundlage. Betrachten Sie es also mit Humor, denn genauso ist es gemeint.

Man möge mir auch verzeihen, dass ich den Zoo für ermittlungstechnische Zwecke leicht umgestaltet habe. Sollten Sie einmal den Schweinestall auf Meyers Hof besuchen, werden Sie feststellen, dass darin weder ein Traktor steht noch gefährliche Dekoelemente von der Decke hängen. Und die Husumer Protestschweine teilen ihr Gehege auch nicht mit einem Zwergschwein.

An dieser Stelle möchte ich mich herzlich beim Zoo Hannover dafür bedanken, dass ich hinter den Kulissen recherchieren durfte. Besonderer Dank geht an Yvonne Riedelt und Simone Hagenmeyer von der Presseabteilung des Zoos sowie an die Revierleiterin von Meyers Hof, Manja Fuhrmann, die geduldig meine Fragen beantwortet haben und sogar bereit waren, das Manuskript vorab zu lesen.

Ein dickes Dankeschön geht an Pia Herzog, Anna Buchwinkel, Carla Capellmann und Ella Marcs fürs Kritisieren und Sezieren so mancher Szene. Danke auch, dass ihr mich immer zum Weiterschreiben motiviert.

Zum Schluss bedanke ich mich bei Marit Obsen für das sensationelle Lektorat sowie bei Stefanie Rahnfeld und dem gesamten Team vom Emons Verlag für die tolle Zusammenarbeit.